韶光慢

卷五

大神級超人氣作家
冬天的柳葉——著

一六一　知府大人

邵明淵走出房門，靠著牆壁打盹的晨光立刻醒過神來。「將軍——」

「黎姑娘睡了，去那邊說。」

晨光點點頭，走了兩步忽然反應過來。「黎姑娘在您屋子裡睡了？」

年輕將軍目光淡然，帶著淡漠的威嚴，揚眉問道：「怎麼？」

晨光雙眼發亮。「沒怎麼，沒怎麼，是卑職多嘴了！」

將軍大人原來一直深藏不露，高人啊！

「葉落護送鐵柱回去了？」

「是的，將軍。」

「鐵柱是非常關鍵的證人，你們兩個最近辛苦些，輪流保護好他的安全，要是出了事，唯你們是問。」

「領命！」

邵明淵這才靠著牆壁坐下來，閉目養神，晨光則靠著牆壁嘆了口氣。

將軍大人可憐啊，把房間讓給了黎姑娘，自己只能坐在外面睡了。將軍大人要是早點和黎姑娘成親就不會這麼麻煩了。晨光遺憾想著，迷迷糊糊睡著了。天漸漸亮起來。

喬昭睡醒時已是日上三竿。她猛然坐了起來。

「姑娘，您醒了。」冰綠湊上來，阿珠則去倒水。

「什麼時候了？」喬昭望向窗外，刺目的陽光令她不自覺瞇起了眼睛。

「快晌午了。」阿珠把水杯遞給她。

「我睡了這麼久？」喬昭接過水杯，有些意外。

冰綠噗哧一笑。「姑娘您睡糊塗啦，真的快晌午了呢，剛剛我和阿珠還在商量要不要叫醒您吃午飯呢。」

喬昭潤了潤喉嚨起身下床，隨口道：「先洗漱吧。」

阿珠與冰綠面面相覷。喬昭看向她們二人。

冰綠噗哧一笑。「姑娘，您真睡糊塗了，這裡不是您的房間呢。」

喬昭愣了愣，臉很快紅了，又覺得在侍女面前這樣很沒面子，板起臉淡淡道：「當然是回房洗漱。」她腳步一亂不小心踩到了裙襬，趔趄了下才穩住身形，匆匆向外走去。

院子裡安安靜靜的，喬昭洗漱後換過一身衣裳問道：「他們人呢？」

阿珠邊替她梳頭邊道：「邵將軍他們去了村長家，今天王縣令在村長家找村民們問話。」

喬昭隨便吃了點東西，起身道：「去村長家看看。」

主僕三人往外走，晨光迎面走過來，陽光下笑出一口白牙。「三姑娘醒啦？」

喬昭盯了晨光片刻，總覺得晨光今日的笑容格外燦爛。

「嗯。你沒出去嗎？」

「將軍大人命卑職保護您。」

一提到某人，喬昭面上微熱，淡淡道：「去村長家看看。」

幾人來到村長家，就見村長家院門大開，外面站滿了人，除了村民，還有不少穿著衙役服飾的人。晨光朝一名金吾衛招招手。那名金吾衛跑過來，笑道：「晨光大哥，有事啊？」

宰相門前七品官，加上作為冠軍侯的親衛原本就有武職在身，在這些出身不錯的金吾衛面前頗有臉面。

「官府的人來了不少啊？」

「可不是嘛，今天不只嘉豐縣令來了，連知府都來了。」

「難怪這麼多衙役呢。好了，多謝，我帶黎姑娘進去了。」晨光護著喬昭主僕走了進去。

正是要開飯的時候，詢問村民的事暫告一段落，嘉南知府與王縣令全圍著邵明淵等人說話。

「侯爺放心，此事下官定會一查到底的。」

「李知府這樣說，本侯就放心了。」邵明淵眼角餘光掃到門口的晨光，站了起來，「幾位大人先坐，本侯出去一下。」

邵明淵走出來，晨光低聲道：「黎姑娘過來了。」

邵明淵點點頭，抬腳走向院中角落裡的石榴樹旁。

石榴樹上只剩下幾顆石榴，紅豔豔看著很喜慶。

喬昭轉過身來。「邵將軍，我聽說嘉南知府也來了？」

「對，此時嘉南知府、嘉豐縣令還有錦鱗衛的江五都在屋裡坐著，要不要進去？」

喬昭搖頭。「還是不了。今天的調查有什麼進展嗎？」

「並無。」邵明淵語氣很平靜。

二人交換了下眼神，皆是心知肚明，從村民這裡應該調查不出什麼有用的線索了。

「那我就先回去了，邵將軍忙完記得知會我一聲。」

對於畫像一事，她還是想再與邵明淵好好商量一下。

「好。」邵明淵頷首，看著飽睡後恢復了精神的少女，心情很是愉悅，「用過飯了嗎？若是沒用就留下來一起吃飯吧，今天村長家的伙食一定不錯。」

見少女面色古怪，邵明淵笑起來。「不用在意別人怎麼看，他們不過是過客，犯不著為了這些人委屈自己的肚子。」

喬昭抬眼望天，心想：所以說冠軍侯溫潤如玉、斯文守禮都是騙人的，傳聞果然不可信。

「我吃過了，你快些進去吧，讓別人久等不好。」

強龍難壓地頭蛇，冠軍侯名頭雖響，來到別人地盤上還是盡量與人打好關係為好。

「好，那我進去了。」邵明淵笑看喬昭一眼，這才轉身。

喬昭被他這一眼看得莫名其妙，無意間掃了窗內一眼，頓時怔住。

眼見邵明淵要走進去，她回神喊道：「邵明淵——」邵明淵立刻轉身走回來。「還有事？」

院中站著冰綠與阿珠，不遠處還有晨光與幾名金吾衛，以及知府那些人帶來的隨從。

喬昭卻忍不住抓住了邵明淵衣袖，聲音低低的，難掩顫抖：「我回豆腐西施家等你，現在就有話對你說。」

邵明淵一怔，隨後點頭。「好，我進去說一聲就出來。」

回到豆腐西施家裡，喬昭接過阿珠遞過來的熱茶，雙手捧著卻覺一點熱意都無，從髮絲到腳尖都是冷的。

邵明淵對李知府等人提出告辭，李知府自是攔著不放，直到收到王縣令遞來的眼神才遺憾道：「那改日侯爺定要賞臉，咱們不醉不歸。」

「一定。」

等邵明淵一走，李知府睇了王縣令一眼。王縣令小聲解釋道：「大人有所不知，冠軍侯這次出門還帶了一位姑娘，對那位姑娘很是溫柔體貼呢，大概是那位姑娘來找，這才回去的。」

李知府一怔，隨後大笑起來。「我原想冠軍侯這樣的人不好接近，原來也是性情中人啊！」官場中，那些八面玲瓏的官員最怕的就是無欲無求、油鹽不進之人，李知府猛然發覺說話滴水不漏的冠軍侯在女色方面是軟肋，不僅沒有因他的離開而感不快，反倒輕鬆許多，笑著向江五打聽起來。「江五爺知不知道那位姑娘與冠軍侯的關係？」

江五淡淡道：「李知府這話就問錯人了，在下雖然幹的是錦鱗衛的差事，但也不會沒事盯著一個姑娘家。」

李知府碰了個軟釘子，卻不敢擺臉色，自己找了個臺階道：「江五爺說得是，那位姑娘確實沒什麼要緊的。」

重要的是冠軍侯前來祭拜岳父一家時，與一名未婚少女有所牽扯，可見喬家人在那位侯爺心中的地位遠沒有他表現出來的這麼重要。這樣的話，對查案一事就不必那麼緊張了。

❧

村長家中杯盞交錯，豆腐西施宅中卻安靜得有些嚇人。

邵明淵走進屋去，朝阿珠與冰綠輕輕擺了擺手。

阿珠二人早得了喬昭吩咐，見他進來便默默退了出去。邵明淵在喬昭身旁坐下來。

喬昭放下茶杯，抬眸看他。少女眸光清淺，心事重重。

「昭昭要說什麼？」

此時喬昭已經恢復了冷靜，往外看了一眼，壓低聲音道：

「我想起來畫像上的人是誰了。」

邵明淵面色陡變，低聲問道：「誰？」

「嘉南知府的侍衛。」

「李知府？」

喬昭點頭。「對。我畫好了那幅畫像，只覺那人似曾相識，卻想不起來究竟在哪見過，直到剛才在村長院子裡，無意往窗內瞥了一眼，看到了李知府，這才想起來。幾年前，李知府曾便衣前往杏子林拜訪祖父，當時跟在他身邊的護衛就是畫中人！」

「李知府的侍衛？」邵明淵閉了閉眼，復又睜開，「今天前來的幾名侍衛，並無畫中那人。」

喬昭冷笑。「作賊心虛，當然不敢帶著凶手過來。邵明淵，我既然想了起來，就斷不會認錯。當時李知府來拜訪祖父，就是因為……」

她飛快看了他一眼，才接著道：「因為我要出閣，所以來道喜的。」

貧居鬧市無人問，富在深山有遠親。她嫁的是大梁炙手可熱的北征將軍，出閣前杏子林很是熱鬧了一陣子，令祖父煩不勝煩。

「我沒有不相信。」邵明淵定定看著她。出閣，聽著就讓人心動呢。

喬昭不知道身邊男人的浮想聯翩，問道：「那現在你有什麼打算？」

「能乾淨俐落製造滅門慘案，那人在李知府身邊定然也是受器重的人物。這樣的人想找出來並不難，現在最重要的是先安排好鐵柱與山子。」邵明淵嘆了口氣，「我打算派人送他們進京，以防萬一。」

喬昭沒有反對。「這樣也好。這裡是李知府的地盤，我們人手不多，真有什麼事難免顧此失彼，送他們進京就安全多了。不過故土難離，山子又在鎮上讀書——」

「讀書的事不難解決，我先去問問他們的意思。」邵明淵看了喬昭一眼，輕聲道，「昭昭，妳別擔心，事情已經有眉目，早晚會水落石出。」

喬昭笑了笑。「我明白，至少現在我們知道李知府的立場了，還算及時。」

要是先一步被李知府察覺鐵柱見過凶手，沒有防備之下鐵柱很可能就被滅口了。

沒有耽擱時間，邵明淵很快派人把鐵柱與山子請了過來。

「我們已經知道畫像上的人是誰了。」邵明淵開門見山說道。

鐵柱渾身一震，失聲問：「誰？」山子坐在鐵柱身側，握緊了拳頭。

「今天知府過來了，你們知道吧？」

「知道，我看到了。」山子開口道。

邵明淵看著二人，正色道：「畫像上的人是李知府的人。」

鐵柱一聽，駭得面色如土。山子一雙拳頭握了又鬆，鬆了又握，同樣臉色慘白。別說知府大人，就算是縣老爺，對他們來說都是天大的人物了，原來他們要報仇的對象是知府？

邵明淵耐心等著二人平復了下情緒，笑問：「不知二位如何打算？還要替秀娘報仇嗎？」

山子抬起頭來，咬牙道：「殺母之仇不共戴天，哪怕粉身碎骨這仇我也要報的！」

少年說完看向鐵柱。「鐵柱叔，你不用摻和進這麼危險的事來——」

鐵柱瞪了山子一眼，漲紅著臉打斷他的話：「你這孩子說什麼呢？我和你娘雖沒有成親，可在叔心裡她就是我婆娘。叔雖然沒有大本事，卻也不能當孬種，讓你娘在地下罵跟錯了人！」

見對方這般反應，邵明淵牽了牽唇角，問道：「你們願不願意離開這裡，到京城去？」

二人怔住。離開這裡？這件事鐵柱是從沒想過的，山子幻想過有朝一日進京趕考，不過以他現在的年紀來說，這一切都太早了，像遙不可及的夢。

「你們想替秀娘報仇，就不能留在這裡，只有到京城去，將來站出來指認李知府，才能替她報仇。」邵明淵見二人神情茫然，溫聲續道：「放心，我會派人保護你們進京，到了京城後你們就住在我的府上，會有專門的先生教山子讀書，將來山子可以在京城參加科考。鐵柱大哥要想做事的話也可以給你安排一個差事。你們看怎麼樣？」

二人仍愣在原地。

怎麼樣？還能怎麼樣，又能報仇又能過上夢想中的日子，他們除了發呆已經不會怎麼樣了。

二人直到離開還有些暈乎乎的，喬昭不由嫣然一笑。「沒想到邵將軍口才這般好。」

「哪裡是我口才好，不過是於他們窮盡全力難以實現，於我舉手之勞罷了。」邵明淵笑笑，跳過這個話題，「送走鐵柱他們也算安心了，就不必留在村裡浪費時間了。」

「邵將軍有什麼打算？」

「妳呢？」

二人對視一眼。喬昭別開視線。「邵將軍還要賣我關子不成？」

「不，只是想瞧一瞧，咱們是否想到一處去了。」

喬昭扯了扯嘴角。她才不和他玩什麼「心有靈犀」的遊戲呢！

於是喬姑娘直言道：「訪友，引蛇出洞。」

將軍微微一笑。「我也是這麼想的。昭昭，咱們真是心有靈犀。」

喬昭瞪大了眼睛，這人忒無恥了！邵明淵莞爾。

他忽然發覺自從昭昭在他面前露出了真正身分，她的表情豐富多了。他喜歡她這樣。

喬昭閉了閉眼。不能再順著這無賴的話頭說下去了，不然最後又要歪纏。她就是想不明白，以前這人明明挺規矩守禮的，怎麼自從知道她是喬昭，就成了披著羊皮的狼呢？

「祖父、父親有一些故友在附近城鎮中，我大哥的那本帳冊在大火前就送到了一位故友那裡，大哥離開嘉豐前又去拿回來的。我原想著一回到嘉豐就去拜訪那些世伯，又擔心敵暗我明，反而給他們招來禍事，這才不敢貿然行事。」喬昭說到這裡彎唇笑笑，「現在就不一樣了。」

「是呀，如今敵人以為敵暗我明，我們卻已經知道了他們的身分，反而可以利用一下，說不準能把魚釣出來。」邵明淵說到這，深深看了喬昭一眼，似笑非笑道，「不過昭昭不能去啊。」

喬昭看著他。邵明淵遺憾搖頭。「我以喬大人女婿的身分去拜訪喬家故友，帶上妳，估計要被人家鄙夷了。」

「邵將軍還怕被人鄙夷？」

「雖然不怕，但對方若是存了鄙夷之心，有什麼線索就不可能對我透露了。」

喬昭不由沉默了。邵明淵的顧慮有道理，可讓她就這麼等在村子裡，心有不甘啊。

聰慧如喬昭，面對這問題也犯難，迎上對方戲謔眼神心中一動，問道：「邵將軍有辦法？」

邵明淵笑道：「昨晚沒睡好，腦子轉不動了，一時想不出好辦法。」

一看他的表情，喬昭便知道這人在故意戲弄她，不由抿緊了唇，語氣微冷：「邵將軍怎樣才能想出好辦法？」

對面的男人揚了下眉梢，一本正經道：「昭昭要是叫我一聲邵大哥，我一高興，說不定就想出辦法了。」

「邵明淵，你不要太過分！」邵明淵抬手揉了揉太陽穴，嘆道：「頭有些疼。」

「邵明淵，你知不知道，你的臉皮比你回京那天身上穿的鎧甲還要厚。」

「頭真的好疼，昨天把床讓給昭昭了，我站著睡的。」

喬昭不由洩了氣，盯著那張比城牆還厚的俊臉好一會兒，嘴唇動了動，飛快喊道：「邵大哥。」三個字說完，她尷尬地險些咬掉舌頭。

明明對別人這樣稱呼絲毫不覺有什麼，怎麼遇上他就這麼彆扭呢？

邵明淵響亮應了聲，目不轉睛望著少女。她知不知道，她此時的面頰比桃花還要紅……

年輕將軍忽覺得什麼坐懷不亂都是騙人的，如果心愛的姑娘在他懷中，他大概也會犯錯的。

「你說說，到底有什麼辦法？」

「可以女扮男裝。」

喬昭：「……」磚頭呢？她要敲死他！

「這麼好的辦法，邵將軍究竟是怎麼想出來的？」喬昭諷刺問道。

她如今的樣貌柔美精緻，女扮男裝除非瞎子才認不出來。

「別擔心，這次出門我準備了這個。」邵明淵從懷中掏出一物，遞給喬昭。

喬昭打開小小的盒子，裡面是鵪鶉蛋大小的一團東西，看不出究竟是何物。

「這是什麼？」喬昭伸出食指觸碰了下，奇異的觸感讓她瞬間打了個冷戰。

邵明淵笑道：「人皮面具。」

喬昭一雙清潤的眸子睜大幾分。「真有人皮面具這樣的東西？」

「有的，不過製作完美的人皮面具非常罕見，我只得了這一張。」

「這個要怎麼用？」喬昭再次用手指戳了戳盒子中的東西。

「清水泡開貼到臉上就行，等明天出發前我給妳戴。」

二人商量完，邵明淵回了村長那裡。

整個下午李知府與王縣令詢問村人時，邵明淵都是一副興致缺缺的樣子，讓二人放鬆不少。

一日詢問結束，王縣令倒了杯茶奉給李知府，笑道：「知府大人放心吧，看來冠軍侯這次前來，不過是雷聲大雨點小罷了。說不定啊，醉翁之意不在酒，拜祭岳父一家是假，攜美同遊才是真，哈哈哈——」

「眼下瞧著雖是如此，畢竟時日尚短，盯著那邊的人還是不能放鬆。」

「大人放心就是。」

翌日一早，晨霧籠罩著寧靜美麗的小山村，雞鳴狗吠聲響起，一道鬼祟的人影從豆腐西施宅子附近悄然離去。

得到稟報的王縣令連忙趕去李知府屋子裡。李知府黑著臉坐起來。「什麼事？」

這白雲村窮得什麼都沒有，美人倒是出眾。村長幾個孫女個個都水靈靈的，他昨晚握了其中一個的小手，別提多光滑細膩，剛剛還夢到那雙小手替他紓解呢，誰知就被這蠢貨打斷了美夢！

一見上峰面色不對，王縣令忙道：「大人，盯著那邊的人發現，今天一早冠軍侯帶著一名小廝悄悄離開了白雲村。」

「有這種事？」李知府登時睡意全無，接過王縣令遞來的衣裳匆匆披上，神情陰鬱，「冠軍侯如此遮遮掩掩離開村子是什麼意思？」

「這個不好說啊，但他昨日毫無異樣，今天卻來這麼一齣，下官覺得太奇怪了。」

「事出反常即為妖，這事不能掉以輕心，盯著那邊的人跟上去了沒？」

「大人放心，當時派了兩個人盯著，有一個直接跟上去了。」

「這樣吧，你在白雲村盯著，我這就回城。若有人問起，就說余田那邊發生了災情，我趕過巡視災情去了。」「是。」

清晨的鄉間路上行人稀少，一名身材高大的男子帶著一名清秀小廝步履匆匆。

「情況有些意思。」邵明淵側頭低聲道。

「怎麼？」

「身後的尾巴居然挺靈活，跟蹤技巧定有受過專門訓練。嘉豐不過彈丸之地，小小縣令身邊有受過這類訓練的人，是不是有些意思？」

「確實如此，這也證明我們沒有弄錯方向。」

邵明淵伸手一指。「白雲鎮到了。」

白雲鎮離白雲村不過十餘里路，多年前住著一位辭官的武將，與喬昭的祖父喬拙關係頗好，一來二去兩家人便成了世交。喬昭遙遙望了一眼小鎮，不由加快腳步。

「走了這麼久，不累嗎？」

「還好。」

邵明淵認真看了喬昭一眼，笑道：「昭昭，我發現妳很期待這次拜訪故交的行程。」

喬昭望著前方微微一笑。「是呀，許久沒見了。」

不久，二人便踏入了白雲鎮。鎮上許多早點舖子已坐滿了食客，挑著擔子的小販走街串巷吆喝著，整座鎮子有種淳樸的熱鬧。

「我們先吃點東西再去，妳想吃什麼？」將軍環視一周，琳琅滿目的南方早點讓他看花了眼。

「吃一碗鹵粉吧。」喬昭張望一下，伸手一指，「就去那家。」

那是擺在外面的一個小食攤，幾張長桌，幾條長凳，食客已經坐滿了，還有不少就站在一旁吃得熱火朝天，一對老年夫婦忙得滿頭大汗。

邵明淵彎了彎眼睛。「人那麼多，應該很好吃，不過……鹵粉是什麼？」

喬昭抬眸，迎上對方茫然的表情，不由嫣然一笑。「想起來了，你是北方人，沒吃過。」

望著笑靨如花的少女，邵明淵心跳漏了兩拍，溫柔含笑道：「那昭昭請我吃，可好？」

喬昭睇了一眼四周，低聲道：「不要叫我昭昭，被別人聽到該起疑心了。」

有哪個小廝會叫「昭昭」啊。

「說得有道理。」邵明淵點點頭，一本正經道，「小昭，請我吃鹵粉吧。」

小昭……喬姑娘皺了皺眉，勉強接受這個新稱呼，走過去道：「老伯，來兩碗鹵粉。」

「好嘞——」老漢迅速抓了兩把粉團往開水裡一焯，粉團須臾間舒展開來，成了潤白靈動的粉條。邵明淵目露新奇。

老漢把鹵粉撈起放進早準備好的青瓷大碗公裡，笑瞇瞇道：「小哥是外地人吧？」

「呃，是，您看出來了？」

老漢咧嘴一笑。「那是啊，整個鎮子上也找不出你這麼俊的後生來。」

邵明淵臉色微紅，不由看了喬昭一眼。

喬昭抿了抿唇，心道：這傻子看她做什麼，讓她附和老人家表揚他一下嗎？

也許是長得好確實占便宜，老漢舀了一大勺滷汁澆到鹵粉上，熱情解釋。「這滷水啊是獨家祕方熬出來的，放了三十多味調料呢，再加上冰糖，配上筒子骨熬上三天兩夜，才能對味兒。」

一勺滷汁澆下去，濃香頓時撲鼻，邵明淵吸了吸鼻子，伸手去端碗。

老漢笑呵呵制止。「小哥兒別慌嘞。」邵明淵茫然看了喬昭一眼。

喬昭難得見到某人吃個早飯傻乎乎的樣子，自是不會出聲提醒，只淡笑不語。

老漢把磨得鋥亮的菜刀舉了起來。邵明淵眼睛一瞇。怎麼，吃碗鹵粉還要動菜刀？

老漢手起刀落，「唰唰唰」把一塊炸得金黃酥脆的帶皮五花肉切成幾大薄片放在鹵粉上，笑瞇瞇指著一旁小桌上的瓶瓶罐罐道：「小哥兒，想加什麼味道自己加，還有酥豆、酸筍、酸豇豆，配著咱這鹵粉吃才是一絕呢。」

不用配什麼酥豆、酸筍，此刻年輕將軍望著堆滿了香酥大肉的鹵粉已悄悄嚥了嚥口水。

他端起老漢遞過來的兩碗鹵粉，就聽旁邊一位食客不滿道：「老楊，他那碗裡的酥肉堆得都快冒尖了，我這裡怎麼才兩三片？」

老漢瞥了說話的食客一眼，面不改色道：「人家長得俊！」

食客氣壞了。「長得俊能當飯吃啊？」

老漢嘿嘿笑了。「這不就當飯吃了，誰讓人家長得俊呢。」

食客：「……」居然覺得還有點道理。

恰好有人吃完結帳，邵明淵忙端著兩只大碗公坐過去。

喬昭端了幾個小碟子過來，在他身邊坐下。「我去端就好了。」邵明淵耳根仍有些發熱。

在北地，那些百姓對他萬般感謝，他能從容以對，誰知到南方，竟會被當面這般誇人容貌。

對將軍大人來說，這無疑有些尷尬，偏偏人家是好意，不能表現出不悅來。

再說——年輕的將軍低頭看了滿碗的酥肉，彎唇笑了笑。衝這些酥肉也沒法不悅啊。

男人眼神一閃，湊在她耳畔問道：「真的？妳要伺候我？」

「我是小廝，原該我伺候你的。」喬昭低聲道。

喬昭表情一僵，冷冷斜了他一眼。

某人頓時老實了，小聲道：「別不高興，等將來我伺候妳好了。」

喬姑娘額角青筋跳了跳，這人真的不是在占她便宜嗎？

迎上對方真誠的小眼神，喬姑娘又不確定了。

年輕將軍莞爾一笑，遞來一雙筷子。「吃粉。」

喬昭接過筷子，低頭吃起來。

邵明淵吃了一口，眼睛頓時亮了。「好吃。」

喬昭睃他一眼。「食不言寢不語。」

邵明淵劍眉微挑，寒星般的眸子掃了一眼四周，笑道：「這種地方，不講究這個。小昭，嘗嘗酸筍子，好吃極了。」

喬昭咬了咬唇。所以說這人的老實就是忽悠人的。罷了，她不和他計較。

喬姑娘吃了一口酸筍，嘆道：「和記憶中的味道一模一樣。」

她眼中浮上懷念與傷感。「我祖父以前很愛吃這個，說拿酸筍子下酒最好了。我那時還特意來找這位老伯學過酸筍子的做法，可惜味道總是差了點兒。」

「真的？」

「什麼真的？」喬昭一時沒反應過來。

「妳真的會做酸筍子？」

喬昭不知道他問這個幹什麼，狐疑看他一眼，輕輕點頭。

邵明淵眼睛一亮，低笑道：「那以後妳做給我吃，好嗎？」

「邵明淵，你想太多了。」喬昭一字一頓道，因為不敢說大聲，看起來不像惱怒，反而像是嬌嗔。喬姑娘自己都覺得沒有威脅力，不由洩了氣。

這傢伙就仗著臉皮厚吃定她了，果然是人不要臉天下無敵。

一塊金黃噴香的酥肉落入她碗中。喬昭抬眸。

「酥肉更好吃，妳多吃點。」邵明淵笑瞇瞇道。

他一雙眼睛生得好，黑白分明，燦若寒星，此刻盛著滿滿笑意，清晰映照出喬昭的倒影。

「你快吃吧，我吃這些足夠了。」喬昭垂眸道。

二人很快吃完了鹵粉結帳走人。

「昭昭。」「嗯？」

「這是我吃過最好的鹵粉。」

喬姑娘：你就吃過這一碗鹵粉……

悄悄跟蹤二人的探子捂著心口悲痛欲絕。

憑什麼啊，那兩人吃鹵粉，他也吃鹵粉，人家碗裡的酥肉堆得滿滿地冒尖，他碗裡只有一片，一片！據說給肉多少是看臉的……

探子欲哭無淚，強行打起精神跟蹤下去。

喬昭帶著邵明淵一邊走一邊道：「這位世伯姓謝，聽祖父提過，謝世伯年輕時曾守過山海關，因為受了傷才辭官回老家。」

「山海關……」邵明淵眸光轉深，喃喃道，「曾經的鎮遠侯便鎮守過山海關。」

喬昭抬眸看他。她知道他不會無緣無故提起鎮遠侯來。

邵明淵看向喬昭。「昭昭，妳有沒有發現一件很奇怪的事？」

「你說。」

「從無梅師太被擄開始，到現在去拜訪喬家故交，越來越多的事似乎都與那位鎮遠侯扯上聯繫。」邵明淵看向出現在眼前的青磚碧瓦，蹙眉道，「就好像一團亂麻，雖然尋不到頭緒，但這些亂麻纏繞著的中心，離不開鎮遠侯。」

喬昭頷首。「你這麼一說，確實有這種感覺。」

「昭昭，妳這位謝世伯是不是鎮遠侯的手下？」

喬昭搖頭。「這個我沒聽祖父提起過。」那段陳年往事，她很少聽祖父提起，最開始知道鎮遠侯的名字，還是因為祖母對祖父給她訂下的親事頗有微詞，二人談論時被她無意間聽到的。

「就是這裡了。」喬昭在一座宅子前停了下來。邵明淵上前敲門。

「誰呀？」門「吱呀」一聲開了，一位壯漢提著個狼牙棒站在門內，一臉警惕地打量來人。

邵明淵抽了抽嘴角，不由去看喬昭。

誰家門房迎客是提著狼牙棒的？他沒來過南邊，實在不懂南邊的風俗。喬昭同樣愣了。

見喬昭一臉意外，邵明淵收回視線，溫聲道：「我是冠軍侯，前來拜訪謝世伯。」

「冠軍侯？」門房上下打量邵明淵一眼，一臉狐疑。

邵明淵從袖中抽出一物，遞過去。「這是我的名帖，勞煩你交給貴主人。」

門房收過去看了名帖一眼，面不改色道：「等著！」大門「砰」地一聲關上了。

邵明淵無奈笑道：「是不是懷疑我的名帖是假造的？」

喬姑娘淡定搖頭。「不，門房大叔不識字。」邵明淵：「……」

不多時大門打開，一位五旬左右的男子快步走了出來，神色激動道：「冠軍侯在何處？」

邵明淵行了個晚輩禮。「謝世伯，您可以叫晚輩明淵。」

等他抬起頭，謝伯看到他的臉，神色微變，愣了下才道：「侯爺客氣了，請裡面說話。」

謝府並不大，院中的布置沒有像南方精緻閒雅，反而透著北方的大氣簡樸。

邵明淵打量一下，跟著謝伯入屋落座，喬昭默默立在他身後。

「謝世伯，晚輩這次來祭拜岳父一家，受舅兄所託前來拜訪，多有打擾還望見諒。」

「侯爺太客氣了。不知侯爺什麼時候到的？最近家中有些忙亂，我竟沒聽說。」

「剛到而已。」邵明淵含笑道。

謝伯看著邵明淵失神片刻，迎上對方微惑的眼神，解釋道：「侯爺與我認識的一位故人有些相似。」

人有相似並不奇怪，這話原本聽聽就可以過去了，可邵明淵突然心中一動。他也說不清這種奇怪的感覺是什麼，卻不會忽視過去。以往他憑著這種近乎本能的直覺，不知道躲過多少明槍暗箭。

邵明淵笑了笑，平靜問道：「不知世伯所說故人是何人？晚輩還有些好奇了。」

謝伯搖頭一笑。「那位故人是我一位遠房表妹，不提也罷。」

一聽是女子，邵明淵確實不好追問了。

立在邵明淵身後的喬昭安靜聽著兩人寒暄，此時忽然抬手在年輕將軍後背上悄悄寫下幾個字：狼牙棒。

邵明淵面上不露半點異樣，又說了幾句後狀似隨意問道：「世伯，剛剛我來叫門，為何府上門人會拿著狼牙棒開門？」

謝伯一聽，不由長嘆。「不過是被無賴逼得沒法子罷了。」

「這話怎麼說？」邵明淵身子前傾，擺出認真聆聽的姿態。

「我有一幼女，自幼隨我舞槍弄棒，原想等她將來出閣有一身功夫在身不怕受人欺負，誰料因為習武，那丫頭養野了性子，到了年紀竟不願意嫁人，說非要去南邊殺倭寇。」謝伯說著，黝黑的面容有些紅，「讓侯爺見笑了。」

邵明淵微微一笑。「令嬡的想法雖然與眾不同，但也不是什麼令人好笑之事。在北地，晚輩見過不少巾幗不讓鬚眉的姑娘。」

立在他身後的喬姑娘抿了抿嘴角，抬手寫道：見了多少？柔軟的指腹輕輕從他後背一下下畫過，邵明淵只覺那手指彷彿有著魔力，給他帶來一陣陣戰慄。他不由挺直了脊背，渾身僵硬，一顆心卻軟了又軟，熱了又熱，恨不得反手捉住那隻搗亂的小手，放進嘴中咬一口。

喬昭默默收回手。

見邵明淵沒有露出鄙夷之色，謝伯打開了話匣子：「那丫頭到了年紀不嫁人，一來二去年紀就拖大了。前不久她出門，不知怎的被一個潑皮給纏上了。小女氣不過，踹斷了那潑皮的腿，誰知那潑皮的堂哥是個錦鱗衛，此後家裡再沒得過安寧。」

「錦鱗衛來找世伯麻煩了？」

「錦鱗衛倒是還沒有來，那潑皮的家人召集了一群無賴，三天兩頭前來騷擾。」謝伯仰頭喝了一口悶茶，「真的打起來，我們也不是收拾不了那些無賴，可打走了無賴，錦鱗衛就該出來撐腰了。破家的縣令，滅門的府尹，何況是連一品大員都忌憚的錦鱗衛呢。」

謝伯看了邵明淵一眼，苦笑。「這些日子丫頭她娘已經病倒了，只怪那丫頭不像尋常小娘子一樣到了年紀規規矩矩嫁人，不然哪會惹來這般禍事。」

這時，一個穿鴨蛋青比甲的丫鬟匆匆走來。「老爺，太太咳得厲害——」

謝伯站了起來。「侯爺稍坐片刻，我去去就來。」

未等邵明淵開口謝伯便匆匆走了，可見是真心實意關心夫人的。

邵明淵側頭，剛要對喬昭說話，那名丫鬟忽然道：「侯爺，我們公子請您去花園喝茶。」

邵明淵神色淡淡看了丫鬟一眼。主人剛走，少主人就請他去花園喝茶？這顯然有古怪。

見他沒有反應，丫鬟快速瞄了一眼門口，低聲道：「公子說，他與喬大姑娘自幼熟識，或許有些您想知道的，他可以告訴您。」

邵明淵眼神一緊。自幼與昭昭熟識？倘若此刻站在他身後的不是昭昭，聽到這番話，無論那位公子有何古怪，他定然毫不猶豫前去。但現在，他又何必蹚這趟渾水。

邵明淵目光冷凝掃了丫鬟一眼，丫鬟不由垂下眼。

「不——」邵明淵剛要張口回絕，突然察覺一隻手在他背上輕輕觸了下，快速寫了一個字：去。

後面的話被邵明淵生生嚥了下去，他起身淡淡一笑。「不知花園如何走？」

丫鬟瞬間紅了臉，垂首訥訥道：「請侯爺隨婢子來。」

喬昭默默跟在邵明淵身後往外走，邵明淵有意落後丫鬟幾步，側頭往後看她，眼中是不動聲色的詢問。喬昭指了指自己的頭髮，邵明淵便明白了她的意思。

那位要見自己的「公子」，是一位姑娘。

想到這裡，他越發困惑了。昭昭為何要他去見一位姑娘家？

「我想見。」喬昭無聲說道。

那位在花園等著邵明淵的「公子」，應該就是謝世伯的幼女謝笙簫。

謝笙簫比她小兩歲，算是她的手帕交，一晃數年未見，她還真想見一見了。

至於謝笙簫為何邀請邵明淵花園見面，喬昭猜不到原因，但有一點可以肯定，絕不會是為了攀龍附鳳。那是謝笙簫啊，她是喬昭的一生中，唯一的手帕交。

倘若謝笙簫是那樣的人，那麼她只能怪自己瞎了眼。

「侯爺，我們公子就在那裡了。」丫鬟把二人領到後花園，悄悄退走。

邵明淵遙望了一眼，就見不遠處一叢豔麗的菊花旁站著一名青衫公子。

那人背對他而立，單從身高來說，不比尋常男子矮多少，信手拈花，自有一股灑脫氣度。

許是聽到動靜，那人忽然轉過身來。邵明淵腳步頓了一下。

喬昭在後面輕輕碰了碰他，他這才大步走過去。

「冠軍侯？」青衫公子開口。聲音清越悅耳，比女子多了幾分隨意，比男子又多了幾分婉轉，與其樣貌氣質竟有種令人讚嘆的契合。

喬昭心中一嘆：果然不出所料，正是她的好友謝笙簫。

「正是在下，敢問公子是——」

謝笙簫避而不答，把手中紅菊往地上一擲，冷笑道：「是你就好。」

話音落，纏在腰間的軟鞭被她熟練解下，朝著邵明淵就抽過來。

邵明淵忙往旁邊一避。謝笙簫一條長鞭舞得頗有章法，在半空竟帶出道道殘影。

躲避中邵明淵不由看了喬昭一眼，卻見她唇畔含笑立在旁邊，目光盡數落在謝笙簫身上。

年輕的將軍忽然有些心塞。為何昭昭看的是別人？

這樣一想，年輕將軍不再留情，整個身子突然拔高，在半空中抬腳一踢，勾起對方長鞭甩到不遠處的假山上，而後身子在空中優雅轉了半圈，瀟灑落地。

「承讓。」邵明淵朝謝笙簫頷首致意。

謝笙簫抬著下巴冷笑一聲。「技不如人，無話可說。這一鞭子我會記著，將來總有一日會替阿初還給你！」

她說完這話轉過身去，淡淡道：「侯爺請離開吧。」

這時一聲怒斥傳來：「笙簫，妳又胡鬧了！」

謝笙簫身體一僵。

謝伯大步流星走來，看著滿地殘菊，臉皮一抖，怒道：「笙簫，還不快對侯爺道歉！」

謝笙簫抿唇不語。

謝伯一臉慚愧。「侯爺，是我教女無方，這丫頭太胡鬧了。」

邵明淵淡淡看謝笙簫一眼，語氣微訝：「哦，原來這不是令公子，而是令嬡。」

喬昭垂眸彎了彎唇。她早就看出來了，邵明淵這傢伙表面一本正經，實則一肚子壞水。

果不其然，謝伯一聽邵明淵這麼說，臉色頓時五彩紛呈，心中憋屈無處釋放，於是瞪了謝笙簫一眼。「死丫頭還不回房去！」

謝笙簫涼涼道：「爹，是您叫破我的身分的。」說完這話，謝笙簫揚長而去。

謝伯臉都黑了，恨不得把鬍子一根根拔下來。

他為什麼那麼笨要叫破女兒身分啊，明明冠軍侯沒看出來的。

見謝伯欲哭無淚，喬昭睨了邵明淵一眼。

邵明淵翹了翹唇角，笑道：「世伯不必介懷，令嬡的身手放在軍營裡也是不錯的。」

謝伯：「……」這算是誇獎嗎？真是謝謝了！

「侯爺，回屋再說。」

幾人返回屋中，謝伯依然面帶赧然。「小女不懂事，實在讓侯爺見笑了。」

邵明淵笑笑，跳過這個話題。「世伯，晚輩今日拜訪，還有一件事要告訴您。」

「侯爺請講。」

「晚輩這次前來，帶了一名經驗豐富的老仵作，兩日前已經替我岳父一家開棺驗屍，查出岳父一家有二十四口都是死於割喉，真正在火中喪生的只有兩人。」

「什麼？」謝伯猛然站了起來。

他原本給人的感覺只是個性子直爽的老叟，可這時卻有殺氣突然爆發出來。

邵明淵久經沙場，殺敵無數，對這種氣息最是敏銳。

「侯爺這話當真？」

邵明淵點頭。「千真萬確。」

謝伯緩緩坐回去。「那侯爺有什麼打算？」

「晚輩既然已經查出岳父一家是被歹人所害，自是要把事情查個水落石出，好讓他們瞑目。」

「是該如此。」謝伯點點頭，深深看了邵明淵一眼，「可若是查不出線索呢？或者動手之人權勢滔天——」

「雖千難萬阻，不改其志。」

「說得好！」謝伯一拍桌子，望著邵明淵嘆道，「喬老弟有侯爺這樣的佳婿，雖死無憾。」

邵明淵心虛瞥了喬昭一眼，訕訕道：「世伯這樣說，晚輩太慚愧了。」

這時一名下人匆匆跑進來。「老爺，不好了，那些鬧事的潑皮又來了！」

謝伯臉色一變。「快看好了姑娘別讓她出去。」

邵明淵站起來。「世伯，晚輩陪您去看看。」

一六二　踹門大鬧

謝府的門被拍得震天響，外面傳來蠻橫粗魯的叫喊聲：「開門，開門！街坊鄰居快來看一看啊，謝家女把人的腿踹折了，一家人躲起來當縮頭烏龜啦——」

近日來這番熱鬧時不時上演，四鄰八舍已經沒了新鮮感，只有窮極無聊的兩三人搬著摺凳坐在家門口嗑瓜子。

見謝家大門紋絲不動，裡面靜悄悄的，領頭的人對一名手下使了個眼色。

那名手下立刻上前喊道：「再不開門我們可就踹了！」

裡面毫無動靜。「真的踹了！」

領頭的人抬腳踹了喊話的手下一眼。「哪來這麼多廢話，再不踹門我就踹你！」

手下一聽，忙喊了一聲：「老子踹門了！」

「咚」的一聲響，大門顫了顫，依然紋絲不動。踹門的手下甩了甩腳。

「廢物！」領頭的人斥道。

踹門的手下相當委屈。不是他廢物啊，是謝府大門被踹壞了兩次後，門越換越結實了。

「老大您瞧好吧。」踹門的手下唯恐被頭頭嫌棄，往手上「呸」了兩聲，雙手搓了搓，中氣十足吼道，「老子不信踹不開你！」他後退幾步，加快速度衝了過去，一腳踹到大門上。

恰在這時大門忽地開了，裡面的人淡定往旁邊一側，踹門的手下就如一支脫弦的箭，不受控制一頭栽到了地上。一聲慘叫過後，跌了個狗吃屎的他艱難翻了個身，摔得滿臉血。

領頭的人惱怒交加，罵道：「廢物，還不起來！」

踹門的手下掙扎了下，含含糊糊道：「老大，起不來……」

領頭的人瞪了旁邊人一眼。「快把他拖過來，別丟人現眼。」

等人拖走了丟人現眼的手下，領頭的人這才看向站在他面前的男子。

「你是什麼人？」領頭的人目光放肆地在邵明淵身上溜達一圈，目露猥瑣之色，「喲，莫非是謝家那個母夜叉的相好——」話未說完，他整個人如斷線的風箏般飛了出去，飛出老遠才在巷子對面鄰居家的牆壁上滑下來。

摔得七葷八素的領頭混混登時連話都說不出來，那些手下見老大成了這副模樣，一時不知該怎麼辦才好。到底怎麼辦老大您可吱一聲啊，小的們以前從沒遇到過這種情況！

老大：「……」他滿嘴血，怎麼吱一聲？

領頭的人頭一歪，吐出一口血來，血水裡混著兩顆牙。

眾混混：「……」好可怕，老大牙都掉了，以後還怎麼吃豬肘子啊？

「把他……」領頭的人伸手指了指邵明淵。眾混混一同看過去。年輕男子一身玄衫，襯得面如冠玉，目似朗星，雲淡風輕對他們冷冷一笑。眾混混下意識齊齊後退一步。

「本侯不和你們計較，去對你們主家說，讓他的靠山直接過來，免得浪費彼此時間！」他說完，轉身走進大門，對提著狼牙棒的門人道，「大叔把門關上吧。」

說到這，他又回頭看了眾混混一眼，語氣冷冷道：「記得提醒他來了後學會敲門。」

門人「砰」的一聲把門關上，看向邵明淵的眼神熱切無比。

邵明淵朝謝伯微微一笑，溫潤有禮。「世伯，咱們進屋接著說。」

謝伯摸了摸鼻子。冠軍侯的威名他雖早就聽說過，可見了眼前年輕人後心中總有些懷疑，現在算是相信了。想當年，他脾氣最烈的時候，大概也就是如此了。

二人重新回到屋內，邵明淵神色平和地繼續說起先前的話題：「晚輩打算長住嘉豐，不找出殺害我岳父一家的凶手絕不回京。世伯若是知道什麼線索，還請助我一臂之力。」

「如果能幫得上忙，我謝家上下絕不會推辭。」謝伯眼中浮現一絲傷感，「侯爺有所不知，我其實比喬家老弟大不了多少，當年喬老先生在時，我雖然只是個武夫，承蒙喬老爺子不嫌棄，與喬老爺子算是忘年交了。喬老弟被歹人害死，我定然不會袖手旁觀，侯爺有什麼需要幫忙的就說吧。」

邵明淵用眼角餘光掃了喬昭一眼，她微不可察點了下頭。

在喬家這些故交之中，謝家算是最普通的一家。謝伯多年前就辭官，在這白雲鎮上勉強算是中等人家而已，在許多人眼中與普通百姓無異。

但是祖父曾對她說過，謝伯是忠肝義膽之人，這樣的人，關鍵時候是靠得住的。

可令喬昭一直疑惑的是，大哥在喬家大火前按父親的吩咐拜訪故友，卻獨獨落了謝家。

為此，她還特意問過大哥，在她不在嘉豐的這幾年裡，父親是否與謝伯有什麼不快，大哥直接否認了這一點。這樣一來，父親當時的吩咐就有些奇怪了。事出反常即為妖，大哥在家裡除服後拜訪故友，獨獨落下謝伯一家，那麼她偏要首先拜訪謝家，以解疑惑。

「世伯可否仔細想想，在喬家大火之前，喬家有何異常？或者，我岳父是否與您有過聯繫？」

謝伯深深看了邵明淵一眼，問道：「侯爺怎麼會想到問這個？自從喬老先生過世後，喬老弟一家都在守孝，並無什麼異常啊。」

邵明淵笑笑。「晚輩離京前，舅兄曾對我提過，泰山大人與您最是親近。」

「墨兒對侯爺提過我？」謝伯一怔。

「當然提過。」邵明淵伸手入懷，拿出一封信雙手遞去，「這是舅兄託我轉交您的信。」

信確實是喬墨寫的，離京前，喬墨寫了數封信給喬家故交每人一封。信中沒說什麼特別的話，無非是說邵明淵是可信之人，再簡單說了自己在京中的情況。

謝伯接過信，當著邵明淵的面打開，看了好一會兒沒說話。

邵明淵沒有打擾，端起茶盞啜了一口。

謝伯忽然起身，對邵明淵道：「侯爺稍坐片刻，我去去便來。」

謝家僕人並不多，前院只有一個門人而已，謝伯離去後廳中就只剩下喬昭與邵明淵二人。

邵明淵輕聲問喬昭：「妳說謝世伯幹什麼去了？」

喬昭望著門口方向，低聲道：「或許有什麼東西要交給你。」

二人短暫交談幾句，不再說話。不多時，謝伯匆匆返了回來。

習武之人行事爽利，謝伯回到廳中，一屁股坐下後便把一個油紙包裹的物件遞給了邵明淵。

「世伯，這是——」

謝伯擺擺手。「是什麼我也不知道。」

迎上邵明淵微訝的眼神，他解釋道：「這是今年初我去喬家拜訪喬老弟時他交給我的，我拿到後就收了起來，從沒打開看過。」

喬昭眼神一閃。

按著謝世伯的說法，他得到此物是在大哥去拜訪喬家故交之前。這是不是代表，後來父親吩咐大哥去拜訪世交，獨獨落下了謝家，是父親為了不引人注意而有意為之？

喬昭站在邵明淵身後伸手，輕輕碰了他一下。

邵明淵會意，面帶疑惑問道：「既是泰山大人送給世伯之物，世伯為何把它轉交給我？」

謝伯看了邵明淵手中物一眼，嘆道：「我本來就是替喬老弟保管而已。當時喬老弟把此物交給我，就對我說了，倘若有一日喬家有什麼變故——」他看向邵明淵，神情有些感傷。「喬老弟叮囑我，若侯爺會帶著他的長女來嘉豐，便把此物交給他的長女。」

他是在後來才得知了喬家長女遇難的消息。

冠軍侯登門拜訪，他心中原本一直猶豫，不知該不該把此物交給對方。

直到冠軍侯表明要替喬家報仇雪恨，又拿出喬墨的信，最終讓他下定了決心把此物交給他。

謝伯在心中道：喬老弟啊，我是個粗人，不知道這樣做到底對不對，希望你在天之靈保佑我沒有看錯人，沒有辜負你的囑託。

喬昭聽了謝伯的話，臉色一白。這物件，原來是父親要交給她的。這一刻，她無比慶幸，在喬家出事前她的死訊沒有傳到南邊，不然父親得到消息該是何等難過啊。

她的視線落在油紙包裹的物件上。那裡面究竟是什麼？看厚度，像是信件字畫等物。

喬昭有些迫不及待了，但她經歷了這麼多事，這點自制力還是有的，表面很快就恢復了平靜，低眉順眼如一個真正的小廝，絲毫不惹人注意。

這時廳外響起了急促的腳步聲，門人前來稟報：「老爺，來人了。」

謝伯與邵明淵對視一眼，站了起來。「侯爺把東西收好吧，我出去看看。」

大門打開，一名三十歲左右的男子站在門外，身後跟了數人。

男子見了謝伯，直接道：「聽說府上來了個很有本事的年輕人，何不出來一見呢？」

「你要見我？」淡漠的聲音傳來。

男子抬眼望去，就見一名身材高大的年輕人眉目冷然盯著他，眼中有著淡淡的威嚴。

「不知閣下是什麼人，為何要插手謝家的事？」

「謝世伯的事，便是我的事。」邵明淵淡淡道。

男子臉色一冷。「閣下這是不給我面子了？」

別說尋常百姓，就算嘉豐大大小小的官員見了錦鱗衛的人也要夾起尾巴做人，地方上的錦鱗衛比之京城的還要威風些。久而久之，錦鱗衛的一些人言行自是囂張起來。

男子雖覺眼前的年輕人不是尋常人，卻依然沒有收斂脾氣，冰冷的眼神迸出凜冽的殺意。

邵明淵劍眉一挑，不急不緩問道：「你真是錦鱗衛？」

男子不由嗤笑。「原來閣下不認識錦鱗衛的服飾。」

邵明淵視線往男子身上落了落，淡淡道：「嗯，你的衣著配飾與我見過的錦鱗衛不大一樣，所以有些疑惑。」

喬昭垂首彎了彎唇角。這傢伙又開始埋汰人了。

當然不一樣，這人所穿的服飾與正統錦鱗衛略有不同，瞭解的人便可以分辨出來，這屬於錦鱗衛的周邊人員，也就是說，並未計入正規名冊。

聽邵明淵這麼一說，男子臉色猛變。他雖然是錦鱗衛周邊人員，但憑著這個身分，嘉豐上下誰見了他不客客氣氣的，這還是第一次有人這麼打他的臉。

「你們還愣著幹什麼，這人形跡可疑，還不給我抓起來！」

男子帶來的人齊應一聲，一擁而上把邵明淵圍了起來。

邵明淵揚聲道：「如果沒有主人出來把惹事的狗牽走，那本侯就不客氣了。」

話音落，一個陰冷的聲音喝道：「你們還不住手！」

「你是誰呀，敢阻礙我們錦鱗衛辦案？」男子轉過頭去，一看到來人登時腿腳一軟，哆哆嗦嗦道，「五，五爺——」

江五抬手狠打了男子一記耳光，冷冷道：「辦案？你什麼東西，也能代表錦鱗衛辦案？」像這種周邊人員，不過是他們錦鱗衛在地方上因人手不足而招募的一些當地人。在別人眼中套上這身皮能作威作福，但在他眼中屁都不是。

江五連話都懶得再與男子說，對邵明淵拱手道：「侯爺，在下沒有管好手下人，對不住了。」

他一直派人盯著冠軍侯這尊大佛，結果手下來報，居然有錦鱗衛的周邊人員跑來和人家對上，這不是笑話嗎？

「無妨，只是這位錦鱗衛的堂弟仗著有一位當錦鱗衛的堂兄，頻頻騷擾我這位世伯。今日本侯要向江大人討個人情了。」

江五笑笑。「侯爺太客氣了，這人不過是給錦鱗衛打雜的，這麼不懂事回頭換了就是，謝老可以安心了。」

邵明淵蹙眉。「雖是如此，可誰知以後——」

江五環視一眼，看熱鬧的四鄰八舍忙縮回頭去。他冷笑一聲，高聲道：「江五把話撂在這裡，以後誰再找謝家麻煩，就是與我錦鱗衛過不去。」

一個小小的謝家，連土財主都算不上，要不是以前與喬家有幾分交情，在他眼中與尋常百姓無異，這樣的人家就算惹事能惹多大的事？

對於這種不費吹灰之力就能罩著的人，他自是樂得送這種便宜人情。

「那就多謝江大人了。江大人要不要進來喝一杯茶？」

江五笑笑。「在下就不打擾侯爺與謝老敘舊了。」

他拱了拱手，眼風都沒給面如土色的男子一眼，冷冷道：「走。」

謝家大門重新關上，四鄰八舍看向謝府的眼神已經不一樣了。

謝家居然有錦鱗衛罩著，以後可惹不得了！

❦

「冠軍侯把那些無賴解決了？」謝太太躺在病床上，聽了丫鬟的回稟，精神立刻好些了許多，激動問道。

謝笙簫握著謝太太的手。「娘，您放心吧，事情真的解決了。錦鱗衛的江五爺親口說，以後誰再找咱家麻煩，就是和他過不去。」

謝太太坐起來，雙手合十，喃喃道：「謝天謝地，真是幸虧各路神仙保佑了。」

謝笙簫抬了抬眉。「這和各路神仙有什麼關係？」

謝太太瞪了謝笙簫一眼。「妳這個死丫頭，到現在還氣我。這麼大的人了不嫁人，不知什麼時候又惹出麻煩來，我早晚被妳氣死！」

謝笙簫打量著謝太太。「娘，您的病好了？」

謝太太斜她一眼。「妳少惹禍，我又怎麼會擔心病了？」

謝笙簫點點頭。「看樣子您真的好了，那我就放心了。」

「嗯？」謝太太看女兒一眼。

謝笙簫笑笑。「這些天娘病著，我很慚愧。」

「知道慚愧就好。行了，娘身體舒坦多了，妳不用在這裡陪著，回房繡繡花吧。妳要是能繡出一方手帕來，娘能長命百歲。」

謝笙簫翻了個白眼，抬腳走了。

「這個丫頭啊——」謝太太一陣心塞。

謝伯那裡盛情留邵明淵吃飯，哪知飯才吃了一半，穿鴨蛋青色比甲的丫鬟又跑了過來，花容失色道：「老爺，不好了，太太昏倒了！」

謝伯猛然站起來，而後似是想到什麼又緩緩坐下，沉著臉。「是不是你們姑娘又頑皮了？」

丫鬟急得跺腳。「不是呀，老爺，是姑娘離家出走了，留了一封書信給太太，太太見了才急昏過去了。」

一聽女兒離家出走，謝伯臉都黑了，急道：「信呢？」

丫鬟忙把信遞給他。「老爺，信！」

謝伯接過來匆匆掃了一眼，氣得手抖。「這個孽障，簡直是想要她娘的命啊！」

喬昭悄悄踢了邵明淵一下，他輕咳一聲道：「世伯，令嬡去了何處？」

謝伯早年從軍，至今依然不改武將不拘小節的性格，此時被女兒氣糊塗了，直接把信遞給邵明淵看，只見上面寫著：

男兒何不帶吳鉤，收取關山五十州；女子不比男兒差，不除倭寇誓不休！

「她居然真跑去殺倭寇了！」謝伯狠狠一拍大腿，「真是——」

頓了頓，他接著道：「真是可惜了不是個兒子！」

邵明淵莫名想笑。誰知謝伯話音才落，門簾便掀起，旋風般衝進一個婦人。

謝伯一見面色大變，顫聲道：「太太——」

謝太太伸手揪住了謝伯耳朵，吼道：「可惜不是兒子？要是個兒子你是不是早就送過去了？

好好一個姑娘家整日裡想著殺倭寇，就是你上梁不正下梁歪，偏偏還在我面前裝糊塗！」

「太太，有外人在呢。」謝伯一張老臉漲成了豬肝色。

「無論誰在，你都不能把女兒給我弄沒了。那個孽女，一個麻煩才解決了又添新亂子，就是見不得我好！」

謝伯忍不住替女兒解釋：「不是啊，太太，笙簫定然是見麻煩解決了才走的。之前她不是守在你病床前片刻不離嘛，她是看咱家沒麻煩了，妳病也好了，這才走的。」

「你的意思是，她這個時候走很有理了？」謝太太瞪眼問。

老混蛋說的是她理解的這個意思吧？

「沒理，沒理……」「那你快叫人把女兒尋回來啊！」

謝伯一抖謝笙簫留下的信。「太太妳瞧啊，這信上畫著一葉小舟呢，這說明笙簫是乘船走的，那丫頭這時定然已經上船了，沒法追了。」

謝太太白著臉看向邵明淵。

邵明淵一臉嚴肅安慰道：「伯母不要太擔心，令嬡功夫不錯，哪怕三五個大漢也近不了身。」

謝太太掩面大哭。「她一個姑娘家，為啥要三五個大漢近身？」

邵明淵尷尬咳嗽一聲，眼角餘光掃了喬昭一眼。到底還走不走了，他想回家！

「妳快別哭了，侯爺的意思是咱們女兒功夫好，不會出事的。」

謝太太捂著臉不放手。「侯爺還功夫好呢，喬家大姑娘還不是落到韃子手裡去了。」

邵明淵：「……」夠了啊，當著他還沒追回來的媳婦的面兒這般挑撥離間，他真要生氣了！

「太太，妳這是說的什麼話？」謝伯大為尷尬。這個婆娘，當時不嫌棄他廢了一隻手嫁給他，為人爽朗又大度，哪裡都好，就是脾氣一上來什麼都敢說。

「怎麼？嫌我不會說話了？你趕緊給我把女兒找回來，之後想休了我都行！」

謝太太用力把謝伯往外推。謝伯面紅耳赤對邵明淵道：「侯爺，您看這——」

邵明淵面不改色笑笑。「世伯，既然您有事要忙，那晚輩就不打擾了——」

喬姑娘在他身後輕輕踢了一下，邵明淵沒有反應。

謝伯把人送出門去，邵明淵望著藍天白雲輕吁了口氣。

二人往回走著，喬昭低聲道：「你怎麼不說幫忙？」

年輕將軍愣了愣。「女孩子離家出走，我也要幫忙嗎？」

喬昭怔了怔，皺眉道：「可她要去南邊殺倭寇，南邊那麼亂——」

「別擔心，我在花園中試了謝姑娘的身手，她應付幾名大漢不成問題的。」

喬昭依然有些擔心。「畢竟事無絕對。」

邵明淵笑著嘆氣。「天有不測風雲，在家裡坐著還可能被掉下來的瓦片砸死呢。」

他眸光湛湛，望著眼前的女孩，輕聲問道：「昭昭，妳是想把謝姑娘追回來嗎？」

出乎他意料，喬昭搖了搖頭。「不，我本來是想你能派個人保護她，但現在想想，你這次出來只帶了葉落，根本沒有人手。你說得不錯，人有旦夕禍福，不能因為這樣就放棄自己想做的事情。當一個不讓鬚眉的巾幗，一直都是笙簫的夢想。」

喬昭望了南邊一眼。她不知道這個時候謝笙簫是否已經坐上了駛往南邊的船，但她知道，好友的心此時一定是快活的。

人這一世，如果能活很久很久卻不快活，又有什麼意思呢？還不如憑心而為，才不枉一生。

謝笙簫，咱們都加油吧，南邊見。

「冠軍侯去了白雲鎮的謝家？」聽了探子回稟，王縣令立刻派人去給李知府送了消息。

李知府得到消息，叫來幕僚商議。

「韓先生說說，冠軍侯今日的舉動，是否有什麼深意？」

被稱作韓先生的幕僚是個留著山羊鬍鬚的精瘦老叟，聞言捋了捋鬍鬚道：「白雲鎮謝家咱們之前已經打探過了，就是一戶尋常人家。喬拙生前與謝家交好，喬謝兩家成了世交，冠軍侯來到嘉豐，去謝家拜訪不足為奇。」

「去謝家拜訪是不足為奇，但冠軍侯一大早偷偷摸摸前往就有些古怪了，我總覺得不對勁。」

「大人有此感覺也是正常，一個人任何異動都是有原因的，老朽建議不妨再盯著看看，畢竟只是去白雲鎮謝家拜訪，很難猜透冠軍侯的打算。」

李知府面色深沉，望著窗臺擺放的墨菊嘆道：「我是怕冠軍侯明修棧道，暗度陳倉，去拜訪喬家故交是假，探尋喬家大火真相是真。」

說到這裡，李知府冷冷一笑。「喬家大公子呈到御前的那本帳冊，不就是從喬家一位故交手中得到的？當時真是大意了，讓喬家大公子逃出生天，為此，本官可是挨了不少罵。」

「所以這一次咱們要好好盯著才是。」

李知府點頭。「自是不能放鬆。好在謝家只是普通人家，喬家大公子在喬家大火前後都沒去謝家拜訪，可見以謝家的層次，喬家與他家並沒有更深的牽扯，其他幾家就難說了。」

「大人，嘉豐城的朱家要格外注意。朱家那位在丁憂前與喬御史是同僚，同在督察員任職。」

李知府眼中閃過恨意。「喬墨離開嘉豐前去拜訪了幾位故交，故布疑陣，我估摸著那本帳冊就是從朱家得到的。好在姓朱的驚馬摔死了，他們就算去了也是白跑一趟。」

「大人千萬不要大意，那事非同小可，焉知死去的朱御史有沒有留下後手呢？」

李知府眼中殺機浮現。「只可惜喬家遭了大火，未免惹人注意，不好把朱家連根拔起，誰想到打發走了京城來的欽差，冠軍侯又來了。早知道就不該顧慮那麼多，一不做二不休——」

「大人還是不要衝動。如今冠軍侯在明，咱們在暗，一頭霧水的是冠軍侯，不是咱們。您這個時候要是對朱家動手，反而讓他尋到蹤跡。」

李知府點點頭。「韓先生說得對，先派人盯緊了冠軍侯，他若只是單純拜訪喬家故交也就罷了，若是還打別的主意，一旦被他查到什麼，就立刻動手！」

「冠軍侯不好對付啊。」幕僚摸著鬍子道。

李知府冷笑。「雙拳難敵四手，冠軍侯這次南下不敢帶人，至於其他人不過是繡花枕頭而已，他再能耐，多派些人熬也把他熬死了。」

幕僚有些憂心。「那樣動靜未免太大了。我看大人最好趕緊跟那邊打聲招呼，就算要用人，也別用咱們明面上的人。」

「當然，從接到京城來信的時候不就給那邊遞話了？想來那邊的人也快到了。」李知府想到這些就一陣頭疼，陰沉著臉道，「倘若到了那一步，還要把錦鱗衛哄好了。真是麻煩啊，希望冠軍侯識相些，別扯出那麼多事來。」

京城那邊說了，他明年考滿就能評個甲等調任京官，這種關鍵時刻如果不是被逼得沒法子，誰願意玩火呢？李知府想到這些，目光更加陰寒。

喬昭二人因為從謝家得了油紙封，放棄了繼續拜訪世交的打算，早早回到了白雲村中。

人皮面具貼上去容易，取下來卻難，喬昭抬手扯了下，把臉扯得生疼，連眼淚都要流出來。

邵明淵見了好笑又心疼。「昭昭，妳急什麼？」

「想早些看看油紙封裡是什麼。這人皮面具不能直接取下來嗎？」

「要用熱水蒸。」邵明淵說著走到廚房端來一盆熱水，叮囑道，「先用熱氣蒸臉一刻鐘，然後就可以取下來了。」

喬昭點點頭，低下頭去靠近水盆，想到某人就在一旁虎視眈眈看著頓覺有些彆扭，側頭道：「邵將軍，你先回去吧，等我取下人皮面具就去找你。」

某人端坐著不動。「邵將軍？」

年輕將軍無奈嘆口氣。「昭昭，這是我的房間。」

男人忍笑地把少女的尷尬盡收眼底，頗為委屈。「妳讓我去哪呢？」

喬昭低了頭不再理他。一刻鐘很短，可對她來說很漫長，好不容易熬到盡頭，她直起身來。

邵明淵忽然起身走過來，半蹲在她面前。「別動，我幫妳取下來。」喬昭眨了眨眼，剛要反對，那人又說：「取法也有講究的，妳硬生往下取，萬一扯壞了留一半在臉上——」

喬昭乾脆閉上眼睛，來個眼不見心不煩。「快取吧。」

邵明淵輕笑一聲，慢慢靠過去。他抬手落在少女光潔的額頭上，少女鬈翹的睫毛顫了顫。

他沒再猶豫，小心翼翼把人皮面具取了下來，露出那張鐫刻在心裡的容顏。

「好了？」喬昭睜開眼睛，驀地發覺男人近在咫尺，對方的呼吸纏繞著她的，曖昧無邊。

喬昭臉一熱，猛然往後避開。

邵明淵手疾眼快扶住她，低笑道：「當心摔倒，我走開就是了。」

「別出聲。」男人湊在少女耳畔，輕聲道。

話音落，他忽然環住她的腰，拔地而起，另一隻手攀上了牆頭。

牆外面是濃濃淡淡的黑，草木分辨不出輪廓，如鬼魅般靜靜佇立著。

邵明淵帶著喬昭無聲落地，低聲問：「站穩了？」

喬昭點頭。邵明淵鬆開環住少女纖腰的手，輕聲道：「那走吧。」

「盯梢的人解決了？」喬昭低低問。

「解決了，不用擔心這個。那人現在睡得正香，等明天醒來也不會知道是怎麼回事，只以為自己不小心睡著了。」

黑暗中，二人雙手交握，穿過了杏子林。

喬家大院只剩下斷壁殘桓矗立在黑夜中，透著恐怖森然。

對於生活多年的家，喬昭心中沒有害怕，由著身邊男人牽著她手走進去時，心頭只有苦澀。她與身邊的男人很早之前就訂下了親事，是祖父親自訂下的。

祖父過世前的那兩年，一直催著她趕緊嫁過去，可見他老人家心中是很期盼她成親的。

祖父是不是也期盼過有朝一日，她與身邊這個男人攜手走進杏子林的家，來看他呢？

思及此處，喬昭手上用力，把男人寬大粗糙的手掌握緊了些。邵明淵自是察覺到了，隱在黑暗中的眉梢輕輕揚了揚。

「小心腳下。」他湊在少女耳邊低聲道。

「往這邊走。」對於自己的家，喬昭閉著眼睛都熟悉每一個角落。

她抓緊了邵明淵的手，在黑暗中走走停停，來到假山旁。

後花園是喬家大火後保全最多的地方，堆砌多年的假山石與不遠處的水池沒有多少變化，只是水池裡隱隱傳來枝葉腐敗的氣味，再不見往年蓮花盛綻的美景。

山洞口黑黝黝的，像是隱藏在黑暗中張著巨口的凶獸。

邵明淵這才點燃隨身攜帶的氣死風燈（注），高大身影遮擋著光線，彎腰往假山洞中探了探。假山洞口雖窄，裡面卻不小，燈光照映下，可以看到洞裡積滿了灰塵雜草，除此並無其他。

「邵將軍，我進去瞧瞧，麻煩你照好。」

邵明淵拉住她。「我進去吧，裡面髒。」

「不用，你個子高，進去束手束腳，再者，你也沒有我熟悉。」

邵明淵拉住喬昭的手。「等一下。」

喬昭停下來看他。邵明淵提著燈打量四周，從水池邊撿起一根竹竿，往山洞內探了探。他探得很仔細，沒有放過任何角落。忽然有一物纏上了竹竿，靈活快速往上爬。

燈光下，喬昭看得清清楚楚，那是一條青綠色的蛇。她沒有驚叫，臉卻一下子刷白了。可想而知，剛才她要是直接進去，這條蛇說不定就要爬到她身上了。

「邵明淵——」喬昭低低喊。

邵明淵快若閃電伸出手把蛇拋到遠處，側頭問她：「嚇到了？」

喬昭搖搖頭。「沒有。」

「進去吧，小心點。」邵明淵直起身來，把竹竿輕輕丟到地上。

注　一種燈籠。「氣死風」是不容易被風吹滅之意。其形狀為圓形或橢圓，上方的開口較燈體直徑小，底部不開口或只有小開口，故不易吹熄。

「多謝。」藉著朦朧燈光，喬昭能依稀看清對方的臉。他的眸子在黑夜中顯得更明亮，很是好看。喬昭忽然不敢再看，低頭鑽了進去。

邵明淵把燈放進洞口裡，山洞內頓時亮起來。

喬昭抬手摸著山洞內的石壁。裡面的每一處她都是熟悉的，閉上眼睛就能畫出來。父親只交給她畫著假山的一張紙，是要告訴她這裡面藏著什麼呢？

她摸過一寸寸石壁，把記憶中能藏東西的石縫間隙全都找過，卻一無所獲。

站在山洞口的男人忽然熄了燈，高大的身體擠進來。

山洞裡雖不算狹窄，但那是相對而言，一個身材高大的男人突然擠進，頓時把裡面占滿了。

喬昭一邊身子挨著石壁，另一邊身子靠在男人身上，躲都躲不開。

男人特有的氣息瞬間把她籠罩著，嚴嚴實實。

「邵──」

邵明淵直接伸手捂住她的嘴，低聲道：「別說話，有人來了。」

有人？喬昭心頭一緊。那場大火之後，喬家大宅就成了凶地，平白無故誰會來這個地方？

難道是王縣令那一方的人跟了過來？

喬昭驚疑不定，下意識抬頭去看邵明淵，卻不小心撞到了對方的下巴。男人泛著青茬的下巴觸到她光潔的額頭，酥酥麻麻。

黑暗中，眼睛什麼都看不到，其他感官就變得極為敏感。那一刻，他們同時聽到了心跳聲。

怦怦怦，心跳聲在小小的石洞中藏無可藏，分不清是誰的。

喬昭冷靜了下，抬手在邵明淵手心寫字：你覺得會是什麼人？

難說。邵明淵同樣在她手中寫道。

不是王縣令的人？

來時無人跟蹤。邵明淵寫道。

喬昭沒再多問。既然邵明淵這麼說，她相信他這點本事還是有的。

腳步聲近了，喬昭側耳聆聽，忽然發現來人竟是直奔山洞這邊來的。

她不由握緊了身邊男人的手。別怕。邵明淵寫道。

少女反手寫道：我沒怕。我是在想，我們被發現後你要不要殺人滅口。

邵明淵無聲彎了彎唇角。原來他白擔心了。說得也是，他身邊這姑娘在義莊裡面對恐怖的屍體都敢去碰，又怎麼會怕大活人呢。

腳步聲越發近了，就在山洞外的不遠處停了下來，很快傳來年輕女子的聲音：「討厭，說了不要去那裡！」

「三妮，不去那裡去哪裡啊？」年輕男子討好的聲音傳來。

喬昭目光微閃。聽聲音，這一對男女應該年紀不大，不會超過二十歲。

「反正不要去那裡。你忘了，上次裡面居然有蛇呢，簡直嚇死人了！」

「可是別的地方妳不是說被燒得黑漆漆的很嚇人嘛。好三妮，咱們還是去山洞裡吧，出來一趟不容易——」

「哼，那就回去好了！你還口口聲聲說稀罕我，結果只顧著自個兒——」女子聲音陡然拔高了，「你幹嘛呀，快放我下來！」

「別打，別打，我聽妳的，咱們不去山洞裡，就在這水池旁，怎麼樣？」

女子哼了一聲，沒再說話。

外面忽然安靜下來。

喬昭眉頭緊鎖，很是不悅。這兩個人鬼鬼祟祟跑來她家遺址做什麼？

山洞裡，水池邊，地方還可以隨便換，看來定然與她和邵明淵今晚過來的目的無關了。

那二人提了燈來，山洞外有著微弱光線，可以讓躲在暗處的人窺其一二。

喬昭忍不住往外探了探頭，還沒看清外面情形就被身邊的男人拽了回來。

我看看他們要幹什麼。少女抬指，在男人寬大的掌心迅速寫道。

她寫完最後一筆，外頭忽然響起女子的叫聲，那叫聲短促高昂，尾音嬌媚入骨。

「三妮，三妮，妳可真美，我天天想妳想得心都疼了……」

喬昭臉猛地紅了。她不傻，現在當然明白外面的人在幹什麼了。

她剛剛居然還問了邵明淵！一想到這個，喬姑娘就恨不得以頭撞地。

真是把這輩子的臉都丟盡了！

一雙大手忽然覆上她火熱的雙耳，擋住了外面不堪入耳的聲音。

男人用手指在她臉頰上輕輕寫道：好姑娘，別聽。

外面有光，悄悄灑進來幾縷。適應了黑暗的環境後，藉著這點微弱光線，喬昭抬著頭，勉強看清了身邊男人。

他坐得筆直，神情專注蒙著她的耳朵，面色很是嚴肅，可一雙耳朵卻泛著可疑的紅暈。

覆著她耳朵的那雙大手似乎越來越燙了。喬姑娘眨了眨眼睛。

敢情他蒙著她的耳朵不讓她聽，外面那些亂七八糟的聲音他是一字不落都聽見了？

這可真是不公平。

想到外面女子那一聲短促帶著嬌媚的叫聲，喬昭說不清心中是何滋味，沒有猶豫抬起手蓋住了邵明淵的一邊耳朵。

她抬起另一手的小指，學著邵明淵之前的舉動在他臉頰上寫道：聽夠了嗎？

男人一張臉紅起來，乖乖點頭。蓋住他耳朵的手太熱了，燙得他無所適從，只得在黑暗中小心翼翼掩藏獨屬於男人的狼狽。

他的聽力太好，外面的聲音依然能透過那雙小手往他耳朵裡鑽。

邵明淵想，明明已經入了秋的夜，可這假山洞裡為何越來越熱呢？一定是太狹窄的緣故。

外面聲音越來越高昂，越來越令人臉紅心跳，邵明淵忍無可忍，抓起身邊石子彈射出去。

小小的石子準確砸到正伏在女子身上賣力耕耘的男子屁股上。

男子猛然跳了起來。「誰？」

「怎麼了？」極致的快樂讓女子腦子一片空白，連反應都變得遲鈍了。

男子臉色慘白。「剛剛有人打我屁股。」

「怎麼會有人打你屁股呢？這裡不就咱們兩個嘛——」女子說到這裡話音戛然而止，顫抖著聲音問，「會不會……有鬼啊？」

「別說了，快走！」男子匆匆提上褲子去拉女子。

女子一邊穿衣裳，一邊嚇得直哭。「都怪你，非說這裡最安全，我就說這裡太嚇人了——」

「別哭了，快走吧！」

外面總算安靜下來，邵明淵放下手。

「走了？」喬昭抬手揉了揉耳朵。

剛剛這人把她耳朵堵得死死的，竟是一絲一毫聲音都沒聽見，耳朵都麻了。

「走了。」黑暗裡，邵明淵的聲音與平時有些不一樣。

「你——」

「乖，別說話。」男人的聲音少了平時的清越，多了幾分暗啞，他把她往外推了推。只可惜假山洞裡太狹窄，少女柔軟芬芳的身子依然緊緊挨著他。

邵明淵默默想，原來比寒毒還難忍受的折磨是這樣的。他無法抗拒，又甘之如飴。

「昭昭啊——」他喊了聲。

「嗯？」

年輕將軍低嘆一聲：「我有些難受。」

「怎麼了？」

怎麼了？如果可以，他恨不得不顧一切把身邊的女孩子揉進骨血裡。

「我大概是寒毒又發作了。」年輕將軍可憐巴巴道。

喬昭抬手，覆上他的額頭，喃喃道：「不可能。」

他的寒毒明明已經快好了，再過上一段時間連針灸都不再需要，怎麼可能莫名其妙發作？

邵明淵閉了閉眼，無比貪戀對方手上的溫度，卻知道再這樣下去真要化身餓狼把他的小姑娘嚇跑了，忙後退一步從假山洞中退出來。

「昭昭，夜深露重，快些查探吧。」他重新點燃帶來的燈，背轉了身，藉著那對男女因慌亂逃跑留下的燈籠散發的光芒，看到了水池邊被壓倒的一片青草。

先前聽到的那些聲音忽然又在耳畔響起。邵明淵深深吸了一口氣，強迫自己冷靜下來。

他年少離家，在北地待了七載，什麼樣的場景沒見過，別說是兩情相悅的男女幽會，就是幾個男人同時蹂躪一名女子的場景都見過不少。

對那些，他除了深深的厭惡，心中絲毫波瀾不曾起過。可是當他與心愛的姑娘獨處狹窄的山洞，那些聲音卻成了最強的催情藥，讓他的自制力驟然崩潰。

他曾經覺得，男歡女愛，不過如此，親手殺死了自己的妻子，他這輩子都不打算再沾染了。為何現在，他卻開始心生期待呢？

他的昭昭，現在實在是太小了。年輕將軍滿心憂愁地想。

喬昭尋遍了假山洞中每個角落，卻一無所獲，扶著山壁閉上眼睛，腦海中那張草圖原原本本呈現出來，與眼下所在的假山做對比。

從外觀上來看，每一個線條起伏都是相同的……等等——

喬昭腦海中忽地靈光一閃，驟然睜開了眼睛，抬手輕輕敲了敲山壁。

她從一處開始敲敲停停，到某處忽然停下來，又敲了兩下確定聲音有異，提起氣死風燈仔仔細細檢查著，終於被她發現了端倪。

喬昭手上施勁，把那一處的石塊撬起來，竟然是中空的，裡面是一個布包。

「邵將軍，找到了！」喬昭略帶興奮的聲音傳出去。

邵明淵彎腰進來。「不要急著打開，先給我看看。」不知根底的東西，還是小心為妙。

「還是我來吧，這方面我知道注意的。」喬昭從隨身荷包裡取出一副薄薄的絲織手套戴上，打開了布包。布包內是薄薄的油紙包，打開油紙包才露出真容：一本薄薄的帳冊。

喬昭眼神一縮。竟然又是一本帳冊。大哥手裡那本帳冊，記錄了抗倭將軍邢舞陽貪汙軍餉的證據，那麼現在這本帳冊上記錄的又是什麼？

喬昭拿起帳本快速翻閱了一下，臉色漸漸凝重起來，拿著帳本的手都在顫抖。

「昭昭，上面記了些什麼？」

喬昭轉頭看著邵明淵，一字一頓道：「南邊沿海地區部分官員、富戶與倭寇勾結的紀錄。」

邵明淵眼中猛然閃過冷厲的光芒。

竟然是這樣的一本帳冊，這可比舅兄呈給皇上的那本帳冊要令人觸目心驚多了。倘若把這本帳冊呈給皇上，那位一心追求長生、不願見到麻煩的天子，是否還會雲淡風輕放下呢？

「先回去再說。」邵明淵拍了拍喬昭的手。

喬昭搖搖頭。「不，先等等。」

邵明淵側頭看著近在咫尺的少女，疑惑抬了抬眉。

喬昭已經垂眸從帳本第一頁翻起，口中道：「我把它背下來再走。」

經歷了這麼多事，她太明白「夜長夢多」這四個字了，這樣重要的東西放在哪裡都沒有放在自己的腦子裡安全。

少女伸出白皙纖長的手指，一字字地從帳冊上畫過。

「邵將軍，把燈移近些。」

邵明淵不捨打擾她，默默把燈提近了些。光線更亮了，少女翻閱的速度也越快。

邵明淵目不轉睛凝視著她。他想，這世上再沒有比昭昭更聰明的女孩子了。

翻到最後一頁，喬昭闔上帳冊，重新把帳冊包好。「走吧。」

回到豆腐西施宅中，喬昭把帳冊交給邵明淵。「帳冊的內容我記在腦子裡了，帳冊就交給你保管吧，在你身上比在我身上安全。」

雖然熬到現在沒有睡覺，二人卻因為得到了帳冊睡意全無。

「邵將軍，你說皇上如果見到這本帳冊，會怎麼樣？」

邵明淵想了想道：「君心難測。這帳冊上記錄的東西雖然驚人，可皇上仍有可能認為只要南邊沿海沒有亂，這些看來需要讓出去的小利益就無傷大雅。」

喬昭緊緊抿唇，心中怒氣激蕩。

她父親在朝中多年，身為左僉都御史，如何會不知道當今天子的性情？可是他還是那麼做了，擔著天大的風險收下兩本帳冊，最後落得家破人亡的下場。

難道是因為父親蠢嗎？天真地認為當今天子見了帳冊，就一定會把國之蠹蟲繩之以法？

不是的。她的父親或許沒有祖父的灑脫，卻絕不是愚蠢之人。不過是在其位謀其政，秉著「臣事君以忠」的聖人教誨罷了。

可是，臣事君以忠，君又何曾使臣以禮呢？

她尊重父親的選擇，卻為父親不值，為喬家不值，為事君以忠的萬千臣子不值！

「昭昭，別灰心。」身邊的男人輕輕拍了拍她的手臂。喬昭回過神來。

邵明淵黑湛湛的眸子裡閃著勢在必得的光芒。「前有邢舞陽貪汙軍餉的帳冊，後有南邊沿海官員富戶與倭寇勾結的帳冊，我想現在的南邊沿海不一定是朝廷眼裡的那樣歌舞昇平。」

「你的意思是——」

邵明淵莞爾一笑。「正好妳要去南海採藥，咱們就親眼看一看那邊到底成了什麼樣。」

皇上不是怕麻煩嗎，如果南邊已經亂起來了呢？粉飾太平終究不是真正的太平，當南邊的情況已嚴重到動搖大梁根基時，他不信追求長生、妄圖永享天下的天子還會無動於衷。

「好，咱們先找出鐵柱見過的那個凶手，就立刻動身去南海。」

翌日一早，白雲村一下子熱鬧起來。

死人了！村東頭老王家的小兒子死了。

老王家這小兒子遊手好閒，不過生了一副好相貌，在一群大姑娘小媳婦中還是很受歡迎的。

這麼一個人，大半夜的居然死了，就死在離自己家門十丈開外的地方。

村裡人起得早，第一個發現王家小兒子屍首的是隔壁老李頭。

老李頭一大早起來準備去地裡忙活，沒想到才走出家門就看到不遠處躺著一個人，一動不動。他走過去一看，居然是王家小兒子，臉色烏青嘴角流血早就斷氣，脖子上還有兩個手指印。

「天啊，一定是前兩日開棺驗屍驚動了喬家冤魂，現在那些冤魂化成惡鬼出來害人了！」

「不會吧？老王家小兒子脖子上不是有兩個手指印嗎？」

「那兩個手指印就是惡鬼留下的啊！人怎麼會有那麼大的力氣？再說了，咱們白雲村這些年都沒出過這種事，怎麼杏子林的喬家剛開棺驗屍，就立刻出了人命呢？不是惡鬼害人是什麼？」

「就是啊，當時我就勸村長攔著那些官老爺們不能開棺驗屍。這人好好地埋進了土裡，怎麼能再挖出來呢？我活了幾十歲就沒見過這種事，果不其然出事了吧？」

村長一見眾人來了，忙迎上去，苦著臉道：「侯爺，你們快來看看吧，王家小兒子瞧著真像是被惡鬼害死的。」

喬昭跟著邵明淵等人來到老王家大門外，聽到圍觀人群的議論聲後面沉如水。

祖父在世時對白雲村人多有照顧，沒想到轉眼間喬家人就成了村民眼中的惡鬼了。

「報案了嗎？」邵明淵沉聲問。

村長連連點頭。「報了，縣老爺留了幾位差爺在村裡，正好找他們報的案。」

這兩日因為喬家的事，王縣令每天都會來白雲村，還留下幾位衙役以示對喬家大火一案的重視，沒想到害喬家的凶手還沒查到任何線索，村子裡卻出了這樣的事。

村長想到這些就連連嘆氣。當時他就該堅持攔著這些人不讓開棺的。果不其然，驚動了逝者，白雲村首當其衝就要受害了。

邵明淵淡淡看了村長一眼。「村長，事情還沒查清楚前，村裡這些議論還是制止一下為好。」他撂下這句話走進王家院子，王家小兒子的屍首就放在院中樹下，院內哭聲一片。

幾名衙役見到邵明淵等人進來，忙迎了上來。「侯爺——」

邵明淵略一頷首，對錢仵作道：「錢仵作，麻煩你了。」

「你要幹什麼？」見錢仵作走向樹下，一名披頭散髮的婦人衝過來向著錢仵作撞去。

晨光手疾眼快拉了錢仵作一把。

「老王家的，妳這是幹什麼？」村長問道。

披頭散髮的婦人繼續要往錢仵作身上衝，村長跺腳道：「快攔著她！」

婦人被旁邊人拉住，哭罵道：「不許你碰我么兒，我不要我么兒像喬家人一樣死無全屍！」

喬昭臉色一白，冷笑道：「大嬸不要妳么兒死無全屍，卻要他死不瞑目嗎？」

「你說什麼？」婦人猛地看向喬昭，形如厲鬼，「什麼死不瞑目？要不是因為你們開棺驗屍，把喬家冤魂放了出來，我么兒怎麼會被惡鬼害了？嚶嚶嚶，村長，這些人會給咱們村子招來大禍呢，我么兒已經被惡鬼害死了，下一個就不知道該輪到誰了！」

此話一出，圍觀的村人一臉驚恐，看向喬昭等人的眼神變了又變。

「三蛋哥死了？」人群裡忽然衝進來一個十五、六歲的少女。

少女膚白貌美，與尋常村女相比，有種出類拔萃的美麗。

聽到少女的聲音，喬昭眼神一緊，不由側頭去看邵明淵。這個聲音她聽過的，正是昨夜在假山洞裡聽到的那個聲音。

邵明淵衝喬昭微不可察地點頭，顯然也認出來。二人目光相對，想到昨夜的情景皆有些尷尬。

「三妮，妳怎麼來了？」村長訝然問道。

一六三　殺人滅口

三妮反覆念叨著見鬼的事，有膽大的好事者跑到喬家遺址，果然見到了三妮與死去的王家小兒子昨夜幽會時落下的燈籠。

兩個去過喬家遺址的人一死一瘋，這無疑坐實了喬家冤魂因開棺驗屍化為惡鬼害人的事。

一時之間，村裡沸沸揚揚，看到喬昭這些人時下意識移開視線，掩飾眼中的埋怨。

大人物他們小老百姓惹不起，可大人物也不能這麼害人呀！

豆腐西施宅子裡，錢仵作冷笑道：「狗屁的惡鬼害人，我看了一眼就知道，王家小兒子就是被人扭斷了脖子。從指印的角度推斷，那人身高應該和侯爺差不多。」

身高和邵明淵差不多？喬昭猛然想到了什麼，看了邵明淵一眼。

邵明淵眸光轉深，顯然也想到了。

楊厚承一屁股坐下來，揉了揉頭髮道：「不管他怎麼死的吧，我看白雲村的人都恨不得咱們趕緊滾蛋了。庭泉，後面咱們再想從村人口中問出喬家大火的線索，恐怕比登天還難了。」

邵明淵點點頭。村人多愚昧，相信了鬧鬼一說，對他們就存了責怪與忌諱，到時一問三不知，他們總不能把這些普通村民嚴刑拷問。

「庭泉，會不會有人為了阻止你查下去，才故意殺人引到鬧鬼上面去？」池燦開口問道。

「也有這種可能。」

「那你打算怎麼辦，還在白雲村待著？」

邵明淵笑笑。「對方不知道，咱們該從白雲村找到的線索已經找到了，倘若對方真的打著殺人往鬧鬼上引的主意，對我們也毫無影響。我打算拜訪完喬家故友，便離開這裡。」

「去南海？」「對，去南海。」

待只剩下喬昭與邵明淵二人時，喬昭問：「你真的認為王家小兒子的死，是對方為了干擾我們查案？」

「昭昭覺得呢？」

喬昭走到桌邊。「這只是一種可能，還有一種可能是殺人滅口。」

她提起筆很快畫出白雲村的布局圖，一指最東邊。「你看，這裡是王家，住在村頭，村長家在村中央的位置，而我們家在村尾再往西走，過了杏子林才到。昨夜王家小兒子與三妮匆忙逃跑，到了這裡三妮回到村長家，這一段路他們都是安全的。」

邵明淵點頭。「不錯，這證明昨夜咱們去那邊無人跟蹤，所以他們沒有遇到凶手。」

「對，王家小兒子是在這裡出事的，這裡離他家很近了。邵將軍，你說他在這裡遇到凶手的原因是什麼？」

二人思路極為合拍，邵明淵立刻道：「最可能的原因，是有人正好溜進白雲村，沒想到那個時候卻遇到了王家小兒子，於是殺人滅口。」

喬昭眉眼一彎。「我也是這般想的。」

邵明淵目光中閃過冷然。「與我差不多高，那個人很可能就是鐵柱見過的凶手。我們去白雲鎮拜訪謝家，李知府那邊坐不住了，派這位高手過來監視我們。」

喬昭抿了抿嘴角，神情冰冷。「那人也是個聰明的，殺人滅口後立刻想到了轉移視線，今天一早王家小兒子被惡鬼所害的謠言就傳遍了，定然少不了對方的推波助瀾，想來個一箭雙雕。」

今天村人的胡言亂語把喬昭氣得不輕，邵明淵很是心疼，伸手拉住她的手道：「村民愚昧，不必與他們計較。對方沉不住氣了是好事，他們沉不住氣要出手，咱們才能抓到他們的尾巴。昭昭，妳說咱們要是把李知府身邊這位高手抓到手裡，李知府會如何反應呢？」

喬昭略一琢磨，輕笑一聲。「大概會狗急跳牆吧。」

「要的就是他狗急跳牆！小昭，繼續陪本侯拜訪喬家故交去吧。」知道喬昭心情不好，邵明淵有意逗她道。「本侯？」喬昭揚了揚眉。這個自稱，倒是新鮮。

男人低笑一聲。「為夫？」

喬昭一張臉不受控地紅了，白了他一眼。「胡言亂語，還不快些準備出發？」

對面的男人深深凝視著她，目不轉睛。喬昭抿唇。這個傻子又發什麼癡呢？

「昭昭，我昨夜夢到了咱們的洞房花燭夜——」

「你閉嘴！」喬昭黑著臉拂袖而去。

被拋下的年輕將軍摸了摸鼻子。他就是想告訴昭昭，昨夜夢到他們剛拜過堂就來了聖旨，他又沒來得及見她便出征了，這個夢害他醒來後依然滿心不是滋味。

昭昭為何沒聽他說完就生氣走了？直到二人出發後，年輕將軍還在認真思考這個問題。

接下來幾日，白雲村人對喬昭這些人越發孤立。雖然礙於他們的身分不敢說把人趕出村子的話，卻再沒了以往的熱情，遠遠見了就恨不得躲得遠遠的。

有了先前的談話，眾人皆不以為意，留下池燦與楊厚承應付王縣令等人，喬昭則隨邵明淵每天去拜訪一、兩家喬家故交。

李知府那邊對二人的舉動越發摸不著頭腦了。

「冠軍侯這幾天日日去拜訪喬家故友，看起來對喬家大火一案並不怎麼上心。」

「大人不要掉以輕心。冠軍侯擺出這般姿態，說不定就是故意迷惑我們。」

「這是自然，所以本官才把劉虎叫了回來去盯著他。」

幕僚皺眉。「大人，老朽覺得叫劉虎回來有些冒險，他畢竟是當初對喬家動手的人——」

李知府不以為然笑笑。「傳說冠軍侯武功蓋世，不叫劉虎回來我還真有些不踏實。韓先生放心就是，劉虎那天對喬家動手，只有白雲村住在最西頭的一個寡婦見過他。那個寡婦已經被劉虎滅口了，所以這世上除了咱們不會再有人知道這件事。劉虎在本官身邊多年，忽然放一邊不用真的很不順手。」說到這裡，李知府眼中閃過冷光。「再者說，咱們的援軍馬上要到了，就算有什麼意外，冠軍侯那些人也插翅難飛！」

喬昭二人從嘉豐城朱家出來，喬昭面色凝重。「邵將軍，我在想，朱世叔真的是意外墜馬嗎？今天見到朱世兄傷心的樣子，我有些難受。」

朱世兄？聽到這個稱呼，年輕將軍眉頭一皺。對拾曦、重山都叫大哥，現在又出來個朱世兄，對他卻只叫邵將軍。

年輕將軍有些不高興。既然這樣，跟了他們多日的兩條尾巴還是揪出來收拾了吧。

「昭昭，別難過，朱世叔如果不是意外，那他的死定然與李知府那些人脫不了關係。這些人，咱們早晚要收拾的，不是嗎？」

喬昭點點頭。

邵明淵悄悄打量著她的側顏，心中頗不是滋味地想：那個朱世兄與昭昭是青梅竹馬嗎？

他就沒有青梅，只有竹馬，而且有三個……

喬昭察覺身邊男人的打量，側頭看他，眼中帶著疑惑。

邵明淵輕咳一聲。「身後的尾巴今天揪出來吧，該讓對方著急一下了。」喬家故交已經拜訪完了，除了在謝家得到那本帳冊，其他幾家沒有任何收穫，那他們也該反守為攻了。

鄉路行人稀少，道路兩旁的樹木繁茂高大，雖然到了秋季卻依然鬱鬱蔥蔥。南方的秋冬依然是綠色的。

邵明淵彎腰，撿起了幾塊石子，放在手中把玩著。

「第一隻尾巴，在咱們左側後方的銀杏樹後。」他湊在喬昭耳畔低聲道，「第二隻尾巴狡猾些，昭昭能不能猜到他現在躲在何處？」

耳畔除了男人低語聲，還有風吹過樹葉的沙沙聲，喬昭閉了下眼睛，福至心靈。「樹上？」

邵明淵含笑點頭。他的昭昭果然聰明又可愛。

喬昭腳步一頓。「那條尾巴在樹上，這豈不是說他早就埋伏在那裡了？難道說，他打算今天對我們出手？」

邵明淵不以為意笑笑。「咱們今天在朱家待的時間太久了些，比去其他幾家久很多，大概是某些人作賊心虛了，想先下手為強。」

說到這裡，他神色轉冷，清俊的眉眼彷彿結了冰霜，低笑道：「大概是覺得我這個冠軍侯名不副實吧。昭昭，看我把那兩條尾巴給妳揪出來。」

喬昭聽了莞爾一笑。「邵將軍說得好輕鬆，讓我想起小時候的事了。」

「嗯？」「那時朱世叔經常帶著朱世兄來杏子林玩，朱世兄喜歡用彈弓打麻雀，就愛這樣說。」

年輕將軍神色緊繃。「呃，是嗎？」

打麻雀？這有什麼好在女孩子面前炫耀的？打麻雀下來是不是還要烤了吃哄女孩子開心啊？

邵明淵再次確定，他一點都不喜歡那個朱世兄！

年輕將軍心中酸酸澀澀，手一揚，力道十足，一枚石子朝左側後方飛去。

一聲慘叫傳來。他接著面不改色把手中石子全都向著前方不遠處的樹上拋去。

幾枚石子有前有後，看似隨意拋出，可是躲在樹上的人卻駭然發現那幾枚石子竟全奔著他周身幾處要害而來。他要想躲開，就必須從樹上跳下，顯露身形。

高手的反應只在一念之間，那人當機立斷從樹梢上跳下，正好落在了喬昭與邵明淵的前方。

「昭昭，不要動。」邵明淵撂下這句話，腰間長刀抽出，鋒銳刀光瞬間把那人籠罩。

二人纏鬥起來。路上零星的行人見了忙躲得遠遠的，唯恐惹禍上身。至於報官？別開玩笑了，就人家這身手，那些差爺來了也是白搭，說不定還會怪報官的人多事呢。

路上行人跑得乾乾淨淨，喬昭站在不遠處看著打得激烈的二人，放在身側的手不自覺緊握。

是畫像上的人——這就是殺害她親人的凶手！

喬昭渾身繃緊，像是一片落葉簌簌顫抖著。

這個人終於出現了，與邵明淵打在一起，看起來竟然不落下風。

她是第一次見到在武力上能與邵明淵匹敵的人。這個人的功夫比她原來想像中還要高明，一個知府身邊有這樣的高手，可真是令人詫異。

喬昭看向邵明淵的目光帶上了不加掩飾的關切。她相信那個男人沒問題，可還是忍不住擔心。理智能壓制情感，卻不能讓情感消失。喬姑娘想，這大概就是關心則亂吧。

細微的動靜傳來，她循聲望去，就見之前被邵明淵打到的第一個探子趴在地上，一點一點向遠處爬去，身後留下一道道血色痕跡。

喬昭眼睛瞇起。傷成這樣了，居然還想逃跑？

她轉頭看了邵明淵一眼。這個時候還是不要讓他分心了，一個重傷的男人她還是能解決的。

喬姑娘四處張望一下，撿起一塊石頭，提著裙襬繞過地上血跡，快步向著逃命的探子走去。

「請等一下。」喬姑娘喊道。少女聲音甜美軟糯，像是三月裡帶著花香的春風。

身受重傷的探子下意識回頭。

喬姑娘揚手，淡定把石塊拍在了那人頭上。見那人倒在腳邊一動不動了，她鬆了口氣，面無表情轉過身去。

與劉虎打在一起的邵明淵看似全神貫注，實則一直分出幾分注意力留意著喬昭。

他心中有數，第一個被他打掉的尾巴非死即重傷，不會威脅到喬昭安全，卻沒想到那個安安靜靜的女孩子忽然走向想逃走的探子，一石頭把人拍暈了。

想著少女拿石頭拍人的樣子，再對上她此刻雲淡風輕的表情，邵明淵翹了翹唇角，忽地側身賣了個破綻，一舉把劉虎拿下。

手起刀落，他第一時間挑斷了對方的手筋，緊接著卸掉了對方的下巴。

喬昭一步步走到邵明淵面前，眼神如冰盯著劉虎。這人曾跟著李知府去拜訪她的祖父，沉默寡言毫無存在感，如所有盡忠職守的侍衛。

喬家人口簡單，生活隨性，當時祖母給這人備的飯菜不比主桌差，祖母身邊的大丫鬟見他吃得香，還特意多送了幾碗飯。

這人對她的父母親人動手時，可曾想到這些？

自然是沒有的，一個泯滅人性的畜生，又怎麼會記著把他當人的時候呢？

見喬昭神情有異，邵明淵拍了拍她的手臂。「昭昭，有什麼事回去再說。」

喬昭回神，重重點了點頭。

這麼久都熬過來了，她等得起。

❦

李知府那邊遲遲等不到劉虎回來，卻等來了一個消息：鄉間路上發現了王縣令派去跟蹤冠軍侯的探子屍體！

「冠軍侯竟然直接下殺手？」李知府面上烏雲密布，在書房內來回踱步。

「大人稍安勿躁。」幕僚勸道。

李知府停下來。「韓先生，你說劉虎會不會落入了冠軍侯手中？」

「等打探消息的人回來就知道了。冠軍侯從嘉豐城回白雲村的那條路雖然行人不多，但總有人看到的。冠軍侯還在白天動手，劉虎要是真的落入了他手中，一個大活人總不能變沒了。」

李知府勉強點點頭，等得心煩意亂。

幕僚暗嘆一聲。早知如此，何必叫劉虎回來監視冠軍侯呢？這些年來，大人太倚仗劉虎了。

李知府度日如年，出去打探消息的手下總算帶回了消息。「大人，有幾個小民看到一名身材高大、面容俊美的年輕人光天化日之下抓了個人走。」

雖然早有預感，可一經證實，李知府一顆心還是墜了下去。「糟了，劉虎一定是落入冠軍侯手裡了。韓先生，這事你怎麼看？」

幕僚摸著山羊鬍子，神色凝重。「冠軍侯如此毫無顧忌，說明他很可能已得到他想要的。」

「他想要的？」李知府喃喃說著，陡然變色，「難道他又找到了什麼證據？」

「從常理推斷，有這種可能。」

邵明淵走過去，伸手一擰。

劉虎動了動嘴，發現可以活動了，嘴裡卻軟綿綿沒了力氣。這個小姑娘給他吃了什麼？

「可以說話了？你的名字。」喬昭冷冷問。

劉虎冷笑不語。喬昭抬了抬眉，很是委屈道：「他不說，那我只能給他一點顏色瞧瞧了。」

少女說完，揚起手中燒火棍，照著劉虎身上打去。她是醫者，最清楚哪些地方是打不得的要害，避開了那幾處，用力掄著燒火棍，在心中默數：一下，兩下，三下……

楊厚承表情呆了呆，戳戳身邊的好友。「拾曦，為什麼我總覺得黎姑娘就是隨便找了個理由揍他？」

「你不說話，沒人當你是啞巴。」池燦淡淡道。

看不順眼就打幾下怎麼了？就是不知道手疼不疼……

喬昭完全不在意旁人看法，在心中默數到二十六下，又替他們兄妹三人各打一下，這才把燒火棍往旁邊一扔，氣息微喘停下來。打到二十六下，她已經耗盡了渾身力氣，可這個人害了喬家二十六條性命，卻如此輕鬆。如果可以，她恨不得把眼前人千刀萬剮，方解心頭之恨。

只可惜，她要留著這人性命，指控真正的主使者。

「咱們出去吧，這樣的人，沒有審問的必要。」邵明淵開口道。

這種高手不是沒有審問的必要，而是要用非常手段，普通人是問不出什麼的。

邵明淵再次把劉虎下巴卸下來，幾人一起出去。

「重山，今天晚上叫你的人都別睡了。今晚，大概有一場惡戰。」

楊厚承一聽，不由咧嘴苦笑。「庭泉，你可別嚇我啊。我那些手下吃喝玩樂嚇唬人行，惡戰可不行啊。」

喬昭走到邵明淵身旁。「邵將軍，你認為李知府今晚會動手？」

邵明淵笑笑。「很有可能。」

「他有這麼大的膽子？私自調動官差，那是要掉腦袋的！」楊厚承不敢相信道。

池燦呵呵一笑。「天高皇帝遠，只要斬草除根不走漏風聲，誰能要他的腦袋？」這世上膽大包天之人還少嗎？肅王餘孽連長公主都敢圍剿，李知府為了前途性命鋌而走險又有什麼好奇怪的？

「斬草除根？」楊厚承喃喃念著這四個字，只覺一股寒氣從心底升起來，「他不會要把整個村子的人殺絕吧？」

邵明淵看向院門。「殺絕倒不至於，但白雲村的人在李知府眼中顯然是犧牲品。他要對我們動手，當然不可能光明正大以官府的名義。」

「庭泉，你到底什麼意思啊？」楊厚承搓搓手。

邵明淵看向喬昭。「昭昭，妳覺得那些人最可能以什麼樣的方式出現？」

喬昭垂眸盯著自己的手，白皙的手指上有些灰塵，是剛才拿著燒火棍染上的。

她平靜道：「這個問題我回來的路上就反覆想過了，我覺得李知府如果敢動手，同時又不想把自己推到明面上，那他很可能會讓那些人扮成流寇作亂。」

「流寇？」池燦聽到這兩個字眼底迸出駭人冷光。

當年險些把他們母子置於死地的人，何嘗不是打著流寇的幌子呢？他早該想到的！

楊厚承恍然大悟。「不錯，沒有比這更好的掩飾身分了。流寇來了白雲村，與咱們發生衝突是必然的，要是把咱們全幹掉了逃之夭夭，李知府頂多擔一個治安不利的罪名，對他的仕途完全沒有太大影響。黎姑娘，妳是怎麼想到的啊？」

「一直想，就想到了。」喬昭笑道。

喬家大火的真相於別人是無關痛癢的一個談資，於她卻是痛徹心扉的一段過往。她所有的精力與心思都花費在這上面了，能想到別人想不到的，又有什麼奇怪呢？

「庭泉，你估計對方會派出多少人？」楊厚承問。

邵明淵揚眉一笑。「要對付我，為了確保萬無一失，大概會不下百人吧。」

「百人？」楊厚承直接跳了起來，狠狠抓了一下頭髮，「那咱們這些人可真要完蛋了。」

邵明淵面不改色，目光沉著。「如果你帶來的手下能夠自保，那就無妨。」

楊厚承嘆口氣。「一對一或許還行，要是一對二或者一對三，你指望那些繡花枕頭不成？」

「我其實擔心的是這些村民。」喬昭開口道。

這幾日村民一直在傳喬家鬧鬼一事，喬昭聽了雖然很惱火，但這些人畢竟沒有大錯，若是牽連了他們性命，那就於心不安了。

「村民的安全是個問題，好在咱們入住了豆腐西施家，她家在最西頭，是一座孤宅，那些人就算要透過殺燒搶奪偽裝成流寇的身分，也是在解決了我們這些人之後。在這之前，只要村民們夜裡不出來看熱鬧，安全上暫時是可以保證的。」邵明淵道。

楊厚承咧咧嘴。「要是咱們真的抵擋不過呢？那些村民怎麼辦？」

池燦涼涼一笑。「楊二，看不出來你還有一副慈悲心腸。咱們要真抵擋不過，都成了短命鬼，哪裡還管得了那麼多。」

楊厚承長嘆口氣。「死在這種地方也忒窩囊了，身為男兒，馬革裹屍比這光彩多了。」

憋憋屈屈死了，還要被人嘲笑是被流寇殺死的，他不要啊！

見好友一副愁眉苦臉的樣子，池燦翻了個白眼，冷笑道：「放心吧，咱們不會有事的，那些人敢來，定讓他們有來無回。」

楊厚承瞪大了眼。「不是吧？就憑咱們十來個人？庭泉雖然厲害，可他只帶了葉落與晨光，雙拳難敵四手啊！」

池燦瞥了喬昭一眼，淡淡道：「就憑庭泉不會讓黎三出事。」

「啊？」楊厚承不由看了喬昭一眼。喬昭一臉錯愕，沒想到池燦會這麼說。

邵明淵輕笑出聲。「你們都別擔心，我不會讓你們任何一個人出事。」北地燕城城下，他別無選擇只得取走了妻子性命，那份痛苦足夠他銘記終生，這樣的錯誤他怎麼會再犯第二次？

池燦懶洋洋抬眉。「庭泉，你就別賣關子了，說說你有什麼後手吧。」

邵明淵看了不遠處的葉落一眼，笑道：「我的親衛，都是能以一敵五之人。」

他所說的以一敵五，是對上以凶殘聞名的北齊韃子。李知府無論從哪搬來的援兵，他相信不會比韃子還要凶殘。

「就算以一敵五，可你們只有三個人啊！」楊厚承掐指一算，忽地笑了，「庭泉，你是不是把我也算上了？就算這樣，再加上那些金吾衛，咱們頂多對付數十人……」

「你真臉大。」池燦嗤笑一聲。

楊厚承不樂意了。「這怎麼是臉大呢？不算庭泉和他的兩名親衛，咱們這些人裡我可是最厲害的，矮子裡拔高個，也非我莫屬！」

「是是是，你在矮子裡最高，行了吧？」池燦懶得與楊厚承爭執，看向邵明淵。

他一直很清楚，在這方面，他們不如邵明淵遠矣。

邵明淵不想他們再鬧下去，輕聲道：「不瞞你們說，這次南行，我帶了三十名親衛。」

他這次南行是私事，以他這麼敏感的身分，帶多了親衛會被上頭忌諱，所以那些親衛都見不得光，只能扮成尋常百姓的模樣不遠不近跟著。

池燦露出果然如此的神情。他就說邵明淵這麼沉得住氣定然有所準備，不然自己心上人有性命之憂，哪能如此雲淡風輕呢？

楊厚承愣了愣，咧嘴笑起來。「那可好了，晚上咱們能痛快打一架了！」

沒有壓力的打架當然要比一面倒被圍攻強太多，楊厚承這麼一想，竟有幾分躍躍欲試了。

幾人間的氣氛陡然輕鬆下來。

「我去找村長叮囑一下。」邵明淵走出院門。

夜幕漸漸降臨，因為喬家鬧鬼的傳言越演越烈，村民們早早關好了大門，整個村子靜悄悄的，無人踏出院子一步。

空中的明月不知何時躲進了烏雲裡。

一群黑衣人藉著夜色掩映，悄悄奔著村尾而去。

豆腐西施的宅子位於村尾最西頭，孤零零彷彿一座孤島。因為喬昭等人的入住，別說半夜三更，就是大白日裡村人都不願靠近半步。喬家那些惡鬼就是這群人放出來的，真是晦氣！

一群黑衣人如潮水般圍住了豆腐西施的宅子。

村中這種民宅的圍牆不高，領頭的黑衣人一揮手，眾黑衣人跳上圍牆，魚貫而入。

院子裡靜悄悄的，一絲光都沒有，隨著黑衣人一個個跳下，院子中連落腳的地方都沒了時，忽然無數支火把扔了出來，四周瞬間大亮。

火把落在黑衣人群中，轉瞬點燃了他們的衣裳，慘叫聲頓時此起彼伏。

圍在院外的黑衣人聽到裡面動靜，高喊道：「盯緊了，不要讓裡面的人跑了。」

「不對啊，裡面怎麼有這麼亮的火光？」有人納悶道。

留在外面的領頭人面色微變，手一揮道：「踹門進去！」

院中已經一片混亂。那些被火把襲擊的黑衣人在最初的慌亂過後很快反應過來，就地打滾熄滅了身上火焰，向房門口衝去。

「這個恐怕要問李知府了。昭昭，妳回屋去，這些人還是早點解決了好。」

躲在屋內的喬昭忍不住走到邵明淵身邊。「軍隊？知府是如何調動軍隊的？」

夜色掩映中，邵明淵眉目冷凝。「竟然是訓練有素的軍隊，這倒是有意思了。」

能調來軍隊，李知府背後勢力不容小覷。

喬昭藉著亮起的火把匆匆掃了一眼，低聲道：「人數很多，邵將軍，你要小心。」

邵明淵微微一笑。「昭昭，妳叫我一聲邵大哥，我定會小心的。」

「這個時候了，你還有心思開玩笑？」喬昭抽了抽嘴角。

「這個時候了，妳就不能喊我一聲邵大哥？」邵明淵反問。

他的眼睛生得很好，純淨如黑曜石，閃爍著期待的光芒。

喬昭看著他，心中驀地一軟，低低喊了一聲「邵大哥」，轉身回屋去了。邵明淵揚唇一笑，抽出腰間長刀躍入了混戰的人群中。

回到屋內的喬昭聽著院中激烈的廝殺聲，不由伸手入懷，掏出了一把匕首。

這匕首是邵明淵白天送給她，讓她防身用的。她把匕首從匕首鞘中拔出，黑暗中寒芒閃過。為了不成為敵人攻擊的靶子，屋內並沒有點燈。

「姑娘，當心傷了手。」阿珠輕聲提醒。喬昭小心翼翼摩挲刀身，淡淡道：「不會的。」

當初，若是有這麼一柄匕首，或許就不需要邵明淵射出那一箭了。

「冰綠呢？」喬昭把匕首收好問道。

「剛剛冰綠說去拿燒火棍防身。」

喬昭搖搖頭。「拿燒火棍防身？她恐怕是拿燒火棍衝出去打仗了。」

阿珠面色微變。「姑娘，婢子去叫冰綠回來。」

喬昭攔住阿珠。「我們就等在屋子裡，不要去添亂了。」

有晨光在冰綠不會出什麼事的，以那小丫鬟的脾氣喜好，多歷練一下或許是好事。

屋外的廝殺聲聽起來更慘烈了。

白雲村不遠處的郊外，李知府背手而立，遙望著西邊，神色漸漸凝重。「怎麼還沒結束？」

對方只有十多個人，他請來的將士卻有兩百人，就算冠軍侯武功蓋世，難道還能插翅飛了？

按理說，事情應該早已解決了。李知府不由抬頭望天。深夜天空是墨藍色的，月亮躲進了烏雲裡，黑得令人心生不祥的預感。

「大人，情況可能有些不對勁。」幕僚湊上來低聲道。

「韓先生怎麼看？」李知府此時同樣心裡打鼓，聽幕僚這麼一說，心中不由一跳，那種不祥的預感越發強烈起來。

「按著咱們之前的估計，此戰應該速戰速決才是，可是直到現在那邊還沒結束，這其中定出了什麼變故。」幕僚說到這裡，就見一名黑衣人氣喘吁吁跑來。「大人，事情有變！」

「怎麼了？」李知府心中一沉。

「大人，那院子裡並不是您所說的只有十多個人，而是至少有數十名以一敵十的高手！」

「什麼？」李知府陡然色變，急切問道，「現在那邊怎麼樣了？」

來人急道：「現在咱們的人已經損失大半，恐怕撐不了多久！」

李知府身子一晃，失聲道：「怎麼會這樣？」

幕僚長嘆一聲。「大人，咱們還是低估了冠軍侯。他這次南下絕對不只帶了這麼點人！」

「本官大意了，冠軍侯威震北地多年，又怎麼會是任由上頭搓扁揉圓的性子。」

幕僚忽地深深一揖。「大人，現在咱們只有兩條出路，您必須盡快做出選擇了。」

「韓先生請說。」

幕僚直起身來，盯著西邊的眼中閃過冷光。「第一個選擇，就是完全裝作不知情，等明日冠軍侯報官時，咱們派些人做出追查流寇的樣子，把此事敷衍過去。」

李知府搖頭。「這條路本官不選。既然動了手就沒有後退的道理，冠軍侯不是傻子，定然會找咱們秋後算帳。」

幕僚顯然也是這般想的，連連點頭，眼中殺機一閃，冷冷道：「那就一不做二不休，傾盡全府之力剿匪！」

「先生的意思是說——」

「咱們能調動的衙役和府兵大概有近千人，白雲村來了流寇，有僥倖逃出的村民報官求救，嘉南知府連夜帶人馬前來剿匪，遺憾冠軍侯等人為了保護村民，與流寇對抗時不幸遇難。」

「好，就這麼辦！」李知府撫掌，「本官就不信，在近千人的圍剿下，冠軍侯還能逃出生天。」

這樣一來，嘉南境內出現流寇的不利因素還能因他及時剿滅流寇而抵銷。

李知府先前對請來的人雖然很有信心，但他這樣的人不是初入官場的愣頭青，決定對冠軍侯出手時早做了最壞的打算。那近千名衙役與府兵是一早就集結起來的，此時決定破釜沉舟，自是很快趕了過來，直奔白雲村。

夜黑風高，廝殺聲與震耳欲聾的腳步聲讓每一戶人家緊緊關閉了門窗，連探頭看一眼的勇氣都沒有。這一夜，不知多少人蒙著被子打哆嗦。百鬼夜行，白雲村是要大禍臨頭了嗎？

「將軍，外面動靜不對。」晨光反手一刀解決了一名黑衣人，跳到邵明淵身邊道。

邵明淵早已察覺情況有異，神色依然未變，淡淡吩咐道：「去外面看看。」

「領命！」晨光穿過混戰的人群攀上牆頭，看到一群黑壓壓望不到盡頭的衙役、府兵舉著火把，面色大變，跳下去後急急跑向邵明淵。

「將軍，咱們被很多官兵包圍了。」

「多少？」邵明淵冷靜問道。

他們這些常年征戰的人對於人數的估計遠比常人要準確，晨光不假思索道：「卑職估摸著足有七、八百人！」

「七、八百人？」邵明淵冷笑，「李知府還真是破釜沉舟。」

「將軍，咱們該怎麼辦？」

「你去保護好黎姑娘他們，不能讓她有任何閃失。」

「是，卑職一定保護好將軍夫人！」晨光胸脯一挺道。

邵明淵劍眉一挑。晨光捂住了嘴，轉身跑了。

糟了，因為戰況太緊張一不小心說漏嘴了。

邵明淵盯著晨光的背影卻低笑起來。這個晨光，還真是會說話。

豆腐西施家的大門早已經壞了，外面的人站在門外開始喊話。

「裡面的流寇聽著，知府大人已經到了，你們快快束手就擒，如若不然，我們就要殺進去一個不留，為民除害！」院子裡的打鬥聲一停。邵明淵抬腳往外走去。

楊厚承忍不住喊：「庭泉，李知府想要一個不留的不是流寇，是咱們！」

邵明淵微微頷首。「我知道。」他撂下這話，走到大門處。

外面黑壓壓的官兵看不到盡頭，人數比整個白雲村的人還要多，因為舉著火把，外面一片大亮。站在最前方的李知府背手而立，火光下，望著走出來的年輕男子露出猙獰冷笑。

面對傳說中的戰神，李知府顯然萬般小心，兩名官兵手執盾牌把他護得嚴嚴實實。

「原來是李大人。」邵明淵波瀾不驚道。

他的從容讓李知府心生不快，冷笑道：「侯爺果然武功蓋世，那麼多流寇都沒能傷您分毫。」

年輕將軍微微一笑。「所以李大人來助流寇一臂之力嗎？」

李知府陡然變色。他以為到了這個境地，眼前這年輕人會服軟，就算不服軟，至少會露出驚慌失措的表情。可這些統統都沒有，不但沒有，對方還先一步撕破了臉。

這發現讓李知府更加不快，陰沉笑道：「侯爺實在令下官佩服，到這種時候還能面不改色。」

邵明淵目光平靜與李知府對視，嘴角輕翹。「那是李大人不瞭解本侯。怕也是如此，不怕也是如此，處境既然無法改變，那又何必認慫？李大人你說是不是？」

李知府大笑。「侯爺倒是敞亮人！可惜了，要不是你步步緊逼，侯爺這樣的人下官是欽佩的。」

邵明淵劍眉輕揚。「李大人這話本侯就聽不懂了。本侯這些日子日日走親訪友，何來對李大人的步步緊逼？」

李知府冷笑。「有沒有步步緊逼，侯爺心中清楚。」

「嗯？」年輕的將軍眼神一閃，「本侯哪裡明白呢？本侯不過是想找出殺害我岳父一家的幕後凶手，誰知就觸動了李大人的忌諱。事已至此，本侯能否請李大人解惑，喬家人的死莫非與李大人有關係？」

李知府不可能蠢到大庭廣眾之下親口承認這一點，陰陰笑道：「侯爺若是有疑惑，不如親自去問你的岳父大人吧。」他手揚了起來，正要下令動手，忽然一個聲音傳來：「且慢！」

李知府手一頓，不由轉頭。

錦衣鸞帶，儀表堂堂，江五帶著一隊錦鱗衛大步走了過來。

李知府面色微變。這種時候，他不懂錦鱗衛為何會橫插一腳，他以為他們應早有默契才是。

「江五爺。」李知府拱拱手。

江五在李知府與邵明淵二人之間的位置站定，先對邵明淵打了聲招呼，而後笑問李知府：「李大人這是做什麼？」

「下官得到消息白雲村有流寇出沒，特率領眾官兵前來剿匪。」李知府笑道。

江五皺眉。「好大的動靜。」

「下官前幾日就跟江五爺說過，近來嘉豐有些亂呢。果不其然，今晚就出事了，沒想到還是驚動了江五爺，實在是不好意思。」李知府意味深長道。

江五牽了牽嘴角。義父曾說過，這個李知府是蘭首輔的人。嘉南地理位置特殊，身為嘉南知府，便成了京城與南海那邊的一個橋梁，很多見不得光的事情都是嘉南知府經手解決的。

這個人雖是個小小的知府，他卻不好得罪。

「江五爺，流寇雖然凶殘狡猾，但下官帶了近千人來剿匪，這裡就不勞煩您費心了，等事情解決了，下官請您在豔陽樓好好喝一杯。」

江五看了邵明淵一眼，略加思索便拿定了主意，對李知府淡淡一笑。「李大人，剿匪向來不歸錦鱗衛管，這裡的事我沒興趣摻和。不過，我要一個人。」

「江五爺要什麼人？」李知府有些意外。

江五總不會要冠軍侯吧？事情已經到了這個地步，冠軍侯是絕不能活著見到明天太陽的，江五要是真的站在冠軍侯那一邊，他難道要與錦鱗衛撕破臉不成？

「我要跟在冠軍侯身邊的那位黎姑娘。」江五不緊不慢道。

未等李知府有所反應，邵明淵已是勃然大怒。「你再說一遍？」

江五眼神微閃，笑了。「侯爺誤會了，在下只是想保護黎姑娘而已，沒有其他意思。」

義父的吩咐他雖然很是不解，卻絕不會違背。

李知府與冠軍侯之間的渾水太深，他懶得蹚，他只要能對義父有個交代就夠了。

少女身影出現在邵明淵身旁。

「妳怎麼來了？」邵明淵側頭問她，冷厲的神情瞬間轉為溫柔。

「我聽說有人要帶我走。」

江五微微一笑。「那麼黎姑娘願不願意跟著在下走呢？」

冠軍侯一行人被近千人包圍，有死無生，這樣一個活命的機會，這個小姑娘定會抓住吧？

喬昭神色平靜望著江五，忽然盈盈一笑。「我不願意跟江大人走，我要江大人留下來。」

一六四　關心則亂

此話一出，所有目光頓時都落在了喬昭身上。火把照耀下，少女一身素衣被鍍上了淡淡的金紅色，眉目精緻如畫。

迎上眾多目光，她絲毫不為所動，只是目光平靜與江五對視。

江五眼中閃過玩味，似笑非笑道：「黎姑娘讓在下留下來？」他看了邵明淵一眼，笑問：「憑什麼？我可不是冠軍侯。」

冠軍侯對眼前這個小姑娘明顯情根深種，但這個小姑娘於他，不過就是個小女孩罷了。他承認，這個小女孩有些與眾不同，但也僅此而已。

要他留下？他不知是該笑這個小姑娘天真，還是自不量力了。

「小姑娘，再過數年妳說這話，我或許會考慮一下。」江五涼涼笑道，語氣中不乏嘲諷。

邵明淵眼中殺意一閃，一隻柔軟的手卻忽然握住了他手，讓他一時忘了找江五的麻煩。

喬昭旋即鬆開邵明淵的手，上前一步，輕笑道：「江大人不妨看了這個再說話。」

少女白皙的手忽然揚起，露出一面權杖來。江五勃然色變，猛然上前一步。

邵明淵擋住了他的去路。「請侯爺讓開，我要看看黎姑娘手中是何物。」

邵明淵紋絲不動。「邵大哥，你讓江大人過來吧，他不會傷害我的。」喬昭輕聲道。

總覺得喊「邵大哥」很尷尬，不過這種關鍵時候，管用就好。喬姑娘默默想。

邵明淵聽到那聲「邵大哥」，心都飛了起來，儘管依然虎視眈眈盯著江五，卻很快讓開了路。

「黎姑娘手中是什麼？」江五急聲問道。

喬昭語氣波瀾不驚。「江大人難道不認識嗎？」她很乾脆地把權杖扔到了江五手中。

如果江堂對江五有足夠的威懾力，那麼立牌交到江五手中他也會全力相助；如果江五對江堂沒有那麼言聽計從，那權杖就是廢銅爛鐵一塊，她緊緊抓著也沒用。

喬昭向來想得通透，自是不會做出小家子氣的舉動。

權杖一入手便是一沉，江五仔細掃了一眼，確認正是錦鱗衛的天字權杖無疑。

他驚疑不定看了喬昭一眼。這個小姑娘為何會有錦鱗衛的天字權杖？

這枚天字權杖非同小可，能令他們十三太保俯首聽令。

「黎姑娘從何處得來這枚權杖？」

喬昭莞爾一笑。「江大人覺得呢？總不會是我搶來的吧？」

江五自是知道眼前少女在說笑。堂堂錦鱗衛的天字權杖若能搶到，那錦鱗衛也不用混了。

江五也很乾脆，最初的震驚過後，把權杖還給了喬昭。「黎姑娘要在下如何做？」

喬昭笑道：「剛剛我說得很清楚了，我要江大人留下來，與冠軍侯同進退。」

江五眼神一縮。好聰明的姑娘，一句話就把駐守嘉豐的錦鱗衛與冠軍侯等人綁到了一條船上，甚至給李知府施加了巨大壓力。

這個姑娘在賭，賭李知府會不會因為忌憚錦鱗衛而放棄對冠軍侯的圍剿。

賭贏了固然好，冠軍侯一行人能全身而退；賭輸了，事後李知府對京城那邊的錦鱗衛也不好交代。義父定然會去找蘭首輔麻煩，蘭首輔為了平息義父的怒火，說不定就要拿李知府送人情。

那樣的話，這個小丫頭也算是替冠軍侯這些人出了一口氣。

江五暗暗搖了搖頭。他怎麼會以為這是個普通的小姑娘呢，能讓義父給出天字權杖，這個小姑娘一定還有他不知道的特殊之處。他轉過身，看向李知府。

李知府面色一變。「江五爺，您這是——」

江五揚眉一笑。「剛剛黎姑娘的話，李大人應該聽到了。」

李知府深深看了喬昭一眼。直到這時，他才首次把注意力放到一個小姑娘身上。

江五是什麼意思？李知府心中隱隱生出不詳的預感，抬手擦了一下額頭的汗，強笑道：「是聽到了，但下官有些不明白——」

「黎姑娘的意思就是在下的意思。」江五淡淡道。

李知府額頭上的汗刷地流下來，下意識後退半步，面色陰沉。「江五爺是要插手剿匪？」

江五爺冷眼一掃，漫不經心道：「流寇是那些黑衣人吧？在下當然不會干涉李大人剿匪，在下只是要保護冠軍侯等人的安全而已。」

李知府萬萬沒想到，勢在必得的事突然出了這種變故，不由狠狠瞪了喬昭一眼。都是這個死丫頭，一句話竟把他逼得進退兩難，騎虎難下！

他與冠軍侯已是撕破了臉，倘若今夜放過冠軍侯，後患無窮，對蘭首輔也無法交代。可現在錦鱗衛擺明站在冠軍侯那一邊，他要是不打算放過冠軍侯，就要把這些錦鱗衛一起收拾了，到時候京城那邊同樣不好交代啊。李知府心中天人交戰，臉色時青時白。

幕僚站在一旁低聲提醒道：「大人，當斷不斷反受其亂啊。」

李知府心中一凜。韓先生說得不錯，現在已是箭在弦上，難道還能收回去嗎？

今天這一箭發出去，固然會得罪了錦鱗衛指揮使江堂，但這江五據說是因為惹了江堂不滿才被打發到嘉豐，江堂總不會因為一個江五與蘭閣老翻臉吧？

是，為了安撫江堂，蘭閣老是可能拿他開刀，但他為蘭閣老做事多年，沒有功勞也有苦勞，蘭閣老不可能做得太絕，讓跟著他的人寒心。蘭閣老事後的處罰，總比冠軍侯瘋狂的報復要好。

李知府眼神一冷。「江五爺既然這麼說，那下官就得罪了！」

「李大人，你膽子不小，可莫要後悔。」江五冷冷道。這個李知府，他往日還真是小看他了。

「動手！」李知府已經下定了決心，自是不再遲疑，揚手下了命令。

眾官兵衝過去。邵明淵把喬昭往身後一推，揚聲道：「晨光，護著黎姑娘回屋！」

喬昭被晨光拉住手臂。

這時候她知道不能添亂，只能跟著晨光往院子裡退。她與邵明淵之間很快拉開了一段距離。

火光下，男人眸光湛湛，眼底盡是柔情與安慰。

喬昭心中驀地一酸，喊道：「邵大哥，保重！」

年輕將軍一怔，而後輕輕點頭。「放心。」他縱身一躍，手中長刀寒光閃爍。

喬昭只來得及看到一片血紅，就被晨光拉進了屋中。

她心中有些不安。邵明淵就算是傳說中的戰神，攻無不克戰無不勝，可他終究是有血有肉的人。

她見過他犯傻，見過他厚臉皮，甚至見過他濕潤了眼眶。

只要是人，就可能受傷的。那些親衛軍是很厲害，可經過與那群黑衣人一戰，敵眾我寡，體力消耗已經很大，又如何對上近千名官兵呢？

邵明淵，你的後手是什麼？池燦是不是搬援兵去了？

喬昭早就注意到池燦從天黑後便不見了蹤影，邵明淵沒說，她便沒問。

可是這個時候，她忍不住埋怨那個人了。他就不能別賣關子嗎？

外面的戰況很是慘烈。邵明淵的親衛都是高手，此時雖然沒有折損的，卻個個掛了彩。

「庭泉，不行，頂不住了！」楊厚承帶著十來名金吾衛守在院門處，負責解決衝破親衛防線的漏網之魚。可這漏網之魚越來越多了，楊厚承還算是好的，其他金吾衛不過花拳繡腿，此時已是手忙腳亂，應接不暇。

有膽小的忍不住哭罵道：「隊長，咱當初來南邊可是說遊山玩水的，沒說把命搭上啊——」

「閉嘴，這時候說這些有勁嗎？我告訴你們，那喪心病狂的李知府對錦鱗衛都敢下手，你們以為他會放過我們？今天咱們只有兩條路，要嘛生要嘛死，兄弟們看著辦吧！」楊厚承厲喝道。

「再撐一會兒。」邵明淵抬腳踹開一名官兵，眼角餘光掃到幾名官兵同時向楊厚承撲去，一個旋身把那幾人伸腿掃倒，同時身子往旁邊一避。

楊厚承猛然瞪大了眼睛，高聲喝道：「庭泉，小心！」

他嗓門大，喬昭在屋裡聽得真真切切，不由變了臉色，猛然站起來道：「晨光，邵將軍是不是受傷了？」

晨光愁眉苦臉道：「肯定會受傷啊，七、八百人圍攻將軍大人幾十人，將軍大人又不是鐵打的。」他說著，拿眼偷瞄著喬昭臉上表情。

喬昭面色蒼白如紙，從荷包中摸出個瓷盒，深深吸了一口氣道：「晨光，你出去瞧一瞧邵將軍怎麼樣了。他要是受傷了，讓他趕緊把藥膏抹在傷口上再戰。」

晨光沒有接喬昭遞過來的瓷盒。「將軍大人讓卑職保護您，卑職不能去。」

唯恐喬昭再說，他又補充一句：「再說，戰場上情況瞬息萬變，哪有時間上藥呢？」

喬昭不由握緊了手中瓷盒。這些道理，她自然是明白的。

晨光瞄了喬昭一眼，嘆道：「三姑娘，您說我們將軍要是出了什麼事可怎麼辦呀。」

喬昭擰眉看著晨光。從沒覺得小車夫的烏鴉嘴這麼討厭過。

邵明淵怎麼會出事呢？他不是說過，定然不會讓他們出事的，那首先要保證的就是他自己的安全。可是，再萬全的準備，還是會有意外吧？

李知府一心要邵明淵的性命，那麼多人定然全衝著他去，他縱是神人也雙拳難敵四手，萬一——喬昭心中一緊，不願再想下去。

晨光見喬昭如此，暗暗「耶」了一聲。

整日瞧著將軍大人追著黎姑娘跑，黎姑娘總是一副冷冰冰的模樣，他還以為襄王有夢神女無心呢，現在才知道黎姑娘對他們將軍大人還是很關心的。這不，黎姑娘看著都要哭出來了。

「唉，我們將軍可憐啊，都二十多歲的人了，連姑娘家的手都沒有拉過，要是真出了事，簡直是白活了……」晨光長吁短嘆起來。

喬昭聽了，表情微妙。沒拉過姑娘家的手？誰說的？她不算姑娘家嗎？

那個人可不只拉過姑娘家的手……

想到後面，喬昭反而冷靜下來，施施然坐回椅子上。

「三姑娘？」晨光眨眨眼。黎姑娘這表現不大對啊，難道真的不關心他們將軍大人？

「我忽然覺得邵將軍不可能出事的。我睏了，要閉閉眼，你在門口守著吧。」

她還真關心則亂了。晨光是邵明淵的親衛，還能有閒心跟她胡說八道，可見他不會出事的。

對，那個笨蛋肯定不會出事的。

喬昭靠著椅背輕輕闔上眼，腦海中卻閃過那人乾淨溫暖的笑容。她放在椅子扶手上的手輕輕

肖副總兵本人，大概只有我們錦鱗衛知道吧。」

說到這裡，江五忽然揚聲道：「肖副總兵，嘉南知府李宗玉與流寇勾結，蛇鼠一窩，錦鱗衛江五懇請肖副總兵助錦鱗衛一臂之力，把奸人捉拿歸案！」

不把他江五看在眼裡？想讓老子給冠軍侯陪葬？

哼，不把你們這些蠢貨一網打盡，你們就不知道什麼叫錦鱗衛！

「肖某定當竭盡全力，除盡惡匪！」肖強手揚了起來。

李知府帶來的一眾官兵面面相覷，皆不知所措。

就在這時，邵明淵高聲笑道：「各位兄弟不準備助副總兵大人一臂之力嗎？呃，對了，本侯剛剛的提議依舊有效。」

提議？什麼提議？當然是誰堵住李知府的嘴賞紋銀萬兩的提議！

別說有這個提議，就是沒這個提議，冠軍侯也給了他們一個臺階下啊。

此時不趕緊表明立場，難道要被肖副總兵帶來的弓箭手射成馬蜂窩嗎？關鍵是，就算被射成馬蜂窩，連個撫恤金都拿不到啊，還要背上個勾結流寇的惡名。

事關己身，沒有人是傻子，邵明淵話音才落，無數官差都向李知府擁去。

肖強把手放了下來。同在嘉南境內任職，能不對這些官差動手還是好的，把李知府等主要作惡之人抓起來就可以交代了。冠軍侯對他的兒子有救命提攜之恩，他不能不還冠軍侯這個人情。再者說——

肖強看著李知府慌張失措的臉，眼神驟然一冷。

這個李宗玉膽子未免太大了些，有首輔蘭山撐腰就敢把冠軍侯等人一網打盡了。還有白雲村的村民，既然打著流寇作亂的幌子，李宗玉是不是還準備血洗白雲村？

這樣的人，原就罪該萬死！肖強負手而立，目光又移到江五身上。錦鱗衛為何會參與進來，並且與冠軍侯站到一條船上，他對此有些困惑，不過這是好事。有江五剛剛那番話，他就從主力變成了協助錦鱗衛辦案，這樣的話，到時首輔蘭山就算發怒，怒火也有錦鱗衛指揮使江堂在前面擋著。

肖強看向冠軍侯。千軍叢中，那個年輕人長身玉立，目光清冷，嘴角掛著波瀾不驚的笑意，眼前的混亂彷彿未給他造成一絲一毫的影響。他甚至回眸看了一眼身後的院門，再轉過頭來時，眼中有一閃而逝的柔情。

肖強不由嘆了口氣。這便是北地的大梁百姓視作天神的冠軍侯啊，果然名不虛傳。放眼天下，數十年間，武將多如繁星，能與眼前這位相媲美的，大概就是二十年前那位鎮遠侯了。只可惜……

邵明淵似有所感，轉眸向肖強望來。肖強回神，朝邵明淵遙遙抱拳。

年輕將軍回了一禮，見事態已經完全在己方控制之下，轉身向院內走去。

喬昭側耳聆聽著外頭的動靜，問晨光：「是不是結束了？」

「應該是結束了。」晨光忽地皺了眉，「有人來了，黎姑娘猜猜會是什麼人？」

喬昭打量著晨光的表情，揚眉道：「邵將軍？」

晨光頓時咧嘴笑了，露出一口白牙。「對呀，就是我們將軍，將軍大人的腳步聲我可熟悉呢——」糟糕，說漏嘴了，本想看黎姑娘替將軍大人擔心一下的。

邵明淵出現在門口。晨光忙跑了出去。「將軍，三姑娘一直等您呢，你們慢聊啊。」

邵明淵走進去，一頭霧水。「晨光跑什麼？」

「大概是作賊心虛吧。」喬昭迎上來。

「嗯?」邵明淵一怔。喬昭卻沒再說這個,上下打量邵明淵一眼,面色微變。「你受傷了?」

「沒有,都是別人的血——」邵明淵說到這裡,眉頭一皺。

「怎麼了?」

年輕將軍輕吸一口氣。「左邊肩膀有些疼。」

原本這些小傷在他看來都算不上傷的,不過這時候不讓昭昭心疼他一下,他就是傻子了。

「我看看。」喬昭聞言果然皺眉,踮起腳來,抬手輕輕把他的衣裳往下拉了些,露出左肩來。

邵明淵臉有些紅。「都是血,把妳的手弄髒了。」

喬昭睨他一眼。「這個時候,你說這些無關緊要的做甚?」

左肩處一道猙獰外翻的傷口讓喬昭眼神一緊,心中莫名有些難受,嘴上卻嗔道:「不是說都是別人的血嗎?這裡傷得可不輕。」外傷雖然威脅不了性命,可人又不是鐵做的,當然會疼的。

「疼嗎?」邵明淵忽然問。

喬昭被問得一愣。疼不疼他自己不知道啊?為何問她?

年輕將軍低頭一笑,凝視著少女的眼。「昭昭心疼嗎?」

喬昭一張臉迅速紅了。這個人為什麼能在這種時候,一本正經說出這麼不要臉的話來?

「坐下來,我給你上藥。」喬昭指了指一旁的椅子,避而不答。

邵明淵卻沒有坐下,抬手按住喬昭的手,目光灼灼。「藥回來再上,我要去和肖副總兵寒暄一下。」他轉身走到門口,回頭笑道:「昭昭,等我。」

那人走了後,屋子裡一下子空寂下來,喬昭坐在椅子上發了會兒呆。

她似乎越來越不知道該拿邵明淵如何是好了。那個男人自從知道了她的真實身分,一日比一日大膽,一日比一日臉皮厚,勢在必得的樣子讓她看了就恨不得狠狠捶他。他憑什麼啊!

難道說她當過他的妻子，就生是他的人死是他的鬼，哪怕借屍還魂，依然還要做他媳婦？他想得倒美！

冰綠風風火火衝進來，打斷了喬姑娘的發呆。

「姑娘，贏了，贏了，咱們贏了。」小丫鬟手舞足蹈，甩了喬昭一身血。

喬昭：「……」冰綠猛然停下來。「姑娘，婢子不是故意的！」

喬昭嘆氣。「好了，妳別激動，好好說話。外面到底什麼情況？」

「來了很多官兵把李知府帶來的人包圍了，那些人還帶著弓箭呢，李知府一下子就成了慫包。對了，姑娘，李知府現在的嘴巴都快撐破了，太搞笑了。」

「怎麼？」

冰綠一臉崇拜。「因為將軍大人呀。那時李知府說，誰要取了將軍大人的項上人頭，賞紋銀萬兩。咱們將軍大人就說了，誰要堵上李知府那張破嘴，就賞紋銀萬兩，敵我雙方不論。」

喬昭抿了抿嘴。咱們將軍大人？看來她的丫鬟經過這一遭，徹底被邵明淵俘虜了。

等等，堵住李知府的嘴賞紋銀萬兩？喬昭搖搖頭。這個敗家的，有銀子沒處花嗎？

冰綠眉飛色舞道：「姑娘，您說將軍大人聰明不？那些官差可不傻啊，冠軍侯的性命難取，李知府的嘴好堵多了，後來咱們的援兵一來，那些官差就爭相恐後去塞李知府的嘴了，汗巾手帕啊全都拿出來了，還有不少人直接脫下了襪子……」

喬昭已經可以想像到那副場景，忽然覺得這一萬兩紋銀花得挺值。

冰綠眨眨眼。「將軍大人一看情況被控制住了，您猜他做的第一件事是什麼？」

「什麼？」喬昭很是好奇。那個時候，她不敢讓他分心，自是聽他的安排老老實實等在屋子裡，實則一顆心一直掛著外面，飽受煎熬。

見自家姑娘也有犯傻的時候，冰綠捂嘴樂道：「將軍大人做的第一件事就是回來看您啊。」

喬昭臉一熱，輕咳一聲道：「不要一口一個將軍大人，妳是我的丫鬟，不是他的。」

「是誰的都沒區別嘛。」小丫鬟嘀咕道。

「妳說什麼？」喬姑娘板臉問。

冰綠卻不怕她，伸手拉住喬昭衣袖，笑嘻嘻道：「姑娘啊，婢子從來沒見過將軍大人這般神勇無敵又聰明的男子，您就考慮一下，接受將軍大人吧。」

話音落，小丫鬟立刻溜之大吉，在門口險些撞上阿珠。

端著茶碗的阿珠忙往旁邊一躲，搖搖頭走了進來。「姑娘，喝碗蜜水吧。」

喬昭端起蜜水看了阿珠一眼，她並沒有吩咐阿珠去泡蜜水。

阿珠心領神會解釋道：「邵將軍說蜜水能安神……」喬昭端著蜜水的手一頓。

所以說她的兩個丫鬟都已經被英明神武武功蓋世的將軍大人俘虜了？

喬昭垂眸，不動聲色喝了一口蜜水。

蜜水很甜，瞬間驅散了先前積累的擔憂忐忑等各種情緒。蜜水能安神助眠，這倒是真的，那人知道的真不少。想著想著，喬姑娘捧著蜜水又開始發呆了。

阿珠低眉順眼立在喬昭身側，識趣沒有打擾。

李知府的事算是解決了。

江五命錦鱗衛押送李知府進京，背上勾結流寇坑害百姓的罪名，證據確鑿，一個砍頭的罪名是跑不了的。哪怕他背靠著當朝首輔蘭山這棵大樹，這一次也無法再替他遮陰。

當然，李知府的幕僚及嘉豐縣令這些為虎作倀之人，他們的結局同樣好不到哪裡去，全都被錦鱗衛打包投入囚車，押解進京。當夜對抗官兵的那些親衛軍又悄悄消失了，彷彿從未出現過，跟著消失的還有李知府那位身手高強的侍衛——直接對喬家動手的劉虎。

走出豆腐西施家的院門，喬昭嗅著空氣中彷彿還未散盡的血腥味輕輕嘆了口氣。

安寧難得，打破卻是件再容易不過的事。白雲村裡的人恐怕要有好長時間活在陰影中了。

「我們繼續南下的話，卻不能把李知府對我喬家犯下的惡行立刻公諸於世了。」喬昭嘆道。

他們雖人證、物證在手，但邵明淵這時候不回京，喬家大火的真相就不便立刻大白於天下。

邵明淵抬手輕輕碰了碰喬昭的髮絲，很快又放下來，寬慰道：「別急，李知府被錦鱗衛押解進京要花上一段時間，等到了京城後還要經三司審問，結案後投入天牢，問斬也是明年秋的事了，他對喬家犯下的惡行逃不了的。」

喬昭點頭。「我明白。喬家這場大難，起因於抗倭將軍邢舞陽，沒有他貪汙軍餉，官匪勾結，就沒有那兩本帳冊，那喬家也不會有這場無妄之災。不過最根本的源頭還是當朝首輔蘭山，李知府等人不過是助紂為虐罷了。」

邢舞陽也好，蘭山也好，他們對喬家犯下的罪比李知府要大得多，除掉李知府這個直接動手的人只是第一步。邢舞陽和蘭山，她早晚要與他們一一算這筆帳。

所以南下勢在必行，只有到了那裡，找到沿海已經亂起來的證據，那位一心追求長生的天子才能不怕麻煩、再次重視，她的親人才能沉冤昭雪。

「邵將軍再休養幾天，咱們就動身吧。」

邵明淵垂眸看著身側的少女，一言不發。

喬昭抬眸。「怎麼了？」

邵明淵深深嘆了口氣。「昨夜昭昭明明喊我邵大哥的，怎麼才睡了一覺，就變了？」

喬姑娘忍不住翻了個白眼。真是夠了，他這副被人始亂終棄的模樣，到底跟誰學來的？

「邵大哥。」喬昭似笑非笑地看了邵明淵一眼。

她喊過池大哥、楊大哥，「邵大哥」其實也不過是一個稱謂而已，不代表什麼。邵明淵自是聽出這聲「邵大哥」帶著戲謔，並無多少感情在內。他心中不但沒有氣餒，反而雀躍起來。

晨光教他的思路是對的，昭昭這樣聰慧冷靜的女孩子，他若是再一味矜持臉皮薄，這輩子就別想告別光棍生涯了。以前她客客氣氣叫他邵將軍，現在她冷冷淡淡叫他邵大哥，將來總有一日，她會甜甜蜜蜜叫他夫君。

他堅信這一點，並願意為了那一天付出百般努力，萬死不辭。

這時，一個披頭散髮的女孩子跑了過來，身後追著幾個人。

「三妮，別亂跑！」

「三妮，妳回來啊——」

披頭散髮的少女從喬昭身旁跑過，腳下絆了一跤，直直往前撲去。

喬昭眼疾手快拉了她一把，她反手一推。瘋癲之人力氣極大，對方明明只是個十幾歲的女孩子，喬昭卻覺一股大力傳來，身體不受控制往後倒去。

她落入一個溫暖的懷抱中。

繼續往前瘋跑的少女則被不遠處站著的晨光攔住，一頭裁進晨光懷裡。

冰綠驀地瞪大了眼睛。晨光這混蛋還有這種飛來豔福？居然還抱著不鬆手了！哼，她再也不理這個混蛋了，找她家姑娘去！

小丫鬟氣鼓鼓往喬昭那邊走，便看到將軍大人攬著她家姑娘的纖腰一動不動。

冰綠腳步一頓，眨了眨眼睛。難道現在流行抱著不鬆手？討厭，為啥沒個俏郎君抱她呢？

「抱夠了嗎？」喬昭抬手在某人腰間悄悄擰了一下。邵明淵輕咳一聲，鬆開手。

後面的人追上來，有些畏懼看了邵明淵一眼，彎腰道：「侯爺，多謝您把三妮攔住了。」

邵明淵認識說話的人，是村長的二兒子，後面跟著的兩個是村長孫子。

「晨光，帶三妮過來。」

三妮回頭一看家人追上來，拔腿就要繼續跑。晨光毫不客氣捏住她的手，把人拽了過來。

「三妮，妳別發瘋了，快跟我們回家吧。」村長的二兒子黑著臉道。

「我要去找三蛋哥，我要去找三蛋哥！」三妮一見家裡人靠近，情緒更加激動，晨光死死按著才沒讓人掙脫。

喬昭眼神有些微妙。三妮逃跑的方向，是杏子林……想到三妮與三蛋在喬家遺址偷情，喬昭心中挺膈應，但如今二人一傻一瘋，她便只剩嘆息了。

不少村民走出來看熱鬧，站在不遠處指指點點。

「你們兩個還愣著幹什麼？還不把三妮帶回家！」村長的二兒子只覺丟臉，大聲吼道。

兩個年輕人上前一步，一人抓住三妮一隻胳膊，用力往回拖。

「等一下。」喬昭突然開口道。

眾人動作一停，下意識看她。喬昭抬腳走了過去。

邵明淵默默跟上，遞給晨光一個眼神。意思很明白：看好了三妮，別讓她發瘋傷到黎姑娘。

晨光很委屈：男女授受不親，剛才事出突然沒法子，現在為啥還要我出手啊？

將軍大人面無表情挑眉：男女授受不親，你不出手難道要本將軍出手？那樣你們將軍夫人會生氣的。

二人僅靠眼神交流，晨光竟也把將軍大人的心思領會得清清楚楚，只得認頭嘆了口氣，抬手按住了三妮肩膀。

喬昭伸手落在三妮手腕上，神色漸漸嚴肅起來。她收回手，看了邵明淵一眼。

「怎麼？」

「回屋再說。」喬昭率先轉身返回院中。

「把人帶進來。」

因為昨夜那一場惡戰，豆腐西施宅子四周的土地都是紅褐的血色，村民們遠遠站著不敢靠近，卻又捨不得走，踮腳翹首看熱鬧。

「你們是三妮的什麼人？」

「我是她二叔，他們兩個是三妮的哥哥。」村長的二兒子開口道。

「她的父母呢？」

「三妮命苦，打從娘胎生出來就沒了娘，她爹前些年也沒了。」村長二兒子小心翼翼看著喬昭，「姑娘，三妮怎麼了？她瘋瘋癲癲力氣很大，當心傷了您，還是讓我們把她領回去吧。」

正在這時門口傳來一個蒼老的聲音：「侯爺，我聽說三妮在這裡。」

「爹，您怎麼來了？」

村長走了進來，沉著臉道：「這麼多人看不好一個孩子，還有臉問！」

他走到喬昭跟前，問過好，看著三妮嘆了口氣。「三妮啊，跟爺爺回家了。」

喬昭赫然發現，剛來白雲村時精神矍鑠的村長短短時日彷彿老了數歲，連腳步都蹣跚起來。

或許，他是真心疼愛這個孫女吧。想到剛剛發現的事情，喬昭心中晃過一絲擔憂。

她對三妮在她家遺址與男人偷情的行為感到反感，但對這個花季少女，她又有著同為女子的本能憐惜。一時的情不自禁偷嘗禁果，等待這個少女的人生會是什麼？

喬昭不知道，但她知道這些話她即便現在不說，將來也是瞞不住的。

「村長，三妮的瘋病，我可以治。」

村長猛然一愣，顫顫巍巍道：「您說什麼？您能治三妮的瘋病？」

其他人俱是一臉不可思議看著喬昭。喬昭輕輕點頭。

村長腿一軟跪了下來。「姑娘要是能治好三妮的病，小老兒給您日日上香磕頭。」

邵明淵一聽，劍眉擰起，不悅道：「村長，話不能亂說。」

什麼叫日日上香磕頭？這是咒他的昭昭嗎？敢這樣做他立刻砸了村長的家。

「小老兒是說，日日求菩薩保佑姑娘身體康健，姻緣美滿。」

邵明淵點了點頭。這還差不多。

「村長，你起來說話吧。」喬昭淡淡道。

村長站起來，抹了一把淚。「姑娘有所不知，小老兒這個孫女從小沒了爹娘，是跟著我們老兩口長大的。她糊里糊塗犯了錯，我們也有責任啊！姑娘，您真的能治好三妮嗎？」

「三妮並不是真的瘋了，只是驚嚇過度迷了心竅而已，所以治好她的瘋病並不難。」喬昭掃了三妮一眼，嘆道，「不過還有件事要教村長知道。」

「您說。」「三妮有喜了。」

三妮有喜了？村長一下子懵了。

村長的二兒子面色陡變，揚起蒲扇般的大手就要去打三妮。這個丟人現眼的下賤貨，未婚偷情不說，如今居然連私生子都折騰出來了？這讓他們一家子以後在村裡怎麼抬得起頭來？

「住手！」村長喝道。

「爹，三妮都這樣了，您還護著她？」

村長臉上的皺紋都在微微抖動，許久後吐出一口氣來。「不然呢？你要打死三妮？她是犯了錯，可犯了錯就一點活路不給她了？你是她親二叔啊！」

喬昭輕嘆一聲，不再摻和人家的家務事，向晨光示意。「把三妮帶進屋裡來。」

村長能這麼說，三妮應該能活下去吧？

⸙

三妮的瘋病好了。

這個消息很快傳遍了白雲村，與之一起傳遍的，還有三妮懷了三蛋遺腹子的消息。

喬昭一行人離開白雲村的那天，三蛋的娘正堵在村長家門口哭鬧。

「鄉親們評評理啊，三妮肚子裡懷著三蛋的娃娃，憑什麼不能進我們老王家給三蛋當媳婦？」

村長二兒子剛想出去，被媳婦拉了一把。「你這個傻子出去湊什麼熱鬧？還嫌三妮丟人丟得不夠啊？我都發愁四妮將來怎麼嫁人啊，攤上三妮這麼個不要臉的姊姊！」

三妮的幾個嫂嫂全都拉著各自的男人不讓出頭，只有村長老兩口站在門口應付潑婦般的三蛋娘和村民們的指指點點。

「就是啊，三妮既然跟老王家的小子相好，現在肚子裡懷了人家的種，就該嫁過去啊，這樣老王家的小子也有個後不是？」

「對啊，要我說啊，三蛋娘願意讓這樣的媳婦進門已經不錯了，要是換了我可不樂意，丟人現眼呢！」

村長扶著門框，臉色鐵青，嘴上卻不鬆口。「我們家三妮不會去當寡婦的。」

「我呸！」三蛋娘破口大罵，「一個被我兒子穿過的破鞋，你們還指望她嫁人收彩禮嗎？」

村長冷笑一聲。「不想讓三妮嫁過去，不只是因為心疼她要去守寡，還怕妳這樣的婆婆。」

「我這樣的婆婆怎麼啦？你是村長了不起啊？村長還不是養出了這樣不知廉恥的孫女來！」三蛋娘衝過去就撓村長的臉。

村長太太一看不幹了，抄起放在門口的掃帚就打過去。「敢撓我老頭子？我打死妳這個嘴上不留德的！說我孫女不知廉恥？這話誰都可以說，就妳不能說！誰不知道妳兒子遊手好閒，就一張嘴甜，不知哄了多少大姑娘小媳婦。我們家三妮是被妳兒子花言巧語哄騙了。要不是妳兒子死了，我們還要找妳算帳呢！」

一個人影衝出來，抱住了村長太太。「奶奶，別打了，別打了。」

村長夫婦面色大變。「三妮，妳怎麼出來了？」

三妮眼睛腫成了核桃，可見瘋病好了的這幾日哭了不少。

「爺爺，奶奶，我知道你們是為我好，但我想嫁過去。」

「妳說什麼？」村長氣得渾身顫抖。

三妮不停抹眼淚。「三蛋哥說好要娶我的，我也答應嫁給他了。我現在還懷了三蛋哥的娃，不嫁給三蛋哥嫁給誰啊？」

「可是三蛋已經死了！」村長厲聲道。孫女才十五歲就嫁過去守寡，這輩子可怎麼過啊！

「我生是三蛋哥的人，死是三蛋哥的鬼。」三妮跪下來朝村長夫婦磕了幾個頭，「爺爺，奶奶，你們就成全三妮吧。」

村長咬緊牙關，氣得哆嗦。

三蛋娘嗤笑一聲。「村長喲，看到沒，你孫女趕著嫁到我們老王家來呢，你這當爺爺的死命攔著幹什麼，多討人嫌啊！你放心，等三妮生了兒子，我們會來報喜的。」

村長閉上了眼睛。「爺爺，三妮求您了。」三妮不停磕頭。

村人的議論聲一字不漏傳入村長的耳朵，讓這位老人看起來更加頹然，他睜開眼睛，恨鐵不成鋼地看了跪在地上的孫女一眼，嘆道：「罷了，隨妳吧，妳大了，爺爺奶奶管不了妳了。」

村長夫婦相攙著轉身回屋，關上了院門。

三蛋娘掃了三妮一眼，一臉嫌棄道：「別跪著了，傷著我孫子怎麼辦？快跟我走吧。」

三妮站起來，眼神茫然環視四周，而後對三蛋娘道：「您等等。」

她忽然向路邊跑去。

三蛋娘一愣，喊道：「小賤婦往哪跑啊？還不夠丟人嗎？傷著我的孫子，看我怎麼收拾妳！」

三妮一溜煙跑到喬昭等人面前。邵明淵不悅擰眉。

少女撲通一聲跪到喬昭面前。喬昭眉梢輕輕動了動。

剛剛村長夫婦對三妮的維護，乃至三妮的選擇，她都看在了眼裡，現在對這個女孩子的感覺格外複雜。

三妮磕了幾個頭。「姑娘，三妮多謝您的大恩大德了。三妮什麼都沒有，無以為報，只能給您多磕幾個頭，祝您以後長命百歲，順順利利。」

年輕將軍劍眉擰得更緊。居然就只祝福了這個，村長還知道祝福昭昭姻緣美滿呢！

「妳快起來吧，當心傷了肚子裡的孩子。」喬昭淡淡道。

一聽喬昭的提醒，三妮忙站了起來，下意識護住腹部。

喬昭看在眼裡，暗嘆一聲。不管三妮之前的行為出不出格，她對那個男人的心倒是真的。

許是被三妮下意識護子的動作觸動了，喬昭多說了一句：「三妮，要是以後覺得過不下去，就去白雲鎮上找住在麻雀胡同的謝家吧。謝家與喬家是世交，妳提冠軍侯，他們會幫妳的。」

離開白雲村後，邵明淵找了個機會私下問喬昭：「昭昭，妳為何對三妮如此好？我以為妳膈應那個女孩子呢。」

為了三妮居然還把他拉出來，這讓謝世伯怎麼想？萬一懷疑他對三妮有什麼憐香惜玉的念頭多不好。他可不想讓昭昭的這些世伯、世叔覺得喬先生沒挑好孫女婿。

喬昭完全不知道某人的小心思，不以為然地笑笑。「談不上好，不過是舉手之勞罷了。我就是覺得，犯了同樣的錯，女子承受的代價永遠比男子大得多。」

所以同樣的錯誤她才不想犯第二次。嫁人實在是件吃力不討好的事。

邵明淵聽了喬昭的話附和點頭。「是，世情如此，無論南方還是北地都是這樣。」

在北地，人命賤如螻蟻，首先倒楣的往往還是女子。他已經見過太多。昭昭是擔心這些嗎？

年輕將軍凝視著少女平靜無波的眉眼，福至心靈地閃過這個念頭，他不由伸手握住她的手，輕聲道：「昭昭別擔心這個，別說妳不會犯錯，就算真的犯錯，無論犯了多大的錯，代價都由我來承受可好？」

喬昭眼睛睜大了幾分。這臭不要臉的，一不小心就要被他握手，他倒是越來越駕輕就熟了。可是男人那番話又實在太動人，像是一根潔白輕盈的羽毛在喬姑娘心尖上撓了又撓，讓她剛剛才變得古井無波的心境立刻泛起了陣陣漣漪。

邵明淵是什麼時候無師自通學會隨時亂撒甜言蜜語的？

腳步聲傳來，喬昭立刻抽回手。池燦與楊厚承走過來。

池燦目光在少女微紅的雙頰上一掠而過，語氣平靜問道：「接下來什麼打算？先去採藥還是先去邢舞陽的地盤？」

「先去採藥。」邵明淵與喬昭異口同聲道。話音落，二人對視一眼。

邵明淵忍不住牽起唇角，心道：昭昭與他這般心有靈犀，可見命中注定是他媳婦。

喬昭卻覺有些尷尬，默默移開了視線。池燦忍無可忍冷笑一聲。「夠了啊，你們。」他雖然放手了，可還是會心塞。這兩個人，特別是邵明淵這個混蛋，當他是死的啊？祝姓邵的打一輩子光棍！

在池燦面前，邵明淵自是收斂了些，解釋道：「昭昭這次南行的任務本來就是採藥，在嘉豐耽誤了這麼久，若是再去邢舞陽那裡，你們就不好對太后交代了——」

池燦打斷他的話。「太后那邊你不用擔心，有我和楊二呢。」

他與楊二任何一個在太后心裡的分量都比九公主重，有他們在，太后自是不會因為耽誤點時間就怪罪下來。

邵明淵笑笑。「即便太后那裡交代得過去，那些金吾衛恐怕也要撂挑子了。」

楊厚承一聽，煩得踢了船欄一腳。「可不是嗎，那些傢伙找我哭了好幾次，說太危險了，他們要回家。娘的，一個個都是慫包！」

「這也怪不得他們，嘉豐這次的事原就不是他們該摻和的。說起來，他們也是受了無妄之災，心生退縮亦是人之常情。」

楊厚承眨眨眼。「庭泉，我看你的親衛一個個都不怕死呢，你在北地帶兵的時候，就每個都這麼聽話，沒有逃兵？」

邵明淵莞爾一笑。「惜命是本能，怎麼會沒有逃兵？」

「那你都是怎麼管教的啊？」楊厚承虛心討教。

他在金吾衛不大不小也算個小隊長了，手下一群刺頭，打不得罵不得。奉命出來一趟還要哄著那些王八蛋，他這小隊長當得也忒憋氣！

邵明淵看了眼巴巴望著自己的小夥伴一眼，輕描淡寫道：「不用管教，有在戰場上臨陣脫逃的，殺了祭旗就是。」

楊厚承嘴角笑意一僵。這個可真不行，那些小祖宗殺掉一個他就要滿頭包。

「所以說，還是去戰場上才痛快！」

「楊二你死心吧，庭泉不可能帶你上戰場的。」池燦涼涼道。

「為什麼不行？」

「因為你爹娘就你這麼一個兒子，庭泉要是帶你去戰場，你爹娘非要砸了冠軍侯府不可。」

楊厚承重重嘆了口氣。

「拾曦、重山，我們先去採藥，等處理好了這件事，你們就帶著那些金吾衛先一步離開沿海，回嘉豐這裡等我們。」

「等你們？」池燦眼神一緊。

楊厚承撓撓頭。「就是啊，庭泉，你這是什麼意思啊？」

邵明淵看了喬昭一眼，解釋道：「我和昭昭估摸著邢舞陽那邊不大對勁，你們還是別蹚這趟渾水了。邢舞陽和李知府不一樣，李知府是文官，再怎麼折騰也掀不起太大水花。邢舞陽就不同了，他是手握重兵的一方大將，盤踞南邊沿海多年，硬碰硬無異於以卵擊石。」

「那我們也不能讓你們兩個涉險啊。」楊厚承連連搖頭，「我們躲到安全的地方，看著你們深入龍潭虎穴，我們成什麼人了？」

「楊大哥，這不是講兄弟義氣的時候。咱們在嘉豐鬧得事情不小，定然會傳到京城去，京城那邊絕對會提醒邢舞陽多加小心的。這樣的話，咱們這些人採完藥突然進入他的管轄地，恐怕還沒做什麼就要被他算計了。我們兩個人目標小得多，反倒方便行事。」

喬昭一番話說得楊厚承沒法反駁。

池燦忽然問道：「既然邢舞陽那裡危機重重，庭泉，你就能保證黎三的安全？」

邵明淵揚眉一笑。「我自然會保證她的安全。」

龍潭虎穴，人多了他或許顧不到，若是只有昭昭一個人，他自是不會讓人傷了她一根頭髮。

「但願你能做到今天說的話。」池燦淡淡道。

船行數日，江面漸漸寬闊。

船停靠在沿海小鎮，眾人開始準備出海的物資，也因此，決定在小鎮上修整放鬆一日。小鎮沒有鎮名，因為是眾多出海之人的落腳處，人們都叫它「海門渡」。

喬昭等人走進鎮子，越往裡走越覺得有些古怪，鎮子上的人看向他們的眼神亦有些不對勁。眾人腳步不由緩下來。

楊厚承小聲嘀咕道：「這鎮子有些不對勁啊，可要說哪裡不對勁，偏偏又說不出來，真教人心裡打鼓。」

喬昭暗暗打量四周環境，漸漸皺眉。這鎮子確實奇怪極了。鎮子上人來人往，衣著相貌俱是她看過的遊記中所提到的南邊沿海人的特色。所以，大家的古怪感究竟從何而來呢？

她悄悄留意著那些行人，敏銳發覺他們的目光全落在她身上，心中不由一動。

這種沿海小鎮本就是魚龍混雜之地，鎮子上的人對他們這些外來人的注目未免太專注了些，專注中還帶著點可惜與同情。

可惜與同情？喬昭腳步一頓，終於想明白是哪裡不對勁了！

她伸手一拉邵明淵，壓低聲音道：「邵大哥，我知道哪裡不對勁了。」

年輕將軍被那聲「邵大哥」叫得心中一蕩，眉梢眼角俱是笑意。「啊？」

喬昭嘴角一抽，想要白某人一眼，莫名覺得某人傻笑的樣子像極了她多年前在杏子林時養過的一隻長毛大狗，憨傻憨傻的。後來那隻長毛大狗離家出走，再也沒回來過。祖父說那是牠壽數到了，不願讓她看到自己離世的樣子，所以悄悄躲了起來。

那時候，她很是傷心了一段時間。

喬昭忍不住看了邵明淵一眼，心想：要是某一天他不見了，她會怎麼樣呢？

或許會有些傷懷吧。這樣一想，喬姑娘的白眼就送不出去了，收回飄遠的思緒低聲道：「這鎮子上居然沒有年輕女子。」

別說沿海小鎮這樣禮教寬鬆的地方，就是在京城大街上，帶著丫鬟婆子上街閒逛的年輕小娘子都不少。這個小鎮來往行人不少，竟沒有一個年輕女子，未免太古怪了。

邵明淵眼風一掃，果然就如喬昭所說，鎮子上來來往往的行人絕大多數都是形形色色的男子，偶爾可見一名女子，年紀卻都在三、四十歲開外了。

那些人也在打量著他們，目光俱都落在喬昭與兩個丫鬟身上。

這種異常其實挺明顯，一經人提醒便可以注意到，可若是沒人捅破這層窗戶紙，就成了燈下黑，往往很難察覺。邵明淵自詡觀察力不錯，卻還是聽喬昭這麼說才恍悟過來。

當然，這和他注意力從沒放在別的女子身上有很大關係。

年輕將軍心中警醒，暗暗提醒自己：以後不能再有這種失誤，管他什麼男子女子，這世上人對他來說只分了三種——昭昭、好友和別人。

眾人走到一家酒肆前。

「先進去再說。」邵明淵率先走了進去。

海邊小鎮與繁華的京城不同，少了京城酒樓夥計的熱情洋溢，小酒肆的夥計懶洋洋看了邵明淵等人一眼，直到看到喬昭三人，突然猛地跳起來，臉色大變。「快走，快走！」

楊厚承猛然拍了一下桌子，冷笑道：「你這裡不是酒肆嗎，大白天有這麼趕客人的道理？」

夥計這才看清小小酒肆裡站滿了人高馬大的男子。

他心中一苦：麻煩了，剛才一眼就看到了三個小娘子，竟沒留意到對方有這麼多人。

掌櫃的聽到動靜忙跑出來，狠狠瞪了夥計一眼。「怎麼做事的！」

夥計一臉委屈。他也不想啊，可三個小娘子跟金子一樣閃閃發亮，誰不是第一眼就看到啊。

「各位客官，咱們酒肆太小，您這些人坐不下啊。不如移步別家——」

楊厚承一把抓住了掌櫃衣領，冷冷道：「別廢話，我們餓了，現在要吃飯！」

掌櫃的被掐得直翻白眼，抬腿踹了呆愣住的夥計一腳，斥道：「還不快請客官們坐下！」

小小的酒肆難得還有一間雅間，喬昭幾人走了進去，其他人則留在了廳裡。

點完菜，夥計落荒而逃，楊厚承冷笑道：「這種軟柿子就是敬酒不吃吃罰酒。」

等待上菜的間隙，幾人就著剛才的發現談論起來。

「這鎮子上為什麼沒有年輕女子啊？難道比京城的規矩還重，年輕女子必須大門不出二門不邁？」楊厚承灌了幾口茶，嘀咕道。

池燦看了喬昭一眼，淡淡道：「與其亂猜，不如直接問問。」

楊厚承看向邵明淵。邵明淵含笑道：「拾曦說得對，直接問最好，簡單、粗暴、有效。」

審問不同的人要用不同的手段，對酒肆夥計這些人，直接問是最好的。

池燦拍拍楊厚承手臂。「楊二，這事還得交給你。」

「怎麼又是我啊，剛才就是我裝惡霸，現在不能換別人嗎？」

「因為你長得最像，讓我去裝，多費力啊。」

楊厚承嘿嘿一笑。「要是裝小娘子，拾曦你最合適了。」

池燦臉一黑，不由想起了曾男扮女裝混入黎府的事。當時並不以為意，現在想想，莫非是黎三看到他穿女裝比她還要好看，所以自卑了？

這樣一想，池燦便後悔不迭，對楊厚承自然更沒有好臉色。

楊厚承自知失言，尷尬笑笑，正好夥計端著酒菜進來，待夥計把酒菜放好後，伸手抓住了夥計的手腕，惡狠狠道：「貼牆站著！」

楊厚承手勁大，夥計的手腕頓時一陣鑽心地疼，只得老老實實靠牆站著，可憐巴巴問：「客官還有什麼吩咐啊？」

「你們這裡為什麼沒有看到年輕女子？」楊厚承開門見山問。

此話一出，夥子面色頓時大變，連連搖頭道：「小的不知道這個，不知道——」

「與官府有關？」邵明淵忽然開口問道。

能令普通百姓如此諱莫如深，事情十之八九會與當地官府扯上關係。

夥計已經被邵明淵的話問愣了。邵明淵手往桌子上一放，收回時桌面上留下一塊碎銀子，語氣平靜道：「我們只是路過此處，打聽此事沒有別的意思，純粹是發現這裡沒有年輕女子，擔心我未婚妻的安全。還望小哥兒能給我們解惑，你說過就算，我們聽過就算，僅此而已。」

未婚妻？池燦嘴角一挑，嚇得楊厚承忙在桌底下給了他一腳。

池大公子啊，咱都退出了就別添亂了，未婚妻就未婚妻吧，黎姑娘都沒反對呢，先把情況問清楚是正經。

池燦扯了扯嘴角。他只是吃驚邵明淵臉皮太厚，楊二憑什麼踹他啊？這個王八蛋！

被楊厚承認為一點不反對的喬姑娘悄悄握了握拳頭。罷了，正事要緊。

邵明淵一番話讓夥計猶豫了下，左右看看，壓低聲音道：「那小的就直說了。咱們這鎮子上沒有年輕女子，不是因為她們都窩在家裡不出來，而是被官老爺送給倭寇啦！」

這話可讓眾人大吃一驚。當地官員把年輕女子送給倭寇？

夥計抬手抹了一把淚。「前兩年還好好的，後來倭寇來得越來越頻繁，官老爺為了保一時安寧，每隔一段時間就從鎮子上挑幾名年輕女子送給倭寇。時間一久，年輕女子死的死、跑的跑，哪裡見得到啊。」

一六五　我們不走

夥計一番話說得幾人心底發冷，一股怒火直往上冒。

楊厚承狠狠一搥桌子。「簡直是畜生！」

池燦嗤笑一聲。「別侮辱畜生好嗎？」

「對，簡直是禽獸不如！」楊厚承頭一次發覺好友的毒舌實在可愛極了。

邵明淵格外平靜，眼底卻流淌著暗火。

不知怎的，兩位說話的客官沒讓夥計覺得如何，可那位端坐不動、面色平靜的客官卻讓他頓覺渾身一冷，下意識往旁邊挪了一步。

夥計捏了捏手中銀子，暗嘆一聲：罷了，看在銀子的份上，給他們提個醒吧。

「幾位客官，你們吃完了趕緊走吧。」

「怎麼，在你這吃飯還要趕人的？」楊厚承眼睛一瞪。

「不是啊，小的是為幾位客官好啊。」夥計四下看一眼，小聲道，「馬上就到送年輕女子的期限了，官老爺還沒湊夠人呢。您這有三位小娘子呢，再不趕緊離開這裡，恐怕就走不了啦！」

「多謝小哥兒提醒了。」邵明淵淡淡道。

話都說了這些這位客官還如此淡定，夥計大惑不解。

邵明淵抬了抬眉，對池燦二人道：「趕緊吃飯吧。」

楊厚承點頭。「對，吃飽了才有力氣打架。」

夥計無聲地張了張嘴。這都是什麼人啊！他搖著頭出去，沒過多久外頭就傳來喧嘩聲。「來你們這用飯的人呢？」

幾個金吾衛的聲音傳來。「你們要做什麼？」

雅間內，楊厚承一聽驀地站了起來。「還真的來了！」

邵明淵抬眸看他一眼。「別衝動，先吃完再說。」說完站了起來往外走。「我出去看看。」

「喂，不是說吃完再說嗎？」楊厚承不由喊道。

走到門口的男人頭也沒回，雲淡風輕道：「我吃完了。」

楊厚承盯著擺在邵明淵座位前的空碗愣了愣，忙扒起飯來。

池燦放下筷子。「我也吃完了。」

「你們怎麼都吃這麼快？」楊厚承嘴裡含糊道。

池燦站起來，笑吟吟道：「因為我們都吃一碗，你吃了三碗。」

楊厚承：「……」這種大實話，他竟無言以對。

大堂裡氣氛劍拔弩張，見到邵明淵與池燦一先一後出來，幾名金吾衛收斂幾分，那些來人不由看過來。邵明淵同樣在打量著這些來客。

領頭者人高馬大，面色赤紅，身上衣衫瞧著頗為體面，目不轉睛盯著門口這邊看。

邵明淵劍眉輕蹙。對方的目光太過放肆，委實令人不快。

池燦已是大怒。「看什麼看，再看弄瞎你的狗眼！」

領頭的人噗嗤一聲樂了，眼神迷醉。「乖乖，這小娘子厲害了，如此美貌，女扮男裝居然挺像的，連聲音都裝得像，要不是我眼神好，還真被蒙混過去了。」

池燦五官精緻，因為還未弱冠，身材比起青年人單薄了些，但看起來並無脂粉氣。之所以被來者當成女子，一是對方得到消息，這些外來人中有年輕女子，有了先入為主的印象；二是鎮子上好長一段時間見不到年輕女子了，乍然見到如此精緻面孔，自然想不到居然會是男人。

池燦最恨的就是被男人當成女子，當下勃然大怒，怒極反笑。「是嗎？你真如此厲害？」

他越眾而出，一步步走到領頭的人面前。

領頭的人已是身心俱醉，不由自主道：「小娘子要不要試試？」

如此美人，他只想藏起來，真捨不得交上去了。

「那我就試試。」池燦皮笑肉不笑，抬腳照著領頭的人下身就踹了過去。

男人當然比女人更清楚男人命根子的準確位置，這一腳又準又狠，領頭的人慘叫一聲當即倒地翻滾起來，邊滾邊發出悲慘的號叫。

風捲殘雲吃完飯的楊厚承立在門口，喃喃道：「這下好了，這世上又多了個太監。」

「你們，你們還愣著幹什麼……給我，給我……」領頭的人一句「給我上」沒說完，白眼一翻疼得昏了過去。他帶來的手下面面相覷，一時竟不知道該如何是好。

邵明淵波瀾不驚提醒道：「你們不趕緊帶他去看看嗎？或許還有接上的可能。」

那些人一愣，隨後其中一人道：「誰和我一起帶少爺去醫館？其他人留下，別讓這些人跑了！」話音才落，一群人爭相恐後道：「我去，我去！」

別開玩笑了，誰敢留下啊，少爺的蛋蛋都被人家踹碎了，誰留下誰倒楣！

「去什麼去，都去了這些人跑了怎麼辦？他們跑了，我們怎麼交差？」那人罵了一聲，「老四，你跟我走。」被點名的老四喜形於色，大聲道：「好的！」

二人抬著昏迷不醒的領頭人飛也似地跑了。

留下的人面面相覷，其中一位靈機一動道：「我給鎮長報信去。」

其他人伸手拽住他。「憑什麼你去？我去！」

幾個人一想到剛才少爺被踹斷命根子的情景就雙腿打顫，都恨不得立刻逃之夭夭，爭起來自是寸步不上。最後沒辦法了，一人提議道：「要不一起去報信？」

「好！」這提議立刻被其他人接受了。

提議的人看了邵明淵等人一眼，硬著頭皮道：「有種你們別走！」

池燦噗哧一聲樂了。「你們是傻子，當別人也是傻子？」

邵明淵卻淡淡道：「可以。」

咦，這麼好說話？那些人不由瞪大了眼睛看著邵明淵。這人說話到底管不管用啊？他們現在跑了給鎮長報信，等鎮長帶人來，要是發現這些人不見他們可就慘了。

「放心，我們真不走。」年輕將軍隨意揀了一張椅子坐下，唇畔含笑道，「你們不是說了嗎？有種的不走。」

楊厚承大笑。「對，你們這些沒種的趕緊走吧。」

那些人面紅耳赤，強撐著放話道：「你們等著！」

大堂裡一下子安靜下來。楊厚承一屁股坐下，問邵明淵：「咱們接下來怎麼辦？」

「咱們要在這裡補充出海物資，自然是要留下來，正好看看那位把鎮上年輕女子送給倭寇的鎮長是個什麼人物。」邵明淵淡淡道。

小鎮很小，不過兩刻鐘左右，酒肆便被一群人包圍了。

「是誰打傷了我兒子？給我滾出來！」外面傳來叫嚷聲。

酒肆內，掌櫃的連連擦汗。「各位客官，有什麼事您幾位還是出去說吧。咱們酒館地方小，不方便施展，不方便施展。」

這些外來人都是二十來歲的小夥子，五大三粗，瞧著就不是好惹的，等會兒要是在這裡打起來非把酒肆砸爛了不可，到時候找誰賠啊！

邵明淵施施然站起來。「出去看看吧。」

眾人齊走出酒館。酒館外站著數十人，為首的是名四旬開外的男子，身材發福，一臉橫肉。

楊厚承附在池燦耳邊低笑道：「拾曦，這人和剛才被你踹暈的那個人有點像呢，看來是打了兒子來了老子。」

池燦不以為然揚了揚唇角。邵明淵那些親衛的本事他已經見過了，再加上他們這些人，要是被一個小鎮子的人困住，那才是笑話呢。既然如此，他又何必讓自己受委屈？

「這是我們海門渡的鎮長。」先前跑走的一人說道。

「咦，這麼一個小鎮，居然還有鎮長？」池燦涼涼道，話中的譏諷令人火冒三丈。

大梁朝府下設州縣，縣下又設鄉鎮，不過所謂的鎮長往往是縣令選命的地方鄉紳，並不屬於真正的朝廷官員。

「就是妳打傷了我兒子？」鎮長死死盯著池燦。

報信的人說了，打傷他兒子的是個女扮男裝的絕世美人，一定是面前這個人無疑。

不對，他有喉結！鎮長仔細打量了池燦一眼，氣個倒仰。這幫眼瞎的混蛋！

「還愣著幹什麼，給我上，把這個打傷少爺的小畜生給我大卸八塊！」

鎮長帶來的這些人都是霸道慣了的，以前硬搶鎮上年輕女子交差，打人是家常便飯，如今眼前的人雖有些不好惹，仗著己方人多勢眾倒也不怕，鎮長命令一下全都衝了上來。

這些人不過是生得壯實，別說拳腳功夫了，連花架子也不會，打起來全靠狠勁與蠻力撐著，就連冰綠不甘寂寞衝上去，沒用多久便幹翻了兩個。

這一場混戰，以小鎮上的人完全意料之外的速度結束了。鎮長這一方一敗塗地。

「你們敢違抗縣令大人的命令？」鎮長外強中乾地喊道。

「呃，不知縣令有何命令？」邵明淵問道。

鎮長冷笑聲。「縣令大人給我挑選女子之權，你們帶著三名女子卻公然抗命，想造反嗎？」

「挑選女子之權？」池燦冷笑一聲，「當今天子多年不曾選拔天下佳麗，我們怎麼不知道一個縣令還有這個權力？」

「少廢話，今天你們留下這三個女子，我可以放你們一馬，如若不然，誰都別想離開！」

啪啪啪。楊厚承的拍掌聲傳來。

他大笑道：「你是不是傻啊，現在倒在地上的這些人是誰啊？你憑什麼把我們留下來？」

「憑什麼？」鎮長陰冷一笑，「這麼說，你們是不打算把人留下了？」

「廢話！」楊厚承嗤笑一聲。

「既然這樣，就別怪我不客氣了。」鎮長眼中閃過毒蛇般的光芒。

這些人就算交出三名女子，他也不打算放過任何一個。傷了他兒子還想平安離開？簡直做夢！鎮長緩緩看了眾人一眼，忽然轉身對著那些看熱鬧的人大喊一聲：「都瞧什麼熱鬧，還不助我把這些人拿下！」

鎮子上跑出來看熱鬧的人面面相覷。鎮長這一家子就沒幹過什麼好事，他們才不想幫忙呢。

見人們都站著不動，鎮長冷笑一聲。「鄉親們，你們以為這是幫我？不，這是幫你們自個兒呢。」這些蠢貨，只想著看熱鬧，也不想想要是還找不到合適的女子，等倭寇來了怎麼辦！

聽鎮長這麼說，看熱鬧的人依然沒動。

鎮長見狀氣得不行，大聲吼道：「你們難道忘了倭寇了？上次送過去的女子年紀太大就被他們嫌棄，這次期限馬上就到了，到時候交不出人，你們以為那些倭寇是吃素的嗎？」

一番話說得看熱鬧的人臉色大變，望著喬昭等人的眼神就有些不一樣了。

鎮長再接再厲道：「你們忘了以前倭寇是怎麼來鎮子上燒殺搶掠的？是不是安寧日子過久都過成傻子了？你們現在眼睜睜放走這些人，等倭寇來了倒楣的就是你們！」

聽了鎮長的話，看熱鬧的眾人一步步向喬昭等人圍過來。

楊厚承一臉震驚。「瘋了，這些人都瘋了吧，還有沒有人性？」

池燦握緊了腰間長刀，冷笑道：「人性？人性本來就是自私的。咱們又不是他們的什麼人，把咱們留下向倭寇交差，他們不就又能苟延殘喘一段日子嗎？」

「那有什麼用？等下一次他們還不是要倒楣？」楊厚承只覺不可思議。

「能用無關緊要的外來人過了眼前這一關，誰還去想下一次？」邵明淵平靜開口道。

看著漸漸逼近的人群，楊厚承額頭冒汗。「庭泉，咱們怎麼辦？這些可都是手無縛雞之力的老百姓。」

「亮明身分。如果依然不能令他們退縮，那就打到他們退縮。」年輕將軍冷冰冰道。

手無縛雞之力的老百姓？在北地他見過太多這樣的老百姓，凶殘起來能令人瞠目結舌。

可是，北地的老百姓再凶殘，也沒有親手把大梁女子獻給韃子的。

他保衛的人，總該有值得他保衛的地方，若是這些人意圖傷害他最重要的人，失去了做人的底線，他又為何要保護這些已經不能稱之為人的「人」呢？

楊厚承一聽，揚手亮出權杖。「我們是奉太后之命出海辦差的金吾衛，爾等還不趕緊退下！」

圍過來的人腳步一頓，不由看向鎮長。

鎮長愣了愣，冷笑道：「奉太后之命來辦差的金吾衛？你們怎麼不說是奉天子之命來辦差的錦鱗衛呢？大家都愣著幹什麼，別聽他們胡說八道！」

就在這時，一陣馬蹄聲響起，聲音越來越急。

鎮長面色大變，喊道：「倭寇來了，大家快把那三個女子抓起來！」

馬蹄聲如催命符，鎮子上的人再不猶豫，向喬昭等人衝去。

❦

倭寇來得比人們想像得還要快，雙方還沒動手，倭寇就已到了近前，手中舉著明晃晃的倭刀。鎮子上的人嚇得動彈不得。

「壯士們不慌動手，不慌動手。」鎮長腿腳發軟迎上去，伸手一指喬昭等人，「壯士們看，這次的姑娘可漂亮呢，肯定讓你們滿意的。」

邵明淵大怒，抬腳把鎮長踹得飛起來，正好踹到一個倭人身上，鎮長把倭人從馬上砸了下來，二人齊齊發出一聲慘叫。邵明淵抽出長刀向領頭的倭人砍去。

楊厚承大喝一聲。「都愣著幹什麼，上啊，殺了這些喪盡天良的王八蛋！」

這一隊倭寇不過二十多人，就是這麼些人，居然讓整個鎮拱手奉上鎮上年輕女子，這海門渡的人真是慫包！

楊厚承與倭寇一對上，才知道自己錯了，這倭寇竟然驍勇得很，雙方兵器相碰，險些把他手中長刀震飛。這是楊厚承第一次與倭寇接觸，不由大吃一驚。若倭寇這樣厲害，也難怪這鎮子上的人任人宰割呢，這二十多個人還真能屠了這個小鎮。

楊厚承想到這裡，面色一變。

糟糕，他功夫雖還趕不上庭泉身邊的親衛，但顯然是因為庭泉是個變態，他的親衛們也是。他的功夫在京城的圈子裡還是數一數二的，連他對付起倭寇都如此吃力，金吾衛那些人怎麼辦？楊厚承瞅了個機會忙張望了下。

果不其然，一名金吾衛被倭寇逼倒在地，倭寇舉起寒光閃閃的倭刀向著地上的金吾衛刺去。

「張三！」楊厚承大喊了一聲。可惜已經來不及了，倭刀直直照著那人小腹刺入。

「叮」的一聲響，倭刀被飛來的某物擊偏，斜斜在那人身上劃出一刀。

楊厚承忙去扶他，又聽一聲慘叫傳來，這一看不由睚眥欲裂。

只見一名金吾衛被倭寇一刀捅進了腹部，雙手扶著刀後退幾步，倒地氣絕。

「我跟你們拚了！」楊厚承舉著刀衝過去。

偏偏這個時候鎮長爬了起來，高聲喊道：「快幫忙啊！」

楊厚承心中一暖：不管這鎮長剛才嘴臉多討厭，關鍵時刻還是個懂事理的，畢竟都是大梁人。誰知這個念頭才閃過，他就被兩名當地人絆倒了。摔在地上的瞬間，楊厚承心中罵道：他娘的，老子要是還能活著，第一件事就是把那個殺千刀的鎮長剁碎了餵狗！

「趕緊幫忙，不然等倭人解決了這些外來人，就該找咱們算帳了！」鎮長大聲喊道。

邵明淵面冷如冰，身形一晃把楊厚承抱起，扔給了晨光，高聲道：「你們退到酒肆裡去。葉落，給我看好黎姑娘！」

葉落護著喬昭往酒肆裡退。「黎姑娘，跟我走。」

喬昭並沒有猶豫，只看了邵明淵一眼，立刻隨著葉落退進了酒肆中。

既然幫不上忙，那就不給他添麻煩。

眾人連同幾名受傷的金吾衛全都退進酒肆裡，葉落緊緊守在喬昭身邊，晨光則站在酒肆門口，提防漏網闖進來的倭寇，還要提防那些鎮上人。

「邵將軍對付那些倭寇可有把握？」喬昭問葉落。

她沒讓葉落出去幫忙，因為她知道，邵明淵命葉落保護她，那麼葉落就不會離開她半步。

喬姑娘在心裡輕嘆了一聲：自己原來也有成為累贅的時候，這種感覺還真是令人沮喪。

「黎姑娘放心吧。」葉落只說了這麼一句。

那些倭寇並不好對付，刀劍無情，誰又能保證有十足的把握？他擔心將軍，但將軍命他保護黎姑娘，那麼無論外面發生什麼事，他都會執行好將軍的命令。

喬昭心思敏銳，聽葉落這麼說，自是明白了，心中不由一緊。

那些倭人的厲害她已經看到了，邵明淵一人真的能對付這麼多人嗎？

晨光瞪葉落一眼，笑道：「三姑娘您放一百個心吧，咱們將軍大人什麼大風大浪沒見過，對付這麼點倭人算什麼？再說有您在呢，將軍大人肯定捨不得受傷的。」

葉落這個棒槌真不會說話，太有損將軍大人形象了。

這時呻吟聲傳來。

身上挨了一刀的金吾衛從昏迷中醒來，痛苦呻吟著。喬昭立刻走過去，蹲下來給他迅速針灸止血。既然擔心無濟於事，那她就做些力所能及的，只希望他平安才好。她承認晨光說得不錯，那人要是受了傷，她是會難過的。

人非草木，朝夕相處這麼久，她又怎麼會無動於衷？

邵明淵，你可要保住你英勇神武的形象，不要讓我失望。

喬昭很快處理好了那人的傷勢，又幫幾名身上掛彩的金吾衛處理完畢，楊厚承提醒道：「黎姑娘，拾曦也受傷了。」

喬昭微怔，而後走向默坐在窗邊往外看的池燦，大方問道：「池大哥傷在何處？我給你看看。」

池燦回頭，淡淡道：「別聽楊二胡說，就是胳膊上擦破了點兒皮，給我一些金瘡藥塗塗就行。」

喬昭有些詫異對方說得如此雲淡風輕，一時沒有動作。

池燦一笑。「傻愣著做什麼，難道我受傷嚴重會不說？我是那種委屈自己的人嗎？」

喬昭這才笑笑，把一個白瓷瓶遞了過去，問道：「需要幫忙嗎？」

「不用。」池燦接過白瓷瓶，深深看了喬昭一眼，吐出幾個字，「男女授受不親。」

以前，他認定她終究會是他的媳婦，怎麼樣都可以。現在，她注定是好友的妻子，他又何必再增煩惱？池燦這樣想著，把目光投向窗外，藉著位置便利旁觀邵明淵與那些倭人纏鬥在一起。

看著好友輕鬆自如遊走在倭寇之間，手起刀落，就有倭寇倒地，池燦不由心中嘆息。

邵明淵說得對，他們跟著他，就是拖後腿而已。這次南行之後回到京城，他會努力找到適合自己的出路。

喬昭與楊厚承都走過來，透過窗子往外看。

楊厚承氣得破口大罵。「這鎮子上的人真他媽混蛋！」

那些王八蛋都這個時候了，還幫著那些倭寇！

人群中忽然扔出一塊石頭，邵明淵與眾倭寇纏鬥無暇他顧，被那塊石頭直接砸到了頭上。

喬昭當即變了臉色。

她看到那個高大挺拔的身影踉蹌了下，而後閃著寒光的倭刀向他心口刺去。她怕驚擾了他的心神，那個瞬間連驚叫都不敢，死死捂著嘴，眼睜睜看著他伸出雙手握住了倭刀，就這麼握著刀刃把倭刀從倭人手中奪下來。鮮血瞬間染紅了刀身。

「晨光，你快去幫你們將軍，門口我來擋著！」楊厚承大聲道。

晨光猶豫了下。將軍大人命他守著這裡，按說他是絕不該離開的，可是將軍大人受傷了啊。不管了，還是去幫將軍大人，哪怕事後被將軍大人重重責罰，他也認了。

他受罰，總比將軍大人真的出事好。

「那這裡就拜託楊世子了。」晨光衝了出去。

楊厚承迅速衝過去擋住門口，喊道：「沒受傷的兄弟們快來擋一下，不然讓他們衝進來誰都討不了好！」池燦跟過來，抬腳踹開一名鎮長家的打手。

楊厚承側頭喊道：「拾曦，你過來幹什麼，受傷了就好好待著去！」

池燦不為所動，冷冷道：「楊二，我也是個男人。」難道要他坐在一旁看著兄弟們拚命？

「好，那你小心點！」

「別廢話了，再囉嗦讓人把你捅成馬蜂窩，我還得給你收屍。」

楊厚承翻了個白眼。「就不能說點好聽的，今天咱們還真有可能交代在這裡。」

「不會！」池燦站在楊厚承身側，協助他抵擋著想要衝進來的人，堅定道。

他雖然不知道邵明淵的那幾十名親衛為何現在沒出現，但真到了生死存亡的時刻，那些人肯定會現身。邵明淵不會讓黎三出事，也不會讓他與楊二出事。

這點信心他還是有的。

酒肆外，鎮長一看邵明淵受了傷，大喊道：「快，快，衝進酒肆把那三個小姑娘抓起來，到時候獻給壯士們！」

鎮上的人向酒肆門口擁來。

喬昭死死盯著邵明淵，見他一身青袍被鮮血染紅，只覺心猛然抽疼了一下。

他的手傷成那樣，還要繼續對抗那些倭人，不覺得疼嗎？

門口動靜更大了，喬昭把目光從窗外收回，緩緩看向那裡。她看到許多人往這裡衝著，把楊厚承等人撞得東倒西歪。

那些人表情麻木，眼中閃著莫名興奮的光芒，好像什麼都沒想，抓住她們三個女子就是他們唯一的信念。什麼禮義廉恥，什麼國家手足，對他們來說都是不存在的事。喬昭勃然大怒。

韃子可惡嗎？可惡。倭寇可惡嗎？可惡。

可是，無論韃子還是倭寇，他們本就是異國人，踐踏的是別的國家，禍害的是別國百姓。

然而大梁子民卻為了討好這些入侵者，對自己人舉起了屠刀。

他們是普通百姓不錯，可就是這樣的普通百姓讓名震天下的冠軍侯受了傷。倘若邵明淵出了事，她與池燦等人能有什麼好下場？

這樣的百姓令人心冷，鼓動這些百姓的領頭者則死不足惜！

「阿珠，拿包袱來。」

「姑娘。」靜靜守在喬昭身邊的阿珠把隨身帶著的包袱奉上。

喬昭接過來，一言不發打開包袱，露出一張精緻小巧的弓。

她把弓握在手裡，上前走了幾步來到窗邊。窗不大，那些發瘋的人還沒想到從這裡爬進來。

喬昭握著弓站在窗邊，能看到鎮長聲嘶力竭呼喊人們往酒肆裡衝的樣子。

他面色通紅，神情激動，竟莫名令人覺出幾分眉飛色舞來。

喬昭舉弓，手往後伸出。阿珠會意，遞上包袱中放著的箭。

冰綠驀地瞪大了眼睛。姑娘這是要幹嘛？

葉落守在喬昭身邊，見了她的舉動眼神微閃，一言不發。

喬昭彎弓搭弦，對準了鎮長，手上用力時忍不住顫了顫，慢慢平靜下來，當心徹底靜下來的那一刻，羽箭飛出，帶著破空聲直奔鎮長而去。

一聲慘叫傳來，羽箭精準沒入鎮長心口。他激動的神情似乎還在臉上凝固，便頹然倒地。

鎮長的死讓鎮上人愣住了。

這可是鎮長，縣老爺親自任命的鎮長，作威作福了十幾年的鎮長，居然就這麼死了？

鎮長的死好像是一座無法攀越的高山在人們面前轟然倒塌，震得他們久久回不過神來，一時之間連往酒肆裡衝都忘了，全都愣在原地。

楊厚承等人納悶回頭，便見他們印象中那個柔弱恬靜的少女手持弓箭，面無表情盯著窗外。

楊厚承忍不住揉了揉眼睛。他是不是眼花了？揉完眼睛發現看到的情景沒有變化，他倒吸口氣，對池燦道：「拾曦，黎姑娘為什麼會射箭？」這根本沒道理！

「我怎麼知道？」池燦神情複雜，喃喃道。

「這也太準了吧，正中心口！」楊厚承只覺太過不可思議。

琴棋書畫黎姑娘出類拔萃他不覺有什麼，姑娘家原就擅長這些，黎姑娘只是比別的姑娘更擅長一些而已，甚至黎姑娘會醫術他都能接受。可是，她為什麼還會射箭？而且箭法如此精準？

他一點不想接受，這完全是讓他們這些大男人沒法混了。

「黎姑娘居然這麼俐落就射殺了鎮長……」楊厚承回神，語氣感嘆。

闖向酒肆的都是普通百姓，他們並沒下殺手，但沒想到動手殺人的是一個嬌滴滴的姑娘家。

喬昭沒有看池燦他們，手往後一伸接過阿珠遞來的第二支箭，彎弓搭弦，對準窗外，高聲道：「第一支箭是送給煽動你們對自己同胞下手的鎮長。這第二支箭，我會送給往這邊第一個踏出一步的人！」

少女聲音嬌柔，語氣卻冰冷無波，因鎮長已橫屍在眾人面前，此刻竟無人敢質疑她的話。

只有一支箭而已，大家一起衝上來她定然無法應付。

可是，誰又願意做那出頭的第一個人呢？無論是鎮上人還是池燦這一方的人都沒想到，一場荒唐又令人憤怒的衝突，竟然因為少女的一箭而暫停了。

酒肆裡與酒肆外忽然安靜下來，只剩下邵明淵與倭寇們的打鬥聲。

有晨光的加入，邵明淵壓力頓時減輕許多，二人在北地征戰多年早有默契，配合之下很快把倭寇解決了。

地上躺著一圈倭寇的屍體，立在中間的男人手持滴血的長刀，第一時間回頭看向窗口。

窗內少女手持弓箭，與窗外的男人四目相對。那一眼的膠著，彷彿過了一萬年。

年輕將軍長袍染血，對少女卻露出爽朗的笑容。喬昭心頭驀地一鬆，把弓箭緩緩放下來。

這一刻，殺人後的不適才排山倒海般湧來。她記性好，過目不忘，當時那一箭射出去，連箭飛的軌跡都記得清清楚楚，更不會忘了羽箭沒入鎮長胸口後，鎮長每一個表情的變化。

鎮長不可置信的眼神，痛苦扭曲的表情，還有胸口瘋狂湧出來的鮮血，她這輩子大概是忘不掉了。可是，她並不後悔呢。她在乎的朋友能安好，背負殺人的罪孽又如何？

更何況，本就是該死之人！喬昭眼神一冷。

邵明淵看在眼裡，心生憐惜，提著長刀邁出一步。他一步邁出，圍在四周的鎮裡人立刻後退一步，呆呆看著他。

來作惡的倭寇死了，鎮長也死了，那他們該怎麼辦？

邵明淵沒有看這些人一眼，提著長刀一步步走向門口。鮮血順著刀刃往下滴，有那些死於長刀之下的倭寇的，亦有他自己的。

鎮裡人自覺讓開了一條路。邵明淵走到酒肆門口，衝池燦與楊厚承點點頭。

「傻丫頭。」邵明淵眼中滿是寵溺。

喬姑娘抿抿嘴角，輕聲道：「祖父也喜歡這麼叫我，我剛剛覺得，你挺像我祖父的。」

她自幼早慧，聽多了人們的稱讚，只有祖父愛叫她傻丫頭。

邵明淵：「……」

這個比方他一點都不喜歡！他才不要像昭昭的祖父，他應該像昭昭的夫君才是。

不對，他本來就是昭昭的夫君。年輕將軍有些鬱悶了。

昭昭怎麼會產生這麼危險的念頭？萬一她以後一見到他就想起祖父，那可怎麼辦？

不行，他要立刻打消她這個念頭，不能給她造成這樣的錯覺。

「昭昭——」邵明淵喊了一聲。

「嗯？」喬昭不明所以，抬眸看他。

年輕將軍忽然低頭，在她唇角輕啄了一下，低笑道：「妳就是我的止痛藥。」

喬姑娘臉驀地紅了，飛快看了冰綠一眼。

冰綠捂著臉猛搖頭。「婢子什麼都沒看到，什麼都沒看到！」

天啦，將軍大人居然親她們姑娘！天啦，為什麼她一點不高興的感覺都沒有呢？

她是姑娘的大丫鬟，應該誓死捍衛姑娘的清白才是。不過——

冰綠飛快瞄了霞飛雙頰的自家姑娘一眼，心中補充道：如果那人是邵將軍，其實也可以的吧。

小丫鬟自動走到門口，守起門來。

喬昭狠狠瞪了邵明淵一眼。這混蛋越來越膽大包天了，現在都敢當著別人的面親她了！

不對，沒有別人也不能這樣啊，這個無賴登徒子！

「邵明淵！」喬昭低喊了一聲，卻不曾察覺自己這次連責備的力氣都沒有了。

聽著這一聲似嗔似惱的「邵明淵」，年輕將軍暗想：看來習慣真的是一件挺好的事情，他應該再接再厲。

「姑娘，藥來了。」門口傳來阿珠的聲音。片刻後阿珠走進來，手中拿著紗布與藥膏。

喬昭恢復了從容，很快處理好邵明淵手上傷口，問道：「還有別處受傷嗎？」

「有。」邵明淵老老實實道。

「哪裡？」

邵明淵指了指後腦勺。他是坐著的，喬昭站起來，撥開他濃密的髮一看，鮮血在髮根處凝結成一團一團，瞧著令人觸目驚心。

喬昭心底一陣後怕。傷在後腦這種地方，萬一力道再重些，後果不堪設想。這樣一想，她對親手射殺了鎮長再無一絲情緒波動。

她下意識放輕了動作，手指拂過男人烏黑的髮，問道：「頭暈不暈？」

邵明淵舉起包成粽子的兩隻手苦笑。「當時有些眩暈，不然也不會傷了手。」

「現在呢？」

「現在……」年輕將軍認真想了想道，「時不時有些暈。嗯，剛剛就是暈得厲害，都不知道自己幹了什麼。」

喬昭氣樂了，丟了個白眼給他。「你再胡說八道，我就不管了，讓晨光給你請大夫去。」

邵明淵微微一笑。「晨光沒了一千兩銀子，估計自己要去看大夫了。」

想著頭上傷口耽誤不得，喬昭懶得和某個厚臉皮的人計較，板著臉道：「我先給你處理頭上傷口。」

兩刻鐘後，眾人走出酒肆。

鎮子上的人並沒有散，鴉雀無聲地看著走出酒肆的人。

楊厚承皺眉，低聲道：「這鎮子上的人腦子好像都有點問題。」

池燦冷笑一聲，對邵明淵道：「咱們也別在這裡逗留了，還不夠糟心的，早早出海把事情辦好是正經。」

邵明淵微微頷首。經過這一場風波，這小鎮待下去確實沒意思了。

眾人往前走，誰知那些人卻亦步亦趨跟上來。

「你們跟著我們幹嘛？」楊厚承忍無可忍問。

鎮子上的人皆面帶驚恐，明明對喬昭等人很畏懼，卻把他們圍住了。

一位老漢顫巍巍道：「你們不能走啊，你們殺了這些倭寇，萬一他們來報復怎麼辦？」

池燦雙手環抱胸前，對說話的老漢涼涼一笑。「倭寇來報復，關我們屁事啊？」

「你們，你們怎麼能如此？若不是你們殺了這些倭寇，又怎會引來倭寇報復？」老漢抖聲道。這些人好可怕，但現在鎮長死了，別人不敢說話，他不得不說，他還有好幾個孫子要活命呢。

池燦再次冷笑。「老大爺，你還不如直接說，我們為什麼不把同行的姑娘交出來呢。若是剛才把她們交給倭寇，不就沒事了？」

他這話說出，明明是諷刺，可是許多團團圍住他們的人竟流露出認同的表情。

池燦見狀大怒。「所以說，你們沒有錯，都是別人的錯了？既然這樣，反正倭寇來報復的是你們，又不是我們，我們管你們去死！」

楊厚承拍了拍池燦肩膀。「拾曦，別和這些人說了，他們根本算不上人。」

池燦抿了抿唇。和這些人說話，確實是浪費口舌。

「我們走。」池燦直接伸手推開老漢，大步往前走去。

見這些外來人毫不理會地往碼頭走，鎮子上的人牢牢跟在後面，臉上淨是麻木絕望。

老漢心一橫，把兩個小孫子推到喬昭等人面前，撲通跪下來磕頭。「壯士們，你們不能走啊，你們走了，倭寇不會放過我們的。我這樣的老頭子死了沒什麼，求壯士們可憐可憐我的孫子，他們還這麼小……」

兩個幼童被推到這麼多人面前，不用大人做什麼就立刻嚇得大哭起來。

喬昭等人腳步一頓。鎮子上的人見狀立刻跪倒一片，哀求道：「你們不能走啊，不能走——」

喬昭等人面色皆難看無比。

楊厚承回頭看了兩名金吾衛一眼。他們抬著不久前與倭寇混戰時死去的那個兄弟。

下船前，大家都是好端端的，可是眨眼間一名兄弟就這麼離開了，其他人個個帶傷，尤其是庭泉，他的傷就是被這些人害的。現在，這些人跪著求他們留下來。

求他們留下來做什麼呢？自然是等倭寇來了好拿他們交差。

楊厚承想著這些就臉色發黑，可是眼前跪著的除了神情麻木的大人，還有不知世事的稚童。

他猶豫了，不知如何是好，不由去看池燦，卻見平時神情懶散的好友面對哭泣的孩子時，同樣有些無措。是啊，對成人可以無視，對稚童，誰能沒有一絲憐惜之心呢？

楊厚承張了張嘴。「庭泉，拾曦，咱們該怎麼辦？」

池燦神色陰晴不定，好一會兒淡淡道：「你們決定吧。」

楊厚承詫異揚眉。別人不瞭解好友，他卻是瞭解的。拾曦這樣說，其實就是默許了留下。

「庭泉，你說呢？」

邵明淵看向老漢。「保護你們，應該是當地駐軍與官府的責任。」

老漢抹淚。「可是官府也沒辦法呀，那些倭寇太厲害，四、五個官差都打不過一個倭寇。」

「四、五人打不過一個倭寇，那麼十來個人呢？數十個人呢？」邵明淵平靜問。

楊厚承更加詫異。他以為邵明淵會是他們三人中最好說話的那個。

老漢被邵明淵問得說不出話來。

年輕將軍一雙星目掃過跪地的人群，淡淡道：「剛剛你們這些人的石塊若是扔向那些倭寇，我大概會有留下來的理由。」

慈不掌兵，他從來不是什麼爛好人。他收回目光，朝好友們略一頷首，沉聲道：「我們走。」

最初的詫異過後，二人默默跟上。好友的決定他們當然會尊重。

「姑娘，姑娘，求求妳了，你們不能走啊！」老漢把孫子拽到喬昭腳面前，因為動作太急，孩子跌倒在她腳邊。喬昭腳步一頓。邵明淵停下來回頭，與她對視。

昭昭，妳要不要我留下來？妳若開口，我便留下。

喬昭彎腰把幼童扶起來，替他拍了拍身上塵土，交給老漢，面色平靜道：「我留下來，只有能對抗倭寇的只有邵明淵，除了他自己願意，別人又憑什麼求他留下？讓你們送給倭寇的用途。而我的同伴，已經有了決定。」

喬昭越過老漢，走到邵明淵身邊。

邵明淵微微一笑。「走吧。」

在小鎮人此起彼伏的哀求聲中，喬昭一行人來到碼頭，上船，漸漸駛向大海。

❦

「會不會覺得我狠心？」憑欄而立，邵明淵問喬昭。

他不在乎別人怎麼看，卻唯一在乎眼前人的看法。

沐浴更衣過的男人穿了一件藍袍，與大海的顏色很接近。夕陽下，他眼底波光流動，如大海般讓人看不透深淺。

「不會。」出乎邵明淵的意料，少女沒有任何遲疑吐出這兩個字。

那刻，邵明淵悄悄懸起的心落了下去。他知道，眼前女孩子不屑撒謊，她說不會便是不會。

「厚而不能使，愛而不能令，亂而不能治，譬若驕子，不可用也。」喬昭看著眼前的男人笑了笑，「慈不掌兵，我相信領兵多年的你會做出最準確的判斷。」

邵明淵緊緊盯著眼前的少女，目光灼灼。完了，他又想親昭昭了，可怎麼辦呢？

他發現，與昭昭相處時間越多，自制力便越薄弱，他開始擔心自己會忍不到成親的那一天。

這個女孩子，是上天賜給他的珍寶，讓他覺得以往受的那些苦難都是值得的。那些經歷，全都是為了這一刻，當他成長為一個能頂天立地、不用看人臉色的男人時，讓他能與她從容相遇。

喬昭警惕後退一步。他這樣的眼神是想做什麼？

這一次，邵明淵卻沒有仗著臉皮厚亂來，憑欄眺望著越來越遠的海門渡，輕聲道：「那些倭寇應該是不成氣候的流寇，不會有同夥的。」

做任何事他都習慣準備周全，南邊沿海他雖不曾來過，卻還算瞭解。

沿海地區倭寇橫行，但有組織的並不多，大多數都是在東瀛混不下去的武士來大梁討生活。

這些層出不窮又戰鬥力驚人的流寇給沿海百姓帶來很大災難，但基本就是十幾人二十幾人的隊伍，甚至還有七、八人的小隊。所以那些人擔心的報復不大可能會有。

「昭昭，有個問題想問妳。」

「你說。」雖然對海門渡的人沒有好感，但聽到那些人不會遭到倭寇報復，喬昭還是覺得心下一鬆。邵明淵靠近一步，低聲問道：「妳的箭術，是誰教的？」

他從來不知道，原來他的昭昭竟然會射箭！

喬昭還以為邵明淵會問什麼問題，當下不以為意笑道：「是惜淵教的啊。」

「惜淵？」邵明淵眸光轉深。

「惜淵」這麼親暱的稱呼從昭昭嘴裡說出來，為什麼這麼不中聽呢？

邵明淵不由想起那個夜晚，邵惜淵偷偷跑到靈堂裡，想要偷偷看昭昭的遺體——

呃，這個說法好彆扭，可事實就是，他的三弟，對昭昭有超出叔嫂的感情。

昭昭的箭法居然是三弟教的。

邵明淵只要一想起他不在京城裡的那些年，陪在喬昭身邊的是邵惜淵，教昭昭箭法的還是邵惜淵，臉就黑得不行。三弟是不是有病啊，教姑娘家箭法？是不是手把手教的？

年輕將軍想到這些，就控制不住地火往外冒。他還沒有手把手教昭昭箭法呢，那小子居然就搶在他前面了？

見邵明淵神情奇怪，喬昭不解問道：「怎麼了？」

邵明淵忍了又忍，還是忍不住問出來：「昭昭怎麼想到學射箭的？」

喬昭看他一眼，這一眼意味深長，說的理由卻很簡單。「因為無聊啊。」

在靖安侯府的那兩年多，她抬頭就是宅院裡巴掌大的天空，灰濛濛的，連湛藍都不多見。

她不用請安，不用交際，千篇一律的日子裡不學點新鮮玩意兒，又該如何打發時間呢？

少女面色平靜，語氣雲淡風輕，可邵明淵聽了這個答案，心卻驀地一疼。

因為無聊……在那個種滿鴛鴦藤與青青薄荷的小院子裡，昭昭是如何度日的？

「昭昭——」邵明淵嗓子發澀，喊了一聲。

「嗯？」喬昭看著他。

周身就是一望無際的大海，蔚藍色的海濤一波接一波蕩漾著。

身穿藍袍的男人低頭看著身邊的素衣少女，認真道：「我想向妳說聲對不起。」

喬昭移開視線，看向遠方。「都過去了，不提也罷。」

或許是因為祖父剛剛過世，在靖安侯府的那段日子，連呼吸她都覺得是沉悶的。

「是我不好，成親當天就丟下妳去了北地，讓妳過了那麼久無聊日子。」邵明淵越說心中越酸澀，用包成粽子的手碰了碰少女隨風吹起的髮，「我保證，以後咱們的日子肯定不會無聊，我親自教妳射箭好不好？」

喬昭豁然轉頭，板著臉道：「什麼叫咱們的日子？邵明淵，你不要一廂情願。而且，我不想和你學射箭！」她看著眼前眸光湛湛的男人，嘆了一聲：「那樣我會想到燕城城下你那一箭。」

邵明淵唇角緊繃，垂下來的手微不可察地顫了顫。

「邵大哥，我是不怪你，可我也只是個普通女孩子。重來一次，我就是不想再走老路了，你明白嗎？」喬昭說出這些話，心中輕嘆一聲。她身邊的這個男人很好很好。她承認，隨著相處日久，她開始忍不住擔心他，牽掛他，甚至心疼他。

她對他大概是有一點心動的，可是，誰規定心動就要嫁給他啦？

等治好兄長的臉，報了家仇，她想走遍大梁的萬水千山，領略各地風土人情；她的醫術足夠她立身，自由恣意一輩子。這樣不比嫁人強多了？

喬昭說完，察覺身邊的男人反常地安靜，不由抬眸看去，卻見他面色刷白，大滴大滴的汗珠從額頭滾落，滑過稜角分明的側臉，落在木製欄杆上。

「你怎麼了？」喬昭面色微變，伸手搭上他的手腕。

邵明淵劍眉擰起。「不知道，忽然頭好疼。」

喬昭把了一會兒脈，沒有覺出太大問題，可見邵明淵臉色實在難看，汗滴如雨，這樣的反應又不可能是騙人的，心中不由一沉。

頭部最是複雜，哪怕是李爺爺在，亦不可能對病人頭部狀況瞭若指掌。他傷在後腦勺，或許會有什麼後遺症──

「昭昭，我想先回屋躺一躺，妳別擔心，我休息一下就好了。」

「你──」喬昭喊了一聲，有些無措。

難道是她剛才那些話刺激他了？傷在頭部的病人確實是不能受刺激的。

這樣一想，喬昭懊惱不已。在他面前為何就沉不住氣呢，那些話什麼時候說不好，怎麼就在這時候情不自禁說出來？

「真的別擔心，我去躺一會兒就好了。」邵明淵快步回房，躺在床榻上，忍不住揉了揉臉。

好緊張，在昭昭面前說謊，差一點就露餡了。不對，他其實沒有說謊。昭昭那些話就如利劍，真的讓他受刺激了。

哎，頭好疼。年輕將軍用包成粽子的大手扶額。

已經到了晚飯的時候，池燦等人圍坐在一起，卻不見喬昭與邵明淵二人。

「他們人呢？」楊厚承望了望門口。

池燦撇撇嘴。「大概是海風吹多，吃飽了吧。」

楊厚承起身。「我看看去。」

他先去了邵明淵那裡，問守在門口的葉落：「你們將軍在裡面嗎？該吃飯了。」

「我們將軍有些頭疼，說不吃了。」

「頭疼？要不要緊啊？」葉落搖頭。「不知道。」

「我進去看看。」

葉落伸手攔下。「楊世子，將軍剛歇下。」

楊厚承收回腳。「那好吧，等他醒來要是有事記得喊我們，飯給他留著。」

楊厚承又去了喬昭那裡，卻發現喬昭不在屋內，而是搬了個小爐子放在甲板上熬藥。

「給庭泉熬的藥嗎？他怎麼樣？」

喬昭專注盯著爐火。「他說頭疼，我熬些開竅降濁的藥給他喝。」

「要不要緊啊？」喬昭搖搖頭。「傷在頭部，很難說。」

「那些王八蛋！」楊厚承咬牙切齒道。庭泉做的是對的，就不能心軟管那些人死活！

「對了，黎姑娘，妳的箭法怎麼那麼好啊？」

喬昭微怔，而後笑道：「楊大哥過獎了。好久沒有練習，我的箭法可不怎麼樣。」

「一箭正中心口，我都不一定射那麼準。」

「呃，射偏了，我本來要射他肩膀來著。」

一六六 情動無措

楊厚承目瞪口呆。「黎姑娘，妳別開玩笑好嗎？」

喬昭笑笑。「我幹嘛和楊大哥開玩笑？」

她曾跟著邵明淵的三弟學拳腳功夫，但天資有限，唯有射箭還算可以，但隔了這麼多年拿起弓箭，哪裡能射那麼準。一箭正中心口，是她自己都沒料到的事。

「我當時就是想著，反正鎮長塊頭不小，那一箭好歹能射到他身上去，嚇唬住那些人還是可以的。」少女笑眯眯解釋道。

楊厚承抽了抽嘴角。這也行？

他撓了撓頭，問：「黎姑娘，妳就不怕射得再偏點，射到別人身上去？」

喬昭牽了牽唇角。「反正都是助紂為虐的人，射誰身上都一樣。」

楊厚承：「……」黎姑娘說得這麼理直氣壯，他竟無言以對。

「熬好了。」喬昭小心翼翼把藥端下來，對楊厚承笑笑，「楊大哥快去吃飯吧，我給邵大哥送了藥就過去。」

「噯，好的。」楊厚承點點頭，轉身走了。

「姑娘，小心燙，婢子來端吧。」阿珠伸出手去接藥。

喬昭想了想，把托盤遞給阿珠。「阿珠，妳送過去吧。」

見到他萬一說了什麼話，又刺激得他頭疼怎麼辦？

「姑娘？」阿珠接過托盤站著不動。

喬昭嘆氣。「罷了，隨我過去。」她若不過去，他又該胡思亂想了。病人就是麻煩。

主僕二人來到邵明淵門前，葉落忙打了招呼。

「邵將軍在歇著嗎？」

「將軍大人一直在等您，黎姑娘請進。」葉落打開門。

屋裡的邵明淵聽到葉落這麼說，暗罵一聲：這個榆木疙瘩，交代他黎姑娘來了就趕緊請進來，可沒讓他說這種大實話啊！

隨著腳步聲傳來，邵明淵聞到了藥香，心中不由一暖。原來昭昭給他熬藥去了。

喬昭快步走到床邊。「邵大哥，你覺得好些了嗎？」

床榻上的男人斜靠枕頭而坐，嘴角掛著淡淡的笑。「好多了。」

「我給你熬了一碗開竅降濁的藥，你趁熱喝了吧。」

「嗯，好。」邵明淵伸出了包成粽子的大手。

阿珠垂眉斂目，心道：邵將軍心機夠深啊，這明擺著是想要她家姑娘餵藥嘛。

不過阿珠不是冰綠，素來沉穩，儘管心中各種念頭翻騰，面上依然不露聲色。

喬昭看著邵明淵纏著紗布的手不由皺眉，開口道：「阿珠，伺候邵將軍吃藥。」

阿珠猶豫了一下，對上喬昭的眼。喬昭眉眼平靜，瞧不出什麼情緒來。

阿珠垂下眼簾，柔順應道：「是。」

她一手端碗，一手拿起湯勺，舀起一匙藥遞到邵明淵唇邊。「邵將軍請吃藥。」

邵明淵薄唇緊抿，看著喬昭。昭昭居然讓別的女人餵他吃藥。

「邵大哥怎麼不吃？藥涼了會影響藥效的。」

「我還是自己來吧。」某人伸出粽子般的大手，費力去接藥碗。喬昭按住他的手，面帶不解。

年輕將軍睫毛顫了顫，在眼下形成一道迷人的投影。「要不昭昭幫我？」

喬昭額角青筋跳了跳。明白了，這個不要臉的傢伙原來是想她餵他！

「要不我還是自己來吧。」邵明淵嘆口氣。

看著他舉著兩隻熊掌去抓碗，喬昭簡直要氣笑了，伸手接過阿珠手中藥碗。「我來吧。」

阿珠忙不迭把藥碗與湯匙遞給喬昭，自覺退到門口處，遲疑了一下，乾脆走出去關好門。

喬昭目瞪口呆。為什麼連阿珠都這樣了？她們到底是誰的丫鬟？

葉落見阿珠出來有些意外，默默往一旁挪了挪，給她騰地方。

阿珠目不斜視站好，微微垂著頭。

好一會兒，兩個人誰也不開口，阿珠瞧著雲淡風輕，葉落卻有些彆扭了。

他不是善談的人，想開口說話先輕咳了一聲，咳嗽完忽然又忘了之前想說什麼，只得閉了嘴，默默望天。在葉落沒注意的時候，阿珠嘴角迅速抽了一下。

不比門外小侍衛與小丫鬟的尷尬，屋內氣氛自在多了。

「張嘴。」喬昭把湯匙送到邵明淵嘴邊。邵明淵乖乖張嘴把藥吃下，耳根漸漸紅了。

雖然在昭昭面前習慣了厚臉皮，但是她親手餵他吃藥，清醒時還是第一次……

喬昭睇了邵明淵一眼，目光落在他泛紅的耳根處，頗為無語。

這不是他要求的嗎？她還沒臉紅呢，他臉紅什麼？

不知怎的，見他臉紅，喬姑娘反而放鬆下來，笑盈盈問道：「好喝嗎？」

「好喝。」某人傻乎乎點頭。

喬昭皺眉。「果然是被打傻了，藥也覺得好喝？」

年輕將軍挑眉一笑，溫柔凝視少女。「不是，是因為昭昭餵我，我才覺得好喝。」

一大盆甜言蜜語潑去還嫌不夠，他接著道：「要是昭昭願意每天餵我，黃連我也覺得好喝。」

「你想得美！」喬昭氣道。

邵明淵皺眉。「頭好像又疼了。」

喬昭：「……」現在她開始懷疑，他是故意被那塊石頭打中的了。

「昭昭，我覺得有些頭暈。」邵明淵臉色發白，覺得眼前有些看不清。

這一次他是說真的。沒道理啊，別人殺人放火無惡不作老天都冷眼旁觀，他就是哄哄心愛的姑娘，老天就看不過去了，真讓他開始頭暈了？

「昭昭，我好像看不清楚妳了。」

見他不似說笑，喬昭大驚，忙拿出銀針刺入他頭部幾處穴道，實施放血。

「有沒有好一點兒？」

邵明淵眨眨眼，眼睛恢復了幾分清明，可少女在他眼中依然帶著幾分朦朧。

他忍不住湊近了看她，喃喃道：「好一些了。」

「我來幫你按摩一下。」

隨著少女手腕抬起，寬大的衣袖滑落至手肘處，一截白皙藕臂便呈現在男人面前。

她的皓腕離他的鼻端很近，他能嗅到淡淡的香氣，那香氣是早已熟悉的，因為距離太近，又嗅出細微的不同。少女的指腹輕輕按著他的眼睛四周，原本是微涼的，隨著二人肌膚相觸，漸漸有了熱度，別樣的舒適放鬆中似乎連人的自制力都下降了。

「好點了嗎？」按摩了一會兒，喬昭放下手問道。

她離他很近，邵明淵看著她紅潤的唇開闔，忍不住低下頭去。

印上少女朱唇的瞬間，年輕將軍心滿意足嗟嘆一聲。

他大概是好不了了。男人伸出包裹著紗布的雙手，笨拙攬住少女的肩頭，在她唇上親了又親，趁她因吃驚而朱唇微啟之時順勢滑了進去。

淡淡苦澀的藥香味瞬間侵襲了喬昭的一切知覺。她下意識掙扎了下，卻發現被男人緊緊禁錮著掙扎不開，然後，在不知所措之際，那個亂闖進來的東西霸道捲起她的舌，橫衝直撞。

喬昭只覺腦子轟的一聲炸開了，炸得她腿腳發軟，只能抓住對方的腰才不會滑下去。

唇舌交纏的氣喘聲充斥著小小的房間，分不清是誰的，同樣分不清的還有如雷的心跳聲。

男人把懷中人箍得更緊，手掌傳來鑽心的疼，但他根本不在乎，他現在只想把懷中的人融進骨血裡，再也不分彼此，更不要聽到她說什麼不想嫁人，不想再走老路的話。

昭昭這輩子只有一條路，就是嫁給他，成為他的人。

她要是不願意，那他就娶了她，成為她的人。

男人發了瘋般親吻著懷中少女。他顯然是笨拙的，可是最初的橫衝直撞後很快便掌握了訣竅，舌尖輕輕掃過少女口內每一寸地方，每掃過一處，就給雙方帶來一陣陣戰慄。

聽著她急促的呼吸，還有無力環著他腰的柔荑，男人平日裡超強的自制力潰不成軍。他雙手往下攬住她纖細的腰肢，幾乎是憑著本能行事，按向了他的灼熱之處。

被抵住的那一瞬間，喬昭如夢初醒，狠狠咬了一下邵明淵的舌，趁他吃痛鬆口之際終於躲開了這個不顧一切的吻，羞惱交加喊道：「邵明淵，你瘋了？」

可是攬住她的男人卻好似沒有聽到，低頭又狠狠吻住了她。清醒過來的喬昭再也不想顧及對方手上的傷，抬腳狠狠踹向這個膽大妄為的男人。

男人抓住少女踹過來的腳，順勢把她的腿環在自己腰上。後背貼到牆壁上，冰冷的感覺傳來，喬昭羞憤欲絕，張口狠狠咬在對方手臂上。

嗯，這個姿勢……年輕將軍瞬間鼻血流了出來，全都濺在少女的衣裙上。

邵明淵呆了呆，一臉茫然看著二人此刻的姿勢。

少女的衣裙本就素淨，這樣一來頓時如點點紅梅在素衣上璀璨綻開。

喬昭氣得揚起手。年輕將軍紅著臉垂眸。「昭昭，我頭暈呢，能不能打輕一點？」

喬昭握了握拳頭，頹然放下，惱道：「邵明淵，你放我下來。」

邵明淵老老實實把喬昭放下來。喬昭死死咬著唇。

這混蛋仗著自己受了傷，是想上天吧？他剛剛想幹什麼？欺負她不懂嗎，她又不是真正十幾歲的小姑娘！這個無恥下流的登徒子！他怎麼敢，他怎麼能！

喬姑娘氣得胸口起伏不定，半點不見平時在人前的鎮定從容。

邵將軍此刻的內心同樣無法平靜。

他剛剛好像、似乎、確實做得過分了。不過——晨光說得沒錯，膽大皮厚真的很重要，他做了夢裡都不敢做的事，昭昭居然沒打他！

邵明淵心跳如鼓。昭昭捨不得打他，這是不是說明昭昭心裡是有他的？

「把手伸出來。」少女冷淡的聲音響起。

邵明淵乖乖伸出手。潔白的紗布滲出了血跡，顯然因剛才的不管不顧，傷口又裂開了。

喬昭繃著臉把紗布解開，果然傷口處正往外冒血。

「把你的鼻血趕緊擦乾淨。」喬昭抽出一塊手帕扔到邵明淵懷裡。

邵明淵笨拙用手指按住帕子，因為牽動了傷口，疼得輕輕蹙了一下眉。

喬昭見狀暗暗吸了一口氣。她上上輩子一定是欠了這個男人，上輩子被他親手射殺還不夠，這輩子還要被他糾纏不休。

偏偏，想要躲開比她想像得還要難。喬昭一言不發拿起手帕替邵明淵擦乾淨鼻血，黑著臉把帕子擲到地上，揚聲喊道：「阿珠，回屋拿紗布來。」

「噯。」門外傳來阿珠的應聲。

不多時阿珠帶著紗布過來，站在門口說了一聲：「姑娘，婢子進來了。」

聽到阿珠這話，喬昭臉上陣陣發熱，不由狠狠瞪了邵明淵一眼。剛剛他跟一頭餓狼似的，天知道阿珠與葉落有沒有聽到動靜。

「進來。」喬昭竭力擺出雲淡風輕的模樣。

奈何衣裙上的朵朵紅梅太過惹眼，素來沉穩的阿珠都不由瞪大了眼睛，詫異看向邵明淵。

喬昭臉一熱，輕咳一聲道：「紗布。」

阿珠收回目光，把紗布遞給喬昭，沒等自家姑娘吩咐，自覺轉身走出門去。

喬昭看向邵明淵。邵明淵把大手伸到她面前，咧嘴傻笑。少女不再看他，動作俐落上藥包紮，而後轉身便走。

「昭昭──」邵明淵情急之下，伸手抓住她衣袖。

喬昭轉身，冷冷道：「邵明淵，剛給你包紮好，你的手不想要了？」

「要。」「那你還不放開？」

「不放，放開妳就生氣走了。」

「邵明淵，」喬昭一字一頓喊出這三個字，咬唇道，「你的臉皮究竟有多厚？」

「我也不知道。」年輕將軍一臉憨厚回道。

他的臉皮想要多厚就可以有多厚，只要能把昭昭娶回家。

喬昭閉了閉眼，面無表情道：「邵明淵，你到底鬆不鬆手？」

邵明淵察言觀色，果斷鬆開了手。

敵進我退，適可而止，以退為進，這些戰術還是有必要運用的。

「邵明淵，你今天太過分了。」

年輕將軍低頭。「是，我知道剛才做得不對。」

喬昭咬了咬唇。嘴唇的腫脹一直提醒著她剛剛的尷尬事，然而眼前的男人完全不辯解，就這麼低頭認錯的樣子，讓她的怒火彷彿一拳打在棉花上，無處發洩。

讓他認錯他就認錯，可他轉頭想親就親，這種男人她到底該怎麼辦啊？祖父祖母完全沒有教過她遇到這樣的男人該如何是好。

不對，要是別的男人，她定然毫不猶豫一針下去讓他半身殘疾。

可是，這個男人是邵明淵。她承認，她下不了手。

喬昭想，她大概是有點喜歡這個混蛋的。如果沒有那趟北地之行，她依然待在京城的高門大院裡等到他凱旋而歸，或許他們能舉案齊眉，相守一生。

可惜沒有如果，她死而復生，經歷過牢籠般的婚姻生活後，好不容易重新擁有了自由，再也不想重回那個束縛中了。

「昭昭——」少女的神情讓邵明淵莫名有些心慌。

她對好友堅定的拒絕，他曾全程旁觀過。她對他，難道真的全無感覺？

想到這個可能，邵明淵緊緊握住了拳頭，認真道：「昭昭，等回了京城，我們訂親吧。」

「不可能。」喬昭斷然拒絕。邵明淵呼吸一窒，寒星般的眸子默默望著她。

喬昭神情淡淡的。「這件事，絕無可能。」

邵明淵眼底閃過痛楚，嘴角卻帶著笑，柔聲道：「我不接受。」

他在地獄裡活了二十年，遇見她，心悅她，已經沒有勇氣再退回去，那樣將是生不如死。

喬昭把眼前男人的難過看在眼裡，不知為何，心莫名有些堵，可她知道這個時候萬萬不能鬆口，不然就真被他纏定一輩子了。

想到這裡，喬昭心一橫，語氣淡漠道：「你不接受沒有用，我心裡沒有你。」

對面的男人臉色一白，卻沒有喬昭想的那樣狼狽退縮，反而用手臂把她狠狠拽了過來，箍在懷中，下頦抵著她烏黑的髮，低嘆道：「昭昭，妳騙我。」

他一吻落在她髮絲上，再吻落在她額頭，而後把她往外推了一些，直視著她的眼睛，定定問：「如果是別的男人這樣對妳，妳會如何？昭昭，不要再自欺欺人了好嗎，我們回京後訂親，等妳及笄後我便娶妳回家。妳想要什麼樣的生活，我都會努力做到。」

喬昭移開臉。邵明淵難受得厲害，低頭去啄她的唇。

喬昭抬頭，看著他冷冷一笑。「邵明淵，你就只會這樣欺負我嗎？那我就告訴你，別的姑娘怎麼樣我不知道，但是對我來說，親了、抱了又算什麼？」

說到這裡，喬姑娘似笑非笑盯著眼前面色發白的男人，面不改色道：「我們畢竟成過親，我也不過是有些好奇罷了。」她就不信，話說到這個地步，他還要死皮賴臉纏著她。

「好奇？」邵明淵鬆開手臂，後退一步，眸光深深令人瞧不出情緒來，「好奇什麼？」

喬昭淡淡道：「好奇親吻是什麼感覺。」

說到這裡，她抬眸深深看了邵明淵一眼，牽牽唇角道：「原來不過如此。」

邵明淵閉了閉眼睛，只覺心如刀割。喬昭見他這樣心裡很不好受，只想快刀斬亂麻，於是接著道：「跟我成過親的男人換了任何人，我大概都會好奇的。」

邵明淵睜眼看著她。「昭昭，妳不要說了。」

喬昭盈盈一笑，抬手撫上他的胸膛，纖長手指戳了戳男人硬邦邦的肌肉，嘲弄道：「反正我不打算嫁人，如果你實在控制不住，那也沒什麼，我會配藥做好避子措施——」

邵明淵臉色白得駭人，打斷喬昭的話把她拉到門口。「昭昭，妳想氣我不要緊，但我不想聽妳說糟蹋自己的這些話。等妳冷靜下來，我們再談吧。」

他打開門，把喬昭推出去，迅速關上了房門，而後緩緩蹲下去，把頭深深埋在膝頭。

喬昭盯著緊閉的房門，睫毛不停顫動。

當斷不斷反受其亂，及早說清楚對誰都有好處，她才沒有做錯。

「走吧。」喬昭對阿珠點點頭，走出幾步忽然停住，轉身對葉落道，「你們將軍頭上有傷，多注意他一些。」

葉落看著少女轉過去的背影，福至心靈道：「黎姑娘，我們將軍還沒吃飯呢。」

喬昭腳步一頓。「楊世子他們應該給他留了飯，記得給他去端。」她撂下這句話匆匆離去。

葉落轉頭看著緊閉的房門嘆了口氣。要是今天守在這裡的是晨光就好了，黎姑娘與將軍大人之間到底是怎麼回事啊，他完全搞不明白。可是黎姑娘裙子上都是血——

小侍衛想了想，抬腳去找晨光。晨光正孤零零坐在甲板上，一臉生無可戀。

「晨光——」

晨光頭也不回。「別喊我，我想跳海。」

身後好一會兒沒人吭聲。

晨光忍無可忍回頭。「哪有你這樣的悶葫蘆，你就不問問我為什麼要跳海嗎？」

這麼悶的性子，還讓不讓人好好傾訴了？

「我知道為什麼。」

「你知道？」晨光瞪大雙眼。葉落點點頭。

「那你說說為什麼？」

「你不聽命令，將軍罰你銀子了唄。除了動你老婆本，還有什麼能讓你這樣？」

「可以啊，葉落，我還以為你是塊木頭呢。」晨光回過頭去，望著大海，憂傷道，「所以我不想聊天，只想跳海。」

「為什麼跳海？」

「沒有老婆本了我怎麼娶媳婦？」

葉落一臉費解：「你娶了媳婦，不就有老婆本了？將軍肯定會給你厚厚的賞錢。」

晨光恍然大悟。「對啊，身為咱們兄弟中第一個娶到媳婦的，將軍大人肯定出手大方！」

見晨光瞬間打雞血活了過來，葉落嘆道：「可是我不知道將軍與黎姑娘之前發生了什麼事，黎姑娘剛剛冷著臉從將軍大人房裡離去了，裙子上都是血。」

「啥？」晨光一個鯉魚打挺跳了起來，緊緊盯著葉落，「你可別開玩笑啊。」

想了想，他又嘀咕道：「看來是真的，你不是會開玩笑的人。不行，我去看看將軍大人。」

晨光一陣風跑到邵明淵那裡，站在門口喊了一聲：「將軍，卑職可以進去嗎？」

好一會兒，裡面傳來男人低沉的聲音：「進來。」

晨光推門而入，一眼看到將軍大人呆呆坐在床榻上，手中握著一條染血的白手帕出神。親衛眼神瞬間微妙起來。

「什麼事？」邵明淵側頭看了晨光一眼，眼神卻沒有焦距。

「將軍大人，這帕子……是黎姑娘的？」

「嗯。」

「嘶——」晨光倒吸口氣，「將軍大人啊，卑職雖然鼓勵您膽大皮厚，但是這樣不好吧？」

「哪樣？」

「就是這樣啊。」晨光指指染血的帕子，憂心忡忡道，「萬一有了娃娃怎麼辦呢？」

邵明淵抬手指指門口。「滾！」

「將軍大人您別不信啊，卑職聽成了親的兄弟說過的，你們這樣真的會有娃娃的。」

其實有了娃娃也不錯，最好是男孩子，那樣他就可以教他武藝了。

「原來男人也會出血？」晨光大驚。這個沒人跟他說啊！

「閉嘴，」邵明淵忍無可忍呵斥道，「這是我的血！」

「立刻、馬上，給我滾出去！」

邵明淵說完，只覺剛剛勉強壓下去的腥甜重新湧上來，終於忍不住嘴一張噴出一口血來，直直倒了下去。晨光及時抱住邵明淵，大喊道：「葉落，葉落，你快來！」

葉落衝進來，一見屋內情景面色大變。「怎麼回事兒？」

「先別問這麼多了，快去請黎姑娘來！」

葉落身形一晃，如離弦的箭迅速消失在門口。

喬昭回了屋，換過衣裳後坐在椅子上發愣。

她說那些話，他是不是傷心了？可是不這樣，她該怎麼做才能讓他放手？

「黎姑娘，將軍出事了！」門外傳來葉落急切的聲音。

喬昭猛然站起，因為起得急連帶弄倒了椅子，幸虧阿珠眼疾手快扶住才沒鬧出大動靜。

她推門而出，匆匆趕到邵明淵房中，看到面如金紙躺在床榻上的男人，心中一緊。

「將軍怎麼昏倒的？」喬昭快步走到床邊坐下，伸手搭在邵明淵手腕上。

「卑職也不知道啊，將軍大人跟卑職說了幾句話就吐血昏過去了。」晨光打量著喬昭神色，試探問道，「三姑娘，將軍大人是不是因為您啊？」

除了黎姑娘，別人可不會這樣左右將軍大人的情緒。

將軍大人在北地時，有一次等待最合適的進攻時機，任由韃子汙言穢語罵了兩天，連眉頭都沒皺過，哪裡會像現在這樣說吐血就吐血了。

喬昭被晨光問得啞口無言。邵明淵的寒毒已經減輕許多，不會再因這個引發吐血的狀況。他現在這樣，頭部受傷是因，而她剛才說的那些話則是引。

少女默默凝視著雙目微閉的男人。他真的如此在意她嗎？

「三姑娘，將軍大人不會有事吧？」

「我會給他施針，等他醒來再看情況。」

傷在頭部最是複雜，哪怕李爺爺還在，也無法精準料定病人頭部受傷後的狀況。

李爺爺曾跟她講過幾個案例，有一個病人從馬上跌下頭部受傷，甦醒後記憶竟倒退回了孩童時期。還有個病人被馬車撞倒，當時沒有任何異常，爬起來後拍拍屁股自己回家了，結果三天後卻抽搐而死。至於像長春伯幼子那樣，被黎皎砸破腦袋後成了傻子的情況更不罕見。

喬昭手裡捏著銀針小心刺入邵明淵頭部穴道，心中很是自責。

這個男人在她面前總是一副無所不能的樣子，讓她下意識覺得他不會有事。

可他再強，也是會受傷的。

「庭泉怎麼了？」這邊的異常終於把池燦與楊厚承引了過來。

「可能是後腦勺被打傷之後的後遺症。」

「當時不是沒什麼事嘛，怎麼忽然就嚴重了呢？」楊厚承費解不已。

池燦目光低垂，落在被邵明淵緊緊握在手裡的手帕上。素白的帕子上血跡斑斑，角落裡繡著兩隻綠眼鴨子。

他眼神一縮。這是黎三的手帕。他悄悄留意過，黎三的荷包上就繡著這樣的小鴨子，綠色的眼睛，看著奇特又有趣。他們之間發生了什麼事？

喬昭施針過後站起來。「我去熬藥，你們先照顧他。」

見池燦與楊厚承點頭，喬昭垂眸快步離去。

池燦看了昏睡不醒的邵明淵一眼，這才問晨光：「怎麼回事？」

晨光撓撓頭。「不知道啊，之前將軍大人就說頭暈了。」

「我是說，你們將軍與黎姑娘之間發生了什麼事？」

晨光看向葉落。葉落言簡意賅道：「吵架了。」

池燦眉頭緊鎖，嘆了口氣。難怪庭泉會成了這個樣子，他可是領教過了，那丫頭毒舌起來簡直是往人心口上捅刀子。他已經被捅過好多次，現在終於輪到好友了。他們上輩子大概都欠了那個狠心的丫頭，這輩子才陸續栽在她手上。

池燦看了面白如紙的好友一眼，大步向外走去。

喬昭聽到腳步聲沒有回頭，手上忙碌著問道：「池大哥怎麼過來了？」

「妳怎麼知道是我？」

「你和楊大哥還有邵大哥的腳步聲都不一樣。」時間久了，也就分清了。

池燦望著碧波蕩漾的大海嘆氣。「黎三，妳真是我見過最聰明的女孩子。」

喬昭手上動作一頓，沒有吭聲。自從那次送藥之後，池燦對她再無半點特別，現在來說這些又是何意？

「黎三，妳這麼聰明，難道看不出庭泉對妳的一顆真心？」

喬昭抬眸看向池燦。她實沒料到他會說出這樣的話來。

「他和我不一樣。」池燦倚著欄杆輕嘆一聲，「我這個人呢，曾經擁有的太多，後來失去的也多，得得失失，久而久之也就習慣了。無論失去什麼，也不耽誤好好享受生活不是？」

俊秀無雙的公子彎唇一笑。「可庭泉不一樣。他啊，就是個倒楣蛋，從小到大什麼都沒擁有過，偌大的靖安侯府，除了老侯爺對他還不錯，再有對他好的，大概就他年少時養的那條大黑狗了。」說到這裡，池燦深深看了少女一眼，問道：「妳知道那條大黑狗後來怎樣了嗎？」

不等喬昭回答，他便自顧說道：「當時的靖安侯夫人，也就是庭泉的母親，不知怎地受到了驚嚇，於是命人把那條大黑狗活活打死了。庭泉下學回來後，那狗剛好嚥下最後一口氣。從那以後啊，庭泉再沒對任何東西表現出喜愛之意。」

喬昭怔怔聽著，心口發疼。

池燦想抬手撫撫她被海風吹亂的髮絲，終究是忍住了，嘆道：「那個倒楣蛋，現在終於敢再次表露出喜愛的情緒。黎三，妳對他好點吧。」池燦說完，頭也不回大步離去。

如果那個人不是邵明淵，她以為一瓶藥就能讓他放手嗎？敢跟他搶女人的男人，他早想法子弄死了。

喬昭望著池燦的背影，耳畔迴蕩著他的話。

他說邵明淵從小到大什麼都沒擁有過，也不敢奢望擁有，所以一旦認定了便無法放手。

爐火發出「滋滋」的聲響，喬昭忙回頭把蓋子揭開，添進去一份藥材。隨著藥熬得時間長了，鼻端漸漸充斥著濃郁的藥香味，令她不由想起那個帶著藥香味的吻。

她想，某個男人真是個心機頗深的傢伙，故意在吃藥後親她。

她懂醫術，少不得與湯藥打交道，以後豈不是每次熬藥都會想起來？那個男人真是狡詐。

可他現在卻吐血昏睡，情況不明。喬昭想到這裡，心情沉重幾分。

池燦回到邵明淵房中。「怎麼樣，庭泉醒了嗎？」

「還沒有——」楊厚承話音才落，晨光就欣喜喊道：「將軍大人醒了！」

床榻上的男人睫毛顫了顫，緩緩睜開眼睛，瞬間又閉上了。

「將軍，您沒事吧？」

「庭泉，你怎麼樣？」

耳邊是好友與屬下關切的詢問，邵明淵閉著眼深吸了口氣，復又睜開，開口道：「我沒事。」

他說了這話便不再吭聲。

楊厚承如釋重負道：「沒事就好，聽說你昏倒，我們都嚇了一跳呢。」

「頭還暈不暈？」池燦問道。

「還有一些暈，不過休息幾天應該就不打緊了。」

邵明淵回答完池燦的話，又是一陣沉默。

池燦嗤笑一聲。「別垂頭喪氣連話都不說了，黎三在給你熬藥呢。」

「黎姑娘也知道了？」邵明淵沉默了一下才開口。

池燦詫異看了邵明淵一眼。不知為何，自從好友醒過來，他總覺得有些不對勁。邵明淵自從挑明對黎三的感情，當著他們的面也是「昭昭」、「昭昭」地叫，現在怎麼又改叫「黎姑娘」了？

難道說，他們兩個之間的問題比他想得要嚴重許多？

黎三該不會真的打算終身不嫁，所以對邵明淵也是毫不留情拒絕了吧？

可是，他冷眼旁觀，黎三對邵明淵明明是不同的。

「將軍大人，是卑職告訴黎姑娘的。黎姑娘知道了挺著急的，連椅子都帶倒了——」

「別說了。」邵明淵淡淡打斷了晨光的話。

「將軍？」晨光有些不解。

以往，將軍大人要是聽到黎姑娘對他如此關心一定欣喜極了，現在怎麼這麼平靜呢？甚至還阻止他說下去。難道將軍大人與黎姑娘吵了一架就打算放棄了？

這怎麼能行，惹女孩子生氣了就去哄嘛，總不能等女孩子反過來哄大老爺們吧？

要是這樣，將軍大人就等著打光棍吧。不行，等沒有別人在場的時候他一定要把這個嚴重後果告訴將軍大人。

藥香味飄了進來。

楊厚承忙道：「黎姑娘，庭泉醒了。」

喬昭一怔，端著湯藥快步走來，隨手把托盤放在桌子上，走近床邊問道：「感覺如何？」

少女甜美的聲音在耳畔響起，邵明淵微微一笑。「還好。」

喬昭仔細打量著邵明淵的臉色，問道：「頭還暈嗎？有沒有眼花耳鳴？」

「還有些頭暈，別的還好。」邵明淵言簡意賅。

「有沒有噁心想吐？」「也沒有。」

喬昭又問了幾個問題，邵明淵都否認了。

她下意識蹙眉。說不清哪裡不對勁，可心中為何會沉甸甸不安呢？

「把手伸出來。」

邵明淵配合伸出手。少女纖細的手指落在男人手腕上，男人的目光一片純淨。

把脈並沒有查出太大問題。

喬昭收回手，暫時沒發現問題，便道：「先把藥喝了吧。」

她轉頭端起藥碗準備餵他，卻聽邵明淵道：「葉落，伺候我吃藥吧。」

「是。」葉落向喬昭伸出手。

晨光在後面悄悄拽了葉落一把。葉落不為所動，接過喬昭遞來的藥，一勺勺餵邵明淵吃藥。

晨光狠狠翻了個白眼。這個笨蛋，明明這麼好的機會，黎姑娘都準備親自餵將軍大人了，將軍大人只是欲拒還迎客氣一下，這蠢蛋居然當真了。將軍大人心裡肯定惱死葉落了。

晨光看了邵明淵一眼。嗯，別看將軍大人現在表現得很平靜，這一定是假象！

邵明淵喝完了藥，對喬昭笑笑。「多謝黎姑娘替我熬藥了。我現在還是有些頭暈，想休息一下。」他語氣溫和，言辭客氣，彷彿回到了二人初識時的模樣。

喬昭好一會兒沒有反應過來，直到池燦等人都看過來，才牽牽唇角道：「那好，你好好歇著吧，明天一早我來給你施針。」

「那就麻煩黎姑娘了。」

喬昭咬了咬唇，朝池燦等人略一點頭，轉身離去。

「庭泉，你怎麼啦？」楊厚承不可思議問。

當初庭泉為了黎姑娘都和拾曦打起來了，現在這是什麼情況啊？

男女之間的感情再這麼複雜，他可就不敢娶媳婦啦，一個個的就不能給他做個好榜樣嗎？

「我沒怎麼啊，就是有點頭暈而已。」邵明淵笑道。

池燦冷笑一聲。「邵明淵，你絕對有問題。老實說，你到底有什麼想法？」

邵明淵垂下眼簾，淡淡道：「現在真沒什麼想法，我就想好好睡一覺。拾曦，重山，時間不早了，你們就別在我這裡耗著了。」

「你還沒吃飯呢。」楊厚承道。

邵明淵苦笑一聲。「才喝了一大碗藥，哪裡還吃得下，我現在就想睡覺。」

「好，那你睡吧，我們明天再過來看你。」

楊厚承拉了池燦一把，見他依然盯著邵明淵不動，手上加大了力氣。「走吧，別打擾庭泉休息了，有什麼事明天再說。」

池燦這才隨楊厚承離去。屋子裡除了邵明淵只剩下晨光與葉落。

「葉落，你去門口守著。」

聽著葉落走向門口又停下的腳步聲，邵明淵沉默了片刻，喊道：「晨光。」

「將軍，您有什麼吩咐？」晨光莫名覺得這個時候的將軍大人有些嚴肅。

「我看不到了。」年輕將軍輕聲道。

一六七　捨得之間

晨光勃然變色，連聲音都抖了。「您說什麼？」

將軍大人怎麼會看不到？看不到是眼睛瞎了的意思嗎？他一定是聽錯了！

邵明淵面色依然平靜，再次重複道：「我看不到了。」

晨光伸手在邵明淵眼前晃了晃，發現對方眼睛會隨著他手的搖晃而眨動，當下更是不解：「您的眼睛有反應。」

如果失明了，有手在眼前晃應該會毫無反應。他當然不懷疑將軍大人亂說，所以才更加困惑。

年輕將軍微微一笑。「我能感覺到手搖晃帶起的風，所以會跟著眨動眼睛，這樣看起來才與常人無異。」

「將軍，您剛才怎麼不說？黎姑娘不是會醫術嘛，卑職去叫黎姑娘過來。」晨光急得面色發青，轉頭就走。

「站住。」邵明淵冷冷喊道。

「將軍？」年輕將軍眼簾垂下。「不要讓黎姑娘知道。」

「可是不讓黎姑娘知道，誰給您治眼睛啊？」晨光急得搓手。

邵明淵笑了笑。「黎姑娘給我針灸按摩熬藥，其實一直在給我治療。不過我傷了頭，進而影響了眼睛，她就算知道了也是白白著急罷了。」

「難道您打算一直瞞著？」

「這可能是暫時性的，先過幾天再看。」邵明淵明明看不到，目光卻準確落在晨光的方向，嚴肅道，「晨光，別的小事我都可以縱著你多嘴，這件事你要是透露出去，別怪我軍法處置。」

晨光心中一凜，立刻應道：「卑職遵命！」他說完，猶豫了好久，小心翼翼問道：「將軍大人，萬一您的眼睛……卑職就是舉個例子，萬一——」

「再也好不了是嗎？」晨光問得糾結，邵明淵卻回答得雲淡風輕，彷彿失明對他來說毫無影響，「那就瞞黎姑娘一輩子。」

晨光瞪大了眼睛。「那以後黎姑娘嫁過來怎辦？您與黎姑娘朝夕相處，怎麼可能瞞得住？」

昭昭嫁過來，朝夕相處……聽了晨光的話，邵明淵唇角不由翹了翹。

明知道不可能，可是只要想到那樣的情景，他心裡就暖洋洋的。

可是，一個瞎子還怎麼給她幸福呢？他以軍功搏得了現在的名聲地位，若是已經四、五十歲倒也無妨，失明之後急流勇退，還能有個安寧晚年。可他才二十一，爬得這樣高卻瞎了眼睛，再也不能領兵打仗，到時跌得有多慘可想而知。

年老多病退位或許能獲得人們的敬重，那敬重是對一個行將朽木的武將的寬容；可少年得志卻忽然跌落雲端，大多數人想的都是踩一腳罷了。君恩易逝，他上無長輩照拂，下無子孫照顧，時間一久，要過的是什麼樣的生活得以料見。他怎麼忍心讓昭昭過這樣的日子。

更何況，昭昭習慣把責任攬在自己身上，她對他說了那番絕情話後他眼睛便看不到了，若是被她知道，心裡定然很難過的。他捨不得她難過。

「晨光，以後不要再提這些有的沒的。」邵明淵淡淡警告道。

「將軍——」

邵明淵面色格外嚴肅。「你們只要記著，絕不能把我眼睛出問題的消息傳出去就是，哪怕回到京城也不能，不然等待我的是什麼局面難以預料。」主動的韜光養晦與因為失明被迫退出朝堂，兩者絕對不同。除了不想讓昭昭自責，他失明的事原就該保密。

見將軍大人說得嚴肅，晨光與葉落立刻齊齊應是。

「葉落，你也過來。」

葉落走過來，站在晨光身側。邵明淵側耳聆聽葉落走過來的腳步聲，目光調整了方向對準葉落。「這幾天我會盡快適應現況，你們兩個從今起輪流在我身邊半步不離，我會聽著你們的腳步聲來辨別方向，躲開障礙。」

邵明淵說完，起身下床。

「將軍。」晨光忙去扶他。邵明淵推開晨光的手。「不用，我自己來。」

晨光一臉難過，彎腰拿過邵明淵的鞋子放在他腳邊。「將軍，鞋子。」

邵明淵腳落在地上，試探找了找才把鞋子穿好，站起身來。

眼前一片黑，他試探地著往前邁出一步，心裡有種空蕩蕩的不安。再邁出一步，傳來晨光的低呼聲：「將軍，有椅子——」

他的小腿撞到了椅子，並不疼，可是那種茫然無措的感覺猶如窗外的海，一層又一層的海浪拍打過來把人淹沒，絕望沒頂。

邵明淵握了握拳，面無表情吩咐道：「葉落，你走在我側前方，我跟著你在屋子裡走一圈，你們誰都不要出聲提醒我。」

「是。」

葉落與晨光的腳步聲是不同的，邵明淵分得清。他凝神聽了聽，開始跟在葉落身後往前走。

一步，兩步，葉落走了六步後往右邊轉，應該是到了牆壁處。

葉落再往右轉，應該是繞過了窗邊的桌子。

邵明淵跟在葉落身後走，剛開始有些磕磕絆絆，落腳時帶著幾分猶豫，可漸漸地腳步就堅定從容起來。這時若有外人在場，定然看不出一臉閒適、在屋內踱步的年輕男子雙目失明。

「晨光，換你來。」

「噯。」晨光振作心情，悄悄抹了抹眼睛，接替了葉落。

喬昭回到房內，坐在床榻上發呆。

冰綠與阿珠互視一眼。冰綠忍不住走過去。「姑娘，邵將軍沒事吧？」

「還好。」說這話時，喬姑娘看起來明顯心不在焉。

「呃，那婢子給您端飯來。」

喬昭這才回神，搖搖頭。「不用了，我不餓。」

冰綠睜大了眼睛。「可您還沒吃呢。」

「有些累了，吃不下。阿珠，妳去打水吧。」

阿珠出去後，冰綠小心翼翼問道：「姑娘，您不高興啊？」

不高興？她怎麼會不高興，剛剛邵明淵的樣子分明是她那番話起了作用，決定放手了。她應該高興才是。喬昭垂眸，自嘲一笑。只不過她沒自己想像的灑脫，習慣了那人的熱情歪纏，忽然有些不適應他的冷面以對。不要緊，早晚會習慣的。

喬昭承認，邵明淵與池燦是不一樣的。池燦的放手，讓她只感到如釋重負。

可是邵明淵不同。她不能否認，她對他同樣動了心。

他對她的情意於她而言不是純粹的負擔，而是捨得之間那份需要抵住誘惑的「捨」，才會有那名為「自由」的「得」。是「自由」的誘惑力太大，大過了與他相守一生的憧憬。

喬昭抬手按了按心口。心裡有些不舒服，但並沒有後悔。

她洗漱過，脫下外衣躺下來，聽著窗外的海浪聲輾轉反側。

今晚值守的是冰綠，聽著自家姑娘像烙餅一樣在床榻上翻來覆去，忍不住問：「姑娘，您餓得睡不著嗎？」

床榻上的人停下來。冰綠一個翻身坐起來。「姑娘，婢子去廚房給您端吃的來吧。」

喬昭哭笑不得。「不用，我不餓。」

「不吃晚飯怎麼行呢？姑娘您本來就瘦，再不吃晚飯就更瘦了，而且還會長不高……」小丫鬟碎碎念著。將軍大人那麼高，姑娘要再長高些看起來才更般配呢。

喬昭抽了抽嘴角，嘆道：「冰綠，妳再說，就換阿珠來算了。」

「婢子不說了，不說了。」冰綠捂住了嘴，忍了忍又問，「那姑娘您為何睡不著呢？」

喬昭忍無可忍坐起來，翻身下床，拿起外衣穿好抬腳往門口走去。

被這個小丫鬟聒噪死了，她怎麼知道她為什麼睡不著！

「姑娘，您去哪兒啊？是不是去廚房？」

喬昭閉了閉眼，暗吸一口氣道：「我出去走走，不用跟著。」

推門而出，撲面而來的是帶著海水腥氣的風，越往外走海風聲越大，彷彿到了夜晚海底有凶獸悄悄甦醒過來。喬昭走到船欄前，站在那裡望著藍得發黑的海面出神。

月光灑下來，海面上閃爍著點點碎銀。這是一個安靜的夜晚，安靜得只有大海發出的聲音。

等等——喬昭表情微凝，聽著越來越近的腳步聲，不由蹙起了眉。對於很熟悉的人，她分得清腳步聲。越來越近的腳步聲有兩個，其中一個是邵明淵的聲音。

他不是頭暈睡下了，這麼晚了為何在外面溜達？

喬昭轉過身去，背靠著欄杆往前方看去，就見邵明淵與晨光往這個方向走了過來。

晨光稍微領先兩步，邵明淵走在後面。喬昭的目光越過晨光落在邵明淵身上。

夜色中，船上掛著許多燈籠，她能看清他的樣子。

他的眼純淨如黑曜石，表情平靜如水，看到她彷彿看到陌生人般，沒有絲毫波動。

「黎姑娘，您怎麼在這裡？」晨光忽然開口道。

「出來走走。」喬昭看向邵明淵，「邵大哥不是睡覺了嗎？」

邵明淵望著她微微一笑。「後來沒睡著，覺得有些悶，出來透透氣。」

「頭還暈嗎？」「還有點暈。」

喬昭不由深深看了對面的男人一眼。

她問一句，他答一句，絕不多說一個字，這是要徹底與她保持距離？

果然是常年領兵作戰之人，乾脆俐落，一旦有了決斷便絕情至極，就如燕城城下那一箭。

這樣也好。喬昭抿了抿嘴，淡淡道：「要是還覺得頭暈，邵將軍就回去休息吧，睡眠是最好的補藥。」

聽到「邵將軍」這個稱呼的瞬間，邵明淵嘴唇動了動，垂下眼簾，淡淡應了一聲「嗯」。

喬昭再也不想待下去，欠了欠身道：「那我先回屋了，邵將軍。」「黎姑娘慢走。」

月光下，素衫少女疾步遠去，男人凝視著她離去的方向，儘管看不到，卻一直未移開目光。

「將軍——」不知為何，晨光見了將軍大人與黎姑娘的樣子心裡陣陣發堵，忍不住喊了聲。

「怎麼？」

「您——」晨光想起將軍大人之前的吩咐，重重嘆了口氣，「要不回去歇著吧。」

「她回屋了？」邵明淵輕聲問。

「回了。」

「那你帶著我再走走。」眼睛看不到，他反而更想看她的樣子，早知道以前多看看該多好。

昭昭剛剛改口叫回他「邵將軍」了，不如叫他「邵大哥」得好聽。邵明淵落寞地想。

他又想：「黎姑娘」其實也沒「昭昭」好聽。

苦澀的滋味在心頭蔓延開來，邵明淵腳下踉蹌了下。

晨光忙把他扶住。「將軍，小心！」

邵明淵甩開他的手，淡淡道：「不是說過了，不要扶我。」

眼睛失明的生活他要適應，沒有昭昭的生活他也要適應。

人活著可不就是這樣，許多不想不願的事情，也只能默默接受，並咬牙走下去。

翌日一早，陰雲遮蔽了明媚的陽光，海鳥飛得很低，時不時發出清越的鳥鳴聲。

平時大家都是在各自屋裡吃早飯，晨光端來食物，擺在邵明淵面前。「將軍大人，該吃飯了。」

邵明淵微微點頭，伸出手去。

「大人，您手上還有傷呢，卑職餵您吧。」

「不用，我先適應一下再說。」昭昭那麼聰明，不盡快適應，萬一被她瞧出端倪怎麼辦？

眼看著邵明淵的手越過饅頭要伸到粥碗裡去，晨光嘴唇動了動，強忍著沒有開口提醒。

那隻大手碰到碗沿上，緩緩下移，穩穩扶住了碗，右手準備去拿湯匙。

晨光臉色有些難看。他剛剛把湯匙擺在粥碗左邊了。

正猶豫是否提醒一聲，就聽一聲響傳來，粥碗被打翻在地，熱粥潑了邵明淵一身。

晨光跳起來。「將軍，您沒燙著吧？」

他隨手拿起抹布手忙腳亂替邵明淵擦拭，邵明淵面色平靜道：「別急，我無事。」

晨光低著頭拚命擦落在邵明淵衣襬上的粥，虎目含淚，擦著擦著，忍不住哭了。「將軍大人，還是告訴黎姑娘算了——」

「住口。」剛剛還面色平靜的年輕將軍陡然沉下臉來，冷聲道，「晨光，再讓我聽到這樣的話，你就不必跟在我身邊了。」

「卑職錯了，卑職就是——」就是心疼您。

邵明淵站了起來，一邊把長衫往下脫一邊道：「給我拿套衣裳來。」

「您稍等。」晨光忙跑去翻箱倒櫃。邵明淵剛把外衫脫下就聽敲門聲響了起來。

「邵將軍，是我。」門外傳來女子的聲音。

這個聲音是那麼熟悉，邵明淵只要聽到就覺得心中每一個角落都是歡喜的，可是此刻他卻有些慌亂。「黎姑娘稍等！」

喬昭站在門外默默咬唇。邵明淵的聲音聽起來有些反常，他慌什麼？

「邵將軍，我來給你施針。」

過了一會兒門才打開，露出晨光的笑臉。「三姑娘來了，快請進。」

喬昭走進來，聞到滿屋子的飯菜香味。她迅速掃了一眼，看到滿地狼藉。

「咳咳，將軍大人不好意思讓我餵飯，非要自己吃，結果手沒拿穩，把粥碗給打了。」晨光乾笑著解釋道。這個解釋合情合理，自是沒有引起喬昭懷疑。

她繞過地上碎瓷走到邵明淵身邊，嗔道：「你手上有傷不能動，為什麼不讓晨光餵？」

他總不會還等著她餵吧？不知為何，看著對方面無表情的樣子，這個念頭閃過後喬姑娘臉上莫名一熱，竟是不知他若提出這個要求，是該拒絕還是答應了。

邵明淵淡淡一笑。「一時有些不習慣，不過現在知道了，這雙手暫時用不了，是需要晨光、葉落他們幫忙。」

「邵將軍想得明白就好，少用手，早早養好手上的傷才是正經。」

「嗯，多謝黎姑娘提醒，我知道了。」

對方的語氣拒人千里之外，喬昭一滯，而後笑了笑，問道：「邵將軍今天覺得如何？」

「還和昨天差不多，偶爾會有些頭暈。」

「那你躺好，我先給你針灸。」

邵明淵緩緩躺下去。喬昭盯著他的動作，莫名覺得有些違和，可一時半刻又想不出違和在何處，便把這種感覺暫時壓下，取出銀針替他治療。

傷在頭部，感到頭暈定是頭部受到劇烈震盪所致，頭顱內部說不定有瘀血存在。

針灸、按摩還有服藥，全都離不開開竅降濁、活血化瘀。

喬昭覺得今天的某人格外安靜，安靜得讓氣氛瀰漫著尷尬，耳邊只有晨光收拾地面的聲音。

晨光把地板收拾乾淨，淨手後立在了桌旁。

喬昭看了晨光一眼。大概不是她的錯覺，從昨天起不只是邵明淵奇怪，連晨光都奇怪起來。

換了以前，她給邵明淵施針，晨光都是躲得遠遠的，可從沒像今天這樣立在這裡不走。

事出反常即為妖。喬昭再次打量晨光一眼。

晨光被喬昭看得心驚肉跳，只得硬著頭皮問道：「三姑娘，您是不是有什麼吩咐？」

他沒幹什麼呀，黎姑娘為什麼總看他？

「沒有。」喬昭搖搖頭。

「晨光，你出去吧。」邵明淵忽然開口道。

晨光愣了一下，而後點頭。「是。」他飛快看邵明淵一眼，轉身離去，心中嘀咕不已。

將軍大人眼睛看不見了，沒他在旁邊提醒著就不怕露餡嗎？

咦，露餡好，露餡才好呢，他剛剛一定是腦袋被門夾了才留在屋裡不走呢。

聽到關門聲，邵明淵在心中嘆了口氣。昭昭太聰明了，任何反常的舉動都可能引起她的懷疑，想要瞞過她真不是件容易的事。

邵明淵雙眼微闔，很是安靜。許是因為看不見了，他的嗅覺彷彿變得更敏銳，能聞到少女被沉香手珠遮蓋住的淡淡體香。那是令他心旌搖曳的香味。

然而所有的心思在遇到現實時都凝結成了冰，邵明淵的心不敢再有一絲波動。

施針結束，耳邊響起少女輕柔的聲音：「坐起來吧，我幫你按摩一下眼睛四周。」

邵明淵身體緊繃了一下，而後回道：「好。」

他安靜坐好，等了片刻，聽少女說道：「坐到椅子上，這樣我不方便。」

她要繞到他身後去才好幫他按摩眼睛四周，他坐在床上不動，難道要她爬到床榻上去嗎？

聽了喬昭的要求，邵明淵猶豫了一下。剛才晨光收拾地板，他聽到了椅子挪動的聲音，此刻那把椅子應該不在他熟悉的地方。

邵明淵暗暗吸了口氣，回想著不久前搬動椅子的聲音。

「邵將軍？」見他沒有反應，喬昭催促一聲。

年輕將軍抬手扶額。「黎姑娘，我有些頭暈，妳可不可以扶我一下？」

那一瞬間，喬昭還以為某人故態復萌了，不由深深看了他一眼，卻見他眼簾低垂，遮蔽了眼底情緒，令人瞧不出端倪。她最終沒有回答，直接伸出手扶住他的手臂。

邵明淵手臂一僵，旋即放鬆，垂眼微笑道：「多謝黎姑娘。」

「不必。」喬昭聲音淡淡，扶著邵明淵在椅子上坐下，而後繞到他身後，抬手放在他太陽穴處輕緩按摩起來。「等一會兒我熬了藥，給你送過來。」

「不用，讓晨光去端就好。」昭昭那樣聰明，又懂醫術，他沒有信心這幾天內能在她面前掩飾好，既然這樣，還是盡量少見面為好。

「晨光怎麼會知道什麼時候熬好？」喬昭語氣有些冷。

她與他都是二十出頭的人了，又不是十三、四歲的少年少女，有了分歧好好講清楚，共同遵守約定的事就是了，他這樣迴避她，是不是太刻意了些？

真沒想到，堂堂的冠軍侯，指揮過千軍萬馬的北征將軍，竟是這麼小氣的人。

「那就麻煩冰綠或阿珠給我送過來吧。」

「好，到時候讓冰綠給邵將軍送來。」喬昭心中惱火，冷冷說完不再作聲。

邵明淵心中針扎般難受。如果眼睛能早些恢復就好了，他一定加倍努力讓昭昭回心轉意。

若是他的眼睛好不了……現在昭昭討厭他了也沒關係。

「黎姑娘，我問過葉落了，李神醫採藥之處明天就能到了，那裡有個小島可以供人落腳。」

「李爺爺就是在那附近的海域出事的嗎？」喬昭手上動作一頓。

「不是，李神醫離開小島後忽然想起要採一種入藥珍珠，又往南行才遇到了颶風。」

提到李神醫，喬昭心情更加低落，離開邵明淵房間後坐在外面熬藥發愣。

「姑娘，您看，那邊有船呢，好像是往咱們這邊來的。」

喬昭站起來，向冰綠所指的方向望去，就見一艘中型客船緩緩駛了過來。

自從出海後，金吾衛分成幾班，時刻有人觀察四周動靜，這時見到有船靠近，立刻通知了楊厚承等人。楊厚承與池燦走出來，站在甲板上眺望。

「這船怎麼是順流漂啊，瞧著像沒有人似的。」楊厚承喃喃道。

「去跟冠軍侯說一聲。」池燦吩咐一名金吾衛。

尺有所短，寸有所長，處理這些事情邵明淵要比他們強得多，謹慎起見自是要及時通知他。

邵明淵這邊得到了消息，晨光有些急。「將軍，您看——」

「你先去觀察一下情況，我去一下淨房，隨後就過去。」

晨光會意，隨著那名金吾衛走了出去。

「你們侯爺怎麼樣了？」池燦見邵明淵沒過來，有些疑惑。

庭泉雖然有些不舒服，但這種情況不應該不出現啊。

「將軍馬上來。」見喬昭也在，晨光壓低了聲音，「他去淨房了。」

池燦這才放下疑惑。不多時腳步聲越來越近，邵明淵與葉落走了過來。

喬昭忍不住回眸看了一眼，違和感再次生起。昨天邵明淵醒來後，他到底是哪裡奇怪呢？

少女乾脆閉上眼睛，回憶著昨日至今的片段，靈光乍現，終於發現什麼地方不對勁了。

位置不對！

邵明淵在她的記憶中有很多次出現的場景，每次都是步伐從容走在前面，身後跟著恭謹低調的親衛。可是從昨夜在甲板上的相遇，到今天他的出現，他的親衛卻走在了他的前面。

挑燈夜行或是出行，侍從走在主子前面引路並不奇怪，可是放在這時候就有些違和了。

喬昭的視線落在走來的男人身上。他的步伐依然從容，嘴角掛著溫和淺笑，目不斜視向著他們的方向走來，眼簾低垂，令人看不到眼中情緒。

喬昭心中一沉。邵明淵的眼睛很漂亮。並不是那種精緻的漂亮，而是純淨如黑曜石；被他望著時，彷彿把寒星盛在了眼睛裡，漫天星光籠罩他專注看的人，令人心神俱醉。

可是從昨晚她看到他時起，他總是一副低眉垂目的樣子。

邵明淵的眼睛出了問題！這個念頭閃電般在喬昭腦海中劃過，讓她整個人都墜進了冰窟裡。因傷及腦部導致雙目失明，這種情況並非不存在，他的眼睛難道看不見了？

喬昭死死盯著越走越近的男人，可往日裡眼中盛滿了她倒影的男人，此時卻沒有看她一眼，彷彿她不存在。她以為他是死了心，難道說他是因為眼睛看不見，所以才對她忽然冷淡至極？

不行，她要確定一下。

喬昭往前走了一步，那個男人忽然腳步一頓，向她所在的方向抬了抬眉梢，而後恢復平靜無波的樣子，走向池燦他們那裡。喬昭看得分明，邵明淵是在葉落停下來後，才跟著停住腳。

「庭泉，你看那邊來了一艘船，不知道是什麼情況。」楊厚承道。

邵明淵手臂搭著船欄眺望。

晨光忽然開口道：「將軍大人，那船上好像沒有人，是順著水流方向漂過來。明明能坐二、三十人的船卻空蕩蕩的，好奇怪啊。」

喬昭眸光轉深，抿了抿唇角。晨光這話聽著沒什麼問題，是向主子稟明情況，一般來講不會引起注意。可是一旦想到邵明淵的眼睛出了問題，就覺出不對了。

晨光點出來船能坐多少人，實則是變相把船隻大小告訴邵明淵。

所以說，邵明淵真的看不見了？想到這個可能，喬昭心亂如麻，恨不得拉住他立刻確認，可是看到甲板上的那些金吾衛，她不得不把這份衝動死死壓下。

這些金吾衛是楊厚承的手下，卻不是楊厚承的親信。

人多嘴雜，他們若知道邵明淵看不見了，誰知道會生出什麼心思？

邵明淵年少封侯，是世人眼裡公認的天縱奇才，不知多少人豔羨嫉恨，倘若他的眼睛一時半會兒好不了，他會面對什麼局面可想而知。

「將軍，那船離咱們的船不足二十丈了，怎麼辦？」晨光問道。

邵明淵側過頭問楊厚承：「重山，你認為該怎麼辦？畢竟你是這次出行的隊長。」

楊厚承一頭霧水眨眨眼。為什麼這時候又想起他是隊長了？

嗯，大概是想考驗他能不能獨當一面，說不定他這回表現好，庭泉以後就願意帶著他上戰場！

這麼一想，楊厚承打了雞血般興奮起來，搓搓手道：「咱們先把船繫在一起，然後去那船上探查一下情況吧。畢竟這是海上，前不著村後不著地，那船要是遇到了倭寇打劫，還有受傷的活人呢？」

邵明淵沉默不語。

「庭泉，你說呢？」

「先把船繫在一起，之後等等看。」

「等等看是什麼意思？」

邵明淵此刻什麼都看不到，為了眾人的安全不得不百般謹慎。「等上一個時辰，然後葉落一人上船查探。」

池燦面色微變。「你擔心有詐？」

邵明淵淡淡道：「小心駛得萬年船。」

「要是這樣，葉落一個人上去探查不是太危險了？」

「葉落一人前去是最合適的。一旦發生什麼變故，葉落就立刻跳船，咱們這邊立刻砍斷繫船的纜繩。」邵明淵解釋完，對楊厚承道，「重山，命金吾衛準備好弓箭，只要葉落上船，時刻準備好進入戰鬥狀態。」

楊厚承咧了咧嘴。「這太誇張了吧？」

「生死面前，怎麼樣都不誇張。」邵明淵嚴肅道。

倘若他眼睛是好的，自是能做出更準確的判斷，可是現在不得不小心再小心。

「要是這樣，咱們乾脆別管那船了唄。」楊厚承被邵明淵的一番布置弄得心裡發毛。

邵明淵笑笑。「你剛才不是說，萬一船上有受傷的人呢？」

一句話把楊厚承噎得說不出話來。他們無法那麼冷血，對有可能等待救援的同胞見死不救。

「有救人的心思沒有錯，不盲目就好。」邵明淵笑道。

來船終於靠近了，眾人所在船上的船工立刻按著邵明淵的安排拋出纜繩。

待把來船繫好，一個時辰後，見來船全無動靜，葉落跳了上去。

守在纜繩旁邊的兩名船工握緊了手中匕首，按著邵明淵的吩咐，一旦情況有變，他們要在第一時間內砍斷纜繩。葉落跳上船，身形靈活進了船艙，連一點聲音都沒發出來。

晨光在邵明淵耳邊嘀咕道：「葉落進了船艙，不知道有沒有什麼發現？」

邵明淵抿唇不語。他當然知道晨光這是拐著彎告訴他葉落的情況，可是眼睛看不到比他原本預想得還要艱難，就如飛鳥被斬斷了翅膀，殘酷如斯。

足足過了兩刻鐘，在眾人等得心生不安時，葉落這才出現在眾人視線裡，背上多了個人。

在所有親衛中葉落的功夫是頂尖的，背上雖多了個人動作依然靈活，很快就跳上了船。

「什麼情況？」邵明淵面無表情問。

「將軍，那艘船裡一共有十八個人，除了卑職背回來的這人，其他人都死了，全是死於刀傷。」葉落把背上的人放下，繼續回稟道，「這個人只有肩膀上有傷，不過身上衣裳發硬，應該是掉進水裡過。卑職試探了一下，他還有微弱氣息。」

「我來看看。」喬昭走過去，蹲下身去檢查葉落帶回來的人。

躺在甲板上的人年紀在三十上下，身材高大，肩膀傷口發白，雙目緊閉，氣息極為微弱。

喬昭立刻從荷包裡取出一枚藥丸塞入他口中，而後施以銀針刺穴。

一炷香的工夫過後，那人緩緩醒過來。他睜開眼，最初的茫然過後看清楊厚承等人，身子一動便要起來，奈何渾身乏力又倒回了甲板上。

「你們是什麼人？」那人手摸向腰間，空蕩蕩什麼都沒摸到，一臉戒備問道。

「我們是什麼人你居然不知道？」池燦擰眉。

那人呆了呆。「我為什麼會知道？」

池燦冷笑聲。「自然是你的救命恩人。若不是我們把你從那艘船上救下，你現在還能活命？」

那人怔住，急忙環顧一下，發現圍著他的全都是人高馬大的年輕人，立刻低頭看了一眼肩膀，肩膀處的傷口已經被簡單包紮好了。

他愣了愣，眼中戒備之色這才褪去，感激道：「多謝各位義士的救命之恩。」

「客氣話就不必多了，說說你是什麼人吧。」池燦不耐煩道。

「我——」那人張了張口，痛苦皺眉，「能不能先給我些水喝？」

「喏，水。」楊厚承示意一名金吾衛遞過去一只水壺。

那人伸手去抓，卻發現手上無力，求救般看向楊厚承。

楊厚承認命接過水壺，遞到那人唇邊餵他，心道：救人還救出個大爺來。

明明庭泉和拾曦都在，這人怎麼就找他呢？看他好說話是不？

那人喝完水，楊厚承問道：「現在可以說了吧？」

那人不好意思道：「能不能再給我點吃的？」

「你只能喝粥。」喬昭的聲音響起，而後對阿珠道，「去廚房給他端一碗粥來。」

喝了粥，這人總算開口。「我們……我們是海商……結果遇到了倭寇，他們跳上我們的船，把我那些兄弟們全都殺光了……」

「海商？」池燦挑了挑眉，「大梁律可是規定私人不得從事海上買賣活動，不對，就連官方的市舶司都停了多年了，哪來的海商？」

那人變了臉色，吭哧道：「公子不是南邊的人吧？現在我們這樣的海商多得是……」

「你先說一說，你是如何躲過倭寇的？你那些兄弟們全都死於刀下，只有你肩膀有輕傷。」女子平靜的聲音響起。

那人轉動眼珠看向喬昭，眼底閃過一絲光芒，解釋道：「那些倭寇太厲害了，我肩膀受傷後一看情況不妙就跳海，躲在水裡等那些倭寇走後才爬上船，等我再醒過來，就在這裡了。」

「你們船上載的是什麼貨物？」喬昭再問。

那人眼神一閃。「瓷器……」

「不是吧，我們的人去檢查了你們的船，並沒有發現瓷器。」

「肯定是都被倭寇搶走了！」那人一臉憤怒喊道。

喬昭居高臨下盯著坐在甲板上的男子，忽然半蹲下來，波瀾不驚道：「你撒謊。」

那人眼神一縮。「姑娘您這是什麼意思？」

「你昏迷時我已經問過我們上船檢查的人，你們船艙裡沒有遺落一點稻草或米糠，所以你們的貨物肯定不是瓷器。」

瓷器嬌貴，運送時會在箱子裡塞滿稻草、米糠等物來防撞，如果這些人是販賣瓷器的海商，常年累月運輸瓷器如何會沒有一點填充物掉落呢？

那人聽喬昭這麼一說，立刻改口道：「是我記錯了，這段時間我們改賣布匹了——」

喬昭擺擺手打斷他的話，直接站了起來，輕描淡寫問道：「你知道為什麼我們救了你上來之後，一直把你放在甲板上嗎？」

少女語氣隨意，那人卻不敢不回，想了想道：「是不是我身上太髒，怕弄髒了床褥——」

喬昭微微一笑，搖頭道：「不是呀，因為這樣方便我們隨時把你扔進海裡餵魚。」

這話一出，那人當即變了臉色。

楊厚承錯愕瞪大眼睛，心道：這麼可怕的話，黎姑娘這麼雲淡風輕說出來真的好嗎？嚶嚶嚶，不知道別的姑娘是不是也這樣！

池燦則彎了彎唇角，一臉贊同。邵明淵垂眸不語，唇邊卻掛了輕笑。

「姑娘，姑娘別開玩笑了……」

「我從不開玩笑，我很嚴肅的，向來有一說一，有二說二。」喬昭側頭看向邵明淵，「邵大哥，跟你借個人行嗎？」

「當然可以。」聽到「邵大哥」三個字的瞬間，雖然知道喬昭是為了避免在外人面前暴露他的身分，邵明淵心中還是一暖，不過面上卻不露聲色。

喬姑娘暗暗咬牙。這個混蛋，裝得還挺像，她倒要看看他在她面前裝到什麼時候！

對某人的惱火讓喬昭語氣更加冷漠。「葉落，把這人提起來，我再問他一句，他只要撒謊，你立刻把他扔進海裡去。」

「是。」葉落毫不猶豫單手把那人提了起來。

那人驚呼一聲，慌亂道：「放我下來，咳咳咳，你們不能草菅人命啊——」

「我們沒有啊，我們要是不救你，你這條命不是早就沒了嗎？」喬姑娘一臉理所當然道。她打量著那人，彎唇一笑。「我再問你最後一次，你是什麼人？」

「姑娘，我真的是海商，求您快讓人放我下來吧，咳咳咳……」

「買賣的什麼貨物？」

被人拎著又隨時被扔進海裡的感覺很不好受，那人臉色時青時白，在眾人的注視下眼睛一閉道：「是弓弩——」

眾人面色微變。私販弓弩與私販食鹽都是朝廷所不容的，難怪這人剛才撒謊。

喬昭朝葉落略一頷首。「好了，把他扔下去吧。」

身為冠軍侯麾下的親衛，葉落在執行命令方面無疑是很出色的一位，聞言連個瞬間的猶豫都沒有，手一揚就把那人像甩破麻袋般甩了出去。

那人在半空劃出一道優美的弧線，伴隨著一聲慘叫，「咚」的一聲落入了海裡，濺起無數浪花。

楊厚承下巴都要驚掉了。「黎姑娘，為什麼還是把他扔下去了？」

喬昭沒有回答楊厚承，更無視了那些金吾衛與船工震驚的眼神，雙手搭在船欄上，面無表情看著在海裡掙扎的人。

那人落進海中連嗆了好幾口海水，雖然精通水性，卻因手腳仍然無力連掙扎的力氣都沒有，只能仰著頭大聲呼救：「救我上去，求求你們，救我上去——」

喬昭依然面無表情盯著他。

「黎姑娘——」楊厚承忍不住喊了聲。看活生生一個人在眼前淹死，他的小心肝還真是有些承受不住。見喬昭無動於衷，他又去看池燦，卻見好友一臉玩味，顯然覺得眼下情況很有意思。

楊厚承抽了抽嘴角，忙把目光投向他認為最靠譜的那位。

被小夥伴寄予厚望的將軍大人雙目微闔，彷彿睡著了。

楊厚承揉揉臉，嘆氣。算了，沒把他扔下去就好，愛怎麼樣就怎麼樣吧。

「你現在說實話，可能還來得及把話說完。」喬昭看著在水中絕望掙扎的人，不緊不慢道。

海風吹起她烏黑的髮與素色裙襬，彷彿海裡的女妖，明明驚豔至極，那人看在眼裡卻只剩下了恐懼。這根本不是個女孩子，而是個冷血的妖精！

又嗆了一口水，耳邊響起「咕咕咕」的氣泡聲，將要沉沒進冰冷的海裡之際，那人一直抱著的最後一絲僥倖灰飛煙滅，用盡全身力氣聲嘶力竭喊道：「是女人——」

後面的話因為嗆水沒有說出來，那人往下沉去。

「葉落，把他撈上來吧。」喬昭這才開口道。

邵明淵當初派葉落保護李爺爺南下時就對她說過，葉落水性極好。

葉落點點頭，把纜繩往自己身上一套，另一端交到晨光手中，縱身躍入海裡，如一條靈活的魚向那人游去。葉落很快游到那人近前，繞到那人身後一把揪住他後衣領，迅速往船邊游來。

晨光看了面無表情的將軍大人一眼，心中一動，對喬昭解釋道：「黎姑娘看到沒，去水裡救人時可不能從正面過去，不然被溺水的人纏住，連救人的人都危險了。」

喬昭眨眨眼，有些莫名其妙。

她又不通水性，晨光對她說這些做什麼？總不能指望她哪天下水救人吧？

「咳咳。」晨光清了清喉嚨，笑瞇瞇道，「都是我們將軍大人教的。我們將軍大人懂得可多啦，上回山崩也是將軍大人教的，不能順著石流方向往山下跑——」

「晨光。」邵明淵忍無可忍喊了一聲，語氣含著淡淡的警告。

這混小子好端端對昭昭說這些幹什麼？

喬昭瞬間領會了晨光的意圖，好笑又無奈。

邵明淵那麼嚴肅正經的人，怎麼會有晨光這樣的屬下？

不對，邵明淵才不是什麼嚴肅正經的人！腦海中走馬燈閃過幾個場景，喬昭臉微熱，目光重新投向海面。

葉落沒用多久就抱著那人上了船。那人喝了不少海水，又驚又怕，再加上先前就身體虛弱，此時已經昏了過去。

「楊大哥，讓人帶他下去收拾一下吧。」

伺候人的事自是指望不上這些金吾衛，楊厚承隨手招來一名雜役，扔給他一塊碎銀子。「帶這人去收拾一下，給他安排個房間，換一身乾衣裳。」

雜役點點頭，把那人扛走了。喬昭忍不住多看了雜役一眼。

昏迷的那人高大壯實，而雜役雖然個子不矮，卻只是一般身材，可他扛著個五大三粗的人說走就走，居然毫不費力。這雜役力氣不小啊。喬昭心中感嘆，隱隱覺得有些不對勁。

要說起來，自從離開嘉豐繼續南下後，他們重新僱了有出海經驗的船工和雜役，這些人加起來人數竟不少，平時卻悄無聲息毫無存在感。這些船工和雜役似乎有些問題呢。

眼看著那人被雜役帶進了船艙，楊厚承抬頭望天。「日頭好像又要冒出來了，咱們也進去吧。對了，那人剛才提到女人是什麼意思啊？」

池燦冷冷道：「不知道是不是我想的那個意思。」

「你從什麼時候看不見的？」喬昭放下藥碗問。

「醒過來後。」

「挺能瞞的啊。」喬昭沒好氣道，說完又沉默了。他頭部受傷，繼而引發雙目失明，是不是也有她說那些話對他刺激過大的緣故？這樣一想，喬昭只覺心頭沉甸甸的，後悔無比。

她總忘了他會受傷，也會脆弱。他是名震天下的北征將軍，但也是會流血流淚的普通男人。她好端端刺激一個病人做什麼呢？現在說這些已經太晚，當務之急是盡快治好他的眼睛。

「我看一下你的眼。」

喬昭掀開邵明淵的眼皮仔細觀察了下，取出銀針在他眼睛四周的攢竹、睛明等穴位處施以刺激，神情越來越凝重。

邵明淵看不到她的表情，可能聽到她的呼吸聲。從那時不時屏息的呼吸聲中，他可以猜測到她的心情。他的眼睛，大概是很難好了。

喬昭默默收回銀針，凝視著面前的男人。

他睜開了眼睛，長而濃密的睫毛安安靜靜翹著，露出純淨如水的眸子。

喬昭忽然覺得眼睛發澀。這樣一雙好看的眼睛，要是從此看不到了，該怎麼辦呢？

她自幼跟著李神醫學習醫術，對他的眼睛能不能好，竟然全無把握。

「黎姑娘，我的眼睛怎麼樣？」邵明淵打破了沉默。

喬昭張了張嘴，抿唇道：「眼睛外觀沒有任何問題，應該是腦部血塊壓迫堵塞了眼睛周圍的經脈外加……外加突然受到劇烈的刺激所致……」

「並沒有。」邵明淵打斷了喬昭的話。

喬昭看著他。

年輕將軍笑意淡淡。「我皮糙肉厚，哪會受什麼劇烈刺激，就是不走運被人一塊石頭幹翻了。」

喬昭聽了，心中更加不是滋味。

「黎姑娘，妳別多想。我的眼睛能治就治，就算治不好也無妨，我發現其實沒有那麼難適應。」

「那剛剛一屁股摔到地上的是誰？」喬昭問道。

都這個時候了，他還死鴨子嘴硬，不知道會哭的孩子有奶吃嗎？呃，她在胡亂比喻什麼？

喬姑娘莫名臉一熱。

邵明淵垂下眼簾，輕嘆道：「黎姑娘就不要取笑我了。」

喬昭抬手，替他輕輕按揉眼睛四周。「你打算瞞著池大哥與楊大哥？」

「沒有，今天我就打算找機會告訴他們。」

對池燦與楊厚承兩個好友他原就沒想瞞著，一開始沒有說，是怕他們知道了瞞不過昭昭……

喬昭沉默了一下問：「所以你其實就是打算瞞著我一個人了？」

邵明淵默默垂下眼簾。

「邵明淵，你這樣做幼不幼稚？難不成你以為可以瞞一輩子？」

「我沒有——」「你還狡辯！」

年輕將軍默默想：他真的沒有狡辯！

等了一會兒，見喬昭不說話了，邵明淵解釋道：「我想先等幾天看看。要是眼睛能看見了，這事不驚動別人就悄無聲息過去了。」

「別人？」喬姑娘挑了挑眉。敢情這混蛋對她又親又摸又抱，在他眼裡她只是「別人」？

邵明淵愣了愣。他似乎又說錯話了？

「那你的眼睛要是好不了呢？」喬昭一字一頓問。她現在不刺激他，這些帳留著以後再算。

眼睛好不了了？邵明淵心道：那當然要瞞妳一輩子。

他嘴上卻道：「要是一直不好，當然會告訴妳的。」

聽他這麼說，喬昭勉強舒坦些，可隨後心情又沉重起來。

她對治好他的眼睛並無把握。應該說，邵明淵的眼睛能不能好，更多的要看運氣。

頭部受傷實在是最複雜的情況，或許只有李爺爺還在，才有更好的辦法。

她不由想到李神醫留下的那本醫書裡提到的開顱之法，手心冷汗冒了出來。比起那個法子的凶險，她情願接受他眼睛看不見的事實。

「邵大哥，你放寬心，腦中瘀血散盡的話，眼睛會好的。」

一六八　下定決心

喬昭這樣說並不是純粹的安慰，對病人來說，樂觀的心情很重要。

「嗯，我也覺得很快就會好的。」邵明淵淡淡笑道。

喬昭盯著他的臉。眼前一片黑暗比斷手斷腳更令人絕望，都這時候了，他還反過來安慰她？

喬昭說不清心中滋味，嘆道：「邵明淵，如果回京後你的眼睛還沒好，你是不是就不用領兵打仗了？」你的心裡，是否會很遺憾？

邵明淵彎唇淺笑。「是啊，不用打仗了。」

不知為什麼，當眼前是一片黑暗時，少女的樣子在他腦海裡反而更加清晰，讓他莫名有了傾訴的欲望。「其實這樣也好，我本來就不喜歡打仗。」

「不喜歡打仗？」

「是呀，不喜歡打仗。」

「你從十四歲時，就去北地打仗了。」

「那時候父親病倒北地，侯府岌岌可危，我本來是個遊手好閒的公子哥兒，可是大難臨頭了，想著最差就是個死，還不如去北地拚一拚。沒想到到了北地，看到韃子猶如豺狼，北地百姓生不如死，於是舉起的刀再也沒放下過……」邵明淵緩緩講著，表情平靜，彷彿說著別人的故事。

喬昭靜靜聽他講完，笑道：「邵明淵，你又撒謊了。」

他眼睛瞎了，或許還有她的責任，可這並不代表他們哪一個必須要死要活。這世上哪有過不去的坎坷呢？他若是一輩子好不了，她照顧他一輩子就是了。反正，她亦是心悅他的。

單純的心悅讓她捨不得夢寐以求的自由，但是加上責任，這一端天平上的砝碼就足夠了。

邵明淵，終究是你贏了。喬昭心底發出長長的嘆息。

「我沒有撒謊。」邵明淵一頭霧水。

除了眼睛失明他想隱瞞過去，他怎麼會對她撒謊呢？

「我怎麼沒聽說，你曾經還是個遊手好閒的公子哥兒？」

如果真的遊手好閒，他又怎麼會在十四歲的年紀千里救父，從此撐起了北地將士們的脊樑？

邵明淵沒想到喬昭是說這個，睫毛輕輕顫了顫，赧然道：「除了讀書習武的時間，整日與拾曦他們上街閒逛，鬧事揍人，還算不上遊手好閒嗎？」

喬昭莞爾一笑。「只要沒有調戲良家秀麗可人的小娘子，就算不上遊手好閒啊。」

邵明淵的眼睛失明將要帶來的影響二人心知肚明，卻默契地誰都不多提。

聽了喬昭的話，邵明淵微怔。為什麼他覺得……昭昭這話是在調笑他？

她先前明明說過對他沒有一絲感覺，哪怕換了任何一個男人曾經是她的夫君，她都會是這個樣子。可是昭昭現在的態度為什麼有了微妙的轉變呢？

難道說，因為他瞎了，所以昭昭可憐他？想到這裡，邵明淵心中苦笑。

如果他眼睛好好的，哪怕昭昭對他沒有多少男女之情，只是可憐他或者別的感情，他都要先把她娶回家再說。他相信自己沒有那麼差勁，朝夕相處後昭昭會慢慢動心的。

可是現在他雙目失明，前途堪憂，他憑什麼再一次把心愛的姑娘拖到泥潭裡來？而且還是因為她的可憐，把她拖進泥潭。

見邵明淵沉默，喬昭抿了抿嘴角。她完全知道這個笨蛋在想什麼。以為她是可憐他？可憐的人多了，她照顧得過來嗎？

「邵大哥不說話，難道真的調戲過良家小娘子？」

「我沒有——」邵明淵急急否認，話說了一半底氣一下子不足。

其實是有的，他好像調戲了昭昭很多次。可是那是因為在他心裡，昭昭是他的娘子，不是別人家的小娘子……

「沒有就好。」喬昭看著他著急的樣子嫣然一笑，「我住在嘉豐時其實一直很好奇，能讓祖父寧與祖母起爭執也要挑選的孫女婿會是什麼樣子。若你年少時這樣胡來，我祖父該失望了。」

邵明淵頗為意外。他沒想到，原來昭昭對他也好奇過。那麼她是不是也曾想像過他的模樣？他有沒有讓她失望呢？

想到這裡，邵明淵心中一凜。再這樣想下去太危險，他怕情不自禁又做出糊塗事來。

邵明淵沉默不語，喬昭就這麼定定望著他。

他可能不知道，他的眼睛是她見過的人裡最好看的。或者說，他這樣的眼睛恰好是她最喜歡的。這世上的人與事，最令人無法抗拒的往往就是「恰好」。她雖心不甘，卻情願。

少女的視線在男人臉上凝結太久，他雖然看不到卻能感覺到，不由側臉避開了她的視線。

喬昭並不在意男人的逃避，雲淡風輕說道：「庭泉，如果你的眼睛好不了，以後我作你的眼睛可好？」

邵明淵渾身一震，心跳如雷。昭昭這話的意思，是他理解的那個意思嗎？她願意作他的眼睛，是願意嫁他為妻，相攜一生？

可是很快，邵明淵心中升騰起的那團烈火又被冰雪覆蓋，心中只剩苦澀。

若是兩天前昭昭對他說這句話，他定然欣喜若狂，可是現在，再多的歡喜只能是一場空。

「庭泉，你不說話，我就當你默認了。」既然下定了決心，喬昭便不再糾結自苦，更不允許眼前的笨蛋有絲毫退縮。他讓她動了心，動了情，就因為眼睛瞎了便想逃之夭夭嗎？她可沒答應！

「黎姑娘，妳不要開玩笑。」沒有辦法裝聾作啞下去，邵明淵艱難開口道。

昭昭再說這些，他很快會控制不住誘惑的。相守一生，是他做夢都在想的事。

「我從不開玩笑，我很嚴肅的，向來有一說一，有二說二。」喬昭把說過的話又說了一遍。

邵明淵心中一緊。昭昭對從船上救下的那人說過這番話後，就命葉落把那人扔進了海裡。現在昭昭對他說這番話了……「黎姑娘為何會改變了想法？」邵明淵問。

喬昭彎了彎唇。就知道這傻瓜還要垂死掙扎！

她不語，邵明淵便接著說道：「是因為我的眼睛嗎？妳覺得是因為對我說了那些話，才刺激得我雙目失明，認為對我有責任——」話未說完，少女柔軟的唇印在了他的唇上。

喬姑娘心道：去你的責任！

邵明淵整個人都懵了。

少女的唇柔軟芬芳，是他所熟悉的，可又是全然陌生的。

說熟悉，是因為他已經品嘗過；說陌生，是因為這是她第一次主動親吻他，讓他歡喜得有種心要爆裂開的感覺。那吻猶如蜻蜓點水，在男人如雷心跳聲中一掠而過，卻讓他久久無法回神。

「邵明淵，你明白了嗎？」喬昭紅著臉問。

祖母要是知道她還沒嫁人就這樣對一個男人，大概要丟無數白眼給她了。祖父……嗯，祖父大概會說：別讓妳祖母知道！

「不明白。」邵明淵茫然回道。他真的不明白昭昭怎麼會這樣對他。

他眼睛看不到了，可是感覺沒出問題，剛剛昭昭是在親他吧？而且親的是他的唇……

儘管知道對方看不見，可說這些話時喬昭還是有些尷尬，於是垂下眼簾道：「我不否認，是因為你眼睛的事讓我有了這個決定。」

邵明淵臉色一白。果然是因為他的眼睛。昭昭是個重情義的女孩子，她覺得他的眼睛出了問題與她有關係，所以才想彌補他。

「黎姑娘，妳不需要因為我的眼睛做這樣的決定，這對妳不公平。」

「為何不公平？」喬昭反問。

「因為我的眼睛看不到，最根本的原因還是腦袋受傷的緣故，與妳沒有任何關係，妳何必把責任往自己身上攬呢？再者說，妳因為這個原因與我在一起，我不會開心的。」

喬昭抬眸看著眼前的男人。他說這話時神情很平靜，可見他內心深處確實就是這麼想的。難道是她之前說得太絕情，讓他完全沒有察覺她的心意嗎？

「邵明淵，你說責任與喜歡之間，有什麼關係？」

「責任與喜歡？」邵明淵喃喃念著，笑道，「這兩者之間，並無什麼絕對的關係。」

很多事情他不喜歡，但有責任。

喬昭搖搖頭。「不，對我來說可並不是這樣。」

她深深看了面前的男人一眼，眸中有流光璀璨。「因為喜歡，我才願意負責任。」

邵明淵徹底怔住。喬昭不管這話給面前的男人帶來多大的震撼，接著說道：「這世上的男人千千萬，難道所有人因為我偶然的過失，我就會選擇陪他一輩子嗎？李爺爺要是知道我跟他學了醫術後有這般奉獻精神，該要罵死我了。」

因為那個男人是你，因為我心悅的是你，所以我才願意肩負起責任啊。

責任，從來都是愛的一部分。

邵明淵只覺心中掀起驚濤駭浪，比窗外海浪還要激烈，一下下拍打著他的心房，讓他幾乎潰不成軍。昭昭是在告訴他，她不是因可憐同情才願意與他在一起？她也同樣心悅著他嗎？

這個念頭讓他有些眩暈，久久吐不出一個字來。

喬昭等了許久，見他沒有回應，重重嘆了口氣，嗔道：「邵明淵，我畢竟是個姑娘家，你還要我說到什麼程度才滿意呢？」

少女語氣似嗔似怨，如一張網把邵明淵的心網在其中，讓他那些顧慮與忐忑再也無處可放。

「我——」邵明淵有些慌。

理智上，他知道不該動搖，如此會把心愛的姑娘拉進泥潭；可是情感上，他根本拒絕不了。昭昭是他失而復得的妻，如果沒有那一箭，他們原本就該是一體的。

那麼，他是不是可以自私一回，如果她也心悅他的話……

「邵明淵，你是不是非要惹我生氣？」

「黎姑娘，我——」

喬昭笑笑。「我知道了，是我讓你糾結為難了，實在抱歉。你從此以後大可以把我推得遠遠的，然後顧影自憐，等我將來嫁給別人不後悔就行。」這個傻子，看來不下劑猛藥他是不老實的。

喬昭站起來，轉身就走。邵明淵下意識抓住她的衣袖。

他手上纏著紗布，只能用指端笨拙抓住她衣袖一角，情不自禁道：「我會後悔。」

喬昭停住腳步，轉頭看著他。他看不到她，卻努力睜大了眼睛，認命道：「我會後悔得每天睡不著，會天天克制著提刀去砍那個男人的衝動。」

喬昭翹起了嘴角。這傢伙總算老實了。

她扒開他的手指坐了下來。「手上有傷，就不要動手動腳。」

邵明淵放下手，暗暗嘆了口氣。話已經說出口，他再退縮就算不上男人了。

可是有些問題還是要解決。

「我的眼睛瞎了。」

「瞎了就好好治。」

「治不好呢？」

「不是說了，治不好我給你當眼睛。」

「可是那樣的話，我就不能再上戰場了，以我的年紀想要退下來恐怕身不由己，不知要面對多少困難——」

「我面對的困難什麼時候都沒少過。」

「即便順利退下來，為了不被人發現，我可能要離開京城——」

「我的家從來不在京城。」

「可是那樣，我就是個一無所有的瞎子，權力地位什麼都沒有，妳跟著我會受很多委屈——」

喬姑娘忍無可忍翻了個白眼。「邵明淵，你現在是眼睛看不見了，不是變智障了，你說這些亂七八糟的幹什麼？」

邵明淵：「……」昭昭的反應為什麼總和他想的不一樣？

可是不知為何，聽著她的嗔罵，自從雙目失明後沉重的心情莫名輕鬆了許多。

有昭昭在，即便眼睛再也好不了了，似乎也不是那麼可怕的事情。

「邵明淵。」喬昭喊了一聲。

「嗯？」「你就沒有正常點的話要對我說嗎？」喬昭認真問道。

「我——」邵明淵暗暗吸了一口氣，伸手去摸喬昭的手，奈何因為看不見而半天沒摸到。

喬昭無奈嘆口氣，把手遞給他。年輕將軍用指尖輕輕捏住少女的手，無比認真問道：「昭昭，那等回了京城，妳願意和我訂親嗎？」

他問出這個問題後，一顆心不自覺提到了嗓子眼，緊張得手心冒汗。

喬昭深深看著眼前的男人，曾經所有的掙扎和猶豫都被她默默掃到心底深處的角落裡，柔聲道：「願意。」

她說完，便看到那個男人連眉梢眼角都掛著喜悅，一把將她擁入懷裡。

「昭昭。」「嗯？」

「顧影自憐是形容女子的。」

「閉嘴！」這個智障！

二人相擁片刻，喬昭輕輕推了推邵明淵。「你趕緊鬆手。」

邵明淵老實放手。喬昭見他如此，心裡又有些不是滋味。

換了以往他定然不會這麼老實，因為眼睛的事，到底在他心中留下了陰影。

如果是腦中血塊壓到了眼睛四周經脈，血塊能及時消散還好，如若不然，時間一久經脈壞死就真的無法復元了。想到這裡，喬昭心急如焚，卻不好表露出來讓邵明淵憂心。

「以後每天飯後我都來給你按摩針灸，你有什麼感覺一定要原原本本告訴我，不許隱瞞。」

邵明淵含笑點頭。「好，都聽妳的。」

許是沒有仔細打理，他的下巴上泛出青茬，看著比平時多了幾分粗獷，喬昭看了莫名有些臉熱，別開視線道：「不管怎麼樣，也不要邋邋遢遢的，不然別人早晚發現端倪。」

「我沒有邋邋遢遢。」邵明淵語氣無辜，耳根漸漸紅了。

他雖然看不見，可是早上醒來都認認真真洗漱收拾了，衣衫是葉落替他準備的，應該也不會出岔子，哪裡邋邋遢遢了？

「鬍子都冒出來了。」喬昭伸出手指在他下巴上戳了戳。

嗯，原來手感是這樣的。喬姑娘默默想。

年輕將軍如遭雷擊，半天動彈不得。他能感覺到少女柔軟的指腹在他的下巴上掠過，甚至還調皮揉了揉他下巴上的青茬，讓他的心跟著陣陣發熱。

邵明淵情不自禁用指尖捏住了喬昭的手。

「邵明淵。」喬昭喊了一聲，「別鬧，你手上的傷還沒好呢。」

年輕將軍福至心靈問道：「那等我手上傷好了，可不可以拉妳的手？」

「不許！」被別人看到怎麼辦？

「就咱們兩個獨自相處的時候。」

「那也不許！」現在想著獨處時拉她的手，真到了那個時候，是不是又想別的了？不能讓某個傢伙順杆爬。

「可是我看不見，不拉著妳的手，總以為沒有人在身邊。」男人可憐巴巴道。

喬昭抿了抿嘴角，看著男人黑亮純淨的眼睛，到底心軟下來，輕輕「嗯」了一聲。

邵明淵傻笑起來。喬昭起身。「我先回去研究一下醫書，看能不能有更好的辦法。」

這樣把一切交給運氣，她實在受不了。

「昭昭，再待一刻鐘，好不好？」

昭昭答應與他訂親了！他恨不得立刻昭告天下，可是現在這樣子又什麼都做不了，要是留他一個人，他會興奮地跳進海裡去。

「幹嘛這麼婆媽，不是每天都見？」雖然這麼問，喬昭還是坐了回去。

室內有片刻的安靜，那安靜中又流淌著曖昧不明的火花，讓人燥熱不安。

喬昭不自在握了握拳。那人明明看不見，她緊張什麼？

「昭昭，我想問個問題。」「你說？」

邵明淵順著她的聲音身子微傾，含笑問道：「妳剛剛為什麼親我？」

喬昭臉上頓時生出朵朵紅雲，惱羞成怒道：「邵明淵，你住口！」

他這樣明知故問，還要不要臉了？

近在咫尺的男人卻面不改色，一張俊臉在喬昭眼裡逐漸放大。男人灼熱乾燥的唇印在她的唇上，舔舐輕咬，趁著朱唇因錯愕而微張之際靈巧滑了進去，抵死糾纏。

「將軍大人——」門外響起晨光的聲音。

喬昭猛然推開胡作非為的男人，面如桃花，咬牙切齒道：「邵明淵，你再這樣不要臉，我就給你一針！」

被推開的男人有些委屈。「知道了。」

而後一臉委屈的男人迅速轉為面無表情的樣子，淡淡問道：「什麼事？」

「將軍，那個人醒過來了，您和黎姑娘要不要過去看看？」

「嗯，知道了。」邵明淵站起身來。

「先等等。」喬昭不由脫口而出。「嗯？」邵明淵有些不解。

喬昭氣得咬唇。「讓你先等等就先等等！」男人廢話多了真是討厭。

她迅速理了理微亂的鬢髮，摸摸臉上沒那麼熱了，這才站起來，淡淡道：「走吧。」

邵明淵走在前面，喬昭跟在後面，冷眼看著他步伐從容的樣子，暗暗嘆了口氣。

驟然失明，這世上能做到如邵明淵這般冷靜的，恐怕寥寥無幾。若是換了她，恐怕要消沉好一陣子才能坦然面對。這樣一想，喬昭因某人剛剛無禮的舉動生起的怒火不自覺消散了。

罷了，她現在不和他計較這些，等他好了再算帳。

邵明淵一把拉開房門。

晨光迅速瞄了喬昭一眼，恭敬道：「將軍大人，池公子與楊世子都在那人房裡了，正等您與黎姑娘過去。您還不知道那人被安置在何處吧，請隨卑職來。」

「黎姑娘已經知道了。」邵明淵神色淡淡拋出這個消息。

晨光腳下一個趔趄，錯愕看向喬昭。「三姑娘知道了？」

喬昭點點頭。邵明淵雖然看不到，卻知道現在晨光正看向喬昭，心裡頓時不爽。

他都看不見他的昭昭，憑什麼讓別人看到？

「趕緊帶路。」年輕將軍面無表情吩咐下屬。

「是！」晨光響亮應了一聲，走起路來腳底生風。

將軍大人這是何必呢？一開始告訴黎姑娘不就好了，非要瞞著，結果就瞞了一天！

小親衛邊走邊搖頭感慨。

他們向來英明神武、足智多謀的將軍大人真是厲害，好歹瞞了一天呢。

「庭泉，黎姑娘，你們總算來了，這王八蛋醒了！」一見喬昭二人進來，楊厚承忿忿道。

喬昭上前一步，率先開口：「醒了？」

那人醒來後見到楊厚承與池燦表情沒什麼變化，一見喬昭進來卻像見到了什麼恐怖景物，駭得臉都白了，聽喬昭問話，牙齒打顫道：「醒，醒了……」

「叫什麼名字？」「胡大。」

「是你們這批人裡的老大？」

「不，不是……」胡大慌忙否認。

「又撒謊！」喬姑娘皺眉。

一見她皺眉，胡大眼淚都快流出來了。「是，是，我是！求姑娘饒命，別把我扔到海裡——」

這姑奶奶是妖精嗎，為什麼又被她看出來了？

喬昭冷笑一聲。「下不為例。說說吧，你們從哪兒弄來的女人，賣給了誰？」

胡大被喬昭問得說不出話來。

買賣女人，偏偏問話的是位姑娘，他怕說出來這姑奶奶會立刻命人把他丟到海裡餵魚。

「我們的耐心是有限的。」喬昭淡淡提醒道。

迎上少女波瀾不驚的眼神，胡大頭皮一麻。他知道這姑奶奶肯定說到做到。

罷了，不說鐵定會被扔到海裡去餵魚，坦白了說不定尚有一線生機，還是老實交代吧。

「那些女人……有的是我們搶來的，還有的——」

「再囉嗦把你從窗口扔出去！」楊厚承嚇唬道。

胡大心一抖，眼一閉道：「還有的是買來的。」

「買來的？從什麼地方買？」喬昭再問。

胡大眼珠一轉，掃了眾人一眼，問道：「各位不是這邊的人吧？」

「別廢話！」池燦不耐煩道。

「我，我就是怕——」池燦打斷他的話，冷笑道：「你都隨時可能被餵魚了，還怕什麼？痛痛快快說清楚，我們要是高興了，說不定還留你一條狗命。」

胡大眼睛一亮。「你們真的不殺我？」

楊厚承把一把匕首拍到胡大面前。「再囉嗦就殺了。」

「好，好，我說，我這就說。我們平時弄來的女人主要是擄來的，要是湊不夠人數，就會從白魚鎮一個叫劉二橋的那裡買幾個湊數。」

「白魚鎮劉二橋？他哪來這麼多年輕女子？」喬昭問。

胡大樂了。「怎麼沒有啊，劉二橋明面上是白魚鎮一個土財主，背後其實可是官府。官老爺定期讓那些鎮子上交年輕女子，一部分拿來應付倭寇，多出來的怎麼辦呢？難不成還回去嗎？」

說到這裡，胡大臉上閃過陰狠，冷笑道：「那些官老爺吃進嘴裡的哪有吐出來的道理？於是就找些劉二橋這樣的人站在明面上把這些年輕女子賣出去，也好撈些銀子不是？」

胡大一番話說得眾人心底發寒，怒火直往上冒。

「這裡的官府竟然如此作惡多端？」楊厚承雙手互按，發出「咯咯」的響聲。

池燦薄唇緊抿，懶散的神情漸漸轉為冷厲。

胡大呵呵一笑。「各位壯士真的是從外地來的。官老爺們賣幾個年輕女子算什麼，只要有銀子賺，他們什麼事做不出來啊？各位以為我胡大生來就是幹這缺德買賣的嗎？不是啊，早些年我們也是正兒八經的人家，專門養蠶販絲，可是這世道變了，不允許人老老實實活著了。」

「怎麼說？」邵明淵平靜問道。

胡大看了邵明淵一眼。他早就悄悄留意到這個沉默寡言的年輕人，以他多年殺人放火的經驗來看，這些人裡除了那位姑娘，真正能作主的應該是這個年輕人。

「我們沒辦法啊，辛辛苦苦折騰出來的東西，那些海商根本不願意花本錢買，別說高價了，低價人家都不願意，直接搶多好啊，無本萬利！」

「官府不管嗎？」楊厚承皺眉問。

胡大冷笑。「管什麼？給那些海商撐腰的就是官府，海商搶走我們的貨物賺了銀子，官老爺拿大頭呢。各位真以為咱們南邊沿海倭寇那麼多呢？好些倭寇其實就是早年那些海商！」

「這是真的？」楊厚承大吃一驚，不由看向池燦與邵明淵。邵明淵眼睛看不見，面上不露半點聲色，只是默默聽著。

池燦疑惑道：「沿海混亂至此，為何沒有消息傳到京城去？」

錦鱗衛遍布大江南北，難不成南邊沿海的錦鱗衛都是瞎子、聾子不成？

聽了池燦的疑問，胡大沒有回答。以他的層次，自然是想不到這些的。

「這樣說來，你們弄來的那些年輕女子，並不是賣給倭寇，而是賣給了海商？」喬昭問道。

「什麼海商啊，咱們現在都叫那些人流賊。那些流賊有的全是大梁人，還有的是大梁人與真倭混在一起，官老爺對外都叫倭寇了。」

「這一批有多少名女子？」

「十，十二個——」

喬昭秀眉蹙起。胡大下意識打了個激靈，脫口而出道：「不是十二個，是十個！」

「怎麼又少了兩個？」

胡大戰戰兢兢看幾人一眼，低頭道：「有兩個沒看好，跳海死了……」

楊厚承抬手打了胡大一耳光，怒道：「真正該死的是你們這些王八蛋！」

胡大捂著臉哀求。「壯士息怒啊，我們也是被逼得活不下去了，才走上這條路的。」

喬昭冷冷掃了胡大一眼，問道：「既然如此，你們又怎麼會落得這個下場？」

「被黑吃黑了？」池燦笑吟吟問。

胡大垂頭喪氣道：「這批貨裡……不是，這批女子裡有個特別出色的，我們就加了點價，沒想到對方就翻臉了……」

「你們是去對方島上交易？」邵明淵忽然開口問。

「不是，不過交易的地方離那些人落腳的小島不遠。」

「對方有多少人，他們落腳點在何處？」

「對方總共多少人我不清楚，不過每次在海上交易，他們那邊有二、三十人。他們的落腳點就在鳴風島上，是幾個月前才占的島。」

「葉落，拿海圖讓他指一下。」葉落很快拿出一張海圖在胡大面前展開，伸手一指某處道：「我們現在大概在這個位置，那個鳴風島在哪個方向？」

胡大睜大了眼睛看了半天海圖，不確定地指了一處道：「可能是這個島吧？我，我看不大懂這個啊。」

葉落沒吭聲。

「晨光，問他一下細節。拾曦、重山，咱們先出去再說。」

邵明淵率先轉身走出屋子，葉落悄悄跟了上去。幾人進了另一間屋子。

「葉落，剛剛胡大指的什麼地方？」邵明淵問。

葉落語氣沒有絲毫起伏。「回稟將軍，胡大所指的鳴風島，正是當初李神醫採藥時落腳的島嶼，那時候那裡還是一座孤島。」

「這樣說來，咱們豈不是注定要和那夥人對上了？」楊厚承搖搖頭，「這次採藥之行還真是處處不順，咱們才這麼點人，對方到底多少人還不知道呢。」

「拾曦，重山，有件事要告訴你們。」池燦二人一齊看向邵明淵。

邵明淵輕描淡寫道：「我眼睛失明了。」

「呃，不是什麼大事——」楊厚承咬了一下舌頭，「什麼？」

他瞪大了眼睛，不由去看池燦。「你剛聽清楚庭泉說什麼了吧？」

同樣陷入震驚的池燦一臉呆滯。

反倒是邵明淵面色平靜，又重複一遍：「我眼睛看不見了，就是瞎了的意思。」

楊厚承嘴巴張開半天沒闔攏，如墜夢中喃喃道：「我聽得懂大梁話，但我聽不懂你這話是什麼意思，怎麼會突然看不見了呢？而且，你用『我今天吃多了』這樣的語氣說出來，太讓人防不勝防了好嗎！」

「什麼時候的事？」池燦回過神問道。

邵明淵依然眉眼平靜。「昨天醒過來後發現的。」

池燦快速看了喬昭一眼。「黎三知道了？」

喬昭點點頭。

「庭泉，你昨天眼睛出了問題，怎麼現在才說呢？」楊厚承已經不知道該如何是好了，小心翼翼看著邵明淵的眼睛。

池燦涼涼道：「笨蛋，他肯定是被黎三發現了，才對我們坦白的。」

楊厚承看向邵明淵。邵明淵輕咳一聲，嘴角卻帶著淡淡笑意，算是默認了。

池燦看看邵明淵，再看看喬昭，似乎明白了什麼，彎唇笑了笑，轉而皺眉問喬昭：「庭泉的眼睛什麼時候能恢復？」看這兩人雲淡風輕的模樣，問題應該不大。

「目前還說不好，傷在頭部有些複雜。」

池燦與楊厚承面面相覷。

「那可怎麼辦？偏偏在海上什麼都沒有，要是在京城，好歹能讓太醫瞧瞧啊！」

池燦丟給楊厚承一個白眼。「庭泉的眼睛能讓太醫看？你的腦子裡裝的全是海水嗎？」

楊厚承張了張嘴，重重嘆氣。

「太醫大概也束手無策，除非——」喬昭神色黯然，沒有說下去。

除非李爺爺在世，大概才有把握。

「你們不必如此，既然我的眼睛好與不好全看天意，就不要再想這個了，我只是讓你們知道這個事，咱們還是商量正事吧。」邵明淵平靜道。

楊厚承扶額。眼睛瞎了都不算什麼事嗎？

「對於去鳴風島，你們有什麼想法？」邵明淵問。

這次出行所需的藥就在那附近海域，要完成任務勢必得靠近那裡，到時一番衝突在所難免。

楊厚承琢磨了一下道：「咱們能打的算起來才十多人，庭泉眼睛還出了問題。根據那個胡大的話，鳴風島上我估計至少有百十人吧，去了定然送死。依我看，這次任務乾脆放棄算了。」

「放棄的話，黎三回去不好交差。」池燦淡淡提醒道。

楊厚承咧嘴一笑。「那有啥辦法？太后她老人家肯定不知道沿海這邊如此險惡，要是知道啊，定然會攔著咱們不讓來的。」

池燦看了楊厚承一眼，涼涼一笑。「說錯了，太后會不讓咱們來，但黎三還得來。」

「這倒是。不過現在是咱們不去了，怪罪不到黎姑娘頭上去。我看就這麼辦吧，咱們這就掉頭往回走，這一趟就當出來開開眼界了。庭泉，你覺得呢？」

邵明淵笑笑。「是該慎重一些。鳴風島上有多少人目前不得而知，就這麼過去不是明智之舉。我們先回程再做打算不遲。拾曦，你的看法呢？」

池燦彎唇笑笑。「你們都這麼說了，我當然無所謂。」

走廊裡響起腳步聲，片刻後一名金吾衛的聲音傳來：「隊長，有情況！」

「進來說。」一名金吾衛推門而入。「前邊又有船來了。」

「又有船？」楊厚承看眾人一眼，「我出去看看。」

池燦跟著走出去。邵明淵側頭對著喬昭的方向。「昭昭，我們也去看看吧。」

「嗯，走吧。」喬昭走在邵明淵前面，側頭看他。

邵明淵似有所覺，笑道：「怎麼了？」「嗚風島那邊真的不去了？」

「暫時不去了。葉落一開始說那邊是無人孤島，所以沒考慮太多，現在知道那裡有倭寇落腳，還是從長計議吧。」邵明淵說著輕輕一笑，「昭昭別擔心，萬一真的採不到藥，回京後也沒什麼，反正有我娶妳，不需要太后垂青的好名聲。」

「這麼說，我還要謝謝你了？」喬昭白他一眼。

她在京城本來就沒什麼好名聲，要不是為了查探喬家大火真相，誰想跑到這邊來。太后垂青的好名聲對別的姑娘是天大的榮光，對她來說可是天大的麻煩。

萬一她名聲好了，家裡想著她嫁人怎麼辦？好不容易全家上下都認定她嫁不出去了！

當然，現在說這些沒有意義了……

喬姑娘睇了身邊的男人一眼，男人漆黑的眉眼讓她心頭一跳，不由彎了彎唇角。

如果是嫁給他，似乎也不是那麼糟糕的事情。

才走到甲板上，喬昭就看到了越靠越近的船隻，她個子矮，只得踮起腳眺望。

「船不大，等等，後面是什麼？」楊厚承抬起一隻手遮擋在眉邊，瞇起了眼睛。

「將軍，那船後面還跟著一艘大船！」葉落看清楚後立刻稟告道。

「去叫晨光把胡大帶出來。」

那小船直奔著喬昭等人所在的方向而來，後面的大船窮追不捨，等晨光拖著胡大過來時，一大一小兩艘船離眾人所在的船已十分近了。

「又有船來了。胡大，你對來船的旗幟有無印象？」喬昭開口道。

胡大現在最怕的就是喬昭，聽她這麼說忙看了一眼，這一看頓時讓他駭得魂飛魄散，整個人軟倒下去。「鳴風島……是鳴風島上的倭寇，那面青白旗就是他們的標誌！」

楊厚承抬腿踹了胡大一腳，怒斥道：「你個王八蛋究竟還有什麼瞞著我們的？竟然讓人家派出兩條船來趕盡殺絕？」

「沒有啊。」胡大呆呆地道。他什麼時候變得這麼重要了？

「不對，那艘大船在追那小船！」池燦靠著船欄道。

他說完，立刻對楊厚承道：「通知下去，船掉頭，趕緊離這兩艘船遠遠的。」

救危濟困沒問題，但要在他們能自保的前提下。眼下庭泉雙目失明，十來個金吾衛遇到倭寇能有什麼作用？當然是離是非越遠越好。

這時，那小船上忽然傳來求救聲。

「請救救我們——」女子的聲音傳來。

這個聲音喬昭很熟悉，她推開遮擋住視線的楊厚承，一眼望去面色微變，迅速碰了一下邵明淵手臂道：「是謝姑娘。」

居然是她的好友謝笙簫。她萬萬沒想到謝笙簫離家出走，二人再次重逢是這樣的情景。

「葉落，小船距我們多遠？大船距我們多遠？」邵明淵問道。

「小船距我們不足三丈，大船距我們三十丈左右。」葉落迅速回稟道。

邵明淵當機立斷。「繞過小船，與大船正面相迎。」他話音落，那些船工立刻開始調整風帆。

楊厚承撓撓頭。這些船工還挺聽話的。池燦目光則從邵明淵面上滑過，落向越來越近的小船。船上有人與庭泉認識？他明白邵明淵為何下這樣的命令，對面大船離他們已經太近，要是按部就班搭救小船上的人上船，時間上根本來不及，只有主動迎上才是最好的選擇。

「將軍，對面有長矛手！」葉落喊道。

「人數！」「目測長矛手十人，持斧頭、刀劍者十餘人。」葉落快速回稟。

邵明淵面不改色抬手。「盾牌手上前，弓箭手準備，其他人下蹲！」他說完，拽過身邊的少女攬在懷中蹲了下去。

楊厚承一頭霧水。「哪來的盾牌手、弓箭手啊？」

他們只有半吊子金吾衛……庭泉眼睛瞎了，難道人也跟著糊塗了？

就在楊厚承納悶之際，十來名船工迅速手持盾牌擋在了他們面前，緊接著十來名雜役躲在盾牌之後，彎弓拉弦，所有準備動作一氣呵成。

楊厚承忙扶住掉下來的下巴，突然覺得膝蓋窩一痛，不由自主跪了下來。

池燦沒好氣道：「你是不是傻啊，還站著想當活靶子不成？」

「這，這，這都是哪來的啊？」他是隊長，怎麼不知道船上的船工和雜役還能變身？

池燦輕嘆。「這個時候你還看不出來啊，這些都是庭泉的人。」

他一直納悶邵明淵那些曾在白雲村出現過的親衛藏在什麼地方，原來邵明淵早就神不知鬼不覺把船上的船工與雜役換成了他的親衛兵。

還有什麼比船工和雜役更好的掩飾呢？至少他們這些人是不會注意一個雜役長什麼樣子的。

邵明淵的命令聲再次響起：「直接放箭，留兩、三名活口就是！」

眾人蹲在甲板上，很快聽到利箭破空聲響起，對面的船上旋即傳來此起彼伏的慘叫聲。緊接著有鏗鏘聲傳來，是對面的長矛投擲過來，撞擊到盾牌上發出的聲響。

「將軍，對面船隻正在掉頭！」

船大難掉頭，邵明淵估算著現在兩船相距的距離，直接下命令道：「全速前進，距離對方船隻兩丈時直接跳船，迅速解決戰鬥。」

「是！」眾親衛齊聲道，那一瞬間北征親衛軍的聲勢盡顯，殺意騰騰。

喬昭被邵明淵攬在懷裡，忍不住抬頭看去，就見數名身穿雜役服侍的年輕男子往後退數丈，然後迅速奔跑，身子騰空而起，如大鵬展翅般接連落到對面船上，很快與對方的人纏鬥起來。說是纏鬥，這些年輕男子個個勇猛無比，打得對面船上的人難有還手之力。

慘叫聲接連不斷，入眼處血光瀰漫。

一隻大手把少女的腦袋往懷中按了按，男人低沉的聲音響起：「乖丫頭，別看。」

靠在男人寬厚的胸膛上，嗅到對方清淡的薄荷味道，儘管是這樣的情況下，喬昭還是忍不住紅了臉，低低道：「又嚇不到我。」又叫她丫頭，明明他們是同齡人，他還總把她當小女孩不成？

等等，他是不是有時候不自覺把她當成了小姑娘黎昭？這個念頭一起，喬姑娘就不是滋味起來。她忍不住想，也許邵明淵是喜歡黎昭的樣子，繼而才有了他們現在的糾纏。

這樣一想，喬昭頗有些窩火，抬手在男人腰上擰了一下。

邵明淵不明所以，以為是攔著喬昭不讓看惹她不高興了，安撫道：「殺人沒什麼好看的。」

萬一昭昭看到噁心的場景影響了食欲怎麼辦？

這種純粹靠武力解決的時候，喬昭並不逞強，依然老實窩在邵明淵懷中，聲音壓得極低問道：「那什麼好看？」

「妳好看。」邵明淵毫不猶豫回道。

「你覺得我現在的樣子好看？」喬姑娘語調淡淡。

年輕將軍絲毫不知道要倒大楣了，由衷道：「當然好看。」

「你喜歡？」「很喜歡。」

懷裡的少女不吭聲了。

葉落的稟報聲響起：「將軍大人，留下對方三個活口，其餘共十五人已伏誅！」

「很好，大家辛苦了，把三個活口帶進大廳裡去。」邵明淵站了起來，儘管心中不捨，還是面無表情把懷中少女推出來，從容轉身往裡走。

除了葉落與晨光，剛剛那些大發神威的船工和雜役悄無聲息退散開後，便回到各自崗位上，彷彿什麼都沒發生過，他們依然是扔到人群裡就會被瞬間淹沒的普通人。

留在甲板上的金吾衛們依然沒從震驚中回神。

戰鬥發生得太快了，結束得也太快了，能不能照顧一下他們的心情？

「隊長，那些究竟是什麼人啊？」

「哦，不就是僱來的船工和雜役嘛。」楊厚承裝傻道。

一名金吾衛愣愣道：「隨便僱來的船工和雜役這麼厲害？」

那些人不只是身手多麼了得，執行命令時的迅速與統一給人帶來的震撼太大了。

另一名金吾衛苦笑道：「楊隊長，你真當我們傻啊，那些人是冠軍侯的人吧？」

楊厚承翻了個白眼。「知道還問？我跟你們說啊，今天要是沒有冠軍侯這些人，咱們可就只能被餵魚了。回京後你們要是亂說，那可不是男人！」

「隊長放心吧，我們絕不亂說的。」早說冠軍侯有人啊，嚇死他們了好嗎！

眾人一起往大廳裡走，晨光稟報道：「將軍大人，卑職從小船上救下七名女子，已經安置在二層客房中。」喬昭腳步一頓，對邵明淵道：「我先去看看。」

「晨光，你陪黎姑娘過去。」邵明淵吩咐道。

「三姑娘，這邊走。」

喬昭隨著晨光去了安置女子的地方。才走到房門外，女子的低泣聲就傳出來。

屋內響起年輕女子無奈的聲音：「我說，妳們不要哭了。我們給這船上的人帶來這麼大的麻煩，還不知道他們能不能對付得了那些倭寇。萬一給人家惹來殺身之禍，哪還有臉哭啊。」

女子話音才落，屋子裡哭聲更大了。喬昭站在門口笑了笑，示意晨光等在外面，帶著冰綠與阿珠推門而入。

聽到門響，屋子裡頓時一靜，幾名女子往門口看過來。

喬昭一眼就看到了謝笙簫。在這些女子裡謝笙簫很顯眼，並不是容貌上令人驚豔的那種顯眼，而是獨特的氣質讓她與別的女孩子一下子便區別開來。

喬昭走過去，溫和笑道：「妳們放心，那些倭寇已經被我們的人消滅了，妳們現在是安全的。」

她這話雖是對所有女子說，目光卻一直落在謝笙簫臉上。

她記憶中的謝笙簫還從沒有過這般狼狽的樣子，看來這些日子好友吃了不少苦頭。

謝笙簫同樣緊緊盯著喬昭。這個女孩子讓她有種古怪的熟悉感，彷彿在哪裡見過。她盯著少女素色的裙襬，靈光一閃。不，不是在哪裡見過，而是這個女孩子與阿初有些相像。

剛剛她推門而入款款走來的樣子像極了阿初。

年少時，她好多次問阿初，為什麼走起路來那樣好看，阿初笑著說這該問她的祖母。她果然去問了，阿初的祖母還教導了她幾日，然後，她就再也不羨慕了……

少時與好友相處的記憶在腦海中閃過，謝笙簫眼底一片暖色，行禮道：「多謝姑娘救了我們。」她很是羞愧，接著問道：「給你們惹麻煩了，不知有沒有人受傷？」

「並沒有。」喬昭扶她起來，含笑問道，「姑娘怎麼稱呼？」

謝笙簫直起身，大大方方道：「我姓謝，名笙簫，蘆笙的『笙』，洞簫的『簫』。」

喬昭微微一笑。「我姓黎，單字一個昭。」

謝笙簫一怔，不由問道：「哪個昭？」

「賢者以其昭昭，使人昭昭的『昭』。」

謝笙簫猛然睜大眼睛，哪怕身處陌生之地都沒變過的神色這時候卻變了，喃喃道：「賢者以其昭昭，使人昭昭的『昭』？」

「怎麼了？」喬昭面不改色問。她忍不住與昔日好友親近，可她也明白，她曾是喬昭的事，這世上不能再讓別的人知道了。

「沒什麼。」謝笙簫臉色有些蒼白，「我有個好友與黎姑娘同名，所以有些意外。」

「妳們有沒有人受傷或者不舒服？」喬昭問。

謝笙簫忙指著躺在床榻上的一名女子道：「她有些發燙。」

喬昭走過去，那些女子忙讓開，小心翼翼看著她。少女檢查了發熱女子的情況，寬慰道：「問題不大。冰綠，等等給這位姑娘另外安排一個房間。阿珠，妳去熬藥。」

「我代她謝過黎姑娘了。」謝笙簫再次致謝。

喬昭笑笑。「不必客氣，謝姑娘不如說說妳們是怎麼落入那些倭寇手中的？」

這個問題令謝笙簫面色一變，眼中閃過憤恨，垂在一側的手悄悄握緊，看了面露驚恐的女子們一眼，嘆道：「黎姑娘，可否出去說？」

喬昭頷首。「謝姑娘跟我來。冰綠，妳留下照顧一下這些姑娘。」

喬昭直接把謝笙簫領到了自己房間。謝笙簫站在房門口猶豫了一下。不知為何，總覺得這位初次見面的黎姑娘對她太好了些，救了她們後好心安慰不說，還把她直接領到閨房中。這般心地善良的姑娘，真是不多見。

「謝姑娘進來吧。」

謝笙簫拍了拍身上髒兮兮的衣衫。「狼狽至極，恐汙了黎姑娘的地方。」

「不打緊，我們要去鳴風島的，正好找謝姑娘問問情況。」

「黎姑娘要去鳴風島？」聽喬昭這麼說，謝笙簫不再顧忌這些小事，抬腳走了進來。

喬昭斟了一杯水遞給謝笙簫。「謝姑娘先潤潤喉嚨再說。」

謝笙簫也不客氣，謝過後端起水杯一飲而盡。

「謝姑娘先說說，是怎麼落入倭寇手中的？」

謝笙簫握著水杯苦笑道：「我本來在白魚鎮酒肆裡用飯，誰知醒來後就發現自己在船上了，船上還有那些姑娘。我們被關在一間大房子裡，聽了她們的哭訴我才知道，我們這些人要被那些混蛋賣給倭寇……」

「就這樣待了幾日，那些混蛋忍不住拉了兩個姑娘去糟蹋，那兩個女孩子受不了，抓了個空子跳海死了。那些人怕別的女孩子再出事，就沒再亂來。不久後他們與倭寇碰頭，我們就被帶到了倭寇的船上，到了鳴風島……」謝笙簫越往下說，臉色就越蒼白。

她離家南下，一心認為自己不比男子差，誰知道倭寇還沒殺到一個，就被人當貨物賣給了倭寇，簡直是奇恥大辱。

喬昭見狀抬手拍了拍她的手，柔聲寬慰道：「都過去了。」

謝笙簫咬了咬唇，接著道：「鳴風島上那些人與畜生無異，有三個姑娘直接被他們帶走去糟踢，我們剩下的人被關進了一處密不透風的房子裡。」

「那妳們是如何逃出來的？」

謝笙簫眼中閃過困惑。「我到現在也不清楚是怎麼回事。我聽到外面有動靜便嘗試著去推門，門居然是開的，於是我們趕緊悄悄溜了出去。那房子建在後島臨海的地方，不遠處海灣裡就停著一艘小船，我殺了巡邏的幾名倭寇，帶著她們上了船。幸運的是，海邊長大的姑娘大多會划船，這才逃到這裡來。」說到這裡，謝笙簫心有餘悸嘆口氣。「但那些人還是很快發現了，若不是遇到黎姑娘你們，我們現在定然已經被捉回去了。」

「謝姑娘知不知道鳴風島上大概有多少倭寇？」

謝笙簫搖搖頭。「當時只顧逃命，沒有機會留意那些。黎姑娘，你們為何要去那裡呢？」

「我們去採藥。」

這時門外傳來聲音：「黎姑娘，將軍請您過去。」

聽到「將軍」兩個字，謝笙簫微怔。喬昭笑道：「謝姑娘一起去見見我們船上其他人吧。」

「現在合適嗎？」謝笙簫問。

「當然。船上多了好幾位姑娘，該怎麼安排還要與謝姑娘商量呢。」

謝笙簫聽了點點頭。她走在喬昭身側，看著比她矮了小半個頭的少女，心中嘆氣。

她以前總以為自己不是普通女孩子，有朝一日會像男兒一樣保家衛國。現在看來，不尋常的女孩子多得是，比如身邊這位黎姑娘，明明年紀還小，卻自有一股從容氣度。

謝笙簫又有些恍惚了。

這種氣度，她從阿初身上見到過。阿初也是這樣，彷彿遇到什麼事情都不會驚慌失措。

喬昭停下來，側頭笑道：「謝姑娘，到了。」

謝笙簫跟著喬昭走進去，一眼看到邵明淵，便是一怔。

邵明淵點頭致意。「謝姑娘。」

一見邵明淵居然認識救下來的姑娘，池燦與楊厚承不由對視一眼。

喬昭牽了牽唇角。這傢伙裝得倒像，明明看不到了，還知道先打招呼。

「原來是侯爺。」見是邵明淵，謝笙簫鬆了口氣的同時心情又有些彆扭。怎麼會是冠軍侯呢？對冠軍侯的事蹟她耳聞不少，她欽佩這個男人，但不喜歡這個男人。對親手射殺了她好友的男人，她實在生不出好感來。

「我剛剛問過了謝姑娘，她們就是被胡大賣給倭寇的那批女子。」

「胡大？」謝笙簫聽到這個名字面色微變。

喬昭解釋道：「不久前我們遇到一艘船，船上人都死光了，只剩下一個活人，我們救下他後才知道他們是與倭寇做生意的人販子，因為沒談妥，被倭寇給滅了。」

池燦納悶看了喬昭一眼。黎三為何要耐心地對救上來的人解釋這個？

「那個胡大在何處？」謝笙簫冷冷問。

喬昭笑笑。「謝姑娘想找胡大算帳，回頭也不遲。」

謝笙簫冷靜下來。「是我心急了。如若那個胡大對各位沒了用處，請把那人交給我。」她要鼓勵那些受害的姑娘一人往那畜生身上扎一刀，才能讓她們從惡夢中解脫，以後有勇氣活著。

「沒問題。」喬昭應道。

「謝姑娘，妳們虎口逃生定然費了不少波折，現在先去收拾一下吧，等開飯時會有人給妳們送飯過去的。」邵明淵開口道。

謝笙簫看了邵明淵一眼，屈膝一禮。「多謝侯爺搭救之恩，那我就告退了。」

喬昭跟著道：「我送謝姑娘回去。」

眼見伊人消失在門口，池燦嘀咕道：「黎三原來這般熱心腸？」

邵明淵雖看不到，眼睛卻望著門口的方向無奈摸摸下巴。他叫昭昭過來，是要和她說說從留活口的倭寇嘴裡問出有關鳴風島的情況，所以才把謝姑娘打發走。沒想到打發走了謝姑娘，昭昭也跟著走了。

年輕將軍有些心塞，頗不是滋味地想：為什麼有種媳婦要被人拐跑的不祥預感呢？

這個謝姑娘，還是想法子早點打發走好了。

三人傻傻等了一會兒也不見喬昭回來，楊厚承起身道：「我看看飯菜好了沒，這一天折騰的，又累又餓。」

「急什麼，飯菜好了自然會有人來叫的。庭泉，你和那個謝姑娘認識？」池燦問道。

「有過一面之緣。謝姑娘是喬家一位世交的女兒，家住白雲鎮，我當時去謝府拜訪過。」

池燦挑眉。「去世交家拜訪，還能見到人家姑娘？」以好友的身分地位，不知多少人家要削尖了腦袋攀附，黎三家世又不好，別被人鑽了空子還不知道。

邵明淵不由笑了。「偶然見到的。拾曦，我知道你擔心什麼，你放心，我沒那麼笨。」

池燦翻了個白眼。「你不笨誰笨啊？」

當初娶了媳婦，寫了一匣子信媳婦都沒收到一封，這還不叫笨，什麼叫笨？

「庭泉，咱們可說好了。黎三跟著你沒問題，但你最好處理好她與你母親的關係。她可沒有喬家那樣的娘家作依靠，別花樣的年紀跟了你，轉頭——」

他願意放手成全他們，前提是邵明淵會給他心愛的姑娘好日子過。要是黎三被靖安侯府那個老妖婆折磨死，他們這兄弟是做不成了。

邵明淵心中一痛，苦笑道：「拾曦，不用你提醒，同樣的錯誤我不會再犯第二次。」

「那就好。」池燦淡淡道。

楊厚承聽著兩個好友的對話，愁得揪了揪頭髮。

為什麼他們能當著他的面，這麼肆無忌憚地討論這種話題？難道他是屏風嗎？

許是這個念頭讓楊世子有些不開心，他腦子一抽參與進來。「庭泉，我忽然想到一個問題。」

「什麼問題？」

「黎姑娘要是嫁給你，好像是繼室啊。」

邵明淵嘴角笑意一僵。池燦直接給了楊厚承一巴掌。「你是不是智障？」

楊厚承捂著頭大為委屈。「我怎麼了？」

不就是一塊討論討論嘛，只許他們把他當屏風晾在一邊，不許他參與討論啊？

「這種問題拿來說，你不是智障是什麼？」

「這應該是個挺重要的問題吧？姑娘家肯定在意的。」楊厚承就事論事道。

池燦看了邵明淵一眼。「別聽楊二瞎咧咧，黎三不是在意這些的人。」

就算是普通姑娘也不在意啊，給冠軍侯當繼室，樂意的小娘子恐怕要從侯府排到城門外了。

這時晨光過來稟報：「將軍，黎姑娘說她幫著謝姑娘她們安置一下，等忙完再來找你。」

邵明淵站了起來。「那就先散了吧。」

昭昭應該是去他房間找他，他還是回房好了。

年輕將軍在屋裡等了又等，終於把姍姍來遲的喬姑娘等了來。

「都安排好了？」

「嗯，她們受了不小的驚嚇，在海上這些日子也沒梳洗過，所以我帶著阿珠、冰綠幫她們安排了一下。對了，你們從留活口的倭寇嘴裡有沒有問出什麼東西來？」

「問出來了，除了這次被咱們解決的，鳴風島上還有八十餘人，比預想得少，所以我們打算還是按著計畫過去。」

「能把那些倭寇剷除也好。」喬昭想到謝笙簫的話，提醒道，「那個島上有些奇怪。」

一六九　不能講理

「奇怪在何處？」邵明淵問。

「謝姑娘說關押她們的房門是開著的，聽起來倒像有人暗中相助。」

邵明淵絲毫不覺驚訝。「能帶著那些姑娘從倭寇窩裡逃出來，若無人相幫才令人驚訝。」

鳴風島上真倭、假倭混居，假倭的戰鬥力相比正規的大梁將士有過之而無不及；至於那些真倭，他們在海門渡已經領教過了，說能以一敵三都不為過。

那樣的虎狼窩裡，幾個女孩子能逃出生天豈是那麼容易的？

「出手相幫她們的是誰呢？難道說鳴風島上的倭寇中還有良心未泯的？」喬昭喃喃道。

一隻大手落在她頭頂，輕輕揉了揉。「別傷腦筋了，鳴風島上到底有什麼蹊蹺，咱們到時候一探究竟不就知道了？」

「嗯。」喬昭點點頭，忽而想到什麼，嗔道，「邵明淵，你還挺會瞞的，我就覺得那些船工、雜役有些不對勁，原來他們都是你的人。」

「不是有意瞞著妳，只是想著他們或許派不上用場，所以就沒提。」大手下移，落在少女頰邊，男人聲音更加溫和，「生氣啦？」

喬昭躲開他的手，笑道：「犯不著生氣，有你的這些親衛在，咱們去鳴風島就有把握了。坦白說，我還是挺想去的。」

室內沉默了片刻，邵明淵問：「是想祭拜李神醫嗎？」

喬昭嘆道：「是啊，李爺爺葬身大海，京城只立了一個衣冠塚，想到這些我心中就很難受。如今來了這裡，能在他老人家最後停留過的地方祭拜一番，也算是盡一點心意了。」

邵明淵眼簾微垂。「昭昭，是我沒保護好李神醫，我很抱歉——」

「別把責任都攬到自己身上，這大概就是天意吧。真要糾結，那是我們喬家欠了李爺爺的。」

「乖丫頭，不要想這些不開心的事了。」

喬昭揚了揚眉。「邵明淵，你是不是忘了，我們一樣大。」

男人低笑道：「是嗎？在我心裡，妳就是小丫頭。」

以前，他不知道她是昭昭，他一直覺得年紀尚小的黎姑娘相處起來很像同齡人。可是現在，她成了他的昭昭，或許等她白髮蒼蒼，他還是會覺得她是小丫頭。

喬姑娘看著男人掛在唇邊的溫柔笑意，不由皺了眉，淡淡道：「那是因為你不自覺把我當小姑娘黎昭了吧？」她因黎昭而重生，願意肩負起黎昭的責任，可是唯獨眼前的這個男人，她希望他心悅的是她本來的樣子。

聽喬昭這麼說，邵明淵愣了好一會兒。

「怎麼，被我說中了？」

身邊的男人有些無措。「那個……昭昭，咱們就在燕城見過一面……」

「所以你心悅的是黎昭嗎？」

年輕將軍被問得啞口無言，好一會兒，反問道：「可是黎昭不就是妳嗎？」

喬昭張了張嘴，不知該說什麼。這種大實話，真讓人無言以對。所以他還是喜歡黎昭，在她死了還不到一年的時間裡就對別的姑娘動心了。

雖然她就是這個「別的姑娘」，可是她若沒有重生呢？這個男人親手射死了自己的媳婦，轉頭就喜歡上別的小姑娘了！喬昭只要這麼一想，明知道自己似乎有些無理取鬧，還是鬱悶不已，瞧著眼前的男人百般不順眼起來。

「昭昭，妳生氣了？」

「嗯。」喬姑娘生氣了，後果很嚴重，這笨蛋到底有沒有意識到啊？

「妳聽我解釋——」男人有些急。

「嗯。」喬姑娘淡定應了一聲。你可解釋啊，她又沒嚷嚷「我不聽，我不聽」。

年輕將軍愁得揉揉臉。「我其實不知道妳為什麼生氣。」

喬昭抿了抿唇角。她本來沒那麼生氣，現在真的生氣了！

似乎察覺到有些不妙，邵明淵抓住了喬昭的手。「昭昭，我心悅的就是妳，不管妳成為了黎姑娘、王姑娘還是張姑娘，我心悅的是妳本身，與外在的樣子沒有關係。」

「你是說，你並不在意黎昭的外表嗎？」

邵明淵無奈笑笑。「昭昭，如果我是因女孩子的樣貌而心動，那我向妳保證，我絕對不會對一個還沒我肩膀高的小姑娘有興趣的。」

還沒他肩膀高，還沒他肩膀高……

受到致命一擊的喬姑娘額角青筋跳了跳。「邵明淵，我以前不比謝姑娘矮多少！」

她現在成了個還沒人肩膀高的小短腿，都是被哪個混蛋害的呀？他居然還嫌棄上了。

可憐的將軍已是暈頭轉向，於是脫口而出道：「所以還是以前的樣子好。」

喬昭：「……邵明淵，這麼說，你對我現在的樣子不滿意了？」

邵明淵張嘴想解釋，忽然想到了晨光的話：女孩子生氣的時候千萬不要和她講道理，想法子堵住她的嘴就好了。

堵住她的嘴？這個簡單！男人手微用力抬起少女的下巴，低頭親了上去。細細品嘗著少女的甜美，年輕將軍美滋滋地想：這個辦法果然是極好的。

少女用力推卻推不開，氣得臉通紅。一言不合就開吻，這混蛋還講不講道理了？

「邵明淵……你，你趕緊放開……」支離破碎的抗議聲被堵在了喉嚨裡，少女只得緊緊攀著男人的肩，不讓自己滑倒下去。頭暈目眩之際，她聽到男人低沉沙啞的聲音伴著急促喘息聲響起：「昭昭，我想快點回京了……」

「你……你想得美……」喬昭畢竟不是真正的小姑娘，聽了緊緊抱著她的男人的話，腦海中走馬燈般閃過出閣前，母親交給她的那本小冊子上的畫面。

該死，過目不忘真是煩人極了！

男人忽然放開少女的唇，一路向下，灼熱的唇落在她白皙的脖頸上，綻放了朵朵桃花。

那些世俗的條條框框她其實並不怎麼在意，可是這混蛋未免太膽大包天了。

「邵明淵，你不要得寸進尺！」喬昭忽然有些慌。

男人用力把少女往懷中箍。「昭昭，妳不要再生氣啦，我，我難受得緊。」

晨光這個辦法有些糟，下一次不敢用了……

喬昭聽邵明淵這麼說，頓時不敢再掙扎，關切問道：「怎麼了？是頭疼還是眼睛不舒服？」

聽著懷中人關切的詢問，邵明淵暗暗吸了一口氣，把她推離自己的懷抱。「沒事了。」

喬昭狐疑打量著邵明淵。他面色微紅，氣息有些急促，瞧著與平時不大一樣。

彷彿察覺到她在看他，邵明淵輕咳一聲，岔開話題道：「應該快吃飯了吧？」

「嗯，我還要去謝姑娘那裡一趟，有好幾個姑娘情緒不大穩定，吃飯時恐怕要人照顧一下，謝姑娘一個人忙不過來。」喬昭耳根微熱道。

她以後還是減少和這人獨處的時間吧，不然早晚什麼便宜都被他占盡了。

邵明淵皺眉。「早知道應該僱些粗使婆子。」

「這又不是意料內的事，我已經吩咐阿珠熬些安神的藥給她們服用，過上幾天她們許就恢復了。」喬昭抬腳往門口走，還沒走到門口處，外邊就傳來急促的腳步聲。

「姑娘，您在嗎？」

喬昭一把拉開門。「阿珠，怎麼了？」她還沒見過阿珠如此驚慌失措的樣子。

阿珠面色發白。「姑娘，您讓婢子照顧的那位發燙的姑娘醒來了，婢子餵她水喝，結果她突然打翻了水杯，現在正全身痙攣在地上打滾呢。」

喬昭一聽有些驚訝。「怎麼會這樣？走，過去看看。」

「昭昭，我和妳一起去。」邵明淵走過來。

「不用了，那邊都是姑娘家。」喬昭拒絕道。

那些女孩子落入了賊窩裡，情緒極不穩定，這個時候恐怕畏懼見到男子。

「我在外面不進去。」

「你就不要過去了，萬一嚇著她們怎麼辦？」

邵明淵劍眉微挑。他這是被嫌棄了？

「你放心就是，不會有危險的。你忘了，還有謝姑娘呢，她一個人能打好幾個壯漢，這話還是你說的呢。」喬昭撂下這話帶著阿珠匆匆走了，留下邵明淵苦惱皺緊眉頭。

他的預感果然沒有錯，遇到事情昭昭首先想到的不是他，居然是謝姑娘？

喬昭帶著阿珠匆匆趕過去，還沒到門口就聽到裡面傳來女子的叫聲。

門外站著數名女子，皆神情惶恐。

謝笙簫焦急站在門口，一見喬昭忙迎上來。「黎姑娘，船上有大夫嗎？她看著有些不對勁。」

「謝姑娘別急，我先進去看看。」喬昭寬慰道。

謝笙簫見喬昭依然神色從容，莫名心踏實了多。「好。」

喬昭抬腳進去，就見屋內一名身穿粉衣的女子倒在地上雙手抱頭，身子抽搐個不停，喉嚨裡發出含糊不清的叫聲。冰綠站在不遠處，有心幫忙卻無從下手，一看到喬昭趕緊跑過來。「姑娘，您可來了，這位姑娘好嚇人啊。」

謝笙簫見粉衣女子抽搐更厲害，忍不住問道：「黎姑娘，妳之前不是說她問題不大嗎，現在為何成了這個樣子？」

喬昭輕輕蹙眉。「她的情況是有些奇怪。」

她先前替這位姑娘檢查過，明明是風寒的症狀，難道診斷有誤？李爺爺曾說過，她於醫術理論上已掌握得差不多，但缺乏經驗是她最大問題。這樣的話，對一些罕見症狀就有可能誤診。

喬昭快步走了過去。

冰綠把她攔住。「姑娘，您小心些，婢子覺得這人有些不正常啊，萬一傷著您怎麼辦？」

「沒事，我先看看。」喬昭放輕腳步走近粉衣女子，口中安慰道，「姑娘別怕，我是大夫，來給妳看診。」喬昭說完，見粉衣女子依然不受控地抽搐，便一手去抓女子手腕，另一隻手取出銀針準備刺入女子穴道，要使她暫時陷入昏睡。

粉衣女子因打滾抽搐已然披頭散髮，察覺有人抓住她的手腕，隔著擋在眼前的長髮看了來人一眼。那一瞬間，喬昭莫名有些心驚，下意識鬆開了女子手腕。

就在這時變故突生，披頭散髮的粉衣女子面部一陣扭曲，齜牙向喬昭撲去。

「啊，姑娘小心——」站在喬昭身邊的冰綠尖叫一聲，抬腳踹向粉衣女子。

比她速度更快的是謝笙簫。她直接抱起喬昭，眨眼間便退到了門口處。

直到這時，那些站在門口關注粉衣女子情況的姑娘們這才反應過來，頓時尖叫起來。

粉衣女子被冰綠一腳踹出去，雙手撐地看過來，嘴唇忽然掀起，喉嚨發出怪叫再次撲來。

冰綠嚇得大叫。「姑娘，這人是不是被惡鬼附體了啊？太嚇人了！」

小丫鬟一邊尖叫一邊狂踹撲過來的粉衣女子，喬昭似是想到了什麼，勃然變色。「冰綠，快出來，不要讓她傷到妳！」

女子們的尖叫聲早驚動了往二層趕來的邵明淵等人。

「晨光，葉落，快去保護黎姑娘！」聽到喬昭的喊聲，邵明淵面色鐵青，連指尖都在微微顫抖。從沒有這一刻，他如此痛恨自己的沒用。

晨光與葉落如一陣風般掠過去。

葉落直接擋在喬昭身前，晨光則趕忙把狂踹粉衣女子的冰綠拽了出來，俐落關上了門。

屋內響起撞門聲，一下接一下聽得人膽戰心驚。

「昭昭——」邵明淵快步走過來。

擔心將軍大人露出馬腳，晨光忙迎上去道：「將軍放心吧，謝姑娘抱著黎姑娘呢，她們一點事都沒有。」

邵明淵腳步一頓。謝姑娘抱著昭昭？嗯，這個畫面他一點都不樂意想像！

「我沒事。」喬昭對謝笙簫點點頭，「多謝謝姑娘了。」

謝笙簫放下喬昭，鬆了口氣。「黎姑娘沒事就好。」

邵明淵面無表情打斷二人的對話。「裡面的姑娘是怎麼回事兒？」

「那姑娘是不是瘋啦？」楊厚承皺眉看著謝笙簫。

池燦則是一副事不關己。所以說女人就是麻煩，沒死在倭寇手裡，自己把自己嚇瘋了。

謝笙簫不悅掃了楊厚承一眼。「誰說她瘋了？」

楊厚承一頭霧水。「沒有瘋她這是在幹什麼，夢遊嗎？」

謝笙簫嘴唇動了動，有心反唇相譏，想到現在人在屋簷下，只得緊緊抿住了唇。

「謝姑娘，那位姑娘之前有沒有受過傷？」喬昭問道。

謝笙簫被喬昭問得一怔，陷入了思索。「受傷？我們被他們抓到船上，反抗時多多少少都會受傷的。」

「不，我的意思是，那位姑娘有沒有被貓、狗、鼠等獸類咬傷過？」喬昭神色凝重解釋道。

「被貓狗等獸類咬傷？」謝笙簫經喬昭提醒，猛然想了起來，「那個島上養了不少惡狗，我們剛下船時，她好像被一隻惡狗咬住了褲腿——」

「七娘被那隻惡狗咬破了小腿，我，我看到七娘小腿上留下了惡狗牙印。」一名女子小聲道。

喬昭聽了，神情微變。

打量著喬昭嚴肅的模樣，謝笙簫忍不住問道：「黎姑娘，七娘不是普通風寒嗎？」

喬昭閉目想了想，耳邊傳來一陣陣的撞門與嘶吼聲，表情越發嚴肅了。

她睜開眼睛，環視眾人一眼，暗暗吸了一口氣道：「那位姑娘剛開始的症狀與風寒很相似，是以才被我當作了風寒，但現在看來，她患的很可能是癲狗咬。」

「癲狗咬？」眾人皆是一愣。對池燦等人來講，這是個沒聽說過的稀罕病。

謝笙簫臉色卻猛然變了。「癲狗咬？是不是讓發瘋的狗咬過後，人就跟著發瘋了，發狂怕水，最後癲狂而死？」

「謝姑娘見過這樣的病人？」

謝笙簫臉色發白，點了點頭。「見過，我們鎮子上有個屠夫，去年他養的狗突然發狂把他小兒子給咬了，他一怒之下把那隻狗剝皮吃肉，誰知道過了個把月，他小兒子突然也發了瘋，沒過多久人就沒了。屠夫的太太受了刺激神智失常，而屠夫在一次砍豬骨時精神恍惚把自己胳膊砍了下來，好好一家人轉眼間就家破人亡，人們都說是那隻狗來報仇。」

「是張屠戶家？」喬昭脫口問道。

白雲鎮上有位張屠戶，算是鎮子上過得滋潤的人家之一，唯一不順心的地方就是張屠戶的老婆一連生了七個丫頭，為此不知道挨了多少打。

喬昭對張屠戶家印象深刻，就是有一年她來鎮上找謝笙簫玩，無意間撞見了張屠戶揪著他婆娘的頭髮在大街上暴打，街上人來人往，全站在不遠處看熱鬧或視而不見。

她忍不住攔住了張屠戶，結果招來張屠戶的婆娘好一頓罵。

到現在她都清清楚楚記得張屠戶婆娘的樣子。

那個四十來歲的婦人一雙粗糙的大手扠著腰，照著她狠狠啐了一口。「我呸，我們家的事情要妳插什麼手？小丫頭是不是想勾引我男人啊？」

她長這麼大從沒聽過那樣的糙話，忽然就明白為何同住在小鎮上的街坊鄰居都無動於衷了。

她及時抽身，還沒走遠就見張屠戶一巴掌把婦人打翻在地，嘴上罵罵咧咧對著倒地的婦人連踢帶打，絲毫不留情面。剛才還對她破口大罵的婦人連爬起來都不敢，老老實實躺在地上哀求著：「當家的你別生氣，都是我的錯，都是我的錯……」

謝笙簫笑她平白惹了一身騷，一臉感慨說：「她有什麼錯呢？不過是連生了七個女孩罷了，就成了最大的錯，在男人面前只能跪著，連怎麼站起來都忘記了。」

也是那一次，謝笙簫一臉認真對她道：「我將來定不會嫁給一個一心只為了傳宗接代的男人。我作不了男人，那就努力當一個像男人一樣的女人，自己依靠自己。」

哦，她出閣前與謝笙簫最後一次相聚，謝笙簫還提到了張屠戶一家，說張屠戶的婆娘終於生下了一個兒子。這樣說來，死於癲狗咬的就是那個小男孩了吧。

謝笙簫深深看了喬昭一眼，詫異問：「黎姑娘怎麼知道我們鎮子上的張屠戶家？」

喬昭面不改色解釋道：「邵將軍帶我去鎮上吃過鹵粉，偶爾聽人們談起的。」

鹵粉？池燦挑了挑眉。這是什麼？為什麼沒帶他去吃？

楊厚承同樣有些不滿意。庭泉與黎姑娘什麼時候去吃鹵粉的？雖然他沒吃過，但鹵粉聽起來就很好吃的樣子，他們吃完了居然沒告訴他與拾曦？

兩個小夥伴皆忿忿不平看了邵明淵一眼，想到他看不見，這才心裡平衡了些。

「原來如此。」謝笙簫聽了喬昭的解釋這才釋然，忍不住掃了邵明淵一眼，心情有些不悅。

冠軍侯帶著黎姑娘去吃鹵粉？聽黎姑娘的語氣，她與冠軍侯似乎很親近呢。

可是阿初沒了還不到一年……謝笙簫緊抿唇角。

黎姑娘心地善良，定然是沒錯的，一定是冠軍侯見色起意！

這麼一想，謝大姑娘對冠軍侯那點改觀一下子又回到最初，甚至更糟了。

因為看不見好幾個人看他，邵明淵微垂著眼簾面無表情，心中卻樂開了花。

昭昭當著這麼多人的面說他帶她去吃鹵粉，可見昭昭不在意被別人知道他們二人的關係。

這種被承認的感覺真不錯。

喬昭哪裡知道她隨口一句解釋就引起幾人這麼多想法，望了房門一眼，蹙眉道：「我還是要再確認一下。」癲狗咬可不是尋常疾病，不能等閒視之。

「黎姑娘，妳還是別管了，那姑娘神智錯亂，萬一傷著妳怎麼辦？」楊厚承忍不住勸道。

邵明淵忽然開口道：「癲狗咬，顧名思義，被瘋狗咬傷會患此病，若發病的人咬了別人呢？」

喬昭面色凝重道：「那麼被他咬傷的人也有可能會發病。」

「此病可有法子治療？」謝笙簫問道。

「此症發作前有個潛伏期，短則一兩日，長則數月甚至十數年。沒發作時與常人無異，而一旦發作——」

「會如何？」幾人齊聲問道。

喬昭環視眾人一眼，目光從那些戰戰兢兢的年輕女子面上掃過，嘆道：「一旦發作，幾乎藥石無效。」

謝笙簫臉色一白。「她已經發作了？」

喬昭聽著屋內傳來的撓門聲，沉聲道：「如果那位姑娘確實患上了癲狗咬，那她不只發作了，而且進入了恐水、癲狂的階段，而挺過這個階段的話——」

「就會幸運活下來？」楊厚承搶問道。

喬昭看他一眼，搖頭。「不，就會陷入昏迷，最終因喉部痙攣而窒息身亡。」

楊厚承摸摸鼻子。黎姑娘說話太跳躍，他這思路有點跟不上。

「會這麼嚴重？」謝笙簫咬了咬唇，忍不住看了房門一眼。她與這些女孩子雖然相處時間不算長，可是因為一同經歷過最絕望的時刻，好不容易逃出生天，有人卻要眼睜睜走向死亡，心裡說不難過是假的。

幾名年輕女子皆露出驚慌恐懼的神情。

「我還是確診一下。」

「黎姑娘，既然這樣妳就更不能進去了，多危險。」楊厚承攔道。

池燦看了邵明淵一眼。邵明淵直接吩咐道：「葉落，把裡面那位姑娘先打暈。」

「領命。」葉落乾脆俐落踹開門，沒等發瘋的女子撲過來，一個手刀下去就把女子劈暈了。

眾女子捂著嘴驚恐看了面無表情的小侍衛一眼，齊齊往後退了退。

「將軍大人，任務完成。」

邵明淵點點頭，面對喬昭所在的方向叮囑：「小心些。」

明知道對方看不到，喬昭還是衝他微微一笑。「我會的。」

她走進去，示意葉落把暈倒的女子抱到床榻上，俯身替她檢查。好一會兒後喬昭直起身，抬腳往外走來。

「怎麼樣？」謝笙簫問。

喬昭搖搖頭。「很遺憾，確實是癲狗咬。」

「那她真的沒救了？」

「船上帶的藥材不全，我只能給她熬幾副承氣湯通下瘀熱，盡人事罷了。」一個剛剛逃出虎口的花樣女子染上此症命不久矣，喬昭心情同樣有些沉重，目光緩緩掃過眾人，最後落到那些年輕女子身上。

「從她被瘋狗咬傷後，妳們相處這段時間內有沒有被她抓傷咬傷？」

「沒有，沒有！」許是怕染上同樣的病會被喬昭等人嫌棄，眾女爭先恐後道。

喬昭看向謝笙簫。這種情況下，有些人哪怕被咬傷，恐怕都不會承認的。

謝笙簫會意，朝喬昭點點頭。喬昭這才鬆了口氣，寬慰眾女道：「那就好，從今天起大家千萬不要靠近這裡，有什麼需求都可以告訴謝姑娘，謝姑娘再來告訴我們。」

「多謝姑娘，多謝姑娘。」

「我去配藥了。」喬昭看了邵明淵一眼，「邵大哥，你們先去廳裡等我，我配好藥就過去。」

這就是有事要商量了。邵明淵三人回到客廳等了一會兒，喬昭帶著謝笙簫走了進來。

「這麼快就熬好了？」楊厚承隨口問。

邵明淵皺眉。哪裡有這麼快？他感覺等了好久了。

喬昭解釋道：「阿珠盯著呢。」

池燦用手指敲打著方桌，問道：「黎三，妳有什麼事要說？」

「謝姑娘坐。」喬昭隨便找了個位子坐下來，「我想和你們說說癲狗咬的事。」

「那個姑娘還有救？」楊厚承眨眨眼。

喬昭嘆氣。「沒救了。」

楊厚承一臉不解。「那還有啥好說的啊？」

池燦白他一眼。「你不開口，沒人拿你當啞巴。」

「我不想當屏風。」楊厚承嘀咕道。只許他們聊風花雪月，還不許他好好說話了？

當屏風是什麼意思？喬昭不解看了池燦一眼。

池燦面不改色笑笑。「別理他，他可能也被瘋狗咬了。」

楊厚承大怒。「誰被瘋狗咬了？要是咬那也是被你咬了！」

池燦冷笑。「你皮糙肉厚，我咬得動嗎？」

坐在一旁不吭聲的謝笙簫默默抽了抽嘴角。

眼看著兩個人要吵起來，邵明淵扶額。「別鬧了，咬不咬得動你們可以稍後再驗證，現在先聽昭昭說正事好嗎？」

二人互瞪一眼，這才作罷。喬姑娘默默想，還好她喜歡的這個男人是稍微正常的。

謝笙簫則挑了一下眉梢。昭昭？

冠軍侯當著眾人的面就這樣稱呼黎姑娘了？這樣親暱的稱呼不覺得有些失禮嗎？

喬昭接著道：「鳴風島上出現了瘋狗，如果那些倭寇沒有意識到問題的嚴重性，那麼很有可能還有其他人被咬了。」

楊厚承眼一亮。「這麼說，咱們可以不戰而屈人之兵了？」

「重山，不戰而屈人之兵不是這麼用的。」邵明淵輕咳一聲提醒道。

喬昭搖頭道：「目前鳴風島的情況很難說。倘若有人被咬傷後很快發病，那麼現在應該已引起騷動；倘若沒有發病，此刻島上應該還沒有變化。我跟你們說這個，就是想提醒你們，等咱們到了鳴風島時，注意不要與島上的人有肢體接觸，若是被獸類咬傷一定要第一時間告訴我。」

池燦揚了揚眉。「要是已經倒楣被咬傷了，告訴妳還有何用？」

「剛剛咬傷就服下湯藥的話，能夠阻止發病。」喬昭解釋道。

「那好，我們一定記得。」邵明淵道。

喬昭看向他。「我們？」這話聽著有些意思。

「昭昭，到時候你們就在咱們這條船上等著，我帶著親衛兵利用倭寇們那條船登島，打他們個出其不意。」邵明淵解釋道。

喬昭遲疑了一下，點頭。「好。」

這方面她當不了助力，那至少不要去拖他的後腿。

「庭泉，難怪你派了親衛去清理倭寇的船呢，原來早有打算了。」楊厚承嘆了一聲，跟著興奮起來，「我跟你一起登島行不？」

見好友皺眉，楊厚承忙道：「庭泉，我好歹是個功夫還過得去的大男人，你總不能什麼事都擋在我們前面，讓我像個娘們似地躲著吧？」

池燦一聽不由黑了臉。

這混蛋會說人話嗎？躲在庭泉後面就是娘們了？他就樂意站在庭泉後面，怎麼了？

沒等池燦發作，謝笙簫臉微沉，問道：「楊公子對女子有意見？」

「啊？沒有啊！」楊厚承一頭霧水。他和這姑娘又不熟，她幹嘛找他說話？

「既然沒有，為什麼說娘們就要躲在男人後面？」謝笙簫越看楊厚承越不順眼，強忍著惱火對邵明淵道，「侯爺，我也要和你一起登島。」

上一次登島是作為貨物，簡直是奇恥大辱，這一次她要好好與倭寇們算算這筆帳。

未等邵明淵開口，楊厚承便道：「謝姑娘，妳還是與黎姑娘一起吧。」就別添亂了好嗎？

謝笙簫盯著楊厚承，挑眉道：「所以楊公子就是對女子有意見了？」

楊厚承瞪大了眼睛。「這怎麼就是對女子有意見了？明明是各有所長，男子天生力氣大些，擅長打仗，而女子就擅長繡花裁衣嘛。」

謝笙簫忍著動了動嘴角，一字一頓道：「我不會繡花。」

「呃，妳不會？」楊厚承愣了愣，不由看向喬昭。

喬姑娘一臉淡定。「我也不會。」

楊厚承：「……」到底是他認識的姑娘有問題，還是他對女孩子的認識有問題啊？這可真是個令人疑惑不解的大問題！

謝笙簫看喬昭那一眼簡直是讚賞有加，轉而冷冷看著楊厚承。

楊厚承默默移開眼，對邵明淵道：「庭泉，帶上我唄。」

「好。」邵明淵趕緊答應下來。咳咳，再不答應，他的小夥伴與昭昭的小夥伴就要打起來了，萬一影響到他和昭昭的感情就不好了。

「請侯爺也帶上我。」謝笙簫不甘示弱道。

楊厚承忍不住道：「謝姑娘，妳真的別添亂了，倭寇的武力有多麼強悍妳應該見識到了，難道落入倭寇手裡一次還不夠嗎？」

這話無疑踩到了謝笙簫的痛腳。被人當貨物賣給倭寇本就是她畢生奇恥大辱，這混蛋居然還要特別提醒她？

「楊公子，多說不如多做，你既然認為我是累贅，不如咱們出去比試比試？」

楊厚承不假思索反駁：「這怎麼行？我不和女孩子打架。」

謝笙簫暗暗吸了口氣，才控制住把拳頭打在眼前男人臉上的衝動，冷冷道：「楊公子是怕打不過我吧？」

楊厚承驀地瞪大了眼睛，仔細打量著謝笙簫，不可思議道：「謝姑娘在說笑吧？」

「既然如此，那為什麼不敢與我出去較量一下？」謝笙簫雙手環抱胸前，眼中閃過鄙夷。

被一女子在武力上瞧不起，楊大世子立刻受不了了，抬腳便往外走。「那咱們就出去試試。」

謝笙簫彎了彎唇角，朝喬昭點點頭，施施然往外走去。

屋子裡安靜下來，池燦端起茶盞抿了一口，嗤笑道：「這個白癡，這麼簡單的激將法，他就屁顛屁顛出去了？」

邵明淵笑道：「激將法不在乎簡單還是複雜，關鍵看誰使出來。」要是昭昭對他說他不如別的男人，他大概也會忍不住和那個男人比劃一下的。

「他下手沒輕沒重的，把人家姑娘弄哭可就有意思了。」池燦笑瞇瞇道。

喬昭看池燦一眼，笑道：「不會的。」

「怎麼不會？」池燦反問。

「謝姑娘不愛哭。」

邵明淵則笑道：「重山打不過謝姑娘。」

池燦原本沒有看熱鬧的心思，聽邵明淵這麼一說，當即放下來茶盞，起身道：「要是這樣，我去瞧瞧熱鬧。」

池大公子不疾不徐走到門口，斜靠著門框看過去，眸子不由睜大幾分，而後緩緩抬手扶額。雖然他愛和楊厚承拌嘴，但是小夥伴被一位姑娘揍得沒有還手之力真的有點丟人啊！

甲板上交手的二人引來不少偷偷觀望的目光。

畢竟是在別人船上，謝笙簫不願太過引人注意，當即決定速戰速決，於是一腳掃過去踢中楊厚承膝蓋窩，把人高馬大的男人踹翻在地，順勢踩在他胸口上道：「服了嗎？」

楊厚承直挺挺躺在被日頭曬得溫熱的甲板上，只覺這輩子的老臉都丟光了，聽到謝笙簫這麼問，哪說得出口那個「服」字，腦袋一懵，抬手緊緊抓住了踩在他胸口上的腳踝。

謝笙簫一怔。此時楊大公子腦子裡完全沒了「男女有別」這四個字，趁謝笙簫愣神的瞬間，抱著人家大姑娘的腳踝那麼一擰，謝笙簫就摔到了甲板上。

楊厚承一個翻身把謝笙簫壓在下面，蒲扇般的大手死死控制著她的雙手，大聲問道：「怎麼樣，服不服？」

池燦扶額。謝姑娘服不服他不知道，但他算是服了。

說好的從來不和女孩子打架呢？楊二你真是能耐了！

各個房間裡都探出了頭。

「隊長好厲害！」

「隊長，剛剛我還以為你輸了呢，還好，還好，沒有丟了咱們金吾衛的臉！」

「隊長怎麼會輸呢？那小子看著就弱不禁風的——」

「你們給我閉嘴！」楊厚承吼了一聲，四周立刻安靜下來。

他緩緩低頭，愣愣看著被自己騎坐在身下的人。

發生了什麼事？他說他什麼都不知道，有人信嗎？

謝笙簫臉色鐵青，冷冷問道：「你要坐到什麼時候？」

楊厚承如被踩到尾巴的貓一樣騰跳起來，沒敢再看謝笙簫一眼，奪路而逃。他慌不擇路，一頭撞到池燦身上。

池燦疼得一咧嘴。「楊二，你是不是真被瘋狗咬了？」

「我，我——」楊厚承臉紅如熟透的蝦子，推開池燦直接衝進了廳裡躲到落地屏風後面去。

池燦彎唇笑笑。「庭泉，你可料錯了，楊二贏了呢。」

邵明淵完全不清楚發生了什麼事，只得擺出雲淡風輕的樣子，輕咳一聲道：「事無絕對。」

他說完悄悄碰了碰喬昭的手，在她手心快速寫道：看不到好麻煩。

不知怎的，喬昭就從他寫的這句話裡讀出了幾分委屈來。

人多不方便說話，喬昭快速回握了一下那隻大手，旋即鬆開。邵明淵心滿意足彎了彎唇角。

謝笙簫爬起來，面無表情回到廳裡，對著屏風道：「楊公子躲起來做什麼？剛剛不算，咱們再來。」屏風後傳來楊厚承驚恐的聲音。「不用了，我服了還不行嘛！」
完蛋了，完蛋了，他剛剛坐人家大姑娘身上了，到底要不要負責任啊？
身穿男裝的謝笙簫在最初的惱怒過後，神色看起來還算平靜，聽楊厚承這麼說，勉強點點頭，看向邵明淵。「侯爺，我能跟你一起登島嗎？」
「可以。」
謝笙簫這才露出一抹笑意。「多謝侯爺成全，那我先回去看看那些姑娘。」
謝笙簫一走，邵明淵便對池燦道：「拾曦，我看重山受了不小的打擊，不如你留下開導他吧，我和昭昭先走了。」
被留下的池公子掃了一眼屏風，嗤笑道：「躲著有用嗎？趕緊出來。」
「不出來。」屏風後傳來楊厚承絕望的聲音。
池燦挑眉。「你不出來是吧？那行，我走了，反正丟人現眼的又不是我。」
「拾曦，你別走啊！」楊厚承忙從屏風後走了出來，垂頭喪氣走到池燦身邊。
池燦舒舒服服坐在椅上靠著椅背，嘴角掛著懶懶的笑。
楊厚承揪了揪頭髮。「有點同情心好嗎，我該怎麼辦？」
「什麼怎麼辦？」
「我剛剛……你看到了吧？」「看到了啊。」
「那我怎麼辦啊，要不要對謝姑娘負責？」楊厚承眼巴巴望著小夥伴。
這個時候他急需好友的寬慰，拾曦這樣不拘世俗的人，應該覺得沒什麼吧？
池公子一臉深沉。「要的。」
楊厚承劇烈咳嗽起來，咳得滿臉通紅。「啥？」

池燦睇了他一眼。「我說要負責啊。你都坐人家姑娘身上去了，居然還不想負責？」

「可是你——」

池燦不緊不慢撥開楊厚承的手，涼涼道：「我什麼呀？我難道坐到人家姑娘身上過？」

楊厚承一下子傻了眼。對啊，哪怕那些傾慕拾曦的姑娘為了他要死要活，拾曦從來沒對那些姑娘負責過，仔細想想，拾曦連人家衣角都沒摸過啊。

可是他坐人家姑娘身上了！只要這麼一想，楊厚承就覺得天都塌了，揚手給了自己一巴掌。

「你是不是傻啊！她願意去打倭寇就去唄，關你屁事啊！」

「現在想起來打自己了，那時候那麼俐落坐人家姑娘身上去幹嘛呢？」

楊厚承用力抓了抓頭髮。「那個謝姑娘不比你矮多少，還穿著男裝，打架又那麼厲害，我這不是一個不小心忘了她是女孩子嘛。」

池燦臉一沉。「什麼叫不比我矮多少？」衝著這句，他決定給好友致命一擊。

「總之呢，無論你有什麼藉口，你都坐到人家大姑娘身上去了。至於要不要負責任，當然是看你自己的了。」池燦一臉深沉地拍拍楊厚承的肩膀，揚長而去。

楊厚承呆呆站在空蕩蕩的廳裡，不知愣了多久，狠狠拍了拍腦門，發狠道：「負責就負責，我是個男人，還怕負責嗎？」

楊世子大步流星向船艙二層走去，走到半途才想起來自己不知道謝笙簫住在哪一間房，於是折回去找喬昭。

「黎姑娘，妳原來在這兒啊，讓我好找。」

喬昭吩咐阿珠把熬好的藥倒出來，側頭看向楊厚承。「楊大哥找我有事嗎？」

楊厚承呵呵笑。「黎姑娘，熬藥呢。」

「嗯。」喬昭心中微詫。楊厚承向來是個直來直去的性子，今天是怎麼了？

「呵呵，這麼快就熬好了啊。」

「楊大哥到底有什麼事？」喬昭眉梢微挑。

「這是給那個被瘋狗咬了的姑娘熬的藥嗎？」

一旁的邵明淵咳嗽一聲。「重山，你要是想找人聊天，我可以陪你的。」

楊厚承錯愕看著邵明淵，眼瞪大了幾分。「庭泉，原來你也在？」

邵明淵抽了抽嘴角。明明是他瞎了，但他現在開始懷疑這件事了。

楊厚承大為尷尬，慌忙道：「那你們聊天吧，我幫你們把藥送過去。」

「那你來找昭昭做什麼？」邵明淵好笑問道。

楊厚承低下頭。「呃，我想找謝姑娘道歉。」

喬昭嘆氣。「楊大哥，有什麼事你就說吧。」

「我不知道謝姑娘住哪個房間啊。」

喬昭沉吟一下，對楊厚承微微頷首。「那楊大哥跟我來吧。阿珠，把藥交給葉落。」

阿珠把裝好的湯藥遞給葉落，輕聲道：「姑娘小心些。」

邵明淵攔住喬昭。「不要親自餵藥，交給葉落就好。尋常人遇到突發變故會反應不及。」

「好，我知道了。」

幾人下了二層，喬昭指著一個房門道：「謝姑娘就是住在那間屋子。」

「多謝了。」楊厚承硬著頭皮走過去，站在門口猶豫了好一會兒才鼓起勇氣敲門，「謝姑娘，妳在嗎？」

門「吱呀」一聲開了，謝笙簫立在門內，穿的是喬昭替她拿來的嶄新男子衣衫，樣式雖普通，但她神態舉止灑脫自然，不掩其如玉風姿。

楊厚承不由愣了愣。謝笙簫面無表情看著楊厚承。「楊公子有事？」

「謝姑娘，能不能進去說話？」

謝笙簫想了想，後退幾步讓開門口。「進來吧。」

她還不信這個男人能吃了她。

楊厚承走進房間，離謝笙簫有一段距離便立著不動。

「楊公子請坐。」謝笙簫不冷不熱道。她倒是要看看這人想做什麼。

「謝姑娘，剛才的事——」楊厚承臉漲得通紅，說不下去了。

「剛才的事？」謝笙簫臉色微沉，「楊公子是想和我再比一次？」

「不是，不是！」

「那是勸我別隨著冠軍侯去打倭寇？」

「也不是！」

「那楊公子究竟來做什麼？莫非是向我道歉的？」

楊厚承額頭開始冒汗。「謝姑娘妳別著急，我知道道歉是沒用的，所以我是來——」

謝笙簫忍不住翻了個白眼。她著急什麼了？這人有病吧？

「楊公子，你一直自詡是個了不起的大男人，可你這吞吞吐吐的樣子可不像呢。」

楊厚承眼一閉心一橫。「我是來問問謝姑娘有沒有訂親，要是沒有的話，等我回京會稟明父母去貴府提親！」

謝笙簫一呆，聲音都變調了。「你說什麼？」

「我說，等回了京城我會求父母去妳家提親的。放心吧，今天的事我會負責任的。」

「今天的事？負責任？提親？」謝笙簫只覺落入倭寇窩裡時都沒像現在這樣心情激蕩，一口氣險些沒上來，一指門口道，「你給我滾出去！」

「啥？」楊厚承呆了呆。

他都願意負責任了，她還想怎麼樣？總不會想坐回來吧，可那樣還是她吃虧啊。

謝笙簫一拉房門，把楊厚承往門外一推，氣得七竅生煙。「你趕緊給我滾蛋，立刻、馬上，下一瞬還在我視線之內，我就把你打得你娘都認不出來！」

「謝姑娘，妳不要這麼小心眼行嗎？這樣是不能解決咱們之間的問題的——」

謝笙簫隨手抄起一個小椅追了出來，氣道：「咱們之間最大的問題，就是我剛才沒打死你！」

眼看著楊厚承被謝笙簫追得抱頭鼠竄，喬昭莞爾一笑，偏頭對邵明淵道：「能把謝姑娘氣成那個樣子，楊大哥有本事呢。」

邵明淵側耳傾聽，笑笑。「重山好像要被謝姑娘追上了。」

果不其然，他話音才落，謝笙簫就一手抓住了楊厚承的手臂，用力一甩把人摔到地上，拳如雨落般痛扁起來。

邵明淵抬了抬眉梢。「謝姑娘下手還挺重的。」

「要不我去勸勸。」

「不用，重山皮糙肉厚。」

喬昭含笑看著邵明淵。「既然你都這麼說了，那我就不管了。」

邵明淵趁機抓住喬昭的手，湊在她耳邊低喃道：「我也皮糙肉厚，以後要是惹妳生氣了，妳可以隨便揍。」

男人的眼睛純淨如寒星，嘴角笑意是化不開的溫柔。

喬昭任由他握著手，輕嘆一聲。「庭泉，你不如也留下吧。」

她有些勸不下去。

邵明淵這樣的人什麼時候這般狼狽過，她勸他躲到別人身後，他心裡定然不好受。

可是她還是忍不住擔心了，寧願他難受，也想要他安全。

邵明淵握著喬昭的手緊了緊，低聲問道：「昭昭擔心我？」

喬昭抿唇不語。

「放心吧，我瞎了眼睛，在領兵作戰方面依然不比別人差。」

男人說得自信，喬昭便笑了。「好，那我等你把倭寇殺得片甲不留。」

❧

待眾人準備妥當，一個個親衛率先陸續跳到追擊謝笙簫等人的倭寇船上，喬昭等人站在甲板上相送。

「拾曦，留下的人就拜託你照顧了。」邵明淵面對著池燦的方向道。

池燦擺擺手。「別囉嗦了，你們早去早回，說不定還能趕上晚飯呢。」

邵明淵朝池燦抱拳。「你說得是，那我們出發了。」

葉落走在邵明淵身側，眾目睽睽之下，身穿玄衣的年輕將軍絲毫不露異樣，腳步輕盈躍上另一艘船。

眼角掛著瘀青的楊厚承對喬昭等人揮揮手，興奮喊道：「等我們回來！」

謝笙簫摸了摸腰間長刀，瞥了楊厚承一眼。這個蠢貨，他們是去殺倭寇的，他以為是去踏青郊遊啊？

「將軍，可以開船了嗎？」晨光過來請示。

「晨光，你近前來。」

「將軍有何吩咐？」晨光壓低聲音問道。

「你現在下船。」

晨光一怔。「將軍？」

邵明淵語氣平靜。「替我照顧好黎姑娘，隨時留意島上信號，若是撤離信號出現，立刻帶著黎姑娘他們離開。」

「將軍——」晨光有些難以接受。為什麼他要留下來，而不能與將軍大人並肩作戰？

「晨光，你腦子靈活，讓你留下我會更放心些。你要知道，你的任務更重，只有後方無憂，我才能心無旁騖應戰。」

「卑職明白了，將軍放心就是。」晨光咬咬牙，轉身跳回原來的船上。

邵明淵揚手。「開船。」

兩艘船很快拉開了距離，喬昭眼睜睜看著那個長身玉立的玄衣男子越來越遠，緊緊握了拳，忍不住喊道：「邵大哥，保重！」

年輕將軍望著少女所在方向揮了揮手。

「行啦，庭泉什麼陣勢沒經歷過，不要瞎擔心。」池燦斜睨了喬昭一眼。

喬昭坦然道：「雖然知道擔心也沒用，可還是忍不住擔心的。」

池燦聽得心塞，扯了扯嘴角問：「下棋嗎？」

「好。」

池燦愣了一下。他其實就是隨便問問，沒想到黎三會答應下來。

「那走吧。」

二人也沒回屋，就在外頭擺了棋盤開始對弈。池燦下棋是出了名得慢，喬昭心中牽掛著邵明淵等人，樂得這樣打發時間，便也不疾不徐與他下著。

時間緩緩流逝，不知不覺已繁星滿天。

阿珠匆匆走來。「姑娘，那位姑娘鬧騰得厲害。」

喬昭站起身來。「去看看。」

幾人趕到時，那些女子都躲得遠遠地探頭張望，聽著屋裡女子的嘶吼聲，皆面露驚恐。喬昭立在門口聽了聽。

「三姑娘，不如我再進去把她打暈吧。」

「先不忙著打暈。阿珠，妳去端藥來，再餵她吃一次藥。」

晨光不解。「不是說那位姑娘沒救了嗎？」

喬昭看他一眼，笑了笑。「能減輕她一點痛苦也是好的。」

不多時阿珠端著藥碗走過來，晨光直接把藥碗接過去。「三姑娘，我來餵她就行了。」

「那好，你小心些。」

「屋子裡好像沒動靜了。」晨光一邊推門一邊道。門開後，女子倒在地上，安安靜靜。

晨光俯身檢查一番。「三姑娘，她昏過去了。」

喬昭聽了面色微變。「這麼快？」

「三姑娘，她是不是把自己撞昏了？」

「把她抱到床榻上，我檢查一下。」

檢查過後，喬昭面色更加凝重，喃喃道：「她的病程進展未免太快了些，還不足一天就進入了昏迷期。」

看著一臉疑惑的晨光，喬昭嘆了口氣。「不用餵藥了，她大概撐不了多久了。」

「這麼快？」晨光目瞪口呆。癲狗咬也太可怕了！

喬昭心情莫名有些沉重。反常之處，往往意味著未知的危險或麻煩。

難道說鳴風島上環境特殊，或者說海島原就和他們平時生活的地方差異頗大，所以很多傳染性的疾病要比她認知的更嚴重？

這樣的話，邵明淵他們除了要面對那些倭寇，豈不是多了別的未知危險？

喬昭壓下心中不安，走出門去，對探頭張望的女子們道：「那位姑娘已經陷入了昏迷，不會再傷到人了。妳們若想與她道個別，就過來吧。」

幾名女子妳看看我我看看妳，誰都沒敢動彈一步。

喬昭也不勉強，神色淡淡走了出去。

繁星滿天，濤聲陣陣，喬昭任由冰涼海風吹拂著髮梢與裙襬，望著鳴風島的方向出神。

「妳在擔心？」池燦走過來，在她身邊站定。

「那位姑娘，可能撐不過今夜了。」

「那是她運氣不好。又不是妳的親朋好友，難不成妳還要掉眼淚不成？」池燦想到那幾位姑娘不由冷笑，「別忘了，那幾個與她共患難的女子都不敢去看她最後一眼呢。」

喬昭笑笑。「傷心談不上，但是庭泉會在夜裡登島，我有些擔心。」

「庭泉？」池燦喃喃念著這兩個字，深深看了喬昭一眼，「黎三，妳叫庭泉倒是自然，妳可比他小七、八歲呢。」

「但是庭泉比邵大哥好聽啊。」喬昭裝傻道。

池燦撇了撇嘴。拾曦比庭泉還好聽呢，也沒聽她這麼叫過！

算了，他懶得和別人媳婦計較！

池燦繼續剛才的話題。「妳擔心什麼？對庭泉他們來說，夜裡突襲是常有的事。」

「我是怕除了倭寇，鳴風島上還有別的隱患。」喬昭望著遠方，黑藍的海面上閃爍著細碎的光芒，神祕又透著未知。

「放心，庭泉不會讓自己出事的。」池燦定定看了她一眼，「因為妳在這裡。」

他說了這話，牽了牽唇角，轉身離去。

夜裡，被瘋狗咬傷的那位姑娘在昏睡中悄悄嚥下了最後一口氣。

船行海上，死了人的處理方式非常簡單，一張席子裹了扔進海裡。重物落海激起一片浪花，很快又回歸平靜，彷彿什麼事都沒發生過。

幾名女子這才小心翼翼走到甲板上，捂著嘴小聲哭泣起來。

池燦不耐煩揚眉。「大半夜的別號喪，晦氣！」

這些女子真是好笑，人活著時讓她們來見最後一面，一個個都躲著不敢過去，現在人死了扔海裡了，倒是知道哭了。

被池燦這麼一罵，眾女立刻住了口。眼前的男子雖俊美無雙，可對這些從倭寇手中死裡逃生的女子來說壓根無心欣賞，她們全都眼巴巴望著喬昭。

喬昭知道她們此時猶如驚弓之鳥，神情平靜寬慰道：「很晚了，妳們都回去休息吧，什麼事都不會有的。」

其中一名女子鼓起勇氣問道：「黎姑娘，那些壯士真的去攻打鳴風島了嗎？」

喬昭點頭。

「那，那要是——」

「妳們不用操心這些，安心等著就是。」

「黎姑娘，我家就住在白魚鎮上。我曾聽別人提起過，鳴風島上養著許多惡犬，壯士們要是半夜登島，很可能被那些惡犬發現的。」

「他們會留意的。」喬昭在安慰這些女子，也在安慰自己，目光不由投向遠方。

夜更深了，行在海面上的大船猶如黑色的獸，緩緩靠近鳴風島。

從留下活口的倭寇口中已經問出來了，鳴風島呈半月形，登島的地方是一片密林，穿過密林之後才是倭寇們的棲息之所。

那片密林給島上倭寇提供了絕佳的埋伏與偵察處，再加上養了不少惡犬在島上巡邏，鳴風島算得上易守難攻。

船漸漸靠近了島嶼。

「將軍，島上有些奇怪，這個時候還有燈光。」葉落低聲道。

邵明淵立在船頭，因為看不見，聽力反而更加敏銳。

「有人聲。」他閉著眼，風在耳畔流動，「很遠，比較亂。」

前方是一片密林，依稀能看到朦朧的光，可其他人只能聽到海浪拍擊海岸線的聲音，連風吹樹葉的沙沙聲都沒有那麼清晰。

謝笙簫不由看了閉目而立的男人一眼，心生詫異。冠軍侯居然能聽到人聲？

「這個時候有人聲很奇怪。」邵明淵側耳傾聽了一會兒，吩咐道，「把那三個倭寇帶過來。」

很快三名雙手反綁身後的人被推到了邵明淵面前。

「林子裡一般會有多少隻惡犬？」邵明淵問。

葉落在一旁面無表情道：「三個人說的數目都不一致，各割掉一隻耳朵，最後其中一人與其他兩人不一致，割掉那人兩隻耳朵。」

他走上去把塞住三名倭寇嘴巴的抹布取出來，淡淡道：「好了，還是老規矩，我手勢一落，你們就可以說了。不許搶先，也不許落後，記住了嗎？」

三名倭寇齊齊點頭。

謝笙簫看得心驚。

冠軍侯身邊的這名侍衛平時毫無存在感，沒想到在審問俘虜這方面如此厲害。

她不由看了邵明淵一眼，只見他面無表情，烏黑的眸子中沒有一絲波瀾，對即將開始的戰事瞧不出半點緊張。

謝笙簫暗嘆一聲。難怪冠軍侯能名揚天下，從他的下屬就可以看出，果然有其過人之處。

謝姑娘目光一轉，掃了楊厚承一眼，心道：都是人，怎麼這差距就這麼大呢？

葉落手勢一落，三個倭寇齊聲道：「八隻！」

「很好，下一個問題。如果驚動了惡犬，會引來多少巡邏之人？」

因為葉落沒有動作，三人皆不敢開口，其中一個還死死捂著自己的嘴。

楊厚承小聲對邵明淵感慨道：「這三人很老實啊，居然沒有搶答的。」

邵明淵笑而不語。

葉落聲音毫無起伏，指著捂著嘴的那名倭寇道：「這人喜歡搶答，牙齒被我打掉了三顆。」

楊厚承：「……」

捂著嘴的倭寇：「……」

葉落面不改色揚了揚手。

「十人！」

「平時這個時候，島上還會有燈火與人聲？」葉落再問。

「沒有。」三名倭寇又是異口同聲道。

邵明淵輕輕點頭，三名倭寇立刻被帶了下去。

楊厚承嘆服。「庭泉，我現在才知道你當時為什麼要留三個活口。」

要是只留兩個活口，兩人回答不一致，想要辨明誰真誰假要費些腦筋。三個就不一樣了，誰都擔心自己說了謊而另外兩人沒有，結果只有自己倒楣，於是只能有問必答，實話實說。

邵明淵抬手取下了背著的長弓，彎弓搭弦，沒等眾人反應過來就對著島嶼一箭射了過去。

利箭劃破夜空，一頭射進了密林中。

此時船尚未靠岸，離著密林還有一段距離，邵明淵突如其來的舉動令楊厚承疑惑不解。

「庭泉——」

「噓——」邵明淵手握玄色長弓，雙目微闔。

好一會兒後，他睜開眼睛，語氣肯定道：「林子裡沒有惡犬，也沒有腳步聲。」

「這麼說，今夜沒有惡犬和巡邏之人擋路？」楊厚承眼睛一亮，握著長刀興奮道，「那豈不是天助我們！」

「反常並不見得是好事，大家多加小心。」

船靠了岸，一行人悄無聲息上岸，一步步靠近密林。

出乎意料地順利穿過了密林，映入眼簾的景象令眾人瞠目結舌。

一七〇 自相殘殺

數名表情猙獰的男子追著一名男子四處跑，十來位手持倭刀的男子在後面追。

成排的房屋亮起了燈火，不少人推門而出探望情況。

追著男子跑的那幾人跑得極快，其中一人忽然飛躍而起，把前面的男子撲倒在地。

「你們發什麼瘋？」被撲倒的男子大聲喊道。

很快淒厲的慘叫聲劃破夜空。撲在那人身上的人竟然頭一低咬在了那人脖子上。後面幾個追上去的人很快湊了上去，照著那人四肢狂啃起來。

手提倭刀的那些人見狀猛然停下來，一個個面露驚恐之色。

「我的天，這島上人吃人啊。」楊厚承托著下巴道。

葉落忙在邵明淵耳邊把情形描述一番。

邵明淵面色微凝，抬了抬手。一眾親衛悄悄分散開來隱蔽好。

「愣著幹什麼，快把那些發瘋的人解決了！」一個貌似頭領的人推開了門，匆匆穿著褲子大聲喊道。

那些手提倭刀的人迅速圍了過去，對著離他們最近的發狂者就是一刀。那一刀直接砍掉了發狂者的肩膀，可那人好似無知無覺，轉過身來迅速抓住一人腳踝，咬住了他的小腿。

那人大叫起來。「快放開我，放開我！」

他一邊叫一邊揮刀亂砍，發狂者很快被砍得面目全非，可即便這樣，發狂者依然死死咬著他的小腿肚，以致前來幫忙的人使勁拽都拽不開。被幾名發狂者撲在身下狂啃的人到最後已沒有了動靜，他們齊齊轉身，對準持刀的人撲過去。

這樣恐怖血腥的場面令人喪膽，那些人雖手中有刀，還是忍不住轉身就逃。

「跑什麼，他們才幾個人，你們這些孬種！」頭領氣得大罵，見場面失控，摘下掛在褲帶上的螺號吹了起來。「嗚嗚」的螺號聲響起，數十名倭寇很快集結在一起。

「將軍，那些倭寇目測有八十餘人。」葉落湊在邵明淵耳邊低聲道。

「靜觀其變。」邵明淵握緊手中長弓。他這支長弓由極品黑檀木製成，射程遠，殺傷力大，已經陪了他數年，本以為又到了發威的時候，沒想到島上情形居然如此出人意料。

頭領大喊道：「快把那幾個人殺掉！」

倭寇們圍上了發狂的人。發狂者好像已經失去了理智，根本不懼怕圍過來的人如此多，甚至不管那些人手中的長刀，眼睛通紅見人就撲過去咬。場面越發混亂。

「頭兒，他們怎麼變得跟咱們才殺掉的那些瘋狗似的，見人就咬？」一人驚恐問道。

另一人大叫道：「頭兒你快看，那些人雙手著地，真的好像那些瘋狗！」

「天啊，他們是不是被死去的瘋狗附體了？」

「我想起來了，他們幾個都是被那些瘋狗咬過的！」

「不好，還有不少人被那些瘋狗咬過！」

倭寇們忽然亂了起來，不少人立刻遠離了身邊的同伴。

那幾名發狂者已經被亂刀砍成了肉醬，可是依然不能阻止恐慌在人群中蔓延。

被瘋狗咬過的人很快被孤立起來，眾目睽睽之下，那些人面面相覷，其中一人忽然像是被閃電擊中般渾身一顫，然後緩緩咧開了嘴向著人群撲過去。這個人的舉動好像能傳染一般，被孤立的十多個人幾乎是眨眼間就全成了這般模樣，嘶吼著撲向離自己最近的人。

倭寇們嚇得大叫起來。

「不要自亂陣腳，快把這些人殺了，殺光他們就沒事了——」領頭人大聲喊著安撫人心。

然而他後面的話再也說不出來了，被一聲淒厲的慘叫代替。

頭領是這些倭寇的主心骨，聽到這聲慘叫他們全都看過去，就見平時威風八面的頭領胸口往外飆出一道血柱。離得近的人仔細一看，才能看到他心口處插著一支利箭，只是整支箭全都沒入胸膛，只留下箭尾羽毛不停顫動。

「頭兒死啦，頭兒死啦——」沒了主心骨，倭寇們立刻亂成一片，不少人心慌意亂之際被發狂的同伴狠狠咬了一口，慘叫聲頓時此起彼伏。

遠處的樹木掩映之後，邵明淵放下手中長弓，揚手做了一個手勢。

親衛們立刻悄悄後退到密林中。

楊厚承好一會兒才緩過神，對著退回林子裡的邵明淵問道：「庭泉，你怎麼射那麼準啊？」

這麼遠的距離，這麼暗的光線，哪怕是神射手都不見得能一箭射中目標，好友明明看不到，究竟是怎麼做到的？難不成他真是戰神轉世？

邵明淵微微一笑。「聲音傳來的方向是騙不了人的。」

「那咱們現在就在這裡等著了？」楊厚承佩服得五體投地，轉而問道。

謝笙簫突然出聲：「你能不能少點廢話？擒賊先擒王，侯爺殺了對方頭領，他們成了一盤散沙，又有那些發狂的人在，那些人很快就會陷入自相殘殺，咱們當然是等坐漁翁之利。」

楊厚承不久前才被少女揍了個半死，那點歉疚早就丟腦後了，撇著嘴道：「我當然知道坐收漁翁之利的道理，只不過興沖沖過來殺倭寇，誰知不用動手他們就亂成一團，還真有點失望。」

「重山。」邵明淵喊了一聲。

「怎麼了？」

林中幽暗，年輕將軍臉上的神情令人看不清，只聽他低聲道：「打仗是會死人的。」不只敵人會死，自己人也會死，如果能用最省力的法子解決問題，他絕不會讓自己手下白白犧牲。

遠處的叫喊聲越來越大，隱蔽在密林中的人聽得格外清楚。林間草木茂盛，蚊蟲極多，包括邵明淵在內的親衛們就這麼一動不動地埋伏在林間樹後或草叢裡，直到天光大亮。

楊厚承險些把胳膊撓爛了，嘀咕道：「咱們沒被倭寇怎麼樣，差點被蚊蟲吃了，這一夜可真夠受的。」

「那邊怎麼樣了？」邵明淵沒理會楊厚承的念叨，詢問去探望情況的葉落。

「將軍，那些倭寇自相殘殺了一夜，只剩下了三十幾人。」

邵明淵站了起來。「準備進攻，速戰速決。」

昭昭大概等急了。

八十多個倭寇只剩下三十幾人，這三十幾人飽受一夜折磨，無論是精神還是身體上已經到了極限，而邵明淵的親衛軍們只是餵了一夜蚊蟲而已。

兩相對比實力懸殊，不過兩刻鐘的工夫，親衛們已經開始習慣性地打掃戰場，清點戰果。

楊厚承眼睜睜看著一名親衛面無表情取下屍體身上的錢袋子順手塞進懷裡，不由瞪大了眼睛。「庭泉，他們，他們就把那些財物裝自己腰包裡啊？」

邵明淵不以為意揚眉。「怎麼了？」

「不需要上繳嗎？」邵明淵笑了。「上繳給誰？兵部還是戶部？出生入死的是他們，不是那些握筆桿子的大人們。」

楊厚承撓撓頭。「我不是這個意思，我以為你會統一分配——」

邵明淵微微一笑。「在我看來，能者多得，就是最好的分配。」

楊厚承咂舌。「難怪都說武將最有錢呢。」

他似乎明白小夥伴豐厚的家底是怎麼來的了。是他想岔了，他怎麼會以為庭泉是那種憨厚老實、兩袖清風的人呢？

「是不是覺得上戰場與想像中不一樣？」邵明淵笑問。

楊厚承點點頭，想起好友看不見，忙道：「是啊。」

「沒什麼好奇怪的，保家衛國，他們把熱血獻給了國，總該給家留點什麼，銀錢是最實在的了。走吧，探查一下島上情況。」

海上旭日已經升起，夜裡陰森恐怖的小島在陽光籠罩下顯得明亮靜謐。對於空地上堆滿的屍體，除了楊厚承與謝笙簫略有不適，其他人半點異色不露，甚至還能掏出懷裡的乾糧匆匆咬上幾口填肚子。一邊打仗一邊填飽肚子已經是這些親衛軍的習慣了。

鳴風島並不算太大，親衛們分成數個小隊開始探查整個小島。

邵明淵站在空地處立著的旗幟旁，聽葉落稟報：「將軍，在一間屋子裡發現了兩名女子，皆未著寸縷陷入昏迷。」

「請謝姑娘過去看看。」

「謝姑娘請。」

謝笙簫微微頷首，隨著葉落走了過去。她餵了一晚上蚊蟲，緊搶慢搶才殺了兩個倭寇，實在是虧大了，有點事做比傻站著強多了。

「謝姑娘，那兩名女子就在這間屋子裡。」葉落在門口處停下來。

謝笙簫抬腳走了進去。這間屋子裡的家具擺設一看就不是普通倭寇所有，靠牆的地方擺著好大一張床，衣衫散落一地，整間屋子裡充斥著一股奇怪的味道。

謝笙簫忍著不適推開窗，這才走向大床。

床上躺著兩名女子，身上的被子應該是親衛們發現後匆匆蓋上去的，雪白的手臂與大腿都在外面袒露著。謝笙簫不由打量了一下兩女的臉色，只見她們頭髮披散，巴掌大的小臉瘦出了高高的顴骨，雙目緊閉臉色青白，瞧著很是駭人。

謝笙簫心中一緊，忙伸手去探她們的鼻息，發覺還有氣息這才鬆了一口氣。

這兩名女子定然是先前被賣到這裡的，說起來都是可憐人。

外面都是大男人，要想把兩名女子帶走就必須幫她們穿好衣裳，謝笙簫伸手拉開了遮蓋兩名女子身體的被子，這一看不由大驚。

只見兩女雪白的胴體上有著無數啃咬抓撓的痕跡，青青紅紅令人觸目心驚。她目光下移，落到兩女下身處又飛快移開視線，臉色變得鐵青。

那些畜生，真的是不把這些女子當人！

謝笙簫雙手顫抖替她們穿好衣裳，短短不到一盞茶的工夫卻彷彿比在林子裡待了一夜還要累，啞著聲音道：「葉落，我給她們穿好衣裳了，你來幫幫忙吧。」

葉落走進來，一言不發俯身抱起一名女子，謝笙簫抱起另一名，二人一先一後走了出去。

「將軍，兩名女子已經帶出來了。」

邵明淵點頭。「派兩人先送她們回船上去，你繼續率隊探查島上情況。」

「領命！」

「謝姑娘要不要一起回船上？」

「不，我隨葉落一起去看看還有沒有這樣的女子。」

「這樣也好，有謝姑娘在方便些。」

「我也去！」楊厚承道。

謝笙簫此刻正是對倭寇厭惡到極點的時候，恨屋及烏，連帶看所有男子都不順眼，聞言睇了楊厚承一眼，彎唇冷笑。

楊厚承翻了個白眼。這女人怎麼這麼麻煩，他說負責她不接受，不負責她又橫眉冷對，到底想怎麼樣啊？

「這裡還有幾位姑娘！」不遠處忽然傳來一名親衛吃驚的喊聲。

謝笙簫忙跑了過去，發現親衛站在門口神情複雜，忙繞過他推開了門。

她往裡面看了一眼就立刻轉過身來，一顆心狂跳不止。

「怎麼了啊？」楊厚承納悶探頭。

謝笙簫直接推了他一把，厲聲道：「不許看！」

楊厚承表情呆滯。「我，我已經看到了……」

真是要命，他都看到了什麼啊！好幾個女孩子衣裳都沒穿，身上滿是汙穢——

不行，不行，再想下去他這輩子都不想娶媳婦了！

「那些畜生！」楊厚承狠狠捶了一下門框。

「你們在這等著，我進去看看。」好一會兒謝笙簫才勉強平靜下來，咬咬牙抬腳走進去。一個個鼻息試探過來，到最後謝笙簫已經不知不覺淚流滿面。

她走出房間，搖了搖頭。「全都死了。」

屋子裡的女孩子曾經也是父母呵護的珍寶，某個少年暗暗傾慕的心上人，可是現在她們全都死了，還死得這麼慘，活生生被男人凌虐而死。她恨不能拚盡最後一滴熱血，殺絕那些倭寇！

「謝姑娘，妳哭了啊？」

「我沒有。」謝笙簫挺直了腰桿，越過楊厚承大步往前走。

楊厚承抬腳跟了上去，沉聲道：「妳放心，這些倭寇就和北邊韃子一樣，早晚會被趕出去的，只要大梁男兒不絕！」完成這次任務後，他一定要上戰場，再也不當一個遊手好閒的公子哥。

謝笙簫笑了笑。「可是這些倭寇大多都是大梁人啊。」

楊世子被噎得一滯，心中抓狂道：這個姑娘真的太不可愛了！

而這時，幾名親衛帶了一人過來，稟告道：「將軍，有一個活口。」

幾名親衛押過來的是一個披散著頭髮的男子，看其花白的髮色和身材可以判斷，這是個年逾花甲的老者。

然而邵明淵看不到，聽到有一個活口，聲音冰冷無比：「審問一下這個島上是怎麼回事。」

老者猛然抬頭，破口大罵道：「臭小子，你審問誰啊？你是不是瞎，連我都不認識了？」

「你怎麼說話呢！」押著老者的親衛氣得抬手。

葉落臉色微變。「住手！」他快步走過去，與老者四目相對，不由驚呼出聲：「李神醫？」

邵明淵其實已經聽出了李神醫的聲音，只是因為李神醫已死，乍然聽到只以為聲音相似，此刻聽葉落這麼說，不由快步走過去，語氣激動道：「真的是神醫？」

李神醫翻了個白眼。「臭小子記性夠差的啊，我這麼特色分明的臉你都記不住？」

「我——」邵明淵張了張嘴，向來鎮定自若的人此刻卻激動得說不出話來。

李神醫還活著，昭昭知道了不知會多高興。

邵明淵情緒激蕩的同時，李神醫也在打量他。「咦？」李神醫忽然輕「咦」了一聲。

「神醫怎麼了？」邵明淵忙問。

李神醫目光緩緩從邵明淵臉上掃過，又四下瞥了一眼，板著臉道：「你們怎麼會來這裡？」

「我們陪黎姑娘來這裡採藥。」楊厚承道。

「採藥？」李神醫神色微變，看著邵明淵厲聲道，「我先前出了事你不知道嗎，怎麼會由著昭丫頭胡來？」

楊厚承忙解釋道：「李神醫，事情不是這樣的，是太后命黎姑娘前來採藥的。」

考慮到沒有外人，他壓低聲音道：「宮裡有位公主臉上出了點問題。」

李神醫冷笑。「公主出了問題就要昭丫頭出海採藥？早知這樣，當初我就不該把太后從鬼門關拉回來——」

「李神醫，咱說遠了不是？您放心，黎姑娘一點事都沒有，現在正在另一條船上等著咱們回去呢。」楊厚承臉上笑著，心中忍不住嘆了口氣。

這位神醫說話還真是不拘小節，幸虧這裡都是庭泉的人。

呃，不對，還有一位謝姑娘。他不由看了謝笙簫一眼，她皺眉移開了視線。

「神醫，咱們先回船上再說吧，我們的船就停在林子外的岸邊。」

李神醫看了邵明淵一眼，不緊不慢道：「回是要回的，不過有些東西我要帶走。」

「那我命人給您收拾一下要帶的東西。」

「不用了，那些東西不能亂碰，我自己來就好，你們等著吧。」

李神醫說完轉身往一個房間走去。

望著李神醫的背影，楊厚承忍不住問：「庭泉，李神醫不是遇到海上颶風了嗎，怎麼會好端端出現在這裡？」他越想越心驚，摸著下巴道：「這島上太古怪了，李神醫到底是人是鬼啊？」

邵明淵抬手敲了他頭一下。「別胡說八道！」

「這怎麼是胡說八道呢？本來死定了的人突然出現，島上那些人還像妖魔附體一樣嚇人。庭泉，你心裡就不打鼓？」

邵明淵面不改色，淡淡道：「有什麼疑問回船上可以慢慢問，鬼神之說你也信？」

知道了昭昭的事之後，他其實是信的。但他不想再讓任何人知道昭昭借屍還魂的事，哪怕是最好的朋友。有些事，越少人知道越好。

不多時，李神醫拎著個包袱走過來。「走吧。」

邵明淵點點頭，吩咐葉落：「帶著他們快速清點一下戰果。」

倭寇以搶劫為生，百十人規模的倭寇聚點，財富絕不會少。

葉落心領神會，立刻帶著親衛開始行動。清點的成果自是不消細說，回程時船吃水不少，不少親衛默默想：嗯，這下子老婆本更豐厚了，可是光有老婆本沒有老婆也很苦惱啊，將軍大人到底什麼時候解決自己的問題啊？他們還等著將軍夫人給他們張羅呢！

船艙內，李神醫瞇著眼一聲不吭喝茶。

楊厚承迫不及待問：「李神醫，您是怎麼死裡逃生的啊？」

李神醫目光落在謝笙簫身上，沒說話。

謝笙簫性子灑脫卻不是那種大剌剌的女孩子，見狀站了起來，神色淡淡道：「我去看看那兩個昏迷的姑娘。」

謝笙簫一走，李神醫這才放下茶盞，看著邵明淵問道：「你的眼睛是怎麼回事兒？」

邵明淵苦笑。「您看出來了？」

「少廢話，說說是怎麼弄的？」

「被人拿石頭砸了後腦勺，然後就這樣了。」

「砸完立刻看不到了？」

「不，剛開始可以看到，後來昏迷了一下，再醒來就看不到了。」邵明淵如實道。

「你是受了什麼刺激了吧？」李神醫一針見血問。

邵明淵臉一熱，沒吭聲。

「多長時間了？」「有數日了。」

李神醫傾身上前。「別動，我看看。」

邵明淵一動不動，任由李神醫檢查。好一會兒後，李神醫重新坐回去。

「李神醫，庭泉的眼睛還有救嗎？」楊厚承神色緊張問。

李神醫瞥他一眼。「侯爺都不緊張，你緊張什麼？」

邵明淵笑了笑。「晚輩也很緊張。」

「晚輩？」李神醫牽了牽嘴角，「我可當不起侯爺的長輩。你這眼睛呢，是顱內瘀血壓迫到眼睛四周經脈，所幸時日不算長，否則等經脈萎縮那就回天乏術了。」

楊厚承眼一亮。「神醫這麼說，是不是他的眼睛還有救？」

李神醫抬了抬眼皮，似笑非笑問：「侯爺，你的眼睛昭丫頭已經給你看過了吧？」

「嗯，看過了。」

「她治不了。」李神醫肯定道。邵明淵沒吭聲。

李神醫笑了笑。「我的畢生所學都教給昭丫頭了，所以不是她的問題。」

「是我的問題。」年輕將軍立刻乖乖道。

李神醫神色狐疑看了邵明淵一眼，淡淡道：「你知道就好。」

楊厚承默默扶額。沒見過這麼護短的！

李神醫顯然很滿意邵明淵的態度，語氣一轉。「不過呢，侯爺運氣不錯。葉落應該和你提過，我之所以遇到颶風，是因為離開鳴風島繼續南下去採一種珍珠吧？」

李神醫看著對面的年輕人，見他依然面不改色，暗暗點了點頭，接著道：「我有一張奇方，須以這種珍珠入藥，製成的藥膏對明目有奇效。」

「那太好了，庭泉的眼睛有救了。」楊厚承大喜。

邵明淵依然面色平靜問：「要繼續南下去採那種珍珠嗎？我聽葉落說鳴風島南方有一片暗礁，所以才會形成颶風。」

李神醫嗤笑。「沒有那種珍珠，怎麼治好你的眼睛？」

「若是如此，那就算了。」

「真的算了？」李神醫詫異揚眉。

邵明淵笑道：「天災面前人太渺小了，為了我這雙眼睛讓人枉送性命，不值得。」

「你是冠軍侯，讓屬下替你去採珍珠，有什麼不值得？」李神醫不以為然道。

「晚輩看不見對生活影響不大，但那些屬下是一條條活生生的性命。」邵明淵平靜道。

李神醫深深看了邵明淵一眼，意味深長道：「對你生活影響不大，對你前程影響極大吧？」

「能平靜生活，本就是晚輩心中所盼。」

李神醫懶懶往椅背上一靠。「既然這樣，那我正好省心了。」

「庭泉——」楊厚承忍不住喊了一聲。

邵明淵制止楊厚承再說下去，轉而問道：「神醫當時遇到了颶風，是如何逃生的？又怎麼會在鳴風島呢？」

「還有啊，島上那些人怎麼跟瘋狗一樣，神醫知道是怎麼回事嗎？」楊厚承跟著問道。

「這些等見到昭丫頭再說吧，省得還要再費一次口舌。」李神醫說完閉上了眼睛，片刻就響起了響亮的鼾聲。

邵明淵站了起來。「咱們出去吧，別打擾了李神醫休息。」

二人走出去，楊厚承背靠著船欄，忍不住問：「庭泉，你真的不派人去採那種珍珠了？」

「當然是真的，我有什麼扯謊的必要？」

「可你這樣就一輩子看不見了啊！」

邵明淵看著楊厚承所在的方向，語氣認真：「我的眼睛沒有別人的命重要。」

楊厚承張了張嘴，最後長嘆一聲道：「反正黎姑娘不嫌棄你就好。」

邵明淵聞言不由笑了，嘴角是化不開的溫柔。「她不會。」

如果不是因為雙目失明，他想等到昭昭答應與他訂親還不知要到什麼時候。對他來說，眼睛瞎了是不幸，也是幸運。

昭昭見他把李神醫帶回去一定會高興壞了。邵明淵感受著暖暖的朝陽，心中迫不及待起來。

❦

另一邊，喬昭同樣倚著船欄眺望遠方。

她親眼看著一輪紅日從天海相接的地方緩緩升起，遠處的海面上金光閃爍，美麗壯觀。

晨光悄無聲息立在不遠處，忍不住開口勸道：「三姑娘，您回去休息一下吧，您都在這裡站了一夜了。」

喬昭回頭看著晨光，把海風吹亂的髮絲輕輕往耳後捋了捋。「我們都站了一夜，不是正好作伴嗎？」

晨光驀地瞪大了眼睛，結結巴巴道：「三、三姑娘，您這是什麼意思啊？」

喬昭看著晨光似笑非笑。「就算我沒有在這兒站一夜，你也不會睡吧？晨光，你在等信號，對不對？」

「三姑娘——」

喬昭回頭看向遠方，平靜道：「是不是你們將軍大人吩咐你，要是看到信號就迅速撤退？」

「您怎麼知道？」

喬昭望著遠方的海平線沒有吭聲。她當然知道啊，那個人不就是這樣的傻瓜嗎？

晨光沉默了一會兒問：「三姑娘，要是信號出現了，您會怎麼辦？」

「我？」喬昭側頭看向晨光，眼中的擔憂被嘴角的淺笑遮掩，「我當然會聽他的安排。」

他要是真的出了事，如果這是他想看到的，她自不會違背他的心意。

「現在他們應該返航了，天已經大亮，勝負早該揭曉了。」

晨光咧嘴一笑：「那定然是咱們勝了。」

喬昭輕輕點頭。「應該是這樣。」

只是這其中一定出了某種變故才耽誤了時間，不然此刻他們應該已經回來了。

晨光忽然上前數步，語氣激動道：「三姑娘，您看！」

喬昭順著晨光所指的方向望去，遙遙看見一艘船朝他們的方向駛來，正是邵明淵等人所乘船隻。這一刻，喬昭懸了一夜的心才徹底落了下去，露出真切的笑意。

她個子矮，偏偏晨光人高馬大擋在前面遮擋了部分視線，於是繞到他前面踮腳眺望。

邵明淵立在船頭，問身旁的楊厚承：「是不是看到咱們的船了？」

楊厚承語氣輕快：「對，黎姑娘與晨光都在船欄邊站著呢。」

邵明淵抬手揮了揮。喬昭遙遙望見那個長身玉立的玄衣男子衝她招手，嘴角不由揚起，滿心歡喜。對面的船由遠及近，很快就到了近前。

楊厚承大笑道：「我們回來了！拾曦，你該不會還在睡懶覺吧？」

池燦走到甲板上，懶洋洋道：「瞎嚷嚷什麼，活著回來了不起啊？」

站在對面船上的楊厚承嘿嘿笑了。「我知道了，你肯定擔心得一夜沒睡！」

「誰說的？一夜沒睡的是黎三，可不是我。」

喬昭目光從池燦青黑的眼下掠過，無奈笑了笑。口是心非大概就是說池燦這樣的了。

對面的船越靠越近，幾名親衛拿出纜繩把兩船綁在一起，在葉落的指揮下開始搬運戰利品。

「昭昭，我們回來了。」邵明淵站在船頭對喬昭笑。他知道她會擔心，而這種有人擔心牽掛的感覺真好。

「趕緊過來吧，早飯已經準備好了。」喬昭催促道。

「昭昭，妳等等。」邵明淵忽然轉身折回船艙。喬昭看向楊厚承。

楊厚承嘿嘿笑道：「黎姑娘，妳別急啊，庭泉會給你個好大的驚喜！」

「是嗎？我很好奇是什麼驚喜。」喬昭微笑道，然後就見謝笙簫與葉落各背著一名女子陸續走出。喬昭笑容一滯。

楊厚承忙解釋道：「黎姑娘妳別誤會啊，庭泉要給妳的驚喜可不是這兩個姑娘。」

喬昭抿了抿唇角。她當然知道不是，不然她也會給邵明淵一個「驚喜」的！

喬昭目光盯著艙門，就見一名睡眼惺忪的老者跟在邵明淵身旁走了出來。

那一瞬間，喬昭如遭雷擊，立在原地一動不動。

李神醫皺眉。「昭丫頭，不認識李爺爺了？」

喬昭如夢初醒，向來沉穩如山的少女提著裙襬，小跑著跳到了對方船上。

甲板晃了晃。邵明淵忍不住道：「小心點兒，掉下去怎麼辦？」

喬昭已顧不得這麼多，撲過去抓住李神醫的衣袖，顫聲道：「李爺爺，您，您還活著！」

李神醫抬手揉了揉少女柔軟的髮，笑瞇瞇道：「妳李爺爺這麼多年一直從閻王爺手裡搶人呢，哪一次閻王爺搶過我了？輪到我自個兒，閻王爺就更不敢收了。」

聽著熟悉的話語，喬昭淚如雨下。

「哭什麼，妳可不是愛哭的丫頭。」李神醫拍著喬昭的背，同樣感慨萬千。

他遇到了海上颶風還能倖免於難，其中艱險又豈是三言兩語能說完的。

喬昭用手背擦了擦眼淚，抿唇笑道：「我這是喜極而泣。李爺爺，您餓了吧？咱們先回船，有什麼事等吃了飯再說。」

李神醫滿意笑笑，睇了邵明淵與楊厚承一眼，冷冷道：「還是昭丫頭貼心，哪像你們兩個小子，見面就拉著我問東問西，也不看看我這一把年紀，有精力說這麼多嗎？」

邵明淵垂眸笑笑。「神醫別惱，都是我們思慮不周。」

楊厚承暗暗撇了撇嘴。沒精力？別忽悠人了，吼起人來嗓門比他還大呢！

一行人上了己方的船。

李神醫瞥了迎上來的池燦一眼，不由樂了。「人倒是齊全，還有一位姓朱的小子呢？」

「我和楊二都是奉太后命令保護黎三前來採藥的，朱五沒來。」

李神醫聽了池燦的解釋，忽地看了邵明淵一眼，納悶道：「他們是奉太后的命令保護昭丫頭，太后應該不會對冠軍侯下這樣的命令吧？」

所以說這小子是自動自發跟來保護昭丫頭的？想到這裡，李神醫莫名有些不舒坦。

臭小子這是把自己死去的媳婦兒忘得一乾二淨啊？還沒一年呢，他怎麼對得起昭丫頭！

邵明淵含笑解釋道：「晚輩南下祭拜岳丈一家，舅兄托我照顧昭昭，所以就一路了。」

喬昭聽了，嘴角翹了翹。這人平時看著嚴肅可靠，實則一點不老實。他這回答一方面說明了他南下是為祭拜岳丈一家，又點明照顧她是大哥允許的，純粹是在討李爺爺歡心。

李神醫聽了果然神色稍緩，往內走去。

早飯早就擺上了桌，幾人風捲殘雲地吃完，一人端著一杯茶慢慢喝。

喬昭打量他們眼睛通紅的倦怠模樣，忍不住道：「先都去休息吧，有什麼話休息好了再說。」

「黎姑娘，妳就不好奇我們與倭寇交手的情況，還有李神醫死而復生的事？」楊厚承疑惑問道。喬昭環視幾人，笑道：「反正結果是好的，過程再離奇又何必急於一時知道呢？李爺爺，我帶您去休息。」

李神醫站起來伸了個懶腰，懶洋洋道：「也好，在嗚風島這幾個月一直睡不習慣，噁心人的東西忒多！」

眼見著喬昭扶著李神醫消失在門口，楊厚承搖搖頭。「黎姑娘還真沉得住氣，我餵了一夜蚊子都沒心思去睡覺，恨不得立刻知道李神醫的情況呢。」

池燦白他一眼。「趕緊洗漱去吧，一身的餿味。」

「哪裡餿了？我又不是做饅頭的發麵，一晚上能餿啊？」楊厚承低頭嗅了嗅胳膊，味道差點把自己熏暈便趕忙回房去了，還不忘撂下一句話，「庭泉，你也趕緊去洗洗吧，沒準黎姑娘就是被咱們身上的味兒熏跑的。」

邵明淵一直雲淡風輕的表情一僵，忍不住吸了吸鼻子，然後臉色有些難看。

「行了，別和楊二一樣犯傻。回來就好，趕緊洗洗睡吧，有什麼事休息好了再說。」池燦說完停頓了片刻，才道，「黎三等了你一夜，也一直沒闔眼呢。」

邵明淵笑了。「你也沒睡吧？」

「誰說的？我睡得香呢。」池燦彎彎唇角，「走吧，有李神醫在，你的眼睛可以康復了。」

邵明淵邊往外走邊道：「李神醫說巧婦難為無米之炊。」

「別聽那老頭兒忽悠你，誰信誰傻。」池燦不以為然道。

邵明淵嘴角笑意加深，從沒像現在這般輕鬆。

不管他的眼睛能不能好，李神醫活著回來就是最大的喜事了。

他這一生遺憾很多，唯希望昭昭的遺憾越少越好。

喬昭領著李神醫進了房，親手鋪床展被。「李爺爺您好好休息，等睡飽了咱們再好好說話。」

李神醫一屁股坐在椅子上，瞇著眼打量喬昭一眼。

數月未見，小姑娘比他離京時看起來眉眼長開了些，然而身高卻不怎麼見動靜。

李神醫不由嘆了口氣。這孩子身高可真愁人啊，快十四歲的大姑娘了，還是短胳膊短腿的，要是一直這樣，將來生兒育女可要面臨鬼門關了。

「李爺爺，您不休息啊？」見李神醫盯著她瞧，喬姑娘莫名覺得這小老頭沒琢磨好事兒，忍不住催促道。

「先不急著睡。ㄚ頭，跟我說說，邵明淵那小子是不是看上妳了？」

喬昭臉一熱，訥訥道：「李爺爺——」曾經對李神醫說不想再與邵明淵有任何關係的話言猶在耳，現在要她親口承認二人私許了終身，還是有那麼一點尷尬的。

李神醫人老成精，一看喬昭的反應就明白了，沉著臉一拍桌子。「那個混帳東西，活該瞎了眼睛，他怎麼能對一個小姑娘動心思呢？」

喬姑娘一聽不樂意了。看上她怎麼叫瞎了眼呢？明明是慧眼獨具才是！

「李爺爺，他……他知道了……」喬昭飛快解釋了一句。

「知道什麼？」李神醫不以為意地反問，忽然瞪大了眼睛，「他知道妳是昭昭了？」

喬昭垂眸點頭。「我大哥告訴他了。」

李神醫神情變幻莫測，過了好一會兒嘆口氣。「算那小子走運，既然他成了我孫女婿，那就不讓他當瞎子了。」

喬昭大喜。「李爺爺，您有辦法治好他的眼睛？」

李神醫點點頭。「他運氣不錯，我從嗚風島的倭寇手裡得到了一種珍珠，對疏通眼部四周的經脈有奇效。」

「那太好了。」喬昭喜不自禁。

李神醫睇她一眼，涼涼道：「果然是女生外向啊，一心想著那小子。」

喬昭臉微熱。「李爺爺莫拿我打趣，換作任何朋友眼睛瞎了有希望復明，我都很高興的。」

「行了，行了，老頭子我要好好睡一覺，有什麼事等我睡夠了再說，這些日子就沒有好好休息過，經常幾天沒闔眼。」李神醫對喬昭擺擺手，趕她出去。

「那您好好歇著吧，我讓阿珠在門外候著，等您一醒就來叫我。」李神醫一番話透露出許多不尋常的資訊，喬昭雖好奇不已，卻把一切疑惑都壓下去，輕手輕腳關好房門退了出去。

一夜未睡，喬昭此刻同樣有些睏，卻沒有回房，腳步一轉去了邵明淵那裡。

房門虛掩，喬昭輕輕敲了敲門。裡面很快傳來熟悉的男子聲：「把水送進來就好了。」

送水？喬昭一怔，開口道：「是我。」

裡面聲音有些慌。「昭昭？妳不是去休息了嗎？」

「我來看看你，你在做什麼？」

「呃，我已經睡了啊。」

喬昭揚了揚眉。睡了還送什麼水？

正在這時響起晨光的聲音：「黎姑娘來啦？將軍大人正準備沐浴呢。」

喬昭看著廊上走來的晨光，目光下移，落在他提著的水桶上。

屋裡咳嗽聲響起，邵明淵忙解釋道：「剛剛不小心睡著了，我其實正準備沐浴。」

「這麼說，我過來得不方便了？」

門「吱呀」一聲開了，邵明淵立在門內咧嘴傻笑。「當然方便，昭昭什麼時候過來都方便。」

「咳咳咳。」晨光咳嗽不止。將軍大人真是青出於藍而勝於藍啊，他都有點不適應了。

喬昭抬腳走了進去。晨光條件反射替二人關好了房門。喬昭見狀腳步一頓，無奈笑笑。

屋子當中擺著一個大木桶，裡面正冒著熱氣，可見邵明淵確實正準備沐浴，那他騙她說已經睡了幹什麼？喬昭目光落在邵明淵身上，打量片刻，慢悠悠道：「邵將軍，腰帶繫反了。」

原來某人剛才衣裳都脫了，難怪哄她說已經睡了。

邵明淵臉大紅，以拳抵唇咳嗽起來。

喬昭莞爾一笑，語氣無辜問道：「邵將軍與晨光都著涼了？」

邵明淵很想把打趣他的少女拉進懷裡讓她老實下來，奈何一想起楊厚承說他一身餿味，就什麼心思都沒了，默默離喬昭遠了些。

「別動。」喬昭說了一聲，抬腳走過去。

熟悉的淡淡沉香混著少女的體香襲來，邵明淵渾身一僵。

「把手伸出來我瞧瞧。」

邵明淵下意識把手往身後躲。

喬姑娘板起臉。「伸出來。」

「呃。」年輕將軍老老實實伸出手。他的雙手掌心纏著紗布，紗布已經呈一片暗褐色。

喬昭沉著臉，一言不發地小心翼翼解開纏繞的紗布，果然不出所料，他手心處的傷口又迸裂開來，一片血肉模糊。

「邵將軍，你這雙手不打算要了？」少女冷冷問。邵明淵心頭一跳。昭昭好像生氣了！

「你不是說只負責指揮嗎？」

邵明淵訕訕一笑。「我真的是負責指揮，別的都是親衛們幹的。」

「那你的手是怎麼弄的？」

「我就射了一箭。真的，就一箭而已。」

喬昭恨不得踹他一腳，氣道：「邵明淵，你是不是就喜歡射箭啊？」

邵明淵也顧不得怕喬昭嫌棄他身上味道了，用手臂箍住少女肩頭，柔聲道：「當時天色暗，距離遠，只有我能做到一箭解決對方的首領，我是為了後面的戰事順利才射那一箭的。昭昭，妳是不是心疼了？」

「誰心疼啊?」喬昭抽了抽嘴角,冷哼道,「我是提醒你,不要讓傷口反覆裂開,對你沒好處。」

「所以昭昭還是心疼我了。」男人泛著青茬的下巴抵在少女頭頂,輕輕蹭了蹭。

喬昭身體緊繃,推了他一把。「你不是要沐浴嗎?」

「等一會兒。」男人抱著少女不動,在她耳邊低喃道,「昭昭,李神醫沒有死,我很高興。」

喬昭沒有再掙扎,任由男人抱著,喃喃道:「我也是。」她頓了一下,告訴擁著自己的男人:「李爺爺知道了。」

她這話說得含糊,邵明淵卻立刻聽懂了,不由把懷中少女攬得更緊了些:「昭昭,多謝妳。」昭昭主動告訴李神醫這件事,說明她確實是願意接受他的,所以才不願讓最受尊敬的長輩成為他們二人的阻礙。

喬昭頭埋在邵明淵懷中,聲音聽起來低低的。「李爺爺說能治好你的眼睛。」

她環著他的腰,能明顯感到她說出這句話時,對方身體有瞬間的緊繃。

眼睛能治好是好事,他緊張什麼?喬昭思考著這個問題,手下意識地在男人腰間畫著圈。

年輕將軍忙捉住少女不安分的手,聲音低沉:「昭昭,別鬧。」

喬昭抬頭看著近在咫尺的男人。他鼻梁高挺,薄唇有著完美的形狀,側臉稜角分明又不過於凌厲,一雙眼睛燦若星辰。

然而他的神情有些僵硬,帶著某種說不出的緊張,看起來倒像是茫然無措的少年。

喬昭不知怎地心就軟了一下,伸出雙手把男人的俊臉往下一拽,踮腳在他唇上輕啄了一下。

「昭昭——」邵明淵一臉意外,手腳僵硬忘了反應。

「庭泉,你放心,我答應與你在一起,那就是答應了,斷斷不會因為你眼睛壞了或是好了,就出爾反爾。」這個笨蛋難不成在擔心他眼睛好了她會毀約？

別的她不敢說，一諾千金還是知道的。再者說——

喬昭閉上眼睛，彎了彎唇角。

如果不欺騙自己的心，這個男人她是心悅的。

年輕將軍猛然把少女舉了起來。

「怎麼不說話了？」好一會兒沒等到邵明淵的回應，喬昭抬眸。

「邵明淵，你的手！」邵明淵把喬昭高高舉起來轉了幾圈，喬昭氣得拍他的手臂。「邵明淵，你又發什麼瘋呀？轉得我頭暈。」

耳畔是男人爽朗的笑聲。「我心裡高興！」

喬昭唯恐門外的晨光聽見，壓低了聲音嗔道：「你高興舉我做什麼？趕緊把我放下來，不然我生氣了。」

「好。」最初的狂喜過後，年輕將軍冷靜了一下，把舉高的少女往下放，半途動作一頓。

「是不是放錯了地方？」邵明淵遲疑道。

喬昭聲音淡淡的，一字一頓道：「對，你把我放浴桶裡去了。」

這個笨蛋，眼睛看不見就不能安分點嗎？

邵明淵一臉尷尬，忙將喬昭撈出來放下。喬昭一雙繡鞋連帶裙襬都濕透了，抬眼看著邵明淵。

邵明淵自知做了蠢事，尷尬得臉都紅了，手足無措。

喬昭好氣又好笑，提著裙襬往外走。「你快些沐浴吧。」

「昭昭——」邵明淵忍不住喊了一聲。傳入耳畔的是一聲關門聲。

邵明淵立在原地發愣。

晨光提著水桶進來，發現將軍大人神色有些不對，清了清喉嚨道：「將軍，您往後走幾步，地板上有水，當心滑倒。」

將軍大人表情呆滯往後退了幾步。

晨光把水倒進浴桶，試探了一下水溫，笑道：「將軍，水溫剛剛好，卑職幫您洗澡吧。」

他走過去替神情呆滯的將軍大人寬衣解帶，邵明淵如夢初醒，制止道：「不用，我自己來。」

倘若他的眼睛好不了，這些事他早晚要一一習慣的。

邵明淵默默脫了衣裳，由晨光扶著抬腳邁進了浴桶中，緩緩沉下身去。晨光站在邵明淵背後，用水瓢舀水替他沖洗後背。

「將軍，您又惹黎姑娘生氣啦？」

邵明淵抓著軟巾的手一頓，挑眉冷冷問：「什麼叫我又惹黎姑娘生氣了？」

晨光往邵明淵疤痕交錯的結實後背上澆了一勺水，笑吟吟道：「將軍，您跟卑職還藏著掖著啊？您和黎姑娘出了問題就要想法子解決，不解決那問題不就越來越大了？您跟卑職說說，不是還能給您出個主意嘛。」

邵明淵沉默片刻道：「我剛剛把黎姑娘放浴桶裡了。」

晨光猛烈咳嗽起來。「將軍，心急吃不了熱豆腐啊，您現在就想與黎姑娘共浴，黎姑娘不生氣才怪呢！」

「胡說什麼，我只是不小心。」邵明淵惱羞成怒。

晨光默默翻了個白眼。到底要多不小心才會把人家大姑娘放浴桶裡？咦，這麼說，剛剛將軍大人抱黎姑娘了？

這麼一想，晨光給將軍大人搓背的動作更帶勁了。

沐浴過後，邵明淵換上乾淨衣裳躺到床榻上，對準備提水出去的晨光道：「昨晚你守了一夜吧？回去好好睡一覺。」

「噯。」晨光響亮應了聲，走到門口拉開門，不由吃了一驚，「三姑娘，您怎麼在這兒？」

喬昭已是換過了衣裙，端著托盤道：「給你們將軍上藥。」

邵明淵一聽忙坐了起來，聽著腳步聲走近，訕訕笑道：「昭昭，妳剛剛沒生我氣啊？」

喬昭見晨光離開後，放下托盤，拉過邵明淵的手，一邊替他手上傷口消毒一邊道：「生不生氣不都要給你換藥嗎？」

少女低了頭，長而鬈翹的睫毛在眼下投了一片剪影，神情溫和。

邵明淵雖然看不到，卻能感覺到少女動作上的溫柔，不由悄悄笑了。

喬昭替邵明淵纏好乾淨的紗布，站起身來。「好了，你休息吧，我也去睡一會兒。」

「嗯。」

喬昭走到門口，聽男人在背後喊了一聲：「昭昭——」

「怎麼了？」喬昭停下腳。

「等回到京城，我給妳一匣子銀元寶，妳多買幾條裙子吧。」

他聽說姑娘家的衣裳嬌貴，有的碰了熱水就不能穿，一匣子銀元寶應該夠昭昭買幾條好裙子。

「不用了。」喬昭忍耐吐出這三個字，關上了門。

留下邵明淵一頭霧水：為什麼給昭昭銀子她還不高興？難道是給少了？

❧

眾人一直睡到晌午過半才重新聚在廳裡。

一七一 奇法密聞

李神醫笑得暢快，笑聲中透出一股說不出的快意。眾人更是好奇。

「李爺爺，究竟是怎麼回事啊？」

李神醫笑夠了，看向喬昭。「昭丫頭，妳先說說，是怎麼聯想到他們是癲狗咬發作的？」

癲狗咬並不是常見病症，且初發時極易被誤診為普通風寒，昭丫頭雖繼承了他的衣缽，經驗卻不足，能聯想到那些人是癲狗咬很是不易。

喬昭笑著解釋：「不久前我們救了幾個姑娘，其中一人當時渾身發熱有風寒症狀，結果沒多久就開始發狂咬人，我這才想到是癲狗咬。再想這些姑娘是從鳴風島逃出來的，就不難猜到了。」

李神醫喝了一口茶，輕「咦」了一聲。「那些丫頭真的得救了？」

喬昭心中一動，聯想到謝笙簫的話，問道：「莫非悄悄放了那些姑娘的是您？」

李神醫點點頭。楊厚承一臉欽佩。「神醫真是好人！」

「我只是給了她們一線生機，是她們抓住了機會逃出來，並且好命遇到了你們。」李神醫不以為意道。那種情形下，他只能做到替她們打開一扇門，再多的就做不到了。

「晚輩有些好奇，神醫是如何神不知鬼不覺替那些姑娘打開門的？」邵明淵問道。

李神醫捋了捋鬍鬚，意味深長道：「這個嘛，就和那些人像瘋狗般的症狀有關係了。」

聽李神醫這麼一說，眾人更是好奇，皆眼巴巴望著他。

李神醫卻慢條斯理喝了一口茶，笑眯眯道：「不過事關醫術祕聞，我只能告訴昭丫頭。」

他說完，一口接一口喝茶不再吭聲。

「不是吧？」楊厚承瞪大了眼睛。他滿懷期待睡了一覺，現在就和他說這個？

池燦同樣臉色一黑。邵明淵站了起來。「拾曦、重山，既然這樣，咱們出去吧。」

兩個小夥伴皆坐著不動。他們才不出去，他們要聽祕密！

「走了。」邵明淵雖看不見，憑耳力卻知道兩個小夥伴坐在何處，用指尖一手拎著一人耳朵往外拖。「邵明淵，你找死啊？」池燦大怒。

這混蛋居然拎他耳朵？只有他公主老娘在他小時候才這麼幹過！

楊厚承咧著嘴去護耳朵。「快放開，快放開，痛死了！」

邵明淵鬆開手，一臉抱歉道：「對不住，我看不見。」

他也不想這樣，若手沒受傷，一手提一個就拎出去了，現在只能用指尖，那就只好拎耳朵了。

一聽邵明淵這麼說，兩個小夥伴果然沒了脾氣，池燦咬牙道：「等你眼睛好了咱們再算這筆帳！」眼睛瞎了了不起啊？不但賺到了媳婦，還拎他耳朵！

廳內很快安靜下來，喬昭嘴角掛著笑意盯著門口。

李神醫伸手在喬昭面前晃了晃。「快回魂了。」

喬昭眼神一閃，收回視線。

李神醫似笑非笑道：「那小子就那麼好，讓妳瞧得目不轉睛？」

喬昭彎唇一笑。「我是覺得他有時候一肚子壞水。」

李神醫用手指悠然敲打著桌几，不以為意道：「一肚子壞水不要緊，只要別用在妳身上就行，不然現在治好了他的眼睛，我也能給他弄瞎了。」

喬昭哭笑不得。「李爺爺，您就快些給他治眼睛吧，他這個樣子確實很不方便。」這回一高興把她放浴桶裡了，下次說不定還把她放哪兒了。

「急什麼？再急妳也不能立刻嫁過去，別忘了妳現在還沒及笄。」李神醫瞥了喬昭一眼，語帶警告，「昭丫頭，李爺爺可要提醒一聲，沒滿十八歲前妳最好不要生孩子。」

昭丫頭還魂的這副身子天生體弱，又是纖細的骨架，要是受孕早了那可是有危險的。嗯，等昭丫頭與那小子成親的時候，他還要好好敲打一下那小子。

喬昭臉一紅。雖說她知道李神醫是站在醫者角度提醒她，可這個話題還是尷尬了些。

「聽見了沒？」李神醫可不管喬昭害不害羞，抬手敲了一下她的額頭。

「知道了。」喬昭捂著額頭老老實實道。李神醫這才滿意點點頭。

「李爺爺，您還沒說島上那些人是怎麼回事，他們為何集體發狂？難道說與癲狗咬無關？」

「說有關也有關，說無關也無關。」

「李爺爺，您就不要賣關子了。」

「昭丫頭，我離京前留給妳的那冊醫書看了吧？」

喬昭點頭。

「那第十八篇寫了什麼內容？」

喬昭不假思索道：「第十八篇提到一種奇法，可以用言語、動作等使一個人產生幻覺，或以為自己成為了另外的人，抑或是做出某些不可思議的行為……」

少女把那一篇記載的內容一字不落複述一遍，神色微怔。「可是您在那一篇的最後提到，這個奇法還在摸索階段，目前尚不能掌握，難道說——」

李神醫笑起來。「其實呢，我曾經嘗試過這個奇法。當時有一人手臂壞死，必須截掉，可是上古奇方麻沸散又沒研究出來，所以我嘗試了下這奇法，暗示他並不會痛，結果成功了……」

喬昭聽得目眩神迷。

李神醫語氣一轉。「不過這個法子尚在摸索階段，成功機率很低，所以只在那冊醫書裡寥寥提了幾句。幾個月前我落入倭寇窩裡，靠著醫術保住了性命，但親眼見到那些畜生的行為，又怎麼甘心給他們治病！直到有一天，我發現島上有一條黑狗的行為有些異常……

「我把那條黑狗的唾液刺入其他幾條狗的體內，果然不久，那幾條狗陸續出現了反常行為。後來就簡單了，等那幾條狗發狂開始胡亂咬人，很快就有不少人在無防備下被咬傷。」

喬昭心思通透，略一琢磨便有所領悟。「我明白了，那些被狗咬傷的人並不是全都發了癲狗咬。他們是受了您的某種暗示，對嗎？」

李神醫露出孺子可教的神情。「不錯，他們被狗咬傷後跑來找我包紮，我便趁機給他們下了暗示，暗示他們在適當的時候會變成一隻瘋狗。」

「可是您怎麼確保他們發瘋的時間呢？」喬昭喃喃道。那些人倘若沒有同時發瘋，就不會有那麼大影響，使島上倭寇陷入混戰，最終讓己方撿了便宜。

這種暗示之法的神奇之處已使喬昭驚嘆不已，可更令她百思不得其解的是李神醫控制那些人發瘋的時間點，這樣的能力已經不像醫術，而是神仙之法了。

聽喬昭這麼問，李神醫露出神祕的笑容。「想要控制他們發瘋的時間，就需要給他們設定同一個觸發點。」

「觸發點？」喬昭自詡飽讀詩書，可從李神醫口中聽到的詞卻聞所未聞。

李神醫耐心地給眼前的少女解釋著：「對，就是觸發點。我在給他們處理傷口時不僅下了暗示，還同時設好了觸發點，便是血光與狗咬。也就是說，當『血光』的場景與『狗咬』的字眼同時出現時，被我下了暗示的人便會瞬間失去自我意識，把自己當成一條瘋狗……」

隨著李神醫深入解釋，喬昭不禁拍案叫絕。

血光與狗咬，當滿足這兩個條件時，證明倭寇中已經有了騷亂，需要以血腥手段解決了。而在這時一部分正常人開始發瘋，無疑會引起極大的恐慌，那些倭寇在慌亂中很容易陷入自相殘殺的局面。

「事情還真是巧，那些倭寇剛好發瘋，邵將軍他們正好登上了鳴風島。」

李神醫冷笑。「那不是巧，那是老天看那些畜生壞事做絕，毫無人性，所以要收他們去見閻王呢。」

喬昭莞爾一笑。「您說得對。老天還是長眼睛的，讓您能化險為夷，使那些倭寇一命嗚呼。」

聽小孫女這麼說，李神醫又有些不滿意了，輕咳一聲道：「讓我化險為夷確實是老天開眼，但讓那些倭寇一命嗚呼主要靠的還是妳李爺爺的本事。」

不分主次怎麼行呢？想想能順利讓那些倭寇狗咬狗，沒出絲毫的偏差，他可得意著呢。

「李爺爺確實最厲害了，神仙在世都沒您的本事。」尊敬的長輩死而復生，還做出這麼了不得的事來，喬昭當然不吝讚美。

李神醫捋著鬍鬚笑瞇瞇聽著，聽夠了後忽然深深看了喬昭一眼，意味深長問道：「昭丫頭，這個奇法妳想不想學？」

喬昭怔住。李神醫抬手敲了她額頭一下，不滿道：「妳這丫頭怎麼越來越傻了呢？是不是被那小子影響的？」

喬昭失笑。「李爺爺，您說到哪裡去了。聽您說我可以學習這個奇法，我是太震驚了。」

李神醫這才滿意點頭。「說得也是，不震驚才是不正常的。那丫頭到底想不想學？」

喬昭點頭。「自然想學。」

這樣的奇法在關鍵時刻能起大作用，她肩負一家人的血海深仇，當然是藝多不壓身。

「那先把話說到前頭，這奇法雖然被我暫且歸為醫術的一種，但要學習它非常講究天分，能不能學成、學到什麼程度，就看妳的造化了。妳李爺爺摸索十數載，也不過略有小成而已。」

「我明白的，能學得皮毛我就知足了。」

李神醫講完自己的事，又問起喬昭這段時間的經歷，喬昭自是一一道來。

「錢老頭進京了？」聽喬昭講完，李神醫問了一句。

「是呀，跟著人證一起悄悄回京了，等您回去就能與錢爺爺喝酒了。」

李神醫搖搖頭。「我不準備回京城了。」

「李爺爺？」喬昭一愣。李神醫顯然是早就想好了，神色平靜道：「京城的水太深，我可沒工夫蹚，我還有好多東西要研究呢。」

喬昭面露不捨，卻未再勸。每人都有權利選擇想過的生活，儘管很不捨，她能做的唯有尊重。

李神醫抬手揉了揉喬昭的頭。「好了，李爺爺答應妳，等妳出閣我會回去的。」

「李爺爺可不能食言。您準備在何處隱居呢？沿海這邊倭寇橫行，太亂了。」

「我在嘉豐住習慣了，就回那裡去吧。到了那裡僱幾個村民建一座茅草屋，將來妳回娘家也有地方住。」李神醫很隨意道。

喬昭卻不由紅了眼睛，訥訥道：「我會常回去的。」

李神醫睇她一眼，笑道：「沒出閣前妳一個小姑娘想再回去是沒可能了，倒是成親後，以那小子對妳的疼愛，或許能多回去幾次。」

喬昭點點頭，頭一次覺得嫁人或許比想像中要好一些。

李神醫站了起來。「行了，我去給那小子看看眼睛。昭丫頭，妳可要記著，今天我對妳提到的那個奇法，不得對任何人透露一個字。」

說到這裡，他深深看著喬昭，強調道：「對任何人都不許講。雖然我認為那個奇法依然屬於醫術的範疇，只不過是超出了常人的認知而已，但世人定會覺得那是邪術。一旦讓人發覺妳會使用『邪術』，那些平時看來老實巴交的人可是什麼事都能做得出來。」

「您放心，我不會對任何人提及的。」喬昭鄭重道。

李神醫往房門處走了兩步回頭。「對那小子呢？」「也不說。」

老人家哈哈一笑，抬腳走了出去。

三個吹海風的人一見李神醫出來忙圍了過來。李神醫抬了抬眼皮。「侯爺跟我來。」

邵明淵忙跟在李神醫屁股後面走，留下池燦與楊厚承面面相覷。

「這是不是說就咱倆不知道了？」楊厚承生無可戀問。

池燦繃著臉走向喬昭。「黎三，李神醫神神祕祕的，到底是什麼情況？」

喬昭一臉嚴肅道：「那些人之所以變成那個樣子，是中了李爺爺研製的一種能令人產生幻覺的奇毒，具體的你們還是不要問了。」

「為什麼？」楊厚承不解。

喬昭深深看了他一眼，語帶警告。「那種奇毒李爺爺尚在摸索階段，正愁找不到人繼續試驗呢。他要是知道你們已經知道了，一不高興說不準就用到你們身上。」

想到李神醫的喜怒無常，池燦與楊厚承這才死了心。

這時腳步聲響起，謝笙簫匆匆跑了過來。

「黎姑娘，從鳴風島上帶來的兩位姑娘醒了，她們不讓任何人靠近，我也不確定她們到底有無問題，妳去看看吧。」

❦

喬昭跟著謝笙簫趕到安置兩名女子的房間。

她才上前走了一步，兩名女子就抱著頭立刻往牆角躲去。喬昭看向謝笙簫。

「她們醒來後就這樣了，我怕……我怕她們和之前的七娘一樣患了那個病症，所以請妳來看看。」謝笙簫說道。

喬昭仔細打量兩名女子，單憑這樣自是瞧不出什麼來，遂放緩語氣道：「妳們別怕，我們已經從倭寇手中救出了妳們，妳們現在安全了。現在我來檢查一下妳們的身子，可以嗎？」

見兩名女子依然抱著頭渾身顫抖，喬昭把聲音放得更輕。「那我就過去了。」

兩名女子沒有吭聲。喬昭等了一下，抬腳走了過去，俯身去牽其中一名女子的手。就在這時變故突生，那名女子忽然伸手狠狠推了喬昭一把。

喬昭一個趔趄往後退去，被一雙手扶住。

「謝姑娘，多謝了。」

謝笙簫一臉抱歉。「黎姑娘，對不住——」

喬昭站穩身形，搖頭道：「不關謝姑娘的事，我們既然救了她們，在她們脫離危險前當然要好好照顧她們。」

「不要過來，妳們不要過來！」那名女子發瘋般喊道，與另一名女子緊緊擁在一起。

喬昭站在原處觀察兩名女子的狀況，聯想到她們的遭遇，不由心中一動，對一身男裝的謝笙簫道：「謝姑娘，不如妳出去等著吧，我一個人和她們說說話。」

謝笙簫當即拒絕。「這怎麼行，妳萬一被她們傷到怎麼辦？」

黎姑娘一看就是手無縛雞之力的女孩子，還沒她眉毛高呢，她可不認為這樣嬌小玲瓏的女孩子能有自保的能力。

「她們昏迷時謝姑娘應該檢查過了吧？」

謝笙簫點點頭。

「那她們身上有無利器？」「這倒沒有，可是——」

喬昭笑笑。「沒有利器不就行了，有什麼事妳來救我就好了。」

謝笙簫忍不住翻了個白眼。「妳倒想得開。」

話音落，謝笙簫不由尷尬起來。她與黎姑娘相識沒有幾天，剛剛怎麼會下意識把黎姑娘當成熟悉的朋友調笑呢？這樣顯然很失禮。

喬昭看出謝笙簫的尷尬，笑盈盈化解道：「謝姑娘看得準，我一直很想得開。我覺得啊，生為女子要比男人想得開才能活得好。」

謝笙簫怔住。這些話，阿初以前也曾說過，她很贊同。這世道對女子如此苛刻，女子要是再想不開，這也怕那也愁，光憋屈都能把自己憋屈死了。

「好了，謝姑娘快出去吧，我還要給她們看看呢。」喬昭用同樣熟稔的語氣說道。

謝笙簫有些失神走了出去。喬昭的視線重新落到兩名女子身上。

兩名女子臉上沒有二兩肉，都是尖尖的下頦，眼睛顯得很大，卻空洞洞的瞧著有些滲人。

她們新換的衣裙看款式花紋，喬昭記得是阿珠的衣裳，露在外面的纖細脖頸上遍布一道道血痕。喬昭暗嘆了口氣，靠近二人，柔聲道：「妳們別怕，現在只有我在了。我和妳們一樣，都是女孩子。」兩名女子終於有了反應，抬頭戒備看著她。

喬昭溫柔一笑。「我現在要幫妳們檢查一下身體，好嗎？」兩名女子皆未吭聲。

「那我就當妳們答應啦。我現在先幫妳們把脈，只需要按住手腕就可以了，不會碰觸妳們其他地方，明白嗎？」

兩名女子依然沒有動。

喬昭為了盡量不引起二人的抗拒，把語氣放得更柔。「那我先替離我最近的姊姊把脈了。」她緩緩伸出手去抓離她最近的女子手腕，當指尖落到那名女子手腕上時，才算鬆了口氣，凝神把起脈來。可就在這時，那名女子忽然死死箍住了喬昭手腕，對著她的手臂狠狠咬了一口。

喬昭吃痛，不由低呼一聲。謝笙簫猛然推門而入，面色大變。「黎姑娘！」

她一個箭步走來要把那女子撥開，另一名女子突然擋在前面，尖叫道：「走開，走開！」

喬昭忍痛道：「謝姑娘，妳還是出去吧，她們可能把妳當成了男子，心裡害怕。」

「可是——」

喬昭無奈笑笑。「已經被咬了，總不能白被咬了。」

「妳就不怕她們有那個病，傳染給妳嗎？」謝笙簫說出這番話時，面色鐵青。

早知如此就不該把黎姑娘叫過來，黎姑娘要是出了什麼事，她就算內疚一輩子也無法彌補。

「沒發作前是有辦法解決的。謝姑娘，妳快出去吧。」喬姑娘眼淚汪汪道。

再咬下去她真的要痛死了！

謝笙簫點頭。「好，我出去，不過她們再有更過分的舉動，我無論如何也要制止她們！」

謝姑娘蹬蹬蹬地走了出去，喬昭面上依然帶著笑問：「妳們是姊妹吧？」

「妳怎麼知道？」另一名女子盯著喬昭怔怔道。

「我看妳們感情很好，剛剛妳一心護著這位姑娘呢。我就想啊，只有親姊妹才會如此關心彼此吧。」喬昭柔聲解釋，嘴角一直掛著淺淡笑意，彷彿絲毫感覺不到手臂上的疼痛，聲音有種安撫人心的力量。她能明顯感覺到，那名女子聽了她的話後緊繃的情緒開始放鬆下來。

這一刻，喬姑娘忍不住想，或許她還真有些學李爺爺奇法的天分。

室內有短暫的沉默。喬昭也不急，一動不動等著。

「妹妹，妳放開她吧，她和咱們是一樣的。」另一名女子終於開口道。

喬昭悄悄鬆了一口氣。她賭對了，她們果然是姊妹。她剛剛說的那些話純粹是安撫這兩名女子，之所以斷定她們是姊妹，是因為她發現二人外貌有幾分相似。

一直咬著喬昭手臂的女子似乎很聽另一名女子的話，鬆口抬起了頭，滿嘴鮮血，飛快看了喬昭一眼就躲進另一名女子懷中。

喬昭在心中苦笑。明明她才是被咬的人，現在疼得恨不得哭鼻子，怎麼倒像她欺負人似的？她拿出手帕按在傷口處，對另一名女子笑了笑。

「妳們是什麼人？」女子開口問。

「這艘船上主事的其實是官家的人——」

喬昭話未說完，原本安靜下來的兩名女子忽然又激動起來。

「妳走開，妳走開——」兩名女子胡亂抓起手邊的東西往喬昭身上扔去，一邊扔一邊往後躲。

謝笙簫聽到動靜走進來，護在喬昭身前。「黎姑娘，我們還是先出去吧，她們情緒太不穩定，會傷到妳的。」喬昭也看出來兩名女子情緒極度不穩，只得隨著謝笙簫退了出去。

「黎姑娘，我幫妳處理一下傷口吧。」

「不用了，我回去讓阿珠處理就好。」

喬昭回到自己房間，吩咐阿珠：「去拿烈酒和藥膏來。」

「姑娘，您怎麼了？」冰綠一臉緊張問。

喬昭掀起衣袖，冰綠不由低呼一聲。「好深的牙印，都流血了，哪個王八蛋幹的？」

「別大呼小叫。」喬昭輕斥道。這時門外傳來聲音：「昭昭，妳在屋裡嗎？」

沒等喬昭回答冰綠就一陣風跑到了門口，打開房門對邵明淵告狀道：「將軍，不知是誰把我們姑娘的手臂咬流血了，牙印可深呢──」

「冰綠！」喬昭臉色微沉。這個小丫鬟嘴也太快了，這樣的小事告訴邵明淵幹嘛呢。

邵明淵快步走過來，因為走得太急又看不到，身體狠狠撞到了桌角上。

喬昭忙起身扶住他。「眼睛看不到就別這麼急。」

「傷到哪隻胳膊了？嚴不嚴重？」邵明淵抓著喬昭手腕問。

拿著東西回來的阿珠站在門口一時不知該進還是該退。

「被人咬了一口，能有多嚴重？」喬昭安撫了下快抓狂的男人，喊道，「阿珠，進來給我上藥吧。」「是。」阿珠這才抬腳走進來。

「庭泉，你要不等會兒再過來？」

邵明淵立在原處一動不動，理直氣壯道：「我看不見。」

喬昭抽了抽嘴角。什麼時候失明成了尚方寶劍了？

阿珠很快替喬昭處理好了傷口，很識眼色退了出去。

「李爺爺給你看過眼睛了？他怎麼說？」

邵明淵沒理會喬昭的話，問道：「是不是從鳴風島帶回來的那兩個女子咬傷的？」

喬昭一怔。「你猜到了？」

「並不難猜，咱們這邊的人都好好的，先前那些女子也沒什麼問題，那麼唯一的變數就是剛帶回來的那兩名女子。」

「是其中一個咬的，不過她們現在情緒很不穩，失去理智下做出來的事沒什麼好計較的。」

邵明淵牽起喬昭的手，放在唇邊輕輕親了親，嘆道：「妳不計較，但我心疼。」

喬昭紅著臉往回抽手。「說正事吧。」

許是寒毒快要驅散殆盡，這人的唇比以前灼熱許多，落在肌膚上讓人無所適從，心生慌亂。

邵明淵抓著喬昭的手不放。「正事就是妳該檢討了。」

「檢討什麼？」喬昭揚眉。邵明淵坐到椅子上，手上微一用力，一言不發把喬昭拉了過去。

喬昭跌坐到他腿上，感受到親密無間的接觸，慌忙掙扎起來。

邵明淵卻牢牢按著她不讓動，薄唇緊抿道：「昭昭，我現在有點生氣。」

喬昭停止了掙扎，坐在男人緊繃有力的修長大腿上，忍不住問：「你氣什麼？我那樣做是有原因的——」

邵明淵打斷喬昭的話，用指尖抓著她的手打了自己一巴掌。「我氣自己總是不能把妳保護好。」

少女愣神之際，男人把她擁入了懷裡，低低道：「昭昭，我情願自己挨一刀也不想妳受傷。妳是女孩子，和我們這些皮粗肉厚的大男人不一樣。妳該好好檢討一下，為何輕易涉險！」

聽了邵明淵的話，喬昭心頭暖暖的，面上卻不露聲色，輕輕推了推抱著她的人道：「那兩個姑娘受了很大刺激，我曾見過這樣的案例。那是個親眼目睹生父殺了母親而受劇烈刺激的男童，最開始時就如她們那樣，見人靠近就躲避或大喊大叫，這樣過了一段日子男童安靜下來，卻再也沒開口與人說過話……」

喬昭用輕柔的語氣講著許久前遇到的事。「那時候李爺爺就對我說，受過巨大刺激的人在他情緒尚能對外界做出反應時，一定要盡量安撫，不然放任不管，那個人很可能就會關閉了心智，不再與外界有任何交流了。」

「真會如此？」

喬昭笑笑。「你在北地救過那麼多被禍害的姑娘，難道沒有見過這樣的例子？」

邵明淵搖頭。「當時救下就離開了，哪裡知道那些姑娘後來怎麼樣了。」

喬昭輕嘆一聲。「這兩個姑娘與北地受到禍害的女子更不一樣，她們是被抓到鳴風島反覆受到非人的羞辱折磨，心中創傷不是常人能想像的。我怕她們變成男童那個樣子，於她們是大不幸，對咱們也是損失。」

見邵明淵不吭聲，喬昭解釋道：「她們在鳴風島上待得久，說不定會知道些咱們需要的內情，你覺得呢？」

「知道內情的又不單單她們兩個，那也不值得妳以身試險。」

「就當我可憐她們吧。那個年長的女孩子，我與她曾有過一面之緣。」

這倒出乎了邵明淵意料。「妳們見過？」

喬昭點頭。「如果我沒記錯，她的父親應該是監察御史，正是我父親的下屬，幾年前上任途中路過嘉豐，曾來拜訪過我祖父。那時我正好出了門，出來時趕上他們離開，就匆匆見了一面。不過當時她容貌尚未長開，如今又飽受折磨形銷骨立，我也是打量了好一會兒才想起來。」

「她的父親是監察御史，她卻落入了倭寇手裡——」

喬昭正色道：「這其中內情一定小不，所以我不能眼睜睜看著她們走向自我毀滅。庭泉，你就別計較這些了，如果真有大危險，我定然不會這樣做的。」

男人俊臉緊繃，牢牢擁著少女。「這一次就不計較了，再有下次——」

「怎樣？」喬昭下意識問。

邵明淵揚起唇角笑了笑。「到時候妳就知道了。」

他明明看不見，可這樣笑著說出這話，喬昭整個人都有些無措了，忙推了推他。「邵明淵，你把我放下來，我還有事要說——」

「妳說。」「你這樣我怎麼說？」

邵明淵老老實實放下喬昭，側轉過身子，臉上有著可疑紅暈，輕咳一聲道：「說吧。」

「我還特意提到咱們是官家的人。按理說她們的父親是官員，對官家的人應該有著下意識的親切感。可是我提了後，她們本來安穩下來的情緒又一下子崩潰了，彷彿受到極大的刺激。庭泉，你覺得這是怎麼回事兒？」

邵明淵略一思索便道：「如果是這樣，那她們落入倭寇手中恐怕不會那麼簡單，她們的父親很可能遇到了大麻煩或者已經遇害，而害他的人十之八九是這裡的官員。」

「我也是這般猜測，不過她們的父親是監察御史，雖然只是七品官，卻能代天子巡守，風聞奏事，直達天聽，所以在地方上是個很特別且重要的存在。倘若真的已經遇難的話，朝廷那邊應該會得到消息的。」

喬昭悄悄按了按隱隱作痛的手臂，接著道：「咱們不是想抓到邢舞陽的把柄嗎？說不定能從這兩位姑娘這裡找到突破口，所以無論如何不能讓她們關閉心智，精神崩潰。」

她說完，見邵明淵不語，拉了拉他衣袖。「庭泉，你說呢？」

邵明淵無奈嘆氣，語氣中滿是寵溺。「是，道理都在妳這邊，反正我是說不過妳的。」

他牽起少女的手放到自己心口上，輕聲道：「但我會難受，妳要是捨不得我難過，以後就愛惜自己，行嗎？」

「知道了，等你眼睛好了，你可以監督我。」喬昭笑盈盈道。

聽著少女含笑的話語，邵明淵忽然很想立刻見到她的模樣，喃喃道：「昭昭，妳笑起來很好看。」喬昭抿了一下唇角，淡淡道：「是黎昭笑起來很好看。」

邵明淵拉著她的手不放，柔聲道：「雖然我沒見過妳原來笑的樣子，但我覺得都好看。」

「油嘴滑舌。」喬昭輕聲道，卻任由他握著手不動。

「我不會油嘴滑舌。」男人一臉認真道，「真的都好看。」

喬昭輕輕靠在邵明淵手臂上，嘆道：「邵明淵，等你眼睛好了，我給你畫我以前笑的樣子，好不好？」

「好，那咱們一言為定。」

室內安靜下來，二人許久沒再開口，溫馨縈繞周身。

❦

鳴風島的倭寇已經被消滅，眾人卻未再登島，開始掉頭返航，原因便是李神醫當初採到凝膠珠製成的祛疤聖藥因貼身放著並沒有丟，且分量足夠，於是給眾人省下好大的工夫。

接下來幾日喬昭時不時去找兩名女子說話，語氣溫和，耐心十足，終於讓二女放下了戒備，允許她近身檢查。檢查過後，喬昭暗暗心驚。

兩名女子身體早已破敗不堪不說，年紀較小的那名女子竟然還有了身孕！

「貞娘，妳願意和我出去走走嗎？今天陽光很好。」喬昭試探問道。幾日下來，貞娘已經通過手寫把名字告訴了喬昭。

貞娘看了熟睡的妹妹一眼，搖了搖頭。

喬昭暗中嘆氣，卻並不灰心。她們到現在雖然一直沒有再開口，至少會對她說的話做出反應，這是好跡象。對於這種內心受到重創的患者來說，醫者只能徐徐圖之，操之過急是大忌。

「那妳要不要去我的房間看看？我那裡有許多書，妳有興趣的話可以隨便看。」

貞娘眼中一亮，目不轉睛盯著喬昭。

喬昭知道這個話題引起了貞娘的興趣，立刻道：「醫書、史書、棋譜，還有打發時間的遊記、話本子，幾乎什麼類型都有，妳要不要去看看？」

貞娘眼中多了先前沒有的亮光，卻依然搖搖頭。

喬昭站起身來。「那妳告訴我想看什麼類型的書，我去給妳拿來可好？」少女嘴角掛著寧靜的笑，彷彿外面的一切風浪都與她無關，她這裡就是唯一的避風港灣。

貞娘緊緊盯著喬昭，二人沉默對視了好一會兒後，她忽然吐出兩個字來：「史書。」

喬昭暗暗鬆了口氣，露出明媚的笑容。「我去給妳拿。」她很快抱著幾本史書過來，遞給貞娘。貞娘猛然把書奪過去，死死抱在懷裡。

喬昭面上不動聲色，心中卻小小心疼了一下。這些書都是臨行前父親大人給她蒐集的，被貞娘這麼一搶，估計要磨損不少。

貞娘拿起一本史書認真看起來。

喬昭坐在她不遠處，輕聲問道：「妳為什麼喜歡看史書呢？」

這幾天喬昭過來一直是自說自話，此刻她本來沒想到會得到貞娘的回應，誰知貞娘卻忽然道：「我想看看這世道是怎麼了。父親常說，以史為鏡可以知興替。」

「貞娘——」喬昭張了張嘴。

貞娘忽然把書一扔，掩面痛哭起來。睡著的靜娘被吵醒了，以為喬昭欺負姊姊，張牙舞爪向她撲來。貞娘把靜娘抱住，輕輕拍了拍她。「妹妹睡吧。」

靜娘愣了愣，許是倦怠極了，很快又緩緩閉上了眼睛。待靜娘睡熟了，貞娘看向喬昭。

喬昭敏銳察覺貞娘哭過後，整個人的精神狀態有了變化，心中不由一喜，卻不敢輕易流露出來，耐心等著對方開口。漫長的沉默後，貞娘顫抖著聲音問：「你們到底是什麼人？」

喬昭心知到了可以好好聊聊的時候，便道：「我父親是翰林院修撰，我們是從京城來的。」

「京城？」貞娘猛然瞪大了眼睛，一把抓住喬昭的手，失聲問道，「當真？你們真是從京城來的？」喬昭點頭。

「那你們來沿海做什麼？」貞娘依然沒有放下懷疑。

「京中有一位貴人病了，需要的一味藥材只有這邊有，所以我來這裡採藥。船上那些男子是金吾衛，他們奉命保護我。」

「金吾衛？」貞娘眼珠轉了轉，握著喬昭的手驀地收緊，「金吾衛是不是天子親衛？」

「正是。」喬昭毫不遲疑道。

貞娘避如蛇蠍的是那些貪官惡吏，那麼對皇室中人很可能會生出抓到救命稻草的感覺，這和幼童與其他幼童打架受了傷，見到大人委屈訴苦是一個道理。

不出喬昭所料，一等到她肯定的回答，貞娘啞聲道：「求你們救救我父親！」

「貞娘妳不要急，慢慢說。」眼見躺在貞娘懷裡的靜娘眉頭蹙起，有要轉醒的趨勢，喬昭忙安撫道。好不容易等到貞娘開口，可不能讓靜娘一鬧又回到原點。

「我父親原是福西監察御史，對所屬府州縣官有考察、舉劾之權，去年底調任福東監察御史，不料發現福東一眾官員貪腐成風，更是與倭寇勾結禍害百姓。父親痛心氣憤至極，卻發現連駐福東的錦鱗衛都被福東總兵邢舞陽收買，狼狽為奸，斷絕了父親直達天聽的路……」

貞娘回憶起往事，整個身體如秋風落葉般瑟瑟顫抖。

喬昭靜靜聽著，不敢發出任何聲音驚擾她。

「父親無法，只能暗暗收集邢舞陽等官員貪汙舞弊的證據，終於等到了一個機會，託人把記有邢舞陽等官員貪汙軍餉、勾結倭寇的兩本帳冊送到了父親的上峰，喬大人那裡……」貞娘說著，忽然發現一直安安靜靜聽她講述的女孩子紅了眼圈。

「妳怎麼了？」

喬昭忙笑著掩飾。「沒事，我是聽到令尊處境如此艱難還不忘揭發國之蠹蟲，心生感動。」

原來父親得到的那兩本帳冊就是貞娘父親提供。這世間事兜兜轉轉，冥冥中卻自有天意。

父親身為左僉都御史，丁憂嘉豐，無疑是貞娘父親託付帳冊的最佳人選。

「那後來呢？」喬昭壓下心中波瀾

「後來父親的舉動被那些人察覺，他們把父親軟禁了起來，用我們的性命威脅父親不得自盡。」貞娘說到這裡秀眉蹙起，喃喃道，「其實我想不明白，他們既然如此膽大包天，又為何留下父親性命……」

喬昭語氣平靜道：「他們需要一個活著的福東監察御史。如果我所料不錯，他們之中一定有人擅長字跡模仿，偽造令尊的書信定期送至京城交差。邢舞陽在福東雖能一手遮天，但世上沒有不透風的牆，倘若令尊身死，很多必要的場合從不露面，早晚會被人察覺端倪，死訊傳到朝中後，京城定會派新的監察御史過來。」

「我明白了。新的監察御史過來，家世背景全然不知，就沒我父親那麼好對付了，無疑會給那些人添不少麻煩。所以他們乾脆留下我父親性命，維持現狀。」

喬昭點頭。「正是如此。」

貞娘眼睛一閉，流下兩行清淚。「這樣也好，至少父親因此留下了性命。」

喬昭嘴唇翕動，想問貞娘姊妹為何會落入倭寇手中，又怕刺激了貞娘，使好不容易等來的局面再次陷入被動，只得耐心等著。

「再後來——」貞娘緩緩睜開了眼睛，雙手輕輕顫抖著，似乎用盡了力氣才說出後面的話來，「福東發生了民變——」

喬昭猛然睜大了眸子，如果不是一向定力頗好，險些驚呼出聲。

福東竟然發生了民變！喬昭一顆心劇烈跳起來。

明康帝不喜朝局不穩，所以哪怕證據被呈到面前，依然選擇把她的兄長打入大牢而保下邢舞陽。這次南下，他們在嘉豐得到另一本帳冊，依然沒把握能讓天子出手，但現在不一樣了。

福東發生民變，縱觀歷史，歷代朝代更迭都有「民變」或「兵變」的影子，這是歷朝皇帝都不能容忍的事，更何況這樣的事還被邢舞陽瞞得死死的。現在她可以肯定，只要明康帝知道了此事，且有足夠的證據讓他相信，他就是已經「得道飛升」了也不可能再裝糊塗。

「這次民變聲勢不小，後來還是傳到了我父親耳裡。父親當時就碰了壁，但被那些人救了回來，然後……然後那些人就作為警告把我和妹妹賣給了倭寇！」貞娘雙眼通紅，抓住了喬昭的手，「你們既然是天子身邊的人，一定能救我父親，是不是？」

喬昭伸出另一隻手按住貞娘的手，神色堅定道：「是。」

她要救的不只是貞娘的父親，還要為他們喬家人報仇雪恨，為千千萬萬被那些畜生禍害的官員百姓討一個公道！

「謝謝，謝謝！」貞娘跪坐在床榻上，朝喬昭磕頭。

喬昭攔住她。「別這樣，會把靜娘吵醒的。」

聽喬昭提到靜娘，貞娘渾身一顫，淚流滿面。「我沒有保護好妹妹，我答應娘親好好照顧妹妹的……」

喬昭攬住貞娘，柔聲道：「貞娘姊姊，妳已經做得很好了。」

有多少女子落入倭寇手中後不堪受辱早早尋了短見，而貞娘姊妹卻頑強活了下來。以她們自幼所受的教導，沒有強烈的求生信念是不可能支撐到現在的。

貞娘看著喬昭。「妳是不是覺得我們很不要臉，明明被倭寇糟蹋了，還恬不知恥活著？」

她顫抖著蒼白的唇，泣道：「我們應該早早一根繩子吊死的，才不給父兄家人丟臉。可是我不甘心，我怕我死了，就再也見不到父親得救，再也見不到那些畜生得到應有的報應！」

喬昭知道貞娘這是心存了死念，她父親得救之日，說不定就是她自我了斷之時。

「貞娘姊姊，妳這話我有些聽不懂了。」

貞娘一怔。十三、四歲的少女猶帶著稚氣，一臉無辜反問：「壞事做盡的是邢舞陽那些貪官惡吏，滅絕人性的是那些倭寇，他們尚且沒臉沒皮地活著，妳們為何會覺得沒臉活著？」

喬昭的話無疑讓貞娘心中疙瘩減少了許多。

身為監察御史的女兒，落入倭寇之手卻忍辱偷生，她很怕眼前的女孩子瞧不起她，給父親丟了臉。然而這疙瘩只少了一絲，貞娘嘆道：「姑娘還小，不明白的。」

喬昭笑了。「貞娘姊姊的父親是監察御史，我的父親是翰林修撰，貞娘姊姊明白的，我也明白。正因為明白，我才覺得貞娘姊姊該好好活著。貞娘姊姊堅強聰慧，應該懂我的意思。」

貞娘沉默了許久，輕聲道：「謝謝。」

考慮到貞娘剛剛吐露心扉，喬昭沒敢拿靜娘有孕的事來刺激她，略聊了幾句便起身告辭，直奔邵明淵那裡而去。

喬昭走到邵明淵房門前，晨光正沒精打采立在那裡，懶洋洋道：「三姑娘來了，神醫正在給將軍大人敷藥針灸。」「那我就先等等。」喬昭笑看了晨光一眼，忍不住問出這幾天的疑惑，「晨光，你怎了，是不是有心事？」

晨光險些感動哭了。傷心難過好幾天，總算有關懷他的人了。

小親衛長嘆一聲。「三姑娘，這事一言難盡啊。」

喬昭莞爾。「反正閒著也是閒著，你可以慢慢說。」

晨光抹了把眼睛，一臉痛心道：「那次將軍大人罰了卑職一千兩銀子，三姑娘可記得？」

「好像是有這麼回事。」

「別好像啊，這麼錐心的事，怎麼能是好像呢！」

喬昭笑了。「是有這麼回事，不過這事不是已經過去了嘛。」現在垂頭喪氣是不是晚了點？

晨光長嘆一聲。「我原本也以為過去了，誰知沒過去啊！這次剿滅鳴風島的倭寇，那些跟著將軍大人去的兄弟們可是賺大了啊，得到的銀錢娶幾個媳婦都夠了！」

「娶幾個媳婦？」喬姑娘揚眉。

小親衛掰著手指頭數。「一個端茶倒水的，一個鋪床疊被的，一個下廚做飯的，最好再來一個紅袖添香的……」

「志向可嘉。」喬昭涼涼道。

「志向遠大沒用啊，老婆本都快被將軍大人掏空了，現在娶一個都懸了，您說我想到這些能不扎心嗎？」晨光捂著心口連連搖頭，「簡直是錐心之痛，痛不欲生！」

喬姑娘似笑非笑。「那我替你向邵將軍求求情吧，好歹買個丫鬟給你將就著當媳婦。」

「我不要買來的丫鬟，我想要冰——」晨光話說了一半，猛然咬了一下舌頭，看著喬昭欲哭無淚。他是不是傻呀？剛才都胡說八道了什麼！

三姑娘知道他羨慕人家能娶四個媳婦，願意把冰綠許給他才怪呢！

「三姑娘，妳聽我解釋——」

就在這時房門「吱呀」一聲開了，李神醫面無表情走了出來，看到喬昭腳步一頓。「昭丫頭，妳怎麼過來了？」

「我找邵將軍商量點事。」

「商量點事？」李神醫睇了喬昭一眼，側開身子，「進去吧，等會兒記得去我那裡。」

這幾日喬昭每天會抽空跟著李神醫學習奇法，進展雖不大卻興趣十足。

「噯，我一會兒就過去。」喬昭等李神醫走了，轉身進屋。

晨光朝著喬昭的背影伸了伸手，扶著門框險些哭暈。他大概是把追女孩子的精華都傳授給將軍大人了，給自己就留了點殘渣，現在挖坑把自己埋了，猴年馬月才能娶上媳婦啊！

「晨光要解釋什麼？」邵明淵笑問。

「大概是想表明他還不想娶媳婦吧。」喬昭神色淡淡道。

這樣花心還想娶她家冰綠？一邊涼快去吧。

「今天感覺怎麼樣？」喬昭走了過去，在邵明淵對面坐下來。

「眼睛那裡很舒服，我覺得挺好的。」

「那就好，那種珍珠製成的明目藥膏雖有奇效，但疏通經脈畢竟要時間的，不要急。」

「我不急。」邵明淵望著喬昭的方向含笑道。

喬昭也不知道自己是怎麼了，最近對上這雙純淨明亮的眸子就莫名心跳加速。

難不成邵明淵的眼睛也有什麼神奇的魔力？她忍不住身子前傾靠近了對面的男人，為了不讓對方察覺，特意屏住了呼吸，盯著那雙黑曜石般的眸子看個不停。

嗯，越看越覺得好看呢。喬姑娘滿意地想。

在喬先生的教導下，喬昭一直是隨遇而安的性子，先前雖為了自由而不願再嫁人，但自從有了嫁人的決定，她便不再多想那些煩惱，只願想著令人開懷的事。

「昭昭？」邵明淵有些懵。

喬昭下意識蹙眉。「屏住呼吸你也能感覺到嗎？」這人的感覺太靈敏，有時也是很煩人的。

男人笑容燦爛。「離我近，香味會濃郁些。」

喬昭臉一熱，板著臉道：「我看你衣裳上落了飯粒，幫你拿掉。」

喬姑娘一臉淡定伸出手在男人肩頭輕輕彈了一下，拉開距離。「好了。」

反正他看不見，再怎麼樣都不會知道她剛剛做的蠢事。

邵明淵以拳抵唇，低笑起來。

「笑什麼？」

邵明淵收了笑，深深望著少女秀美的面龐，輕聲道：「當然還有更重要的原因。」

「什麼？」

「我看到了。」男人緩緩吐出這四個字。

喬昭猛然站了起來，目露驚喜。「真的？已經能看到了？」

邵明淵拉住喬昭的手，眼中滿是喜悅。「嗯，看得清清楚楚。」

喬昭唇角彎起很大的弧度，很快又僵了一下。這麼說，他剛剛都看到了？

邵明淵當然明白喬昭想到了什麼，不由輕笑出聲。「昭昭，原來妳這麼喜歡看我。」

「你閉嘴！」喬昭面紅如霞。

看看賞心悅目的男人沒什麼大不了的，但被人抓個正著就尷尬了。

邵明淵握著喬昭的手緊了緊，嘴角掛著化不開的笑意。「昭昭，妳願意看我，我很高興。我才知道原來男人長得好也算是優點——」

喬昭惱羞成怒，直接捂住了邵明淵的嘴。「邵明淵，你再說我就不客氣了！」

男人眨眨眼，灼熱氣息噴灑在少女柔若無骨的纖手上，似笑非笑問：「怎麼不客氣？我保證如數接收。」「邵明淵！」

「嗳。」邵明淵響亮應了一聲，而後把少女的手拉下來，認真道，「昭昭，我想妳了。」

儘管他一直說眼睛看不見了不要緊，但只有他自己知道，倘若此生再也看不見眼前姑娘的喜怒哀樂，他將會多麼遺憾。

知道邵明淵眼睛恢復了正常，再多的尷尬都掩蓋不了喬昭此刻的欣喜，她垂下眼簾，任由眼前的男人目不轉睛打量著。

「昭昭。」「嗯？」

「我覺得妳比我好看。」

「邵明淵，你再說這個話題，我就走了。」她就是多看幾眼，他要打趣她一輩子嗎？

邵明淵一聽立刻老實了。「別走，我還沒看夠——」

喬昭直接踢了他小腿肚一下。眼睛好了，手也好了，這人就得意忘形了是吧？

一七二　目標明朗

「福東發生了民變？」邵明淵聽喬昭講完，神色微凝。

「是啊，一場民變，京城那邊居然半點消息沒有得到，邢舞陽也是個了不得的人物了。」喬昭冷笑道。邵明淵揚眉。「了不得的人物？」

喬昭推了推他，嗔道：「不要剛說兩句正經事就扯別的。」想到剛剛那人的亂來，喬姑娘悄悄紅了臉。這個膽大包天的混蛋，越來越放肆了。

邵明淵一臉委屈。「我明明一直是很正經的人。」

他語氣一轉，冷冷道：「看來邢舞陽在福東真的太久了，久得早忘了自己的職責，這樣的人說是國之蠹蟲都便宜了他。只是沒想到，帶回來的那兩個姑娘居然是駐福東監察御史的女兒。」

「大概是老天都看不過去了，幫了咱們一把。庭泉，你說咱們如果把貞娘的父親救出來送到皇上面前，應該能扳倒邢舞陽吧？」

邵明淵沉吟道：「按說沒有問題，但我常年在北地，對當今天子的心思瞭解甚少，這事不如問問拾曦的意見。」「也好。」

邵明淵轉頭看向門口，欲要吩咐候在外面的晨光，喬昭忽然想到了什麼，扯了他衣袖一下，尷尬問道：「我還好吧？」

男人目光緩緩從少女紅潤的唇上掠過，低笑道：「挺好的。」

喬昭抿了抿唇，丟給他一個白眼。

邵明淵揚聲道：「晨光，把池公子和楊世子請來。」

不多時，池燦與楊厚承一前一後趕了過來。

一聽說邵明淵眼睛恢復了，楊厚承大喜。「太好了，李神醫真是活神仙啊，幸虧沒死！」

喬昭：「……」池燦踹了好友一腳。「會不會說人話？」

這個蠢貨瞎說什麼大實話呢，黎三聽了該有意見了。

楊厚承咧咧嘴。「我這不是高興壞了，口不擇言，口不擇言。黎姑娘，妳別介意啊。」

喬昭無奈笑了笑。池燦看著邵明淵，笑吟吟問：「眼睛真的好了？」

「好了。」「什麼時候恢復的？」

「就是不久前，李神醫替我敷藥針灸後，我突然發現能看到了。」

「那可真是太好了。」池燦點了點頭，忽然撲了過去，「那之前的帳咱們得好好算算了！」

「什麼帳？」邵明淵一手擋住池燦，有些茫然。

池燦黑著臉咬牙切齒道：「誰准許你拎我耳朵的？今天我要不拎回來，楊二就不姓楊！」

楊厚承本來正事不關己看著熱鬧，聞言嘴角笑意一僵。等等，關他什麼事啊？

「池燦，你這是明知打不過庭泉，拿我背鍋吧？」

池燦冷笑一聲。「不拿你背鍋拿誰背鍋？那天邵明淵明明也拎了你的耳朵，結果現在你連個屁都不敢放。知道打不過就忍氣吞聲了？你還是不是男人？」

楊厚承端坐著不動，一臉無所謂道：「我是識時務者為俊傑的大男人。」

喬昭忍無可忍開口：「你們三個不要鬧了，有正經事要商量。」

邵明淵眨了眨眼。他什麼時候鬧了？果然兩個小夥伴就是專門拖後腿的存在。

邵明淵抬手把池燦按在椅子上，淡淡道：「別鬧了，等談完正經事你可以拎回來。」

池燦懶洋洋靠著椅背。「這還差不多。說吧，什麼正經事？」

邵明淵遂把喬昭說的事講給二人聽，最後問道：「福東監察御史可不可以扳倒邢舞陽？」

池燦已經不知不覺坐直了身子，神情嚴肅，聽邵明淵這麼問，略加思索便道：「當然可以。監察御史雖只是七品官，行的卻是代天子巡守之責。所有監察御史的選拔經都察院長官及一眾下官保舉後，還要移交吏部嚴格審查，最後奏請皇上應允才算可以。監察御史能大事奏裁，小事主斷，皇上對他們是相當信任的。」

邵明淵用手指輕輕敲了敲桌几。「這樣的話，咱們去福東就有明確目標了，救出福東監察御史，把他安全送回京城去。」

楊厚承笑了。「這是好事啊，總比先前兩眼一抹黑跑到福東去強。那咱們這就改變航線？」

邵明淵搖頭。「不，還是走海門渡那裡，到時候你們直接走水路回嘉豐，我和昭昭改走旱路，悄悄進入福東。」

池燦沒有反對，淡淡道：「回嘉豐等你們也行，那邊的錦鱗衛和駐軍都是站在咱們這邊的，不用擔心安全問題。不過救回來的那些姑娘你們打算怎麼安置？難不成也要隨我們去嘉豐？」

「這個——」邵明淵看向喬昭，「昭昭，不如妳去問問那些姑娘的打算吧。」

「好，我這就去問。」

等喬昭一走，楊厚承立刻跳了起來。「庭泉，我不回嘉豐，我要跟你一起去福東！」

見邵明淵抬眉，楊厚承趕忙道：「我知道我功夫遠不如你，但黎姑娘那樣的我一個人能打二十個，你都要帶著黎姑娘去，怎麼就不能多帶我一個？」

池燦嗤笑。「能打黎三那樣的二十個，你可真是出息了。」

「我就是打個比方。」你這樣的我也能打好幾個啊。為了避免再打起來，楊厚承只心中默想。

邵明淵睇他一眼。「你別忘了，我的寒毒還沒徹底清除，需要昭昭替我施針。」

楊厚承一下洩了氣，可憐巴巴求道：「庭泉，你就讓我去吧。我也是個男人，對文墨毫無興趣，這樣的世道要是再窩在京城醉生夢死，哪怕活到七老八十又怎樣？我都瞧不起自個兒。」

邵明淵沉默片刻，點頭。「好。」

楊厚承大喜，伸手勾住邵明淵肩膀。「庭泉，我就知道你心好！」

池燦敲敲桌子。「你們可以等一會兒再來兄弟情深。庭泉，現在正事說完了，你該把耳朵伸過來了吧？」

邵明淵面不改色問：「我為什麼要把耳朵伸過去？」

池燦搓了搓手。「你剛剛說的，等談完了正事我可以拎回來。」

邵明淵施施然笑了。「我是說你可以拎回來啊，前提是你能拎回來。」

池燦氣得臉發黑，指著邵明淵道：「邵明淵，你這麼不要臉，黎三知道嗎？」

此時喬昭先去找了謝笙簫。

聽說要回嘉豐，謝笙簫立刻拒絕。「我既然出來了，就沒想著現在回去。先前我沒有經驗，不小心落入歹人之手，以後不會了。」

「那謝姑娘有何打算？」

謝笙簫身手雖好，沿海這邊卻豺狼遍地，孤身一人闖蕩實在太危險了。

「我原想著多殺倭寇，可認識了那些姑娘才知道，沿海倭寇橫行離不開那些貪官惡吏的功勞。黎姑娘，我想和你們一同去福東，略盡綿薄之力。」

見喬昭神色遲疑，謝笙簫灑脫笑笑。「當然，你們要是覺得不方便，我就不去，繼續留在這邊殺倭寇，反正讓我回嘉豐是不能的。」

喬昭想了想道：「等我問過別的姑娘的意思，咱們一起去問問邵將軍吧。」

相較於謝笙簫獨自在這邊殺倭寇，她寧願謝笙簫隨他們一道去福東。但福東之行事關重大，邵明淵當了多年統帥，大局觀遠超過她，她自是要徵求他的意見。

「走，我陪妳一起去見她們。」謝笙簫主動請纓。

「這樣最好了，她們和謝姑娘更親近。」一同落難的人自是會更親近些。

二人先去了安置幾名女子的地方。一聽喬昭講明來意，眾女不由面面相覷。

謝笙簫安撫道：「妳們不要怕，有什麼想法就說出來，黎姑娘他們會盡量幫咱們安排的。」

見眾人還是不開口，謝笙簫對一名女子道：「五娘，妳家不是離此不遠嗎，要不送妳回家？」

被叫作「五娘」的女子立刻變了臉色，驚恐搖頭。「我不要回去！」

她激烈拒絕完，怯怯看了喬昭一眼，流淚解釋道：「我們家原在縣上開了個布莊，家境尚可，可是後來倭寇來了一次又一次，每次都把布莊掃蕩得乾乾淨淨。最終布莊開不下去了，舉家搬回了鎮子上，原想著日子艱難些只要人沒事也是好的，誰知——」

女子抬袖拭淚。「誰知官老爺強迫鎮上人定期交出年輕女子，終於輪到了我家。我是庶女，就被我爹毫不猶豫交出去。黎姑娘，求妳別送我回去，若是把我送回去，不過是第二次把我送到倭寇窩裡罷了。」她說完，忽然跪下衝喬昭磕頭。「求你們不要把我送回去，求求妳了——」

喬昭雖很無奈這些女子動輒下跪，卻能理解她們的心情。普通弱女子落入倭寇手中死裡逃生，已經讓她們成了驚弓之鳥，以前的驕傲自信統統不見，抓到救命稻草讓她們怎樣都行。

喬昭扶起女子，語氣平靜道：「我過來就是徵求各位意見的，並不是說一定要送你們回家。」

眾女鬆了口氣，有人小心翼翼問道：「黎姑娘，我能跟著妳嗎？廚藝女紅，澆花掃地，我什麼都會幹的。」

「跟著我？」喬昭有些意外。

那名女子忙點頭。「是，希望您能收容我當婢女，只要有個容身處，讓我幹什麼都行。」

「妳們都是良家女——」

那名女子苦笑。「這年頭還分什麼良家女，只要能像個人一樣活著，為奴為婢比送給倭寇的良家女強百倍。」

「是呀，黎姑娘，您就收留我們吧，我們真的無處可去。」眾女紛紛道。

喬昭沉吟一番道：「如果妳們願意跟著我，那就要去京城。京城是離這裡很遠的地方，這一去，此生恐怕都沒機會回來了。」

眾女微怔，很快又反應過來。「我們願意去京城。」

京城啊，那是沒有倭寇的地方。

「既然這樣，那妳們就安心住下吧，我們很快就會回去了。」

這麼多人黎家養不起，不過將軍府地方大，養幾個婢女還是沒問題的。

喬昭這樣想著，看向一直沒吭聲的一名女子。「這位姑娘是不是有別的想法？」

「我還是想回家去。」女子猶豫了下，開口道，「我家是沒法子，被那些人強逼著把我拽走了，我娘眼睛都哭瞎了，我擔心他們，不知道他們怎麼樣了——」說到後來，女子失聲痛哭。

「姑娘家住何處？」

「我家住在白魚鎮上。」

喬昭略加思索道：「那好，等船靠了海門渡，我會找兩個人送妳回家。」

眾女去處有了安排，喬昭又去了貞娘姊妹那裡。

謝笙簫立在門口道：「她們見不了男裝，我就不進去了，我先去冠軍侯那裡問問他的意思。」

喬昭點頭，輕輕叩門。「貞娘姊姊，我可以進來嗎？」

片刻後房門打開，貞娘弱不勝衣立在那裡。「進來吧。」

喬昭開門見山道明來意：「我已經和他們講了令尊的事，決定分出一部分人悄悄潛入福東把令尊救出來。」

「真的？」貞娘喜出望外，抓住喬昭的手道，「那我和你們一起去！」

「貞娘姊姊還是跟著我們另外的人先去安全的地方耐心等著吧。」

「這怎麼行，我得和你們一起去，你們沒見過我的父母家人，也沒去過福東，這樣過去會什麼都不知道的。」貞娘急道。

喬昭笑道：「妳只要把令尊等人的相貌，以及軟禁令尊的地方描述給我就行。」

「可是——」

「邢舞陽在福東一手遮天，我們沒打算和他硬來。這次潛入福東救人講究的是速戰速決，最好在他反應過來之前就能帶著令尊離開福東，所以人越精簡越好。」

貞娘怔怔聽著，不再作聲。

喬昭嘆口氣道：「更何況，有件事我要告訴妳，因為這件事越拖下去越麻煩。」

「妳說。」「靜娘有了身孕。」

「什麼？」貞娘面色大變。

喬昭語氣平穩道：「我先前給她把脈時發現的。以她的身體狀況，這個孩子無論願不願意要，都是不能留的——」「當然不能留！」貞娘厲聲打斷喬昭的話。

喬昭輕輕拍了拍貞娘的手臂。「她的情況隨時都會小產，那樣更容易血崩，我稍後會配一副溫和的湯藥給她，以後慢慢調養著不打緊的，貞娘姊姊還是留下來照顧好靜娘。」

「那好，我聽妳的。」

安排好這些，喬昭忙趕去了李神醫那裡。

李神醫一聽他們要悄悄潛入福東，面色嚴肅道：「這可能有點問題。」

喬昭沒想到李神醫會這麼說，不由一怔。「李爺爺，你說的有點問題，是指什麼？」

「邵明淵那些人去了鳴風島，潛伏在密林裡一整夜，我擔心他們會患上瘴瘧。」

喬昭心中一咯噔。

因南北地區及海陸的差異，邵明淵他們確實更容易瘧氣入體。

「我當時流落到倭寇聚集的島上，他們的首領和一部分人就是患了瘴瘧，起因便是島上的一種蚊蟲。在我的建議下，那些倭寇遷到鳴風島上，難免把那種蚊蟲帶過來。蚊蟲之類繁衍速度太過驚人，經過這幾個月的發展，很有可能形成了氣候。」李神醫解釋道。

喬昭聽得心驚。李神醫深深看喬昭一眼。「倘若他們已經瘧氣入體，究竟何時發作每個人情況不同，萬一在福東時發作怎麼辦？」

喬昭被李神醫問住了，壓下心中擔憂笑了笑。「您擔心得對，我去和他商量一下。」

李神醫斜睨著喬昭問：「就算他們要潛入福東救人，妳一個風吹就倒的小丫頭跟著去湊什麼熱鬧？」

「他的寒毒尚未完全除去，又不知會在福東逗留多久，所以我要跟著。」

「為了那小子？」李神醫有些不滿。

「當然也不全是因為他，我還依稀記得福東御史的樣貌，人到了一定年紀，幾年時間外貌變化不大，所以我跟著去更保險些。」喬昭坦然道。

李神醫看著喬昭良久，嘆道：「妳這丫頭從小就有主意，李爺爺攔不住。如果妳堅持要去的話，那這幾天就好好跟著我學習那個奇法，就算學個皮毛說不準也會派上用場。」

「多謝李爺爺。」見李神醫沒有強烈阻攔，喬昭心中微鬆了口氣。

能少費些唇舌勸解當然是好的。福東之行，她非去不可。

「對了，那個奇法我給它起了個名字。」李神醫一臉自得，「我把它命名為『催眠』，昭丫頭妳覺得這個名字可貼切？」

「催眠？」喬昭喃喃念著這兩個字，點頭，「貼切極了。」

「哈哈哈，我就知道妳也會喜歡這個名字。去吧，早點和那小子商量完早點過來好好學。」

喬昭忙去了邵明淵那裡，正好池燦等人都在，便把李神醫所憂告訴了大家。

邵明淵一聽就劍眉擰起。

楊厚承直接傻了眼。「瘴瘧？這是什麼玩意？」

池燦白他一眼。「有空多讀點書。」

楊厚承撓頭。「可我現在沒覺得哪裡不對勁啊？」

「瘴瘧分數個種類，潛伏在人體內的時間有所不同，十幾天甚至個把月發作都是有可能的。」喬昭解釋道。

邵明淵看著她。「也就是說，如果我們已經染上了瘴瘧，很有可能在福東境內發作？」

喬昭緩緩點頭。「有這種可能。」

「能治嗎？」邵明淵問。

「要等發作出來才能根據瘴瘧的種類進行對症治療。」喬昭笑了笑，「這個倒是不用擔心，只要不是瘧氣入腦，我和李爺爺都有辦法的。」

邵明淵沉默良久道：「福東還是要去的，不過要改變一下計畫了。」

眾人皆望著他。邵明淵定定看著喬昭。「我和昭昭兩個人去，帶上晨光。」

此話一出，除了喬昭早有預感，其他人都吃了一驚。

「就你們三個去？那怎麼行？難道連你那些親衛都不帶了？」池燦沉著臉問。

原本計畫中，那些親衛會化作平民的樣子暗中跟隨邵明淵等人左右，到了關鍵時刻就是最大的助力。要是那些親衛都不去了，邵明淵三人孤身前往福東，危險就太大了。

邵明淵笑了笑。「除了晨光，那些親衛都登了鳴風島，帶他們去一旦瘴瘧發作反而不妙。你們別擔心，人少有人少的法子。」

「可要是你瘴瘧發作了呢？」楊厚承心直口快問。

池燦踢了楊厚承一腳。「烏鴉嘴！」

楊厚承自從知道不能跟著去福東了，無異於一個晴天霹靂打下來，整個人很是暴躁，聞言冷笑道：「庭泉也是人啊，是人就不可能不生病，我這是大實話。」

「重山說得沒錯，我確實有可能染上了瘴瘧。不過——」邵明淵笑看了喬昭一眼，「只有我一個人的話，昭昭能照顧得過來，真的發作了，我們隨便找個地方躲起來治療就是了。」

事情算是定了下來，接下來喬昭先是說服了謝笙簫隨眾人一起走，又調配了湯藥給靜娘服用，剩下大半時間便隨著李神醫如饑似渴地學習催眠之術。

沒過多久眾人抵達了海門渡。

在海上航行這些日子，其他物資倒是還好，新鮮的菜蔬與飲用水卻必須補充了，是以先前在這個地方雖然很不愉快，眾人還是再次踏入了這個小鎮。

安全起見，那些女子留在了船上，只有那名要回家的姑娘由一名親衛護送著下了船，悄悄往白魚鎮的方向去了。鎮上的人對喬昭等人顯然記憶猶新，看著他們的眼神充滿防備。

「真他媽氣人，這些慫包對上倭寇一個個恨不得去舔人家腳趾頭，對上咱們這些殺倭寇的人反而跟防賊似的！」楊厚承忍不住罵道。

喬昭神色淡淡道：「這也很正常，因為他們心中清楚倭寇會毫不猶豫舉刀砍向他們，但咱們不會。」

「所以說人都是賤皮子。」池燦涼涼道。

「不必理會這些，咱們補充了物資立刻離開。」

池燦看向邵明淵。「咱們去採買物資，要是那些人使壞怎麼辦？」

邵明淵笑笑。「不用咱們出面，咱們在這裡吃飯的工夫，我那些親衛應該就可以辦好了。」

眾人這才安了心，再次走進上次的酒肆。酒肆的夥計一看還是這些人，眼珠子都快瞪出來了，愣了一會兒後強笑著道：「幾位……幾位貴客又來了？」

「對，我們又來了。少廢話，好酒好菜招呼著，少不了你的銀子。」楊厚承一臉不耐煩。

夥計頭一縮。「貴客們裡面請，裡面請。」

不多時香氣四溢的飯菜擺上桌，見夥計立在原地不動，邵明淵淡淡道：「小哥兒出去吧，我們不習慣有人在一旁伺候。」

夥計立著不動。「出去！」楊厚承一拍桌子。

夥計腿一抖，強笑著道：「小的這就出去，幾位客官慢用，有什麼需要的就喊小的。」

夥計說完趕忙向門口走去，到了門口處腳步一頓，回頭看了一眼，這才掀起竹簾快步離去。

邵明淵從門口收回視線，伸出筷子壓在楊厚承的筷子上。「重山，先不忙著用飯。」

楊厚承筷子上正挾著一塊色澤誘人的醬牛肉，那醬牛肉切成了大片，上面有著半透明的牛筋，瞧著就令人食指大動。

楊厚承暗暗嚥了嚥口水，疑惑看向邵明淵。「怎麼了？」

「那個夥計有些不對勁。」

「哪裡不對勁了？」楊厚承問。邵明淵衝晨光點了點頭，晨光會意，走到門口把門關好。

邵明淵這才道：「他見了我們明明從心底裡畏懼，可剛才我請他出去他卻站著不動，還是你發了脾氣他才走的。這說明他想留下見證某些事情。」

「比如——」邵明淵看了喬昭一眼。喬昭面不改色摸出一根銀針插入菜湯中，銀針立刻變了色。眾人跟著色變。

「比如看咱們有沒有好好吃飯。」捏著發黑的銀針，喬昭解釋道。

楊厚承驀地站了起來。「居然給咱們飯菜裡下毒？真是豈有此理，我這就把那王八羔子的腦袋擰下來當球踢！」

邵明淵按住他的胳膊，面不改色道：「稍安勿躁。」

楊厚承坐下來，忿忿道：「都這樣了，你們還沉得住氣！」

邵明淵笑笑。「一個酒肆的小夥計沒這麼大膽子，更犯不著對咱們出手。」

楊厚承一愣。「你意思是——」他臉色猛然變了，怒道：「又是那些官府的人幹的？」

邵明淵把玩著茶盞看了外面一眼，淡淡道：「如果不出所料，咱們很快就要被官府的人包圍了。」

「那是走是戰？」楊厚承環視一圈。

池燦指著醬牛肉對喬昭道：「黎三，快檢查一下這盤醬牛肉有毒嗎？沒毒的話我要吃。」

楊厚承翻了個白眼。「拾曦，這時候你還有心思吃醬牛肉？」

池燦抬了抬眼皮，回道：「為什麼不吃？你這麼著急上火能解決問題？還不是要靠庭泉解決。」

「你——」楊厚承想要反駁，尋思了一下，摸著下巴點頭，「似乎很有道理啊。黎姑娘，醬牛肉到底有毒嗎？」

「沒毒，吃吧。」喬昭收回銀針，看向邵明淵。這些不靠譜的到時不拖後腿就不錯了，還是老老實實吃醬牛肉吧。

邵明淵本來是很沉得住氣的人，見喬昭看他，心情小小雀躍了一下。

果然與兩個小夥伴在一起，他還是很容易脫穎而出的。

「我的意思是，不戰也不走，等官府的人來了直接表明身分，說咱們要回京覆命了。想來那些人多一事不如少一事，難道還會主動與咱們硬拚嗎？」池燦說道。

「就這樣？」楊厚承嘴裡塞著醬牛肉，很是不甘。

「這個主意不錯，可以迷惑邢舞陽那邊，讓他以為我們已經開始返程，方便我與邵將軍悄悄潛入福東境內。」喬昭說道。

邵明淵小聲提醒道：「庭泉。」

喬昭一滯。一個稱呼而已，現在是注意這個的時候嗎？喬姑娘飛快看了李神醫一眼，乾脆低頭挾了一塊醬牛肉默默吃了。

「既然這樣，咱們還是抓緊填飽肚子再說。」楊厚承嚥下一塊醬牛肉，問道，「還有哪些菜可以吃啊？」

「笨蛋，跟著神醫吃不就得了。」池燦笑眯眯挾起一塊鹽酥雞。

眾人這才注意到李神醫，就見小老頭一口鹽酥雞一口花生米正美滋滋吃著呢。

李神醫見眾人看過來，眼皮也不抬，又挾了一塊清蒸魚放進口中。

池燦臉色微變。「神醫，剛剛試出魚湯裡有毒——」

李神醫面不改色把吃進嘴裡的魚肉嚥下去，笑眯眯道：「我知道有毒啊，你挾的鹽酥雞塊也有毒呢。」

「啪答」一聲，池燦筷子上的鹽酥雞塊掉到了桌面上。

楊厚承擦了一把冷汗。「神醫啊，您老別想不開啊，吃醬牛肉吧，這醬牛肉味道不錯。」

池燦直接問道：「您明知有毒還吃？」

李神醫撇了撇嘴。「這點小毒算什麼？我嘗過的毒比你們吃過的鹽都多！」

眾人只剩下苦笑。

沒過多久桌面上只剩下一片狼藉，楊厚承摸著肚子心滿意足地問：「怎麼還沒動靜呢？」

「官府出兵到鎮上哪有那麼快。」池燦涼涼道。

邵明淵側耳聆聽，忽然道：「來了。」

話音才落，夥計就推門而入，滿臉堆笑道：「貴客們吃好了吧？」

「好了。」池燦動作優雅抹了抹嘴，把手帕擲到桌面上。

「既然吃好了，那請各位結帳吧。」

「結帳？」池燦似笑非笑問。

「噯，結帳。」夥計一臉憨厚。

楊厚承驀地站起來，揪著夥計衣領拎起來按到了桌上，怒道：「結屁帳，這鹽酥雞做得難吃得要死，還沒找你們酒肆算帳呢！」

「不能啊，這鹽酥雞可是我們酒肆的招牌菜。」夥計下意識反駁道。

「那你自己嘗嘗！」楊厚承冷笑著抓起鹽酥雞往夥計口中塞去。

夥計臉色大變，涕淚橫流道：「不要啊，客官們饒命，客官們饒命——」

夥計殺豬般的慘叫傳出去，掌櫃飛快跑進來，色厲內荏道：「我警告你們啊，差爺們已經把你們包圍了，不信你們往外頭看看，差爺們都在外頭呢，你們別亂來！」

「阿珠。」喬昭冷冷伸出手。

阿珠心思剔透，立刻明白了主子的意思，直接打開包袱把弓箭遞了過來。

喬昭接過弓箭，熟練挽弓拉弦，直直對準掌櫃，問道：「你說我們亂來？」

掌櫃立刻想起前鎮長就是眼前這個看起來嬌滴滴的小姑娘射死的，當即嚇軟了腿。

媽呀，一言不合就要殺人，這女魔頭是從哪來的啊？

「我們亂來什麼了？是殺人了還是放火了？值得你們又是下毒又是通知官府。」喬昭面無表情調整了一下手中弓箭方向。

「姑娘別衝動，千萬別衝動，是我亂來，是我亂來。」掌櫃嚇得左右開弓狠狠抽了自己幾個耳光，很快一股若有若無的尿騷味傳出。

「味道不好聞，咱們出去吧。」邵明淵含笑道。眾人從掌櫃面前一一走過，連一個眼神都沒再丟給他。

酒肆外果然已經圍滿了官兵，個個手持長刀，陽光下刀身映射著冷芒，寒透人心。

「你們就是殺害海門渡前鎮長的歹徒？」領頭的官差喝問道。

讓我們練練手。」他面色平靜說出這番話，領頭官差卻心中一凜。

是了，他怎麼忘了，這群人不只殺了海門渡的前鎮長，還滅了一群倭寇。以那群倭寇的戰力——領頭官差一想下去就忍不住打了個冷戰。

他帶來的人就是再翻一番也打不過那些倭寇，那對上這些人豈不茅廁裡打燈籠——找死？

「小兄弟？」邵明淵含笑喊了一聲。

領頭官差回過神來，乾笑道：「既然如此，就勞煩諸位在這裡稍候片刻，卑職去回稟我們大人一聲。」說完咳了聲，吩咐道：「你們兩個留下好生招待幾位大人，剩下的隨我走。」

離開數十丈，一人低聲問：「頭兒，咱們就這麼走了？才留下兩人，不怕他們跑了？」

領頭官差抬手打了那人一巴掌。「你是不是傻？那些人殺倭寇跟砍白菜似的，留下兩個和留下一群人有區別？真跑了算咱們運氣！」

「那留下的海子他們——」

領頭官差冷冷一笑。「那兩個不開眼的，早就想讓他們長長記性了。」

眾手下聽了心中一凜。領頭官差環視眾人一眼，冷冷道：「咱們可說好了，縣老爺那裡不該說的一個字都不許說，誰說了我以後就好好招呼誰。」

「頭兒，你放心，我們明白的，你還不是為我們好。」

一群官差漸漸遠去了。

楊厚承摸著下巴問：「庭泉，你說海門縣令會來嗎？」

邵明淵轉身酒肆裡走，回到雅間重新落座，笑道：「十有八九會的。海門渡是咱們出海必經之所，發生嘉豐的事，我不信邢舞陽沒一點防備。那海門縣令想來早就知道咱們的身分了。」

「那他派來的官差怎麼一副什麼都不知道的樣子？」

「試探咱們的態度罷了，看咱們是坦然承認，還是遮遮掩掩。想來得知咱們即刻返程，海門縣令是很滿意這個答案的，所以他十有八九會來。」

邵明淵說完，端起已冷的茶水送到唇邊，剛要喝下，一隻素手橫伸過來攔住。

邵明淵微怔，任由喬昭把茶杯拿了過去。

「寒毒未徹底清除，冷茶不要喝。」邵明淵不由笑了。「知道了。」

池燦狠狠翻了個白眼，腹誹道：明明就是故意喝冷茶惹黎三關心，這小子越來越不厚道了。

池公子這麼想著，伸手端起冷透的茶水連喝了幾口，心中更不是滋味。

黎三居然就這麼看著他喝下去了，喝了半杯都不管，說好的醫者仁心呢？這個沒良心的丫頭。算了，既然沒人疼，那他自己疼自己！

池燦重重把茶盞往桌面上一放，不喝了。

池公子這番隱祕曲折的小心思自是無人知曉，眾人等了小半個時辰，漸生不耐之際，門外終於有了動靜。

「敢問是金吾衛的大人在裡面？」

邵明淵對晨光點頭示意，晨光走到門口拉開房門。

一位面龐發紅、蓄著短鬚的中年男子立在門口，身後跟著數名隨從。

「下官乃是海門縣令龐勝，聽聞金吾衛的大人前來寒地，特來拜訪。」

「龐大人請進。」晨光淡淡道。

龐勝用眼角餘光掃了跟隨左右的二人一眼，抬腳走進去。喬昭眸光微閃，心中了然。

邵明淵所料不錯，海門縣令確實知道他們這一行人的身分，尤其還知道冠軍侯也在其中，不然面對還未正明身分的人，這種天高皇帝遠習慣一人獨大的縣令，態度是不會如此謙卑的。

「你就是海門縣令龐勝啊？」楊厚承上下打量龐勝一眼，把代表金吾衛身分的權杖遞去，「我聽說咱們大梁的縣令非進士不可擔任。龐縣令既然是上過金鑾殿的，這個應該認識吧？」

龐勝忙把腰牌接過去，仔仔細細打量片刻，露出笑容。「果然是金吾衛的大人們，下官離開京城多年，今日能在我等小鎮得見眾位大人，榮幸之至。」

他嘴上說著，眼尾餘光飛快掃過眾人，視線在邵明淵身上逗留頗久。

當然，喬昭這邊的人不挑明，龐勝自是不會點破，轉而介紹隨他進來的二人：「這是我們海門的李主簿、張典吏，王縣丞恰好有事沒能前來，還望大人們勿怪。」

「龐縣令客氣了，既然來了那咱們好好喝一杯，也讓我們聽聽此地風土人情，開開眼界。」楊厚承性子雖直爽，畢竟出身勳貴之家，這種場面話還是會說的。龐縣令帶著屬官紛紛落座。

楊厚承敲了敲桌子，喊道：「夥計呢，還不趕緊上酒菜！」

不多時兩名夥計端著酒菜進來，很快擺滿了一桌子。

「咦，先前那個呢？」

一名夥計戰戰兢兢道：「他有些不舒坦。」

那個倒楣的兄弟被眼前這位爺強餵了好幾塊摻了蒙汗藥的鹽酥雞，能舒坦才怪呢。

楊厚承呵呵笑了幾聲。

「龐縣令請。」「各位請。」

池燦拿起筷子挾了一塊鹽酥雞，似笑非笑問冒著冷汗的夥計：「這次的鹽酥雞做得夠味吧？」

「夠味，夠味。」夥計連額頭上滴落的冷汗都不敢擦，連連點頭哈腰。

「還不退出去，一群蠢貨！」面色發黑的張典吏斥責道。

兩名夥計如蒙大赦，落荒而逃，到了外面就被掌櫃攔住。掌櫃問清裡面情況連連跺足。「完了，完了，那些官老爺們為了表示對那些人的敬意，說不定就要拿咱們酒館開刀了，到時候咱們這些人一個都討不了好！」

「不能吧，不是縣老爺下的命令，誰發現那些人的蹤跡必須想法子制住，及時報官嗎？」一名夥計問道。掌櫃瞪他一眼。「你懂個屁，行了，別說了，聽天由命吧。」

雅室內，龐縣令對著張典吏笑道：「對待百姓還是和善些，別嚇著他們。」

喬昭等人暗暗冷笑，已經懶得對這些人的言行作評論，不過為了迷惑邢舞陽那邊，表面功夫還是要做的。

杯盞交錯間龐縣令問道：「下官聽說各位大人已經辦完了差事，這就回京城去嗎？」他這樣問著，目光若有若無落在邵明淵身上。

邵明淵並不開口，端著茶盞慢慢喝了一口。昭昭說他不能多飲酒，所以還是喝茶吧。

「當然要回京覆命啊，太后她老人家還等著呢。」楊厚承道。

龐縣令心中一喜，忙道：「原來是這樣，那下官就不敢久留各位大人了，不然定要好好招待大人們幾日。」

「我們也不敢久留，不然再遇到倭寇或像這裡的前鎮長那樣勾結倭寇的爛人可怎麼辦呢？被倭寇殺了不划算，殺了勾結倭寇的爛人說不準又要引來官差。」池燦涼涼刺了一句。

龐縣令對池燦的身分心知肚明，自是不予計較，笑著轉移了話題。

酒過三巡，菜過五味，夥計撤下酒菜奉上清茗，龐縣令笑道：「各位大人什麼時候出發，下官送你們去碼頭。」

邵明淵這才主動回道：「我們稍作休息便走了，龐大人身為一縣長官事務繁忙，就不勞煩龐大人相送了。」他的一名親衛送一位姑娘回白魚鎮，自是要等人返回才會離開。

接下來全是無趣的交談，李神醫早就不耐煩地離開雅室，順道帶走了喬昭。

爺孫二人在酒肆後面的院子裡踱步，忽然聽到婦人的呵斥聲傳來：「狗剩，你又欺負你弟弟了，你這孩子怎麼屢教不改！」

李神醫皺眉。「真是走到哪裡都不得清淨，走，去看看。」

二人順著聲音走到後門，門是虛掩著的，門後便是一條小巷，一名年輕婦人攬著個四、五歲的男童，正冷著臉斥責一名七、八歲大的男童。

很快一名三十歲左右的男子匆匆出來，問道：「怎麼了？」

年輕婦人委屈道：「狗剩剛剛抓了泥巴塞給二娃吃，我氣不過數落了他幾句——」

「我沒有！」稍大的男童一臉倔強道。話音才落，男子揚手打了男童一個耳光。

響亮的巴掌聲傳來，年輕婦人忙道：「算啦，狗剩還小呢，打他幹嘛呀，讓別人瞧見還以為我這當後娘的不慈呢。」

祖孫二人冷眼看著，李神醫忽然道：「昭丫頭，要不要試試妳的催眠之術學得怎麼樣了？」

喬昭微訝，看向李神醫。

李神醫低聲道：「女子與孩童意志力相對薄弱，妳就試試那個小孩子吧，看看事情真相到底是怎麼樣的。」

「那個幼童？」

李神醫似笑非笑。「怎麼，不好意思對小孩子出手？」

喬昭笑笑。「不太擅長與小孩子打交道。李爺爺，我試試那個婦人如何？」

「那個婦人帶著刻薄之相，不是那種唯唯諾諾的女子，這樣的女子往往有些主見，妳第一次出手就挑選這樣一個目標，李爺爺怕妳受打擊啊。」李神醫笑道。

話雖如此，見喬昭主動請纓，李神醫心中卻生起了幾分期待。

雖然教小孫女催眠之術的時日很短，但這種奇術往往是師父領進門，修行在個人，他還真想看看小丫頭的悟性。

喬昭不由笑了。「李爺爺，我不怕受打擊，反正失敗了挨不了打就行。」

有晨光暗中跟著，她自是不用擔心有危險。

李神醫點點頭。「那去試試吧，再耽誤下去那家人該回去了。」

「那我去了。」喬昭略一頷首，提著裙襬從遮掩身形的門後走了出去，款款走向那一家人。

李神醫眼神一亮。這丫頭真是個聰慧過人的，這就領悟了催眠之術的訣竅。

要想讓被催眠的人神不知鬼不覺中招，催眠者就要運用可以利用的一切，越自然地把被催眠者代入營造的情境越好。

而喬昭從走出去的那刻起，走路的韻律已經和平時不同了。

李神醫探索催眠之術十數年，自是一眼看出了端倪。哎，他李珍鶴的孫女就是不一樣啊。

喬昭一步步走向那家人，面上看著從容優雅，心中卻是緊張的。這是她第一次嘗試催眠之術，能否成功連三成把握都沒有。

不過出來都出來了，失敗了無非是叫晨光趕緊過來頂在前面，沒什麼大不了的。

喬昭暗暗給自己打著氣，漸漸走近那一家人。

其實從喬昭一出現，那對夫婦的視線就落在了她身上。

忽然出現的少女烏髮素裙，氣質卓絕，完全不像是會出現在這條髒汙陰暗小巷子裡的人。

她走路的姿勢真好看。夫婦二人不約而同想著。

見把夫婦二人注意力吸引了過來，喬昭暗暗鬆了一了口氣。

用最自然的方式吸引被催眠者的注意，是接下來能順利進行的首要條件，還好這條巷子比較陰暗，這樣的光線對施展催眠之術有著很大優勢。

「妳是誰？」見喬昭越走越近，年輕婦人下意識擋住男子的視線，出聲問道。

喬昭伸出手去，攤開手心，上面放著個小小的荷包，語調柔和輕緩。「這位大嫂，我剛剛路過巷子，撿到一個荷包，不知道是不是妳的？」

那荷包小巧精緻，裡面顯然裝了東西。

年輕婦人飛快看了一眼，眼中閃過貪婪，不由伸出手道：「我看看——」

喬昭手往回一縮。年輕婦人詫異看向她的眼睛。少女的眼睛如一汪深潭，黝黑純淨，隨著濃密的睫毛有規律的搧動，帶起神祕的波瀾。

年輕婦人只覺少女的一雙眸子好看極了，一時忘了移開視線。

喬昭提起荷包，在婦人眼前晃了晃，語調不急不緩道：「我看這荷包料子與大嫂身上衣裙的料子是同色系的，看來這荷包無疑是大嫂的了。」她把荷包輕輕放入年輕婦人手中，嫣然一笑。

年輕婦人下意識抓緊了手中荷包，盯著少女唇畔的笑容喃喃道：「對，它是我的。」

「那大嫂收起來吧。」

年輕婦人目光不離喬昭的眼睛，下意識把荷包塞進了衣袖裡。

喬昭嘴角一直掛著淺笑，自然而然問道：「大嫂剛剛看到兩個孩子打鬧了嗎？」

「看到了。」年輕婦人的回答沒有絲毫波瀾。

喬昭彎了彎唇角，輕輕眨眼。「大嫂看到了什麼？」

「看到二娃抓起泥巴塞進了嘴裡。」

「狗剩呢？」「狗剩？」年輕婦人一怔，眼底閃過掙扎。

喬昭心中一沉，面上卻不動聲色，抬手輕輕拂過垂落臉頰旁的長髮。

「狗剩本來在巷口玩，看到二娃吃土就跑了過來不讓二娃吃，二娃就哭了——」年輕婦人說到這裡，男子怒斥聲響起：「蕙娘，妳不是說狗剩把泥巴塞進二娃嘴裡嗎？到底怎麼回事？」

年輕婦人臉上表情一僵，如夢初醒，喃喃道：「我剛剛——」

男子一把抓住年輕婦人手臂。「妳剛剛親口說了，是二娃自己要吃土的！」

年輕婦人徹底恢復了神智，忙道：「不是的，真的是狗剩欺負二娃，我是這麼惡毒的人嗎，冤枉一個孩子？」年輕婦人抓著男人衣袖哀淒地哭起來。

「妳自己說的還有假？」

「我沒有，我沒有！我剛剛是中邪了，胡言亂語的。對了，都是剛剛那個女子——」年輕婦人伸手一指，轉頭卻發現剛才出現的少女已經不見了。

已經躲回門後的喬昭冷眼看著這一切，牛刀小試的成功讓她心情不錯。

真沒想到如此順利，這對夫婦一吵起來連她悄悄溜走都沒注意到。

察覺年紀稍大的男童一直盯著酒館後門猛瞧，喬昭笑了笑。大概看到她悄悄離開的，就只有那個被後娘冤枉的孩子了。

「她人呢？」年輕婦人怔怔道，忽然尖叫起來，「她一定是迷惑人心的女妖！」

「妳少胡說八道！」男人對年輕婦人沒了好臉色，低頭問狗剩，「剛剛的那位小娘子，你看到去哪了嗎？」

男童緊緊抿著唇。男人眼一瞪。「問你話呢！」

男童低了頭，大聲道：「我不知道！」

「看吧，看吧，沒人看見她是怎麼消失的，她一定是懾人心魄的女妖！」年輕婦人攬著懷中男童後怕道。

男人眼一瞪。「賤人，這個時候還把我當傻子哄！就算是懾人心魄的女妖，也是讓妳把實話說了出來！走，回屋再算這筆帳！」年輕婦人懷中幼童「哇」的一聲哭起來。

男人的呵斥聲、婦人的尖叫聲、幼童的哭喊聲很快就被一道院門關上了。

李神醫的笑聲響起。「昭丫頭，做得不錯。」

喬昭露出慶幸的笑容。「有點僥倖。」

催眠之術可以利用的無非就是施展者的聲音、目光及一些有規律的動作。刻薄之人大多貪財，所以她很順利用一個荷包吸引了年輕婦人的注意力，讓年輕婦人對上了她的眼睛。當然，施展催眠之術時的環境也很關鍵，小巷子裡昏暗的光線提供了極大的便利。

「那個小荷包不準備要回來了？」

喬昭看了小巷的方向一眼，搖搖頭。「算了，本就是裝零碎銀錢的小荷包，素面沒有任何特殊裝飾，我本是準備趁婦人不注意時拿回來的，既然那男童撿到，就留給他買幾串糖葫蘆吧。」

年輕婦人與男子撕扯掙扎時小荷包掉到了地上，當時喬昭見男童彎腰去撿，便悄悄離開了。從男童的表現來看，她不認為他會把荷包便宜了那對父母。

李神醫點點頭。「這樣也可以，不過昭丫頭妳要記著，妳是女孩子，以後再對人施展此術，這類隨身之物盡量少用，以免留下線索被人事後追查。」

「您放心吧，我明白的。今天是第一次施展，沒有把握才借用了這類小物件，以後我會盡量避免的。」李爺爺的提醒一點沒錯，如此奇法她定然不會輕易施展，將來施展的對象定非常人，自是不能留下這種隱患。

「神醫、黎姑娘，將軍讓卑職來說一聲，該走了。」葉落走了過來。

喬昭頷首，扶著李神醫的手臂往前走去。葉落跟在後面，被晨光一把拽住。

怎麼？葉落沒有開口，挑眉表達疑問。

晨光把葉落拽到角落裡，神神祕祕道：「我覺得黎姑娘有些奇怪啊。」

葉落擰了眉。「你這是什麼表情？」晨光不滿問道。

葉落淡淡道：「身為下屬，背後議論未來的將軍夫人不大好吧？」

晨光狠狠翻了個白眼。「什麼議論？我這是和你探討，探討懂不？」

也不想想黎姑娘怎麼成為未來將軍夫人的，都是他的功勞！現在這些王八蛋張口閉口未來將軍夫人了，這樣撿現成的要臉嗎？

「那你打算探討什麼？」葉落面無表情問道。

「剛剛有個男人在巷子裡打罵孩子，黎姑娘走去說了幾句，結果那男人就不打罵孩子，改打罵媳婦了。你說是不是很奇怪？」晨光摸著下巴一臉疑惑，「黎姑娘也沒說什麼特別的啊。」

身為保護主子的下屬，喬昭與李神醫的低聲交談晨光自是不會偷聽，然而當喬昭走出去與陌生人發生交集時，晨光便不敢掉以輕心，需要全神貫注留意著喬昭的情況，所以對她那時說了什麼記得清清楚楚。正因如此，不知道來龍去脈只看到結果的小親衛簡直一臉懵。

「你說話啊！」晨光推了推葉落。

葉落依然面無表情。「沒什麼好說的，你管奇不奇怪呢，只要咱們將軍大人喜歡不就好了。」

晨光一怔，而後點頭。「說得也是。」

所以他不用對將軍大人彙報了？哎呀，這可真是個讓人煩惱的問題。

龐縣令一直把邵明淵等人送到了碼頭上，眼看著眾人登船離開，這才打道回府。一回到衙門他立刻寫下一封急報，火漆封口送往邢舞陽那裡。

「總算是把這些瘟神送走了。」

李主簿滿臉堆笑拱手。「恭喜大人了。送走了那些瘟神，咱們就可以高枕無憂了。下官就說嘛，那些京城來的公子哥兒一旦辦好了差事，定然不願在咱們這種鳥不生蛋的地方久留。」

龐縣令睇他一眼。「怎麼說話呢？」

「下官這不是替大人高興嘛。」李主簿面上堆笑，心中卻冷哼了一聲。

還不許說管轄地是鳥不生蛋的地方了，要是覺得這個地方好，怎麼早早就投靠了邢舞陽那邊？邢舞陽指東，龐勝都不敢往西！

龐勝是進士出身的知縣，考績好的話能調任別處，李主簿卻十之八九要在此地終老了，所以對上司把海門百姓折騰得苦不堪言心存怨氣，擔心等將來致仕後會在海門混不下去。

「行了，今天高興，咱們去萬春樓喝一杯，海門渡酒肆的飯菜哪能吃得下去！」

龐縣令招呼著幾名親信往萬春樓而去。

喬昭等人所乘的船隻漸漸遠離了海門渡，曾經救回來的那些女子全都圍在一名哭泣不已的女子身邊，想勸又不知如何開口。

眾人已經聽送這名女子回家的親衛稟報過，此刻聽著女子的哭聲，全都面色不佳。

女子忽然站了起來，衝出圍著她的眾女向甲板邊緣跑去。眾女紛紛驚叫。

「攔住她。」邵明淵淡淡吩咐道。

離女子最近的一名親衛縱身而起，把半個身子已經探出欄杆的女子拽了回來，帶到邵明淵等人面前。女子癱軟在地，掩面大哭。「你們為什麼救我回來？就讓我死了吧，都是我的錯，如果沒有我，我的父母兄弟就不會丟了性命——」

「夠了！」一直默不作聲的謝笙簫忽然冷喝一聲。

女子哭聲一滯，淚眼矇矓看向謝笙簫。因著當時是謝笙簫把眾女從倭寇窩裡帶了出來，她們無形中對她很是依賴，此時見她發火，女子哭不下去了，無聲抽動著肩膀。

謝笙簫暗暗吸了一口氣，冷冷問道：「當時我帶妳們從倭寇窩裡逃離，遇到多少艱難險阻，妳都忘了嗎？為了加快速度划船，誰的手不是磨破了皮？沒有水喝，誰的嘴唇不是乾裂得不成樣子？要不是遇到了黎姑娘他們，咱們是不是約定好了與其被倭寇抓回去，不如等到最後關頭直接跳海？」謝笙簫說到這裡，眼中已經帶了淚。

她不屑哭，閉眼把淚水壓下去，啞聲道：「咱們抱著必死的決心活了下來，不是讓妳現在去尋死的！妳的家人為了去找強行拉走妳的人討個說法，遭了不幸，那妳就要尋死報答他們嗎？妳可真是糊塗！」

謝笙簫一番振聾發聵的話讓女子終於止住了哭聲，她眼中的絕望漸漸被堅定取代，忽然對著喬昭磕頭道：「黎姑娘，請收留我吧，我要與姊妹們一起去京城，好好活下去。」

沒多久後，船開始北行，在無人注意的地方，一艘小船悄悄把喬昭三人送上岸邊，立在船上的親衛對邵明淵抱拳。「將軍保重！」

邵明淵微微頷首。「你去吧。」

船槳在水中一撐，小船漸漸遠離了岸邊，漸漸變成一個小黑點。

彼時正值傍晚，夕陽鋪滿了水面，水面上閃爍著細碎的光芒。

喬裝打扮過的邵明淵對喬昭微微一笑。「二弟，咱們走吧。」

喬昭依然用了先前邵明淵送給她的人皮面具。她身形尚未長開，除了格外窈窕，自是沒什麼身材可言，此刻看起來就是個普通的清秀少年。晨光則一副侍從模樣打扮。

「走。」

三人改走旱路，輕車簡從，很快進入了福東境內。

「貞娘說了，她的父親就被軟禁在自己的宅子裡，明面上對外說是身體欠佳，需要靜養，所以閉門謝客。」喬昭從袖中取出一張紙遞給邵明淵，「這是我根據貞娘口述所繪製的邢府地形圖，你和晨光牢牢記下來吧，記住後我就毀了它。」

邵明淵接過圖紙，全神貫注看了一盞茶的工夫，然後遞給晨光。晨光接過來，一盞茶的工夫過去了，兩盞茶的工夫過去了，三盞茶的工夫過去了……二人皆盯著他。

晨光苦著臉道：「為什麼連每棵樹在哪個位置都得記下來？」最關鍵的是，京城裡那些官員的宅子都不算大，為什麼福東一個小小的監察御史居然能住那麼大的宅子？

「所以呢？」邵明淵淡淡瞥了晨光一眼。

晨光腆著臉笑。「所以卑職到時候緊跟著您就是了。」

邵明淵牽了牽唇角，面無表情道：「什麼時候記下來什麼時候吃飯。」

「將軍，您不能這麼無情啊！」怎麼能這樣對待幫你討到老婆又忠心耿耿的屬下呢？

邵明淵理都沒理小親衛的哀求，側頭柔聲問喬昭：「餓了嗎？中午在前一個鎮子的酒肆買的燒鵝味道不錯，先吃個鵝腿墊墊肚子吧。」

晨光：「……」將軍大人您這樣會沒下屬的！

小親衛可憐巴巴看向喬昭。喬昭微微一笑。「也好，等到下一個城鎮咱們就該棄車步行了，現在吃了還能減少一下行李的重量。」

晨光抹抹眼淚，把眼睛貼到了圖紙上。為了燒鵝，他記還不行嘛！

❧

天將黑時三人趕到了下一個城鎮，與車夫結了銀錢後，隨意找了個不起眼的客棧走進去。

「三間客房，要相鄰的。」晨光對著迎上來的夥計道。

夥計迅速瞄了三人一眼，滿臉堆笑。「對不住了客官，只剩一間房，要不您三位擠一下吧。」

「一間房？」晨光一聽，不用徵求邵明淵的意見便搖頭道，「一間房怎麼住？算了，我們去別家。」

夥計也不著急，笑著提醒道：「三位客官要去別處小的不敢攔著，不過小的要跟三位客官說一聲，現在我們這裡的客棧差不多都滿員了，別的客棧別說三間房了，恐怕連一間都沒有。」

「你不是糊弄我們吧？」

「哎呦，小的哪來的膽子糊弄客官啊，不信您就去問問。」

晨光扭頭。「公子，您看——」

邵明淵一臉嚴肅。「去問幾家吧，沒有就回來。」

嗯，一間房確實不像話，他和昭昭就算了，晨光怎麼辦？

「噯。」晨光應了，忙跑了出去。等了一會兒他返回來，對邵明淵輕輕搖頭。

夥計站在一旁笑道：「客官，小的沒糊弄您吧？那客房您三位還要不要？」

「先領我們去看看吧。」邵明淵開口。

「好嘞，三位客官這邊走。」

客棧並不大，客房就更狹窄了。夥計推開房門，邵明淵掃了一眼就略皺眉頭。

「這怎麼住得下？」晨光瞪眼。住得下他也不敢住啊，將軍大人一定會殺了他的！

夥計一臉無所謂。「就這一間了。」

「真的只有這一間，再沒有別的？我們可以多出些銀錢。」

夥計對晨光笑了。「咱們開店做生意，哪有把客人推出門去的道理，真只有這間了——」他說到這裡頓了一下，立刻被晨光發現了端倪。

「是不是還有房間？」

「有是有，不過是一間柴房——」

晨光嘴角抽了抽，心一橫道：「柴房就柴房吧，我們要這兩間。柴房歸我住，客房歸我們兩位公子住。你趕緊把柴房收拾乾淨點。」

接過晨光遞過去的碎銀子，夥計笑了。「好嘞，小的這就去收拾。」

見夥計轉身欲走，邵明淵開口道：「小哥兒，這城裡客棧怎麼會都住滿了人？」

「這個——」晨光立刻塞了一塊碎銀子過去。夥計悄悄捏了捏碎銀子，笑著回道：「小的也不知到底怎麼回事兒，這幾天城裡突然就來了好些人，大多都是從福星城來的富戶，出手闊綽。」

邵明淵與喬昭對視一眼。福星城便是他們這次要去的地方，離此地已經不遠了。

夥計退走後，三人走進客房。

「這可能是這家客棧最小的一間房了吧？這麼小的地方，幸虧有間柴房，不然連地鋪都打不下。」晨光推開窗子嘀咕道。

邵明淵睇他一眼，似笑非笑問：「你還想在這裡打地鋪？」

小親衛自知失言，忙捂住嘴。「卑職就是打個比方，您別當真。」見將軍大人依然神色緊繃，晨光嘿嘿一笑。「將軍，卑職去看看柴房收拾得怎麼樣，您和三姑娘先聊啊。」

狹窄的客房內只剩下喬昭與邵明淵二人。

邵明淵輕咳一聲。「昭昭。」

喬昭看向他。將軍大人耳根微紅。「原本我該和晨光一起睡柴房的，但咱們現在是兄弟，要是那樣的話有些不合適。」

喬昭點點頭。事急從權的道理她當然是明白的，但這種情況總不能讓她表現得喜上眉梢吧？

「那個……柴房離得遠，也不方便保障妳的安全。」見喬昭面無表情，邵明淵頗心虛，忍不住又說了一條理由。

睇了耳根發紅的男人一眼，喬昭笑了。「你不用解釋，我明白的。」

「啊。」邵明淵呆呆應了聲，總覺得少女表現得太平靜了，又補充道：「妳放心，我睡地上。」

一七三　同榻而眠

很快天就將黑了，三人湊在一起用了晚飯，晨光忙找了個藉口走了。

室內點著一盞油燈，光線昏暗，雖然已是深秋，這個地方依然讓人感到悶熱。

「昭昭，咱們出去走走吧。」邵明淵提議道。喬昭站了起來。「好。」

二人從現在一直對坐到入睡，委實有些尷尬。

一走進院子裡視線立刻開闊起來，入目是南方特有的園林景觀，哪怕是這樣尋常的客棧依然透著獨特的婉約，只可惜烏雲低沉，層層疊疊好似要壓到地面上來，讓人瞧了心生憋悶。

「要下雨了。」邵明淵仰望著黑沉的天空喃喃道。

喬昭忽然抿唇笑了。「大哥，你的老寒腿好了？」

邵明淵頗有些哭笑不得。「二弟，你就別拿我取笑了。」

什麼老寒腿？他又不是老頭子。等等，莫非昭昭嫌棄他年紀大？

低頭看著花骨朵般的少女，邵明淵忽然感到了那麼一絲危機。

昭昭眼下還不到十四歲，再過兩年把她娶進門，他都二十三了。

二十三啊，要是放到別人家，孩子都六、七歲了——邵明淵越想越不妙。

要不等回到京城後他多加努力，爭取明年就把昭昭娶進門吧，明年他好歹才二十二。

將軍大人默默下了決心。

發現某人突然陷入了沉思，喬昭不由多看了幾眼，見他依然沒有回神，乾脆把目光投向遠方。她本是隨意看看，可這一看眼神猛然一縮，忙拉了邵明淵一把，壓低聲音道：「大哥，你看那邊廊簷下站著的人，是我眼花嗎？」

邵明淵回神，順著喬昭的目光看過去，同樣一怔，面上驚訝一閃而逝。

不遠處立著一道玄色身影，廊簷下垂掛的燈籠散發著朦朧的光，模糊了那人的樣貌。可無論喬昭還是邵明淵都一眼認了出來，那人正是錦鱗衛的十三爺江遠朝！

江遠朝似有所感，忽然調轉視線，往這邊看了一眼。

邵明淵沉穩收回視線，低頭對喬昭道：「回屋吧。」「嗯。」喬昭不動聲色點頭。

江遠朝那個人城府頗深，無論出現在這裡多麼讓人吃驚，面上都不能有絲毫顯露，不然一旦被他察覺，誰知又會惹出什麼紕漏。

二人打定主意回房，不料江遠朝卻忽然動了，邁著大長腿走了過來。為了不引起懷疑，二人只得停下腳步。

江遠朝很快走到二人面前，含笑朝邵明淵拱手。「兄台是新入住的嗎？」

喬昭垂眸站在邵明淵身側，心中不由替他捏了一把汗。

無論是她還是邵明淵都與江遠朝打過不少交道，她可不認為錦鱗衛中僅次於江堂的二號人物會聽不出邵明淵的聲音。

「是的。」邵明淵回道。聽他一開口，喬昭不由鬆了一口氣。

她還不知道這人居然有變聲的本事，此刻若不是親眼所見，只憑聲音，她都分辨不出來這個低沉中帶著憨厚的聲音是邵明淵的。想到這裡，喬昭心中一緊。糟了，聲音能暴露人的身分，氣味同樣可以，而她手腕上一直戴著的那串沉香手珠很可能被江遠朝認出來！

喬昭低著頭往邵明淵身後躲了躲。江遠朝目光微垂，從喬昭身上一掠而過。

邵明淵身形微動，遮擋住江遠朝的視線，笑著解釋道：「舍弟生性膽小，有些怕見生人，還望兄台勿怪。」

「怎麼會？」江遠朝牽唇笑起來，忽然看了邵明淵一眼，意味深長問道，「兄台是從北方來的吧？」邵明淵挑眉。「兄台為何這麼問？」

江遠朝唇畔掛著淡淡的笑。「聽兄台口音不似這邊的人，而且這裡人鮮少有兄台的身高。」

邵明淵跟著笑起來。「呵呵，兄台好眼力，我與舍弟確實不是當地人。」

「哦，那兄台帶著幼弟來此有何事呢？」

聽著江遠朝的盤問，喬昭暗暗皺眉。不愧錦鱗衛出身，走到哪裡都改不了刨根問底的個性。面對尋常人的問題他們自是可以置之不理，然而面對江遠朝的疑問，他們卻不好不答，否則若是激起他的興趣，到時候派人來盯著他們，那才是令人煩不勝煩。

邵明淵顯然與喬昭想到一處去，聽江遠朝這麼問，未加思索便道：「家父年初的時候來福東談一筆生意，不料離家後再也沒有音信。家中派人來南邊尋過，結果派出來的人也不見回了。家母不放心，於是命我前來尋父。」

「哦，原來是這樣。」江遠朝笑意淡淡，「兄台既然是出遠門，怎麼還帶著幼弟？」

喬昭暗中嘆氣。江遠朝此人果然是不好糊弄的，不但不好糊弄，還討厭至極，面對陌生人問東問西，也不想想關他何事！

邵明淵並未被江遠朝問住，含笑解釋道：「我二弟只是個子矮，實際上已十五歲，年紀不小了。他性子太靦腆，平時只愛埋頭讀書。我想著讀萬卷書不如行千里路，帶他出門開闊一下眼界，說不定能讓他改改這女孩兒般的性子，便說服家母帶他一起來了，正好兄弟二人作個伴。」

此時喬昭躲在邵明淵身後，身形被他遮掩了大半。

江遠朝視線落在她的頭頂上，不由笑了。「要是看令弟，倒有些這邊人的意思了。」

喬姑娘心中大怒。

她個頭矮怎麼了？犯了哪條王法嗎？江遠朝語氣裡的調侃意味未免太明顯了！

這時雷聲突然從天際滾滾而來，打破了夜的寧靜。

邵明淵抬頭看看天色，自然而然道：「要落雨了，我帶舍弟回屋了，再會。」

江遠朝舉止優雅拱手。「再會。」

邵明淵不動聲色拉起喬昭的手。「二弟，走吧。」

直到二人背影消失在門口，江遠朝依然立在原地，神情若有所思。

外面的雨依然沒有落下來，屋內昏暗憋悶，可喬昭已經開始為剛才出去透氣而懊惱了，走到窗邊快速關上了窗子。她坐下來，第一件事就是掀起了衣袖，露出一截欺霜賽雪的皓腕。

邵明淵瞧得心頭一跳。「昭昭——」

喬昭抿著唇沒吭聲，直接把手腕上的沉香手珠摘了下來。

邵明淵眼神微閃，已是明白了喬昭的意思。喬昭從隨身帶著的包袱裡抽出幾條帕子，把沉香手珠包裹得嚴嚴實實收進包袱裡，這才道：「我擔心江遠朝聞到這味道，會認出我的身分。」

邵明淵面色微沉。

昭昭這串沉香手珠是無梅師太所贈，大概是時間已久，其實味道已經非常淡了，若不是離得很近根本聞不出來。昭昭擔心會被江遠朝聞到，難道說他們有靠那麼近的時候？

江遠朝那個王八蛋！將軍大人心中惱怒，周圍空氣立刻一冷。

「怎麼了？」

邵明淵冷笑。「認出來也無妨。」

喬昭詫異看他。年輕將軍面無表情道：「那就殺了他算了。」

喬昭嘴角一抽，哭笑不得道：「邵將軍，你這樣是不是任性了點兒？」

邵明淵面不改色道：「不能讓他壞了咱們的大事。」

「他可是錦鱗衛指揮使江堂的準女婿，你真殺了他，那些錦鱗衛定然瘋狗般追著咱們不放。」

「咱們現在喬裝打扮，只要做得隱祕些，錦鱗衛又如何得知？錦鱗衛雖然神通廣大，畢竟不是神仙，這世上他們不知道或查不到的事情多了去。」邵明淵滿不在意道。

喬昭頗不贊同。「多一事不如少一事。咱們潛入福東營救邢御史，暫時無人得知，但咱們總要把邢御史帶到京城去吧？到時江堂會不知道咱們在福東待過？要是江遠朝真被你殺了，他就算沒有真憑實據，心中也會懷疑的。畢竟江遠朝不是一般人物，能不知不覺殺了他的人可不多。」

喬昭被問得莫名其妙。

邵明淵沉默聽著，等喬昭說完深深看了她一眼，問道：「昭昭，妳不想讓江遠朝死？」

為了不與錦鱗衛結成死敵，她當然不想讓邵明淵殺了江遠朝啊，不然她說這麼多幹嘛？

等等，這傢伙有點不對勁。喬姑娘抬眸，迎上男人黑湛湛的眼，忽然回過味來。

「邵明淵。」她喊了一聲。朦朧光線下，少女聲音落在人耳中莫名多了幾分撩人的意味。

「嗯？」邵明淵對上她的視線。

少女輕挑眉梢，雲淡風輕問：「你是在吃醋吧？」

隱祕的心思被心上人無情戳破，邵明淵耳根一熱，移開視線，故作平靜道：「怎麼會？我是這樣公私不分的人嗎？」

喬姑娘呵呵笑了一聲。你難道不是這種人？

「好了，昭昭，妳快些把人皮面具取下來吧，夜裡睡覺不能戴著。我也去洗漱一下。」邵明淵落荒而逃。

兩刻鐘後。換了一身衣裳的邵明淵抱了一床被子往地上鋪。

喬昭斜睨他一眼，淡淡道：「上來。」

邵明淵手上動作一頓。昭昭在說什麼？嗯，他一定是聽錯了。邵明淵繼續手上動作。

喬昭見狀抬了抬眉，乾脆直接走過去，輕聲道：「沒聽見啊，叫你上來睡。」

邵明淵一副夢遊的表情。「啊？」

喬昭閉了閉眼，嗔道：「邵明淵，邵庭泉，你要我說三遍嗎？」

雖然是非常情況，但這樣也過分了點吧？

「昭昭，我——」「上去睡，你寒毒未清，不能睡地板。」喬昭一字一頓道。

「將就一晚不打緊的。」邵明淵紅著臉道。

喬昭彎了彎唇角，問有些無措的男人：「聽你的還是聽我的？」

「聽妳的。」

喬昭白了他一眼，轉身往床榻走去，到了床邊彎腰抱起另一床被子。

邵明淵面色微變。「昭昭，妳睡地上身體會受不住的！」

喬姑娘回眸睇他一眼，把被子往裡推了推，竭力擺出平靜的模樣。「想什麼呢，我當然不會睡到地上。要是因為睡地上生病了，不是拖你後腿嗎？」

他們之間除了圓房大概能做的都做了，這個時候再矯情已經沒必要。為了順利救出邢御史，沒什麼是不能忍的。

邵明淵只覺有人往他腦裡丟了一個炮竹，把他整個人炸傻了。

昭昭說不睡地板，這是不是說他們要一起睡？同榻而眠？他，他要和昭昭睡一起？

邵明淵忽然覺得有些無法思考了。

喬昭快速脫了鞋子上了床，緊緊靠著內側牆邊裹上被子，冷冷道：「趕緊睡吧。」

邵明淵回神，依然有些不確定，手背在後面悄悄掐了自己後腰一把，疼痛傳來這才確定不是做夢，手忙腳亂脫了鞋子，躺在了床榻外沿。他直挺挺躺著，一動不敢動。

好一會兒後，喬姑娘忍無可忍道：「你跟一條乾魚一樣躺在最邊上，不怕掉下去嗎？」

要是這樣睡上一宿，估計比沒睡還要累。

「不會掉下去。」少女特有的體香直往鼻端鑽，邵明淵暗暗吸了一口氣平復心情，卻發現依然無法冷靜，頭昏之際身體下意識又往外面移了移。

於是「撲通」一聲響傳來，某人痛快掉了下去。

最初的驚訝過後，少女輕笑聲響起，反問道：「不會掉下去？」

邵明淵狼狽爬起來，尷尬道：「意外，純屬意外。」

喬昭背轉了身不再吭聲。邵明淵悄悄看了背對他的少女一眼。

為了方便，她依然把頭髮高高盤在頭頂，露出纖長白皙的脖頸和纖弱的背影。

她身上搭了一條薄被，能看出腰肢處明顯凹了下去，不盈一握。

邵明淵默默往裡移了移，卻不敢再看，調轉視線盯著上方簡潔的天花板，心跳如雷。

昭昭還小，他不該胡思亂想。一盞茶的工夫過後，邵明淵抬手拍了下額頭。不能胡思亂想！

少女很安靜，似乎睡熟了。

靜謐的氣氛中，若有若無的香味彷彿突然濃郁起來，讓人聞著便心慌意亂，神魂俱醉。

邵明淵再次悄悄看了喬昭一眼，閉目轉身，過了片刻再轉身。

面對著牆壁的喬昭咬了咬唇，忍無可忍道：「邵明淵，你在烙餅嗎？」

「是不是吵到妳了？」邵明淵頗尷尬，緊了緊拳道，「要不，我還是去地上睡吧。」

「你緊張個什麼？那次在山洞裡不是就我們兩個嗎？」那一次，可比現在過分多了。

「那，那不一樣……」「如何不一樣？」

邵明淵苦笑。「昭昭，妳忘了，那時候我在昏迷。」

他不知道別的男人是不是也這樣，或者真有傳說中柳下惠那樣的男人。反正輪到他自己，與心愛的姑娘同榻而眠，理智上明知不該胡思亂想，卻阻止不了內心的心猿意馬。

「江遠朝為何出現在這裡？」喬昭乾脆直接轉移了話題。

江遠朝的出現無異一抹陰雲浮在二人心頭，聽喬昭這麼一說，邵明淵果然轉移了注意力。

「咱們之前猜測江遠朝是去嶺南，難道估計錯了？還是說他另有任務，從嶺南跑來了福東？」

邵明淵側頭看向內側的少女，覺得二人還是離得太近了些，於是調轉目光盯著上方。「他應該和咱們一樣，才剛進入福東境內，不然以他的身分也不會住在這樣的客棧裡了。」

「或許是為了低調行事呢？」「也有這種可能。」

「貞娘說過，駐守福東的錦鱗衛已經被邢舞陽收買了。庭泉，你說江遠朝是不是為了調查這個而來？」

「不好說。錦鱗衛行事詭譎，究竟為了什麼不好預料，不過江遠朝來的時機有些微妙。」邵明淵把雙手放到了腦後，覺得這個姿勢不太舒服，悄悄往裡移了移身子。

身體不再有一半懸空，總算是舒坦了些，邵明淵輕輕吁了口氣，接著道：「客棧的夥計說這個城裡來了許多福星城那邊的富戶，可見福星城一定是發生了什麼事，而且是不好的事，才讓那些惜命的富戶離開避難。江遠朝突然出現在此地，也許與福星城發生的事有關。」

喬昭嘆口氣。「希望他不要給咱們帶來麻煩才好。」

「昭昭，睡吧，無論福星城發生了什麼事，明天咱們過去就知道了。」

「嗯，睡了。」

室內重新安靜下來，二人能把對方清淺的呼吸聲聽得清清楚楚。

油燈燃盡了，屋子裡一片黑暗。

許久後，喬昭忍不住翻了個身，驀地對上一雙明亮的眸子。二人四目相對，皆是一怔。

「你還沒睡？」喬昭莫名有些緊張。

「就睡了。」邵明淵同樣有些緊張。

喬昭抿了抿唇。「那……就趕緊睡吧，明天一大早還要趕路呢。」

「好。」男人老老實實應著，依然睜著一雙眼睛看著她。

「你看什麼？」喬昭悄悄握緊了拳。

邵明淵有些狼狽。「我，我就是覺得妳好看。」

喬昭暗暗吸了一口氣，故作平靜道：「我知道我好看，快點睡吧。」

「嗯，睡了。」邵明淵閉上了眼。

外面時而能聽到雷聲滾滾，雨卻依然沒有落下來。房間裡只有一扇小窗，因為關上了，屋中很是悶熱。喬昭悄悄把薄被往下拉了拉，露出曼妙的腰肢。

邵明淵睜開眼睛，猛然又閉上，呼吸急促了幾分。

喬昭後背一僵，好一會兒才緩緩放鬆，心中默道：不管那個傻子，她睡她的！

她不由往內側又移了移。

「昭昭，別緊挨著牆壁，太涼。」

喬昭繃直了身子，淡淡道：「知道了，趕緊睡吧，再耽誤下去天都亮了——」

話沒說完，屋外一道閃電劃過，驟然映亮紗窗，緊跟著聲勢無比驚人的雷聲落下，好像把地面都劈得震動幾分。這道雷太過驚人，邵明淵未加思索就攬住喬昭，柔聲道：「昭昭，別怕。」

喬昭渾身僵硬，好一會兒才道：「我沒怕。」

三更半夜的忽然被人抱住比打雷可怕多了，驚得她好一會兒沒回神。

還好是邵明淵，要是別人，她一針大概就扎下去了。

屋外大雨滂沱而至，伴隨著大風猛烈地拍打著窗櫺，彷彿要把紗窗穿透，湧進屋中。驚雷一道接一道響起，閃電時而能把室內照亮。

二人相對躺著，在閃電劃過的那一瞬間，能清晰看到對方的模樣。

邵明淵凝視著觸手可及的少女，一動不動。

喬昭被對方那雙格外漆黑的眸子吸引，一時也忘了移開視線。

雷雨聲中，邵明淵輕輕舔了舔乾裂的唇，聲音暗啞：「昭昭？」

「嗯？」「等明年我們就成親吧。」

這樣曖昧的氣氛下，聽身邊的男人突然提起這個，喬昭臉微熱。「明年我還沒及笄。」

屋外風雨大作，男人的聲音顯得低沉沙啞。「沒有及笄就出閣的女子並不少。」

他實在有些等不得了。

「可我父母長輩不會同意的。」以黎父、黎母對女兒的疼愛，必捨不得她早嫁。

「我會努力說服他們。」「那等你努力再說吧。」喬昭含糊道。

邵明淵大喜。「昭昭，這麼說妳不反對？」

喬昭抿唇不語。這樣微妙的時刻，對方的沉默無異於默認。

邵明淵喜不自禁，在喬昭額頭上親了一口。他親完，不由僵住。

二人離得極近，連鼻尖幾乎都碰到了一起，彼此的呼吸纏繞在一起，心跳跟著漸漸合拍。

「昭昭，我——」

喬昭伸出食指，放到邵明淵唇上。「別解釋。」

少女的指腹柔軟，彷彿帶起了一串電流，讓男人渾身發麻。

喬昭避開對方灼熱的目光，尷尬轉身，可這一轉身猛然察覺有一硬物抵著她背後。她彷彿觸電般轉過身來，因為轉得太急，柔軟的唇瓣撞到了對方唇上。

邵明淵呼吸一窒。二人四目相對，唇貼著唇。

最初的震驚過後，喬昭忙往後躲，可一隻大手卻托住了她的後腦勺按向前方，深深吻了下去。急促的呼吸聲被雷雨聲掩蓋，然而落在雙方耳中卻比外面的驚雷還要響。

喬昭被男人吻得腦海中一片空白，只聞雷聲大作。少女的順從讓男人的呼吸更加急促，這時一道閃電亮起，他清晰看到了少女顫抖的長長睫毛與桃花般潤紅的雙頰。

那根名為理智的弦驟然崩斷，男人雙手下移放到少女腰間，忽然把她抱了起來放到自己身上。少女很輕，整個身子伏在男人身上彷彿羽毛一般。男人的吻變得比外面的風雨還急。

「邵——」喬昭張口喊他，卻讓對方趁機攻城掠地，頭暈目眩之際只能如藤蘿般緊緊攀附著他，原本的喊聲化成了含糊細碎的呻吟。

男人霸道捲起少女的香舌，細細密密掃過檀口中每一寸地方，帶起的戰慄蔓延至全身。電閃雷鳴中，昏暗狹窄的室內喘息聲漸濃。

男人忽然一個側身把身上的少女抱下來放到身側，一雙大手迅速把她的上衣掀至肩頭，隔著顏色柔嫩的小衣埋頭含住那誘人的尖尖小荷。

「邵明淵——」喬昭震驚得睜大了水潤的眸子，卻因為男人突然在那處重重咬了一下，尾音變得高昂嬌媚。她恨不得找條地縫鑽進去，恨道：「邵明淵，你發瘋——唔唔……」

男人直接用嘴堵住少女的唇，一雙大手在那令人沉醉的地方用力揉著。

喬昭只覺酥酥麻麻的感覺湧至四肢百骸，讓她連掙扎都變得無力。

這個混蛋發瘋起來簡直不是人！意亂情迷之際，喬姑娘模模糊糊地想。

「昭昭，昭昭，我想妳，想得心都疼了……」邵明淵含含糊糊說著，感覺到懷中身子漸漸火熱，心中的激蕩猶如驚濤駭浪四處撞擊卻尋不到出口，讓他整個人因為緊繃而開始發疼。

「昭昭，我該怎麼辦？」「你……你混蛋……」少女的控訴輕飄飄沒有一絲分量。

「昭昭，昭昭……」唇齒相接的間隙，邵明淵全用來喊這個名字，每喊一聲，都覺得身體被一股股熱流沖刷。憑著男人的本能，他一隻大手忽然下移探入少女的裙襬，靈巧鑽進去撫上了芬芳之地，那處已是一片泥濘，讓他的手指下意識就開始尋找門徑。

那一瞬間，喬昭弓起了身子，整個人都顫抖起來，軟綿綿問：「邵明淵，你想幹嘛呀？」

她問得輕柔，眼角卻帶了淚。

失去理智的男人猛然清醒。他目光下移，看到探入少女裙襬中的大手，整個人都懵了。

「昭昭，我——」他剛剛到底幹了什麼！

喬昭滿面通紅。「你還不把手拿開！」

「呃，好——」邵明淵慌亂收回手，可看到裹著少女纖細身段的那件蔥綠色抹胸前端一片濕潤，整個人又呆住了。身下的灼熱不受控制跳動兩下，毫不客氣抵住少女腿根。

邵明淵狠狠翻身下床。喬昭迅速把上衣拉下來，面無表情咬著唇。

年輕將軍走到桌前，倒了一杯茶水狠狠灌了下去，一時不敢回頭面對喬昭。

窗外的雨聲漸漸小了，有涼風從窗縫中灌進來，讓人頭腦一清。

待心情平復後，邵明淵重新點燃油燈，這才鼓起勇氣轉身。昏暗的燈光下，就見少女面無表情看著他，眸光深沉，令人捉摸不透。

邵明淵走了過去，拉了一把椅子放在床邊坐下，喊了一聲：「昭昭。」

喬昭繃緊了唇角，一言不發。這個道貌岸然的傢伙，竟沒有他不敢做的事兒！

「昭昭，妳生氣啦？」「我難道不該生氣？」

「該生氣，該生氣。」邵明淵抓起喬昭的手，「我該打，妳打我吧。」

喬昭掙扎開，冷笑道：「你少來，現在清醒了說該打，等下一次你是不是又要膽大包天亂來？」

見男人薄唇緊抿，喬昭氣笑了。這個混蛋居然連反駁都不敢，可見以後還打算這麼幹！

這一次他都敢把手伸進她裙子裡了，下一次是不是真要洞房了？

「昭昭，別氣了。」邵明淵柔聲求道，因為才動過情，他的聲音更顯沙啞低沉。

喬昭別開臉。邵明淵忽然彎腰，從綁腿處抽出一柄匕首塞進喬昭手中。

少女疑惑抬眸。邵明淵抿了抿乾裂的唇，堅決道：「昭昭，再有下一次，妳就捅我一刀。」

喬昭直接把匕首擲到了地上，怒道：「你混蛋！」

她要是下得了手，何至於被他攻城掠地，欺負得徹底？他這樣以退為進，到底還要臉嗎？

目光追隨著落地的匕首，邵明淵不由彎彎唇角，把氣得發抖的少女拉入懷中，輕聲問：「昭昭，妳是不是捨不得？」

「邵明淵，你仗著力氣大這樣欺負我，你的良心呢？」

邵明淵眨眨眼，下頦抵在喬昭髮頂，喃喃道：「傻丫頭，一靠近妳我連自己是誰都忘了，哪還記得良心是什麼。」

這個傻丫頭，真的太不瞭解男人了。一個男人面對所有女人都可以郎心似鐵，可面對心上人還能無動於衷的，大概只有宮裡那些無根之人了。

邵明淵執起喬昭的手，放在唇邊親吻著。「昭昭，早點嫁給我吧，我怕再這樣下去，真的要成為混蛋了。」

「你本來就是混蛋。」

「是，我是混蛋，今天是我過分了——」邵明淵這樣說著，腦海中卻不由閃過剛才的情景。

喬昭心思靈慧，哪不知道眼前男人想到了什麼，紅著臉狠踢了他一下。「不許再亂想！」

那一腳對邵明淵來說不痛不癢，反而讓他心中一蕩，反手抓住少女巴掌大的小腳放到心口處，哄道：「昭昭，踢腿不疼，妳踢這裡吧。」

他的心被那陌生又熟悉的情動快要撐爆裂開了。他真的無法想像，原來一顆心為某個女孩子跳動是這樣的感覺。

睜開眼睛想著她，閉上眼睛還是想著她，恨不得把她生吞入腹，骨血交融，再也不片刻分離。

喬昭掙扎了一下。「你放開！」

恢復理智的將軍很聽話，老老實實放開少女的腳，心中卻空落落惘然若失。

看著他的樣子，喬昭不知該氣還是該笑，最終閉了閉眼道：「邵明淵，你以後不許這樣了，我……我還沒及笄呢。」

男人低著頭，彷彿被主人遺棄在暴雨夜裡的大狗，老實巴巴點點頭。「我知道了。」

喬昭斜睨著他，心中輕嘆一聲，輕聲道：「及笄了也不行，你就不能等成親後嗎？」

她雖不在意什麼俗禮，可未婚先孕還是太驚世駭俗了。

「我等。」邵明淵拉住喬昭的手，「我可以等。」

見邵明淵一臉真誠，喬昭勉強點頭，淡淡道：「只此一次，下不為例。」

她往內移了移，嘆道：「趕緊睡吧。」

「妳先睡，我等妳睡了再睡。」

「不能睡地上。」「保證不睡地上。」

喬昭看著邵明淵，最終垂下眼簾。「那好，我先睡了。」再折騰下去天就亮了。

邵明淵坐在椅子上，默默看著少女背影，直到對方輕淺的呼吸聲變得平穩，才站起身來往屏風後走去。一刻鐘後，洗了一把冷水臉的男人這才從屏風後走出來，輕輕躺在了床榻外側。

一夜無話。

隔天一早晨光就趕過來報告。

「將軍，卑職按著您的吩咐找住店的人打聽了一下，問他們為什麼來這裡，結果那些人一臉緊張，什麼都問不出來。」

「別再打聽了。」

晨光一愣。邵明淵解釋道：「昨晚我們遇到了錦鱗衛的江遠朝，以他的警覺性，刻意打聽的話會打草驚蛇，引起不必要的麻煩。」

晨光驀地瞪大了眼睛，嘀咕道：「這也能遇到？他可真是陰魂不散啊！」

哼，江遠朝那個不要臉的，曾經跟他搶著當車夫的事他還記著呢！

邵明淵皺眉。「注意一下言行，別被江遠朝遇到瞧出端倪。」

「是。」晨光眼見喬昭尚在收拾東西沒有出來，便擠眉弄眼道：「將軍，昨天怎麼樣？」

邵明淵揚眉。「什麼怎麼樣？」

晨光咳嗽一聲，壓低聲音道：「就是昨天晚上啊。」

邵明淵耳根隱隱發熱，臉色沉下來，斥道：「多嘴！」

「哎呀，將軍，昨夜良辰美景，您就沒做點什麼？」

邵明淵眼角餘光迅速瞥了一眼門口，冷聲道：「昨夜大雨如注，哪來的良辰美景？你小子再胡言亂語就軍法伺候。」

晨光一雙眼睛瞪得老大，滿臉的恨鐵不成鋼。「將軍大人，難道您真的什麼也沒做？」

您這樣對得起陪著老鼠睡了一夜柴房的下屬嗎？

「滾！」邵明淵忍無可忍，抬腳踹了晨光一腳。

❧

三人離開客棧，買了一頭小毛驢讓喬昭騎著，出城前往福星城。

此處距離福星城不算太遠，之所以放棄僱車，就是為了避免留下更多的線索。車夫加馬車，可要比一頭小毛驢惹眼多了。路上騎著驢趕路的人頗多，喬昭坐在驢背上，一時感慨萬千。

牽著繩索的邵明淵側頭問：「第一次騎毛驢吧？」

「第二次。」

邵明淵微訝。喬昭笑笑。「難道池大哥他們沒對你提起過嗎？」

「提起什麼？」

喬姑娘一臉淡定。「我被拐賣時騎的就是毛驢。」

邵明淵尷尬摸摸鼻子。他似乎將功補過又沒用對地方。

喬昭見他如此，笑了笑。「放心，我對毛驢沒什麼心理陰影。」她能死而復生成為黎昭，是她的幸運，而非不幸。

「將軍，您發現沒，迎面而來的行人要比去福星城方向的人多很多。」

邵明淵頷首。「嗯，你去問問坐在樹下歇腳的那對祖孫。」

晨光自是領會邵明淵的意思。迎面而來的行人看起來皆出身富足，這樣的人面對陌生人警覺性高，難以問出消息。而在大樹下歇腳的那對祖孫衣著平常，想打聽消息就要容易得多。

「大公子、二公子，咱們在這裡歇歇腳吧。」晨光聲音微揚，吸引了祖孫二人的注意。

邵明淵伸手扶著喬昭下了毛驢，晨光接過繩索，把毛驢拴到樹下。

七、八歲大的男童轉著眼珠，打量著沒有雜色的小毛驢。

晨光從懷中掏出一個油紙包，慢條斯理打開，露出金黃色的窩絲糖。

男童眼巴巴盯著，不由自主嚥了嚥口水。

晨光笑看男童一眼，用帕子墊著拿起一塊窩絲糖遞給喬昭。「二公子，吃糖。」

喬昭滿心無奈，面上卻半點聲色不露，接過窩絲糖咬了一口。窩絲糖很香甜，喬昭不由想起以前去疏影庵時，冰綠喜歡拿窩絲糖來哄小沙彌玄景。明明只是數月前的事，此時想起卻恍如隔世了，也不知小沙彌的門牙長出來了沒。

喬昭思緒飛揚，吃糖的樣子就格外認真，這窩絲糖就越發顯得好吃了。

男童再次嚥了嚥口水。老漢摸了摸男童頭頂。「歇夠了嗎？」

男童搖頭，目光不離晨光手上的糖塊。「爺爺，我還想再歇一會兒。」

晨光把一塊窩絲糖遞過去，笑瞇瞇道：「小兄弟，大哥哥請你吃糖。」

老漢忙道：「使不得，使不得。」

晨光直接把窩絲糖塞進男童手中，爽朗笑道：「相逢就是有緣，一塊糖而已，不值當什麼。對了，老伯，你們這是從哪來啊，有老有小的怎麼不僱輛車呢？」

老漢見小孫子吃得香甜，不再推辭，頗不好意思道：「這孩子嘴太饞了。我們從福星城來，那邊馬車可僱不起。」

「哦，那邊僱車比別處貴？」

「別處貴不貴老漢不知，不過福星城的馬車我們這樣的人可僱不起，這幾天僱車的人太多了。」

「難怪我們看著好多人都是從福星城的方向來的。老伯，福星城是發生什麼事了嗎？」

老漢眼神一閃，反問道：「小哥兒要去福星城？」

「是呀，我們二位公子要去福星城找我們家老爺。」

老漢不吭聲了，拿起水壺灌了幾口水。

「哎，我們老爺出來好幾個月了，一直杳無音信，太太在家裡都急病了，這才派兩個公子出來的。老伯，福星城是不是真發生了什麼事啊？要是有什麼需要注意的地方您提點提點我們唄。我們都年輕，出門在外的，怕惹麻煩呢。」晨光說著，把一包窩絲糖全塞給了男童。

男童高興吃起來。「吃吃吃，就知道傻吃！」老漢斥了一聲，見孫子吃得滿嘴香甜，嘆了口氣，壓低聲音道，「小哥兒，福星城我勸你們還是別去了。」

「老伯，您話只說一半兒，我們更沒底啊。」晨光把一塊碎銀子塞到老漢手裡，客客氣氣道，「老伯得幫幫我們。」

老漢猶豫了一下，低聲道：「福星城不太平。」

「如何不太平？」晨光虛心請教。

老漢把碎銀子塞回晨光手中，嘆道：「老漢不為小哥兒的銀子，就衝你給我小孫子的那包窩絲糖便提醒你們一聲。前幾天的一天夜裡，有位官老爺的府邸被歹人包圍了，打打殺殺聲鬧了大半夜才停下來。我恰好是每天給那位官老爺的府邸送柴火的，那天天剛濛濛亮過去，看到青石板都染紅了，有人正一盆盆潑水洗刷呢。」

晨光聽得心頭一跳，忙問：「不知是哪位官老爺的府邸？」

「就是那位邢大將軍的府邸，那裡住著他的家眷。」老漢搖搖頭，「那些歹人真是糊塗啊，找誰的麻煩不成，怎麼非要找邢大將軍的麻煩呢？邢大將軍手裡那麼多兵，對付幾個歹人還不是小菜一碟，嘖嘖。」

「老伯您就因為這個離開的啊？」

老漢臉色微變。「這件事在城裡其實還沒傳開，得到消息的都是些有門路的，老漢也是趕巧碰到才知道的。小哥兒想啊，這福星城又不是小村小鎮，這麼大個城發生這種事不是怪嚇人的嗎？那些歹人今天能闖進邢大將軍的府邸，明日說不定就會殺人放火了，所以得到消息的一些人就暫時離開避避了。老漢正好無事，乾脆也帶著孫子去他爹娘那裡。」

「原來是這樣，多謝老伯提醒了。」晨光拱拱手。

老漢站了起來，拉了小孫子一把。「行，歇夠了，我們該走了。小哥兒，你們要是不著急，暫時就別去福星城啦。」

「行，我們知道了，多謝老伯。」

老漢帶著小孫子漸行漸遠，喬昭三人依然站在樹下未動。

「有歹人圍攻邢舞陽府邸？」邵明淵琢磨著老漢的話，看向喬昭，「昭昭，妳發現沒，剛剛老漢提到那些歹人時的語氣，不像是老百姓對盜匪的憎惡，而是透著一絲惋惜。」

喬昭點頭附和。「是呀，好像巴不得那些歹人得手似的，可見邢舞陽多麼不得人心。」

邵明淵眺望著遠方，那祖孫二人的身影已經漸漸看不到了。

「那些歹人的身分，有點意思。」

喬昭若有所思。「直奔邢舞陽的府邸，定然不是為財，為財的話沒必要撿最硬的骨頭啃。」

「那妳覺得是為什麼？」邵明淵問。

「我們對那邊還一無所知，哪裡好猜。」喬昭笑笑，迎上邵明淵鼓勵的目光，便想了想道，「十之八九和民變有關。」

邵明淵背手而立，眸光轉深，輕聲道：「或許是兵變。」

喬昭一驚。「兵變？你怎麼會這麼想？」

兵變和民變還不一樣，一個駐地總兵手下發生兵變，這證明他帶的隊伍已爛到骨子裡。

「我沒有什麼根據，只是領兵打仗這些年，出於一名將領的直覺。」邵明淵直言道。

這種直覺非無稽之談，而是從無數次大小的戰鬥中，積累預判戰場情勢變化的經驗。

「走，福星城究竟如何，親眼去看一看就知道了。」

三人繼續趕路，到了下午，有著拱形城門的福星城就呈現在面前。

城門邊立著一隊士兵，正檢查著進城的人。

「大公子——」晨光喊了一聲。

「無妨。」

三人走到排隊的隊伍中，等輪到了他們，站在城門邊的士兵仔細打量邵明淵與晨光一眼，冷聲問道：「不是本地人？」

無論是邵明淵還是晨光，他們身高在這南邊沿海之地都顯眼了些。

「對，我們來投親的。」晨光笑道。

「路引。」士兵伸出手。晨光忙把路引遞過去，一同奉上的還有一塊頗有分量的銀子。

銀子入手一沉，士兵匆匆掃了一眼路引，把它還給了晨光，提醒道：「別惹事。」

「一定的，一定的，我們都是安分守己的良民。」

三人總算順利進了城，尋了個離邢御史府不算太遠的客棧住下，晨光嘀咕道：「真沒想到有一天身高也會成為阻礙。」

「優點與缺點，原本就是相對的。晨光，你休息一下便出去找一所不起眼的民宅租下來，明天咱們就搬進去。」

「還要租房子？」晨光頗詫異。

「一旦救走邢御史，對方肯定會知道，到時候最先開始搜查的肯定是客棧，我們兩個的身高很容易讓人猜出是從北邊來的。」邵明淵解釋道。

「卑職明白了，卑職這就去。」

❧

到了傍晚的時候，晨光返回來。「將軍，已經辦好了。」

邵明淵頷首。「嗯，今晚你保護黎姑娘，我去探一下邢府。」

「哪個邢府？」喬昭問。邢舞陽和邢御史湊巧都姓邢，邵明淵打算去哪裡還真要問清楚。

「兩個都探探。」

很快就入了夜，邵明淵換上一身夜行衣，俊朗的臉被黑巾遮掩住，只露出一雙黑湛的眼睛。

「昭昭，我走啦。」邵明淵抬手輕輕撫了撫喬昭的秀髮。

「那你小心。」

邵明淵笑了。「放心，我會早點回來的。」

喬昭從袖中拿出一個玲瓏的荷包遞過去。「把這個帶著，裡面裝了幾樣藥，紅瓶的是一粒解毒丸，遇到常見的毒吞下去至少能支撐一個時辰。白瓶的是止血散，倒到傷口上能迅速止血，綠色瓶中的是神仙丹——」喬昭頓了一下，深深看著邵明淵。「我希望你不要用到。」

男人比她高許多，她需要半仰著頭看他，恰好把他眼底的繾綣笑意看得清清楚楚。

喬姑娘想，這個男人是她的，無論多麼無賴厚臉皮，她都捨不得讓任何人傷著他。誰敢傷她的男人，她就要那人倒楣。

喬姑娘又從衣袖中摸出一個巴掌長的小瓶遞過去，交代道：「神仙丹是吊命用的，我相信你不會用到，只是為了以防萬一。至於這個瓶子裡的東西，倘若真的遇到很難對付的人，就打開瓶塞往他身上潑。」

「那會怎麼樣？」「問題也不大，只是會瞬間全身灼燒如火焚而已。」喬姑娘輕描淡寫道。

邵明淵握著小瓶子沉吟片刻，問道：「這是李神醫送妳的吧？」

喬昭沒有否認。這原是前不久分別時李神醫送她的保命之物。

邵明淵把瓶子塞了回去。「傻丫頭，我用不著。」

喬昭抓緊了瓶子看著面前高大的男人。

邵明淵笑著揉揉她的髮。「真的用不著。妳放心，我會早早就回來。」

「那好，我們準備宵夜等著你。」

邵明淵眼底笑意加深。「我記得晨光買了些海貨，我想吃雞絲蟄頭和蔥爆蝦仁。」

「知道啦。」喬昭心中的緊張被好笑取代。

「我走了。」邵明淵忽然伸出雙臂抱了喬昭一下，又迅速放開，板著臉叮囑晨光道，「保護好黎姑娘。」直到邵明淵離開，晨光還在揪頭髮。為什麼覺得教出徒弟餓死師父呢？

看到將軍大人與黎姑娘這樣甜蜜，他真是既高興又心酸。

見喬昭立在原地沉默，晨光安慰道：「三姑娘，您別擔心，夜探敵情這種事對我們將軍來說就是小菜一碟，完全沒有問題的。」

喬昭看了晨光一眼，語氣淡淡道：「我是在考慮夜宵怎麼做。」

蔥爆蝦仁還能應付，雞絲蟄頭到底該怎麼做啊？

接下來，喬姑娘在借用的廚房裡忙乎了半天，總算端出兩盤像樣的菜來。她淨過手坐到飯桌旁，才恍然驚覺時間已經過去了許久，心中不由一動。

邵明淵是不是為了不讓她覺得苦等的時間難熬，才想吃什麼雞絲蟄頭的？

這個念頭一起，喬昭心中不由一暖，那人俊朗的眉眼立刻在心頭清晰浮現出來。

她原本篤定他不會有任何危險，可在這萬籟俱靜的夜晚，聞著食物的香氣，才明白什麼叫關心則亂。

她惦記那個男人，情之所繫，便會不由自主地為他擔心，懸著的心只有見到他才能落下。這樣的感覺讓她有些不習慣，可又從心底生出一種心有歸處的踏實來。

兩情相悅，大概是件很美好的事。喬姑娘這樣想著，抿唇笑起來。

晨光悄悄吸了吸鼻子，捂著肚子道：「三姑娘做的菜，看起來很不錯啊。」

將軍大人怎麼還不來呢，再不來菜都涼了！

喬昭垂眸盯著那盤放了少許紅椒絲的雞絲蟄頭，暗想，浪費了好幾盤才端出這麼一盤像樣的來，要是不好她才該沒臉呢。

「三姑娘，這雞絲蟄頭好不好吃啊？」

喬昭睇了滿臉堆笑的晨光一眼，謙虛道：「應該還過得去，就是不知道你們將軍吃不吃得慣。」

晨光嘿嘿樂了。「其實我和將軍大人口味挺一致的，要不我替他嘗嘗唄？」

啊啊啊，大半夜的肚子好餓啊，將軍為什麼還不來！

喬昭笑看了晨光一眼。「這份是給你們將軍的，你要想嘗，我還留了一份。」

她起身出去，不多時端了一盤雞絲蟄頭擺在晨光面前，語氣溫和道：「吃吧。」

晨光猶豫了一下。總覺得這種好事不該輪到他的頭上。他快速掃了一眼，見兩盤雞絲蟄頭從色香上看不出區別，這才放下心來，挾了一大筷子放入口中。

「好吃嗎？」喬昭問。

晨光眼睛都瞪圓了，嘴角抽筋嚼著菜，好一會兒才胡亂嚥下去，乾巴巴道：「好吃。」

黎姑娘這是放了半瓶醋嗎？

「你覺得好吃就好，我覺得醋好像放多了。」

小親衛熱淚盈眶。您也知道醋放多了啊！

看著喬昭似笑非笑的樣子，晨光心中一動。等等，這一盤該不是黎姑娘的失敗品吧？

晨光正嘀咕著，一道身影直接從窗戶跳了進來。

正值深秋，夜深露重，一身黑衣的高大男人一落地，就帶來一室涼意。

喬昭快步迎上來。「回來了。」

邵明淵把蒙面黑巾往下一拉，露出一張俊逸的臉。「讓妳等久了。」

喬昭一顆心才算落了地，露出真切的笑容來。「回來就好，我去把菜熱熱。」

「不用。」邵明淵拉住她，「又不是寒冬臘月，能有多涼？別忙了，陪我一起吃。」

他拉著喬昭大步走到飯桌旁坐下，嗅了嗅鼻子，讚道：「聞著就好吃。」

見他拿起筷子要吃，喬昭推了推他。「先去洗手。」

邵明淵戀戀不捨放下筷子去淨手，喬昭直接端起那盤放多了醋的雞絲蟄頭，倒進了外面的潲水桶裡。

「就倒了？」晨光咂舌。雖然醋放多了吧，其實忍一忍也是能吃的，倒了多可惜啊。

喬姑娘一臉坦然。「嗯，那盤沒法吃。」

晨光只覺心口中了一箭，欲哭無淚。沒法吃所以給他吃了？三姑娘，您的良心不會痛嗎？要知道，這麼好的將軍大人，可是俺給您挑的呢。

邵明淵很快返了回來，瞥了一眼神色怪異的晨光，拿起筷子挾了雞絲蟄頭放入口中，眼睛不由一亮，嚥下去後連連點頭。「好吃。」

喬昭抿嘴笑了。「那你多吃點。」

看著狼吞虎嚥的將軍大人，晨光忙搶了一筷子放入口中，鮮香爽口的感覺瞬間在味蕾綻放，讓他舒坦地嘆了口氣。

「太好吃了！」

邵明淵睇了晨光一眼。「之前沒吃？」

晨光一頭霧水抬頭。當然沒吃啊，他們怎麼能在將軍沒回來之前吃呢！

「吃過了。」喬昭替晨光回道。

將軍大人劍眉微蹙，淡淡道：「這麼晚了，吃撐了不好，早點去睡吧。」

昭昭親自下廚做的菜，看這小子吃一口他就肉疼。

「將軍！」小親衛一臉不敢置信，控訴的眼神看向喬昭。

吃一口也叫吃嗎？還是醋放多了的那盤。三姑娘，您這樣下去會嫁不出去的！

小親衛可憐巴巴的控訴眼神到底是讓未來的將軍夫人心軟了一些。「夜裡吃多了不好，你們兩個分吃吧。」

飯後，邵明淵這才說起夜探兩個邢府的事。

「邢舞陽的府邸已經成了一座空宅，我發現了這個，應該是事後收拾的人沒有注意到。」邵明淵伸手入懷，拿出一面帶著斑駁血跡的腰牌。

喬昭掃了一眼腰牌上的字，念道：「福東正千戶姚濱。」

她抬眸看向邵明淵。「貞娘當時提了幾位官員，其中就有這位姚千戶。與調任福東的邢舞陽不同，姚濱就是土生土長的福東人，世襲千戶。貞娘說姚千戶對邢舞陽的所作所為一直心存不滿，曾幫助過她父親。」

「看來我的猜測八九不離十。」年輕將軍說道。

一七四　跟我回房

邵明淵拿著血跡斑斑的腰牌若有所思。

姚千戶與邢舞陽不和，邢舞陽的府邸若真被歹人圍攻，邢舞陽不會派姚千戶來對付歹人。

可姚千戶染血的腰牌卻出現在邢舞陽府中，便說明那天夜裡姚千戶到過那裡並參與了戰鬥。這樣一來，姚千戶出現在那裡的原因就呼之欲出了，他十有八九便是圍攻邢舞陽府邸的領頭者。

「對了，去邢舞陽府邸時，我還遇到一個人。」

「誰？」喬昭這麼問，心中已是有了預感，果然就聽邵明淵道：「江遠朝。」

「你們打照面了？」

邵明淵笑看著喬昭。「不只打了照面，還交了手。」

喬昭面色微變。「他認出你了？」

「難說。我與他交手時沒使出常用招式，外表也做了遮掩，但就如我能一眼認出江遠朝露在蒙面巾外的眼神一樣，他或許也有特殊的識人之法。」

「若是那樣，只能說運氣不好了。我現在更好奇江遠朝來此的目的，他總不會和我們一樣，想扳倒邢舞陽吧？」

邵明淵把腰牌收了起來。「拾曦曾說過，錦鱗衛指揮使江堂與首輔蘭山是井水不犯河水的關係，偶爾還會互相幫下忙。江遠朝是江堂的頭號心腹，邢舞陽則是蘭山一派的人。在這種二人尚未交惡的時候，蘭山特意派江遠朝來調查邢舞陽，似乎有些不合情理。」

聽了邵明淵的話，喬昭沉吟片刻，一個念頭驀地從腦海中劃過，問道：「若是江遠朝自己的主意呢？」「妳是說他擅自行動？」

「未嘗沒有這種可能啊。福東的錦鱗衛被邢舞陽收買了，數年來往京城江堂那裡傳遞的都是假消息。或許江遠朝這次去嶺南辦差，偶然發現了一絲端倪，於是前來福東一探究竟。」

邵明淵眸光轉深。「不提他了，只要不和我們營救邢御史衝突，就不必理會。」

「對了，你去邢御史府上有什麼發現？」喬昭明顯感覺邵明淵不願多提江遠朝，轉而問道。

「邢御史府守備外鬆內嚴，暗中監視的人不少，不過我已經摸清了那些人巡視的規律，等明天搬入民宅後，我就再探御史府，把邢御史救出來。」

「嗯，那早點休息吧。」

「好。」邵明淵凝視著喬昭，忽然笑了，「昭昭，妳做的菜我很喜歡吃。」

喬昭飛快瞥了晨光一眼，彎彎唇角道：「那明天再做。」

邵明淵淡淡睇了晨光一眼，很是不滿。這小子平時那麼機靈，今晚是怎麼了，一直杵在這裡礙眼，害他連睡前親親昭昭都不能了。

晨光眼觀鼻鼻觀心，眼底卻閃過一抹得意。哼，不想讓他吃宵夜，他就要打擊報復！反正看將軍大人與黎姑娘的黏乎樣，小小破壞一下也是沒有影響的。

一夜無話，隔天一早三人順利退了房，搬入租下來的民宅。

晨光邀功道：「將軍，三姑娘，卑職租的這個宅子還可以吧，牆角還有一株海棠呢。」

「還算乾淨。」邵明淵滿意點點頭。哪怕只住一、兩天，他也希望昭昭能住得舒服些。

很快入夜，邵明淵再次換上夜行衣離去。

喬昭早早做了一桌子菜等他回來，不知怎的眼皮一直在跳。

「晨光，你去迎一下你們將軍吧，他今天回來得比昨夜晚。」

「不成啊，將軍吩咐了，卑職必須留在您身邊。」

「我在這裡不要緊的，你去找你們將軍，要是他遇到麻煩還能幫把手。」

晨光咧嘴笑了。「三姑娘您放心，我們將軍肯定不會出事的。」

見喬昭還想再說，晨光直接道：「三姑娘，您什麼都別說了，卑職是絕不會離開您半步的。」

喬昭知道說不動晨光，心事重重走出門外。月光下，牆角海棠樹的枝葉隨風拂動，小院子裡安詳靜謐，可一絲陰影卻籠罩在她心頭。邵明淵肯定是遇到什麼麻煩了。

她昨晚也擔心，理智上卻知道自己是關心則亂，可是今夜的預感明顯不同。

喬昭不知不覺走到牆角的海棠樹旁，摘了一顆熟透的海棠果放在手中揉捏。

夜越發靜了，月亮躲入雲層，站在海棠樹旁的喬昭幾乎與黑暗融為一體。一塊小石子從外面丟來落到院子裡，喬昭身形欲動卻被晨光止住。

晨光箭步衝到院門前，低聲問道：「將軍？」

門外傳來熟悉的聲音。「是我。」晨光面露欣喜，忙打開門。一個人影跌進來。

晨光吃了一驚，條件反射關好門，喊道：「將軍？」

「快……把邢御史接過去……」

晨光忙把邵明淵背上的人接過來，藉著微弱星光看清邵明淵蒼白的臉色，大吃一驚。「將軍，您沒事吧？」

邵明淵皺眉。「小點聲，別吵著黎姑娘。」

晨光下意識轉頭往牆角望去。喬昭已快步走來，一把扶住邵明淵：「庭泉，你怎麼了？」

「我不要緊，先進屋看看邢御史的情況。」

幾人匆匆進屋。

晨光把昏迷的邢御史放到床榻上，喬昭迅速診斷了一下，面色微凝。「邢御史太過虛弱了，需要精心調養。」她說完，快步走向邵明淵，上下打量之後臉色微變。「受傷了？」

「受了點輕傷。」邵明淵捂著小腹道。

「拿開手，我看看。」「真的是輕傷。」

「我看看！」喬姑娘臉色已經變得鐵青。

邵明淵只得老老實實鬆開手，嘴角依然掛著笑。「昭昭，妳別怕啊，真的只是皮外傷，像這種皮外傷我不知受過多少次了，沒什麼大礙的。」

喬昭完全不理某人的廢話，直接伸手掀起了他的衣衫。男人緊實的腹部肌肉分明，上面赫然有一個發黑的血洞。

喬昭唇色瞬間沒了血色，失聲道：「淬了毒！」

以往不是沒見過他身上大大小小的傷，包括他體內的寒毒都是異常折磨人的存在，可喬昭這時候才知道了什麼叫心疼。

邵明淵凝視著臉色蒼白的少女，溫柔笑了。「昭昭，妳給我的解毒丹挺管用的。」

喬昭根本不接他的話，立刻吩咐道：「晨光，你照看好邢御史。」而後拽著邵明淵，「跟我回房！」邵明淵老實跟著喬昭去了她的房間。喬昭點燃了燈，把對方青白的臉色看得更真切。

「躺好。」

邵明淵依言躺平。喬昭再次掀起他的衣襬，伸出手指在他小腹上輕輕一抹，放入口中。

邵明淵面色微變。「昭昭，妳這是幹什麼？」

喬昭閉目沒有說話，唇輕輕動了動，睜開眼道：「是鴆毒。」

「鴆毒？」「先別說話，鴆毒藥性霸道，你背著人回來加速了毒性擴散，服用的解毒丹頂不了太久，我要立刻給你解毒。」

喬昭手頭沒帶那麼多藥材，只能以李神醫教的獨門銀針解毒術來把邵明淵體內毒素排出。

這套銀針解毒術施展起來格外複雜，不多時少女光潔的額上布滿了細細密密的汗珠。

汗珠滴落到男人寬闊的胸膛上，讓他心疼不已。他伸手入懷取出一方手帕，抬手替喬昭拭汗。

時間一點一點流逝，直到天空泛起魚肚白，點燃的蠟燭只剩一堆燭淚，喬昭才算鬆了口氣，露出真切的笑容來。「毒總算排出去了。」

邵明淵捏著濕透的手帕，眸光深沉，輕聲道：「昭昭，我的命是妳的。」

喬昭嗔他一眼，匆匆喝了口水。「我要你的命幹嘛？好好活著，讓我少操點心比什麼都強。」

邵明淵抓住她的手，笑道：「遵命，我的將軍夫人。」

喬昭卻依然沒有放鬆，伸手試探了一下他的額頭，又摸了他的手腳背部，神色漸漸凝重。

「庭泉，你有沒有覺得渾身發冷？」

邵明淵遲疑點頭。「是比往常冷一些。」

他身中寒毒，常年習慣了渾身發冷，其實對寒冷不怎麼敏感了。

「那有沒有關節痠痛或頭痛？」喬昭再問。

邵明淵深深看了喬昭一眼，道：「我之所以沒有完全躲開那柄淬了毒的匕首，就是因為當時渾身突如其來地痠痛發抖，無法控制。」

喬昭臉色不太好看。邵明淵何等靈透之人，見此心中一動，問道：「我是不是瘴瘧發作了？」

喬昭頷首。

「那會影響行動嗎？」「至少要休息五天，佐以湯藥，才能把瘴瘧治好。」

見邵明淵神色凝重，喬昭倒了一杯熱水遞給他。「就算瘴瘧沒有發作，你腹部的傷也要休養幾日。還有邢御史，大概長期飽受精神與身體的雙重折磨，身體極度虛弱，同樣需要休養幾日才能開始舟車勞頓。所以你就安心養著好了。」

「只怕邢舞陽那邊不肯甘休，會大肆尋找我們。」

「我們住在這樣不起眼的民宅裡，應該不會被查到的。」

邵明淵苦笑。「我原本也是這麼想的，可今天去營救邢御史，覺得事情沒那麼簡單。」

喬昭默默聽著。她當然知道沒有那麼簡單，不然邵明淵也不會受傷了。

「我今天遇到了真假兩位邢御史。先遇到的假邢御史與畫像上的樣貌如出一轍，就在我抱起他之時，他突然向我刺出了匕首……」邵明淵說起夜裡的遭遇。

邵明淵看向喬昭。「昭昭，這種淬在匕首傷的鴆毒，可以保存多長時間？」

喬昭未加思索道：「匕首淬毒的方式，能攜帶的毒量有限，而且不能維持太久，往往超過一兩日就沒什麼效果了。」

邵明淵眸光轉深。「事情就奇怪在這裡。邢舞陽小心謹慎，弄一個假邢御史出來不足為奇，可在他能一手遮天的地盤上，這個假御史需要時時揣著一把淬了毒的匕首嗎？」

喬昭聽了若有所思，喃喃道：「這個倒好像是提前得知會有人前去，所以特意等著。」

「是啊，邢御史府裡的布置可謂天羅地網，我能把邢御史帶出來也是僥倖。」想到在邢御史府的步步驚心，邵明淵心頭發冷，卻把具體的情形掩飾了過去。

喬昭抓住邵明淵衣袖，正色道：「庭泉，咱們的行蹤可能已經洩露了。或者即便沒有洩露行蹤，咱們的目的卻被有心人得知了。」

「我也這麼想。」一陣陣劇烈頭痛襲來，邵明淵微闔雙眼，「昭昭，我就是不放心妳……」

喬昭見邵明淵面色由白轉紅，心中了然，他這是開始發熱了。

「你先躺好，我去熬藥。」喬昭拉過薄被替邵明淵蓋上，起身欲走，被他一把拉住。

「昭昭，妳叫晨光過來。」「好。」喬昭應了，男人卻依然不鬆手。

「庭泉，你別擔心，因為早就預防著你瘴瘧發作的事，所以我帶著所需的藥材呢。昨天晨光又買好了柴米油鹽，咱們這幾天都不用出去，邢舞陽的人一時半會兒查不到咱們落腳之處的。」

邵明淵這才放開手。不多時晨光走進來，一見邵明淵的樣子心中微驚。「將軍，卑職來了。」

邵明淵勉強睜開眼，叮囑道：「晨光，倘若到危急時刻，就帶著黎姑娘走，替我保護好她。」

「將軍——」「這是軍令。」邵明淵的聲音已經很虛弱，可不容置喙的氣勢猶在。

晨光肅容道：「卑職領命！」

不起眼的民宅裡瀰漫著藥香，福星城的大街上卻空前緊張起來。

出去悄悄探查情況的晨光返回來，對喬昭道：「三姑娘，幸虧將軍安排卑職租下了這所民宅。剛剛我出去打探，一隊隊士兵正挨個搜查客棧呢。」

喬昭並不覺樂觀。

如果邢舞陽從某種途經得知有人會來救走邢御史，那說不定對他們的身分也有所察覺了。

知道對手是冠軍侯，邢舞陽怎麼會掉以輕心，一旦從客棧裡查不到線索，下一步就要擴大搜查範圍了。

「將軍與那個御史什麼時候能好起來啊？」晨光平時雖大大咧咧，這時也憂心忡忡。將軍的命令他自然會執行，可到時候真的讓他丟下將軍，那比殺了他還難受。

「至少要三五日。」

接下來，福星城中的氣氛越發緊張，喬昭說過這話後的第三天，忽然有人敲響了院門。

晨光眼中冷芒一閃，不由看向喬昭。

喬昭神色依舊從容。「問問他們是誰。」

晨光走到門口，門外的拍門聲更加響亮，沒等他問就嚷道：「開門，開門，我們是搜查倭寇的官兵！」

晨光把門拉開，微微曲腿彎腰笑道：「差爺，我們都是老實本分的良民，哪來的倭寇啊？」

門外站著四個人，一見門開了直接就推開晨光走了進來，冷笑道：「有沒有倭寇不是你們說了算，查過才知道！」

晨光依然彎著腰跟著幾位官差往內走，態度恭敬。「是，差爺們查，差爺們儘管查。」

領頭的官差朝其他三人使了個眼色。「你們分開查一下，看這家一共有多少人。」

其他三人分開查探，領頭官差目光落在喬昭身上。喬昭垂著頭，不自在地捏著衣角。

「這是我們家小公子，自小怕生。」晨光忙道。

領頭官差兩步走到喬昭面前，居高臨下打量著她。喬昭咬著唇後退兩步，頭也不敢抬。

看了一下面前少年的身高，領頭官差沒了興趣。上面人說了，要搜捕的人是個身材高大的男子，眼前這豆芽一樣的小子，定然不是他們要找的人。想到這裡，領頭官差目光落到晨光身上。

晨光弓著腰滿臉堆笑。「差爺——」「你直起身來！」

晨光心中一凜，面上卻不敢流露絲毫異樣，老老實實直起了身子。

領頭官差眼神一緊，冷冷盯著晨光。「長得挺高啊。」

晨光呵呵笑著露出一口白牙。「從小吃得多，別人吃一碗飯，我吃三碗，不知不覺就長了個大高個兒，我爹嫌我吃得多……」

「少廢話，把你衣襬撩起來！」「啥？」晨光眼底飛速閃過一抹慌亂，面上卻裝傻問道。

領頭官差大怒。「少囉嗦，要不就掀起衣襬讓我看看，要不就跟我們走！」「聾子嗎？我讓你把衣襬撩起來！」

晨光死死護著前胸。「差爺，這，這不好吧？男人何必為難男人呢——」

「別，別，我掀，我掀！」晨光忙把衣襬掀起來，露出光潔緊實的腹部，飛快瞥了喬昭一眼。

三姑娘，這些人居然要查看人的肚子，等一會兒將軍大人可怎麼辦啊？

完了，完了，這一次說不定真的躲不過去了。

領頭官差看到晨光腹部一片光潔，這才緩了臉色，沒好氣道：「放下吧。」

上頭交代要抓的歹人腹部有新鮮刀口，眼前這人明顯不是。

這時另外三名官差走出來。「頭兒，屋裡還有兩人，一個老頭一個中年人，都躺著呢。」

「進去看看。」一名官差把領頭官差帶到安置邢御史的屋子裡。

一走進去就是一股淡淡的藥味，領頭官差下意識皺了眉，往床榻上看去。

床上躺著一名鬚髮皆白的老者，面色蠟黃，臉上溝壑縱橫，一副病入膏肓的模樣。

領頭官差伸手入懷取出一幅畫像，打開來仔細對照了番。

晨光趁機瞄了一眼，畫像上赫然是那天晚上邵明淵帶回來的邢御史。

他再看向眼前比畫像上老了二、三十歲的邢御史，心中不由對喬昭佩服不已。

喬御史臉上的那些皺紋居然是三姑娘一筆筆勾畫出來的，連花白的鬚髮都是她染的，這份本事可真是絕了。

見躺在床上似乎隨時斷氣的老頭與畫像上全然不像，領頭官差把畫像收了起來，一臉嫌棄問道：「他是你什麼人？得了什麼病？」

喬昭怯怯開口。「他是我祖父，大夫說祖父染了風寒。」

「風寒？風寒怎麼會是一副要死的模樣？」領頭官差問道。

喬昭垂著頭，似乎很是害怕，連聲音都帶著哭音。「我，我不知道……我爹照顧我祖父，也跟著病倒了……」

「你爹？」「我爹就在隔壁房間。」喬昭飛快看了邵明淵所在的屋子一眼。

晨光又是緊張又是想笑。萬萬沒想到啊，三姑娘對將軍大人喊起爹來這麼順口。

領頭官差走到邵明淵屋子門口，往內望了一眼。躺在床上的男人看起來三十多歲，臉色比隔壁屋子的老頭還要難看。如果說那老頭看起來已病入膏肓，那這中年人一隻腳已踏進棺材裡了。

領頭官差心中不由嘀咕了：父子兩個都患了風寒，還這麼嚴重，總覺得有些不妙啊。

「你爹也是風寒？」

喬昭點點頭，一臉悲痛道：「嗯，我爹本來好好的，誰知照顧我祖父兩日就變成這樣子了。我們請了大夫，大夫說我祖父患的是一種傳染性極強的風寒，讓我們準備後事。嗚嗚嗚——」

她這話一出，領頭官差面色大變，忙退到院子裡，其他三名官差跟著跑出來，皆臉色難看。

「你們誰進去檢查一下？」領頭官差發了話。

三名官差面面相覷，誰也不吭聲。

「大人們可是交代了，不能放過任何一個可疑人物！」

三名官差暗暗撇嘴。不能放過你去啊，這種一旦被傳染就很可能要命的病，誰願意去冒險啊？三人都打定了主意不開口，領頭官差伸手一指。「二虎，你去吧。」

被點名的官差傻了眼。「頭兒，我，我，我——」

「你什麼你，快去！」

那名官差雖然叫「二虎」，身材卻乾瘦如弱雞，在領頭官差與其他兩名官差的注視下，最終苦著臉點頭。「我去。」

那名官差一步三回頭，最後臉上露出視死如歸的神情，心一橫走了進去。

喬昭默默跟進去，立在床邊問道：「差爺，您要檢查什麼請輕一點兒，我爹身體受不住。」

閉目裝睡的邵明淵睫毛微顫。官差一臉嫌棄，掩著口道：「把他衣襬掀起來！」

站在門口的晨光一顆心頓時提到了嗓子眼，緊張得撲通亂跳。

喬昭卻面不改色，照著官差的吩咐掀起了邵明淵的衣襬。

官差飛快瞥了一眼，見病床上的男子小腹上並沒什麼刀口，連第二眼都不想再看，慌忙退了出去，搖搖頭道：「頭兒，不是那人！」

「那走吧。」領頭官差往地上啐了一口，「真是晦氣！」

小院裡終於恢復了安靜。晨光直接靠到了牆壁上，撫著胸口道：「好險，好險。」

小親衛快步走到邵明淵跟前，掀起邵明淵的衣襬盯著將軍的小腹看個不停。

邵明淵睜開眼，抬手打了他一下。「看什麼？」

晨光忍不住伸手在將軍大人的小腹上摸了一把。

將軍大人直接黑了臉。「晨光，你是吃多了？」居然摸他小腹！

「三姑娘，您用什麼遮住了將軍的傷口啊？」

喬昭走上前，從邵明淵小腹處輕輕揭開一張薄薄的東西，露出已經結痂的傷口來。

晨光仔細看了一眼，不由大奇。「一張紙片？」

他看著與邵明淵腹部肌膚顏色接近的紙片，還有上面自然的紋理，一臉震驚。「三姑娘，這也是您畫出來的？」

喬昭把紙片揉碎了丟到痰盂裡，一直緊繃的情緒鬆弛下來，嘴角露出笑意。「是畫出來的，不過仔細看的話就會看出來。」

晨光後怕地拍拍額頭。「好險，好險，幸虧那個官差擔心被傳染，匆匆看了一眼就跑了。三姑娘，您真聰明，我一直擔心蒙混不過去呢。」

要是暴露了，他自然可以把那四個官差解決，可之後就麻煩了。

晨光越想越覺得後怕，嘆道：「咱們運氣也好，那幾個官差也忒慫了，最後進屋去檢查的那個最慫。」

喬昭笑笑。「並不是他們慫，不過是人之常情罷了。他們這幾天一直在四處搜查，遲遲沒有找到人，其實從內心深處就不認為能在咱們這兒找到。加上我們這有兩名疑似會傳染的病人，誰又願意承擔這種風險？在都不願意冒險的情況下，被推出來的人必然是那些人中最弱勢的，而這種人大多性格怯弱沒有主見，所以檢查時草草應付幾乎是必然的。」

喬昭說完，瞇了瞇眼睛，心中輕嘆。所有旁人眼中的運氣，不過是提前多用心琢磨罷了。

聽了喬昭的解釋，晨光眼睛越來越亮，最後終於忍不住扭頭看向躺在床上的邵明淵。

邵明淵睇他一眼，冷冷道：「看什麼？」

「沒看什麼，將軍您好好歇著吧，卑職去給邢御史餵藥了。」晨光到底沒把心裡話說出來，搖頭嘆氣走了。三姑娘這麼聰明，他已經可以預見將軍大人將來的悲慘生活了，完全是只要撒謊就會被抓包的下場啊！哎，這麼殘忍的事實，他還是不要說出來打擊將軍大人了，倒是搓衣板要多準備幾條，等將軍大婚的時候送給將軍當賀禮。

晨光一走，喬昭頓覺屋子裡好像少了幾百隻亂叫的鴨子，對邵明淵盈盈一笑。「還好過關了。」謀事在人成事在天，謀算得再好，還是會有「萬一」那種可能存在。

邵明淵神色複雜看著喬昭。

「怎麼了？」

邵明淵薄唇緊抿。「昭昭，妳剛才叫『爹』叫得好順口。」

那時閉著眼聽聲音，他都覺得真有個這麼大的女兒了。這個念頭可真令人不爽。他不就是比昭昭大幾歲，怎麼就不能扮成她大哥，非要扮成她爹了？

還是說，昭昭內心深處就是覺得他年紀太大了？

喬昭無奈白他一眼。「這個你也要計較，祖孫三代不是更合適嘛。」

邵明淵深深凝視著她，最後笑起來。「妳不嫌棄我年紀大就好。」

喬姑娘用看白癡的目光看著某人。「邵明淵，你別忘了，咱們一樣大。」

難道他以為她想要變成還不到十四歲的小姑娘啊？

邵明淵含笑點頭。「是，咱們一樣大。」

「你的瘴瘧明天再泡一次藥浴就能徹底痊癒了，邢御史的身體經過這幾日調養也恢復許多，咱們什麼時候出城？」

聽喬昭這麼問，邵明淵略加思索道：「那些官差今天搜查過後這裡算暫時安全了，明天先讓晨光出去看一下情況再說。如果情況還好，不如晚些出城，一是能讓邢御史身體恢復得更好些，二是隨著時間一久城門盤查就會鬆懈了。」

這時晨光匆匆走了過來。「將軍、三姑娘，邢御史醒了。」

這幾日邢御史一直處在昏睡中，並不是身體虛弱到長久陷入昏迷的地步，而是喬昭專門配了藥，睡眠是最好的補藥。當然凡事都要講究適度，邢御史一口氣睡了好幾天，也到醒來的時候了。

邵明淵起身下床。「走，我們一起去見見邢御史。」

「你要不要去淨面？」喬昭提醒道。

邵明淵腳步一頓，搖頭道：「無妨。」

又不是去見昭昭現在的父親黎大人，他看著老點怎麼了。

「將軍，卑職扶您。」邵明淵並沒有推辭，由晨光扶著走了過去。

邢御史剛剛醒來，神情還有些茫然，聽到腳步聲轉了轉眼珠，警惕問道：「你們是誰？」

邵明淵走過去，開門見山道：「在下是北征將軍冠軍侯，前幾日把邢大人從御史府救了出來，目前咱們還在福星城的民宅裡。」

邢御史打量著邵明淵，聲音虛弱，眼神卻清明。「北征將軍冠軍侯？名滿天下的喬拙先生的孫女婿？」

「正是在下。」邵明淵忍不住嘴角上翹，飛快瞄了喬昭一眼。

喬拙先生的孫女婿，這個稱謂聽著真舒坦。

邢御史死死盯著邵明淵，陡然沉下臉來，冷笑道：「不要騙我了，你根本不是冠軍侯！」

「我為何不是冠軍侯？」邵明淵一愣。

邢御史冷笑道：「你們可真卑鄙，問不出另一本帳冊的下落，竟找人冒充冠軍侯來撬開我的嘴。我見過喬先生的孫女，冠軍侯與其年紀相仿，如今頂多二十出頭，怎麼會是你這樣的。」

說到這，邢御史語帶不屑冷哼一聲：「你就是當喬先生的女婿，人家都嫌老了！」

邵明淵只覺心口中了一箭，欲哭無淚。

喬昭從袖中掏出一面小鏡，遞到邢御史面前。「邢大人不要激動，您照照鏡子便明白。」

邢御史往鏡子中一看，不由呆住。

鏡中出現一名鬚髮皆白的陌生老人，依稀能看到一絲熟悉模樣，而他如今尚不到四十歲！

能不動聲色蒐集那些證據，邢御史顯然是心思縝密的人物，很快反應過來。「易容？」

邵明淵出示了表明身分的腰牌，把來龍去脈講給邢御史聽，邢御史總算相信了他的身分。

「你們是因為遇到我的兩個女兒才知道我的情況？」邢御史面色微沉。

「是，我們去攻打鳴風島救了兩位姑娘，正好是兩位令嬡。如今她們隨著我的朋友與下屬往嘉豐去了，邢大人放心，用不了多久你們就能團聚的。」

邢御史閉目許久，睜開眼道：「多謝侯爺了。不知侯爺可有我妻兒的消息？」

邵明淵沉默了一下道：「我們剛來時已經打探過，尊夫人與令公子已經不在了。」

這也是他能毫無顧忌直接救走邢御史的原因。邢御史聞言渾身一震，嘴唇劇烈抖動起來，眼神瞬間蒼老就如他此刻的容貌，喃喃道：「知道了。」話音剛落，便「哇」的吐出一口血來。

「邢御史——」

喬昭忙取出一粒藥塞入邢御史口中，喊道：「晨光，水。」

晨光端過水來服侍邢御史喝下。邵明淵輕輕碰了碰喬昭。喬昭微微搖頭，示意無妨。

好一會兒後邢御史緩了過來，眼中含淚，神情卻依然平靜。「多謝侯爺告知，我其實已經預料到了。」

「邢大人節哀。」

邢御史擺擺手。「我沒事，現在想靜一靜。」

「那邢御史好好歇著吧，我們先出去了。」

三人走到門口，邵明淵示意晨光留下來，與喬昭走了出去。

院中秋意更濃，已見初冬的影子，邵明淵攬住喬昭的肩頭，低聲道：「進屋說吧。」

二人回了房內。

「邢御史受刺激吐血，身體會不會受不住？」邵明淵問道。

「他長期鬱結於心，此次受刺激吐出瘀血，對身體其實有利無害。不過喪妻喪子的悲痛非常人能接受，總要過一段時間才能緩過來。」

「邢御史不會白白承受這些的。」邵明淵沉聲道。

喬昭抿了抿唇角。「是，那些人一定會受到懲罰。」

一夜無話，隔日一早晨光出去探查，回來時面帶驚慌。

「慌什麼？」剛剛泡過藥浴的邵明淵新換了一件外衫，只覺身體說不出得輕快。

「將軍，福星城大亂了。」邵明淵抬眉，神色依然平靜。「如何大亂？」

他的身體已經完全恢復，有了自保的根本，自是不會因為一點風吹草動就忐忑不安。

「現在城裡流傳著一種說法，說邢大將軍府上有人得了瘟疫，滿府的人都死絕，得到消息的富人們全都跑光，就留下滿城百姓等死呢。現在福星城的百姓們幾乎都暴動了，各個城門口被堵得人山人海，都嚷著要出城呢。」

喬昭與邵明淵對視一眼，皆覺出幾分蹊蹺來。

晨光說完見二人不語，撓了撓頭。「將軍，三姑娘，先前咱們得到的消息，不是有歹人圍攻了邢舞陽的府邸嘛，怎麼現在又變成瘟疫了？到底哪個是真的，哪個是假的？」

邵明淵看他一眼。「真的假不了，假的真不了。我在邢舞陽府邸發現福東正千戶染血的腰牌，這說明咱們一開始得到的消息才是真的。瘟疫的說法，很可能是有人故意挑起動亂。」

「幕後的人是衝著邢舞陽來的嗎？」喬昭蹙眉，喃喃道，「挑起動亂又有什麼好處呢？」

「不管對他們有什麼好處，現在邢舞陽一定焦頭爛額，對咱們的搜查應該鬆懈了。」

民意很輕，平時就如被高官富戶踩在腳下的螻蟻；但有時又很重，就比如現在，當全城的百姓都在騷動時，強勢如邢舞陽，依然會頭疼不已。

「邢舞陽會不會調動軍隊鎮壓？」喬昭問。

「如果事情超出了他的控制，很可能會的。」

「那福星城就更亂了。」

邵明淵站了起來。「收拾一下，我們看看趁亂能不能混出城去。」

果然如晨光所說，福星城的街道上隨處可見帶著行囊、拖著子女往城門口趕去的老百姓。

喬昭一行人混在其中，就如一滴水融入了大海，毫不起眼。

城門口堵滿了人。

「讓我們出去，讓我們出去，我們不想留在城中等死！」

瘟疫啊，那可是一旦有一人患上，能死一城人的瘟疫！

維持秩序的官兵滿頭大汗，揮舞著刀槍聲嘶力竭喊道：「不要鬧，不要鬧，根本沒有瘟疫這種事，你們快些回去吧！」

「不要糊弄我們了，那些官老爺們都跑光了，連住我家隔壁的老趙都帶著小孫子跑了，我們不會留在城裡等死的！」「就是，我們不能留在城裡等死！」

這時一名武將跳了出來，站到臨時搬來的桌子上，放聲喊道：「父老鄉親們，你們都好好看看，要是真的有瘟疫，我們怎麼還會留在這裡？那都是有心人編造的謠言，你們不要上當了，安心回家去吧。」武將嗓門大，情緒激動的百姓們靜了靜。

這時人群中有人喊道：「要真的沒有瘟疫，那讓邢大將軍帶著家人出來，讓我們瞧瞧！」

百姓們附和道：「對，讓我們瞧瞧！」

武將黑了臉，冷笑道：「邢大將軍的家眷怎麼能隨便出來讓你們瞧，你們不要胡鬧了，快快回家去吧——」他話未說完，人群中就飛出一隻布鞋，直接砸在了他鼻梁上。

「你還在騙我們，邢大將軍的家眷都染上瘟疫死了，說不定邢大將軍也得了瘟疫，怕我們把消息傳出去才不許我們出城，讓我們留在城中一起等死。快放我們出去，快放我們出去——」

百姓們群情激動起來，不顧一切衝開了官兵們的控制，把城門衝開，無數人往城外擁去。

邵明淵與晨光一人護著喬昭，另一人護著邢御史，四人在人擠人的混亂中跟著湧出城。

晨光幾乎不敢相信事情會如此順利，激動地連連道：「出來了，咱們可算出來了！」

總算離開這個破地方，可以與兄弟們會合了。天天看著將軍大人與黎姑娘卿卿我我，他簡直要懷疑人生了。

「看前面。」邵明淵聲音冷清道。

往外奔逃的百姓們全都停住了腳，呆呆看著前方。

黑壓壓的隊伍由遠及近而來，帶著滾滾煙塵。

當先的人騎著一匹黑馬，面色赤紅，手握長槍，如一座巍峨的山立在百姓們面前。

群情激動的百姓們忽然安靜了下來。眼下這個人，是壓在他們頭上十多年的大山，沉重而不可抗拒。這就是抗倭將軍邢舞陽。

喬昭與邵明淵快速交換了一下眼神。

「誰說我染上瘟疫去世了？」邢舞陽手握長槍往前一指，聲若洪鐘，「抗倭將軍邢舞陽在此，父老鄉親們都看清楚了！」

喬昭勾了勾唇角，諷刺笑笑。單看外表，任人都會覺得邢舞陽此人忠肝義膽，愛國愛民，哪能想到他內裡如此齷齪不堪。

邢舞陽領著大軍突然出現，顯然把百姓們震撼住了。所有人仰頭看著他，眼中是敬畏和瑟縮。

「諸位父老鄉親，福星城有我邢舞陽在此，這些年何曾遭過倭寇的禍害？你們現在逃出城去，又能去什麼地方？」邢舞陽揮了揮手，「大家都回去吧，福星城沒有什麼瘟疫，不要放著安穩的日子不過，胡亂聽信什麼謠言！」

百姓們你看看我，我看看你，顯然是動搖了。

邵明淵一看，當機立斷道：「晨光，等會兒一亂，你注意保護好邢大人。」「是！」

眼看著自己的出現阻止了一場動亂，馬背上的邢舞陽唇角勾起，露出肆意的微笑。

就在這時，一道厲芒破空而去，邢舞陽忙拿長槍去擋，那厲芒卻洞穿長槍，沒入他肩膀。

突如其來的疼痛讓邢舞陽不受控制地慘叫，驚得胯下黑馬長嘶一聲，前蹄高高抬起。

「將軍！」官兵們大驚。數名親衛把邢舞陽團團圍住，一人喊道：「快保護將軍離開！」

邢舞陽捂著流血的肩膀，恨恨吩咐道：「把這些人控制住，給我查！」

邢舞陽突然的遇襲讓原本已動搖的人群再次激動起來，眼見著官兵們向他們逼近，有人聲嘶力竭大喊道：「不好了，他們要把我們都殺了給邢大將軍報仇！」

此話一出，人群頓時如洩了閘的洪水，推擠著向四面八方擁去。

一隊隊騎兵分頭去追，喬昭一行人趁機拐入了深山密林。

南方多水，四人很快就從一處碼頭買下了一艘小船，邵明淵卻沒上船，正色吩咐晨光道：「照顧好黎姑娘和邢大人，我稍後會趕過來。」

「領命。」晨光一口應下，看著邵明淵嚴肅的面孔，欲言又止。

「你要返回去？」喬昭站在邵明淵面前，抬頭問。

邵明淵抬手揉了揉面前少女的秀髮。她的髮很柔軟，就像她的外表，纖弱柔美，彷彿弱不禁風。可他卻知道在這樣柔弱的外表下，藏在裡面的是怎樣堅強的靈魂。

他愛慘了那個真正的她。

「是，我得返回去。」

晨光終於忍不住插口：「將軍，您幹嘛還冒險回去啊？咱們帶著邢大人進京，不是就可以指控邢舞陽了嗎？」

人證物證俱全，還有代天子巡守的監察御史的控訴，邢舞陽定然會被定罪的。

邵明淵掃了邢御史一眼，淡淡道：「別問那麼多，盡好你的職責。」

「將軍放心，卑職肝腦塗地，定不負您所望。」

「昭昭，等我回來。」

「一定要去？」喬昭隱隱猜到了邵明淵的用意，卻沒有說破。

邵明淵輕輕頷首。「去這一趟，以後會省很多麻煩。」

「那好，你去吧，我們在約好的地方等你。」喬昭竭力保持平靜道。

「那我走了。」邵明淵深深看了喬昭一眼，轉身。

「庭泉——」喬昭忍不住喊了一聲。邵明淵又轉過身來。

「止血散、解毒丸、驅寒丸還有神仙丹都帶著了嗎？」

邵明淵笑了。「放心，帶好了。」

「那……沒事了，你走吧。」

邵明淵忽然上前一步，伸出有力的臂膀擁住了喬昭，低頭湊在她耳畔輕笑道：「是不是覺得忘了這個？」聽他這麼一說，喬姑娘所有的擔心牽掛都丟到了腦後，紅著臉抬腳輕輕踢了他一下，「別亂說！」

邵明淵朗聲大笑。「放心，我會早早回來的。」

他笑著，眼中閃過凌厲的光，語氣從容道：「憑邢舞陽還攔不住我。」

直到望不見了邵明淵的影子，喬昭才上了船，小船一點一點遠離了岸邊。

江心安靜，不知為何，幾乎不見來往的船隻。喬昭立在船頭，只覺江風冰涼入骨。

眼睜睜看著那人獨闖龍潭虎穴，說不擔心是假的，可是再擔心她也不能攔著他。

她的男人是雄鷹，她不能當那個折斷他翅膀的人。

「三姑娘，外邊冷，進去吧。」

喬昭轉頭看著晨光笑了笑，重新把目光投向船離開的方向。「快入冬了，連這邊都開始冷了，這個時候的京城要穿夾衣了。」

她離開時母親何氏已有了身孕，現在應該顯懷了，也不知害喜過了沒。她要是在身邊還能熬些開胃的湯讓母親緩解一二，如今遠在萬里之外，卻只能在心裡惦念了。

還有父親大人，應該很期待母親腹中那個孩子吧。喬昭這樣想著，嘴角不禁掛上了一抹微笑。

晨光見喬昭站著不動，乾脆轉身回到船艙裡，不多時走出來，拿了件披風披到喬昭身上，耳根微紅道：「三姑娘，著涼了就麻煩了。」

冰綠要是在就好了，他一個大男人難道還要兼職丫鬟的差事嗎？

喬昭回神，攏了攏披風，笑道：「外面透氣些。晨光，你有沒有想回京了？」

晨光笑了笑。「卑職隨將軍常年在北地，對京城沒什麼感情，不過再怎麼樣也比這裡強。北地那些韃子也厲害，可咱們將士們與百姓是一條心啊，有力往一處使，這南邊簡直讓人糟心。」

「是呀，來了才知道，南邊真讓人大出所料。」喬昭語氣唏噓。

晨光忽然站直了身子，神色緊張起來，壓低聲音道：「三姑娘，您看那邊船頭站著的人，是不是有些熟悉啊？」

一七五　江上對峙

喬昭順著晨光示意的方向望去，就見一艘小船朝他們的方向駛來，船頭一名玄衣男子背手而立，衣襬被風吹得颯颯擺動。

因為逆著光，玄衣男子的面容模糊不清，可喬昭看了一眼就認了出來。來人正是江遠朝無疑。

迎面而來的船漸漸近了，晨光也認出了江遠朝，驚訝地張了張嘴，迅速垂眸遮掩住情緒。

江遠朝調轉目光看向喬昭，嘴角掛著熟悉的笑容。喬昭依然帶著人皮面具，低下頭去如羞澀怯弱的少年。

男人輕笑一聲，就在兩船交錯時忽地縱身而去，跳到了喬昭所在的船上。

船身晃了晃，喬昭瘦弱的身形跟著晃動。落在她身旁的江遠朝伸出一隻手扶住了她。

晨光見狀大怒，直接出手。江遠朝彷彿絲毫不意外，與晨光交起手來。

船本來就不大，狹窄的甲板在二人的打鬥中劇烈搖晃。

喬昭抓住船舷站穩，冷眼看著二人過招。晨光是邵明淵調教出來的親衛，身手自是不差。江遠朝則是錦鱗衛指揮使江堂最看好的義子，一身功夫深得江堂真傳。

二人過了幾十招，晨光漸漸落了下風。

這時江遠朝所乘的那艘船上，從船艙裡又走出一名年輕男子。

他揉了揉眼睛，愣愣地問：「大人，您有什麼要吩咐屬下做的嗎？」

江遠朝嘴角掛著輕笑，與晨光你來我往的間隙瞥了喬昭一眼，淡淡道：「把那位小公子帶到咱們船上。」

晨光一聽大急，喝道：「你敢！」他想去阻攔，卻被江遠朝輕巧纏住。

江鶴道一聲「遵命」，直接蹦到了喬昭所在的船上。就在他跳過來的一瞬間，腳還沒落地，喬昭使出全身力氣狠狠踹了過去。

江鶴「撲通」一聲掉進了江裡，激起的巨大水花濺了江遠朝與晨光滿身。

江遠朝抹了一把臉，嘴角再也掛不住笑意，怒吼道：「江鶴，你到底有多蠢！」

這個蠢貨從船艙出來，就是為了給他丟臉的嗎？

晨光嘴角笑開了花，衝著喬昭的方向比了個大拇指，趁江遠朝臉黑時攻過去。

掉進水裡的江鶴拚命掙扎，可憐巴巴喊道：「大人，大人，屬下水性不好——」

江遠朝險些氣炸了肺，當著喬昭等人的面也難保平日溫文爾雅的形象，黑著臉吼道：「你怎麼不去死！」他一邊罵一邊俯身去拉江鶴，晨光哪會給他這個機會，立刻纏上去。

最後江遠朝被逼得無法，只得跳下船去把江鶴如拖死豬般拖到他們的船上，自己跟著爬上去，渾身濕漉漉很是狼狽。

晨光見狀大笑起來。江遠朝卻忽然伸手入袖，掏出一把袖弩，直接對準了喬昭。

晨光的笑聲戛然而止。

江鶴見狀趕忙掏出袖弩，同樣瞄準了喬昭，心道：剛剛太丟臉了，他要將功補過！

江遠朝嘴角微抽，氣道：「對準另一個人！」他當時為什麼想不開，把這個蠢貨帶來了。

「哦！」江鶴恍然大悟，趕忙調整了袖弩的方向，對準晨光。

晨光面無表情，直接把喬昭拉到了身後，冷冷問道：「你們是什麼人？想怎麼樣？」

他和三姑娘目前都易了容，江遠朝是瘋狗不成，見人就咬？

江遠朝沒有回答晨光的話，定定看著喬昭，嘴角微彎問道：「小兄弟還記得我不？」

喬昭抬起頭來，與對面船上的高大男子對視，對方眼底的戲謔讓她心中一緊。

江遠朝認出她了。這念頭在腦海中閃過，喬昭輕輕抿了下唇角，淡淡道：「不敢相忘。」

江遠朝聞言大笑起來，渾身濕漉卻不掩其風流天成的氣度，朗聲道：「黎姑娘，好久不見。」

喬昭一時想不明白他如何認出了她的身分，然而既已被認出，再遮遮掩掩只會惹人恥笑，於是淡然笑笑，目光落在對方手中直對著她的袖弩上。「好久不見，江大人越來越令我驚訝了。」

江遠朝把玩著手中袖弩，身子拔地而起，如大鷹展翅般再次落到喬昭所在的船上。

晨光警惕盯著他：「江大人，您既然認出了黎姑娘的身分，為何要為難我們？」

江遠朝輕輕一笑。「你說錯了，我可沒想為難黎姑娘。」

「那您這又是何意？」

江遠朝涼涼瞥了船艙一眼，不疾不徐道：「我只想帶走一個人。」

晨光勃然色變，冷冷道：「我不懂江大人的意思。」

江遠朝微微一笑。「你不用懂，黎姑娘懂就夠了。」

喬昭修眉微挑。「你要帶走邢御史？」

江遠朝揚唇笑了。「在下就知道，黎姑娘冰雪聰明。」

喬昭目光緊鎖著眼前的男子，總覺得這次相見，對方有哪裡不一樣了。

他對她的態度不一樣了。以前他把她當成一個有意思的小姑娘，甚至因為她與他的「心上人」有些相像，而有那麼幾分另眼相待的縱容。

而這一次，她只從他笑不達眼底的眸子裡看到了冷漠與平靜，彷彿她只要說個「不」字，他手中的袖弩就會毫不留情射過來，要了她的性命。

喬昭心中大怒。她還是喬昭時，她的夫君給了她一箭，讓她一睜眼成了黎昭。現在站在她面前的這個人，曾親口對她說心悅過喬昭的人，又準備隨時給她一箭了。她上輩子一定是挖了月老的祖墳！

儘管心中怒火橫生，喬昭面上依然不動聲色，淡淡問道：「能不能問問為什麼？」

江遠朝伸出食指放在唇邊，笑著搖了搖頭。「聰明的小姑娘可不該問為什麼。」

喬昭手微動欲探向袖內，江遠朝又道：「也不會拿著雞毛當令箭。」

她何等聰慧，聞言立刻明白了江遠朝的意思。他在警告她，不許把江堂給她的那塊錦鱗衛天字權杖拿出來命令他。最好笑的是，那塊權杖還是他親手交給她的。

「江大人覺得那是雞毛？」到底是氣不過，喬昭冷冷問了一句。

晨光與江鶴都聽不明白二人對話，忍不住面面相覷。二人對視一眼，才忽然想起此刻是敵人，又同時忿忿移開視線。

江遠朝笑看著尚不及他肩高的少女，平靜問：「黎姑娘想讓我覺得它是什麼？」

江心的風刺骨得冷，少女身形單薄，彷彿隨時會被風吹走。

她揚眉輕笑。「它究竟是什麼，不是江大人告訴我的嗎？」

這是諷刺江遠朝言而無信了。

江遠朝卻不以為意地笑了。「小丫頭果然伶牙俐齒，咱們就別打嘴皮子官司了，你們船艙裡的人，今天我是一定要帶走的。黎姑娘願意給方便，咱們就好聚好散。不然——」

「不然怎樣？」喬昭神色平靜問。

江遠朝忽然伸手，捏住了少女尖尖的下巴。「就這麼不怕我？」

冠軍侯不在這裡，他與江鶴二人對付一個冠軍侯的親衛手到擒來，這個小姑娘究竟哪來的自信，面對他還能如此淡定？還是說，她就是這樣的性子，面對什麼樣的情形都能坦然處之？

江遠朝晃了一下神，腦海中閃過一道倩影。

「放開你的手！」晨光劈手打過來。

江遠朝眼神如刀，睃了晨光一眼，冷喝道：「難道你想看我用袖弩對著黎姑娘？」

晨光動作一滯。通過剛才的交手，他已經意識到自己不是江遠朝的對手。如果只有江遠朝一人在，他豁出命去與對方同歸於盡也不要緊，可現在敵方還有另一個人在，雖然蠢是蠢了點兒，可好歹是個人，對付手無縛雞之力的黎姑娘是足夠的。

他深受將軍大人重負，如何能因為一時衝動令黎姑娘性命受到威脅呢？

晨光投鼠忌器，一時不敢有所動作，只能瞪大一雙眼睛盯著江遠朝，若是目光能殺人，早就把眼前的笑面虎扎出一身窟窿來。

喬昭垂在身側的手指動了動，面無表情。「怕或不怕，都不能改變江大人的想法，不是嗎？」

江遠朝輕笑出聲。「妳說得是。」他看著她，目光帶著隱晦的柔情。

明明是個身高還不及他肩頭的小姑娘，為何總是能撩撥動他的心弦呢？他大概是病了。斯人已逝，他才恍然驚覺那份相思早已入骨，忍不住在別的女子身上尋覓她的影子。

他鬆開少女的下巴，抬手撫了撫她的秀髮。「裡面那位大人我是一定要帶走的。妳乖乖聽話，我就不為難你們，可好？」

喬昭抿了唇不吭聲。江遠朝彎唇笑笑。「那我就當妳答應了。」

男人轉了身，往船艙走去。他個子高，需要彎下腰才能走進船艙。

就在他彎下腰的瞬間，喬昭迅速拿出巴掌大的小瓶子，拔下瓶塞，對準他後背潑了過去。

艙門狹窄，喬昭選的時機又剛剛好，儘管江遠朝察覺不對快速往一側避開，還是有半邊身子沾上了透明的液體。

那一瞬間，他的半邊身子彷彿燃上熊熊烈火，火光中清楚看到少女面無表情的樣子。灼熱的感覺令人痛不欲生，江遠朝再顧不得其他，縱身跳進了江中。

這個時節的江水冰涼透骨，可依然不能緩解在江中翻滾的人全身的灼燒感。

「大人——」江鶴扶著船舷差點哭出來，「您千萬要挺住，屬下不通水性，沒法救您啊！」

他似乎想到了什麼，扒著船舷眼巴巴望著晨光。「你會泅水吧？」

晨光冷笑一聲。「我當然會，但我不救他。」他們是敵對的，這蠢蛋在想啥呢？

喬昭立在船邊，定定看著水中掙扎的人，突然對上對方血紅的眼。

「妳往我身上潑了什麼？」江遠朝艱難問。

喬昭牽了牽唇角，收回視線，聲音平淡無波。「晨光，我們走。」

「好嘞。」晨光用力划動船槳。

船漸漸走遠了，晨光忍不住回頭看了一眼，遙遙看見江鶴蹲在船邊，看著水中掙扎的江遠朝不停搓手，最後拿出一根魚竿甩下去，勾住了江遠朝的頭髮。

晨光已經不忍直視，抽著嘴角回頭，見喬昭自始至終連頭也不回，心中說不出是佩服還是感慨，最終嘆道：「三姑娘，這次幸虧您了，不然咱們這次的福星城一行就功虧一簣了。」

「話不要說得太早，等你們將軍與咱們會合，才能安心。」喬昭手中依然捏著那個空瓶子，想到江遠朝在水中掙扎的痛苦，心情格外複雜。

她並不後悔。他們費了這麼多心思才把邢御史救出來，讓喬家的血海深仇有了得報的希望，誰敢碰邢御史，她都會跟他拚命！

江遠朝，你執意要帶走邢御史，是為了什麼？喬昭默默想著，揚手把空瓶子拋入了江水中。

夕陽把江水映得一片燦爛，江遠朝爬上船，面紅如火，雙目赤紅，緊皺的眉頭與額頭大滴大滴滾落的汗珠無不顯示出他此刻的痛苦。

「大人——」「你給我閉嘴！」江遠朝聲音嘶啞吼道。

江鶴捂住嘴，眼巴巴看著江遠朝，一臉擔心。

江遠朝默默脫去上衣，脫衣的過程中牽扯到肌膚，忍不住低哼一聲。

江鶴猛然瞪大了眼睛，失聲道：「大人，您整個身子紅得像蝦子！」

江遠朝氣得手抖。這個蠢貨，幫不上忙不說，還想拿話氣死他，要不是跟了他這麼多年，他真以為這蠢貨是個內奸！

「大，大人，這邊都起水泡了啊，好嚴重的樣子——」

「給我拿條軟巾來。」江遠朝彷彿感覺不到疼痛，面無表情道。

江鶴顛顛地鑽進船艙，不多時拿了一條軟巾過來。

江遠朝捏著軟巾輕輕擦了擦起水泡的地方，疼得直吸氣。

「黎姑娘潑的什麼啊，這麼厲害！」

江遠朝沒吭聲，腦海中走馬燈閃過與喬昭接觸的那些場景，最終定格在剛剛與易容成少年模樣的她四目相對的樣子。他真是大意了，從沒想過那個手無縛雞之力的女孩子也是能傷人的，不然以他的身手怎麼會被她出其不意傷到呢？真是個狠心的丫頭！

江遠朝眼底閃過戾氣，心中冷笑：不過是仗著他對她的那點不同罷了。

她就是再像他心中的那人，也終究不是她。是他犯傻，為何就是抱著一絲奢望不放呢？

黎昭——江遠朝在心中默念著這兩個字，低聲道：「下次再見，我定然饒不了妳！」

晚霞鋪滿江面，晨光就在船尾架起了小爐子煮魚湯。

「剛才來的是什麼人？」邢御史鑽出了船艙，站在晨光身邊問。晨光不由看向喬昭。

長期戴著人皮面具不透氣，喬昭乾脆取了下來，露出本來模樣。「他是錦鱗衛的人。」

自從見到喬昭與邵明淵之間非同尋常的親暱，更知道了她是位姑娘，邢御史對喬昭的態度明顯疏遠起來，聞言臉色微變，冷笑道：「一丘之貉！」說完，背手走進了船艙。

喬昭沒有說什麼，垂首盯著鐵鍋裡煮沸的魚，在心中琢磨著江遠朝的目的。

他要帶走邢御史，是錦鱗衛的意思，還是他自己的意思？

如果是錦鱗衛的意思，江堂是想以邢御史扳倒蘭山，還是阻止邢御史進京，向蘭山示好？如果是他自己的意思，那就更令人費解了，她想不出來他這樣做的意義。

「三姑娘，三姑娘——」

喬昭收斂心神，抬眸看向晨光。

「喝魚湯。」晨光笑著把一碗熱氣騰騰的魚湯遞過去。喬昭喝了一口，表情扭曲了一下。

「三姑娘，好喝嗎？」晨光一副求表揚的表情。

「你端給邢御史喝了嗎？」喬昭不動聲色問。

晨光咧嘴一笑。「還沒，我這是第一次做，想讓您給提點意見。」

喬昭嘴角一抽。原來是想讓她提點意見，她還以為趁機報復呢。

「三姑娘？」喬昭深深看了晨光一眼，嘆道：「別的意見沒有，下次能不能把魚鱗刮一下？」

晨光一怔，隨後拍了一下腦袋，一副恍然大悟的樣子。「我說忘了一件什麼事呢，原來忘了刮鱗了！」他說完，苦著臉瞄了船艙一眼，一臉糾結。

喬昭淡淡道：「端過去吧，魚鱗養人。」

晨光這才鬆了一口氣，把魚湯給邢御史端過去。

夜裡的江上更加寒涼，連漫天的星都泛著冷光。晨光晚飯時喝多了魚湯，半夜從船艙鑽出來解決個人問題。他才鬆開腰帶，忽然覺得有點不對勁，忙把腰帶重新繫上返了回去。

睡意朦朧中，喬昭聽到晨光急促的喊聲：「三姑娘，快起來！」

喬昭猛然坐起身來。她本來就是和衣而睡，此時出了變故，直接就匆匆走了出去，低聲問道：「怎麼了？」

「您看前邊。」晨光提醒道。

藉著皎潔的月光與漫天星辰，喬昭往前方看去。

江面寬闊，一望無際，夜色中幾只小船如危險的獸，向他們的方向悄悄靠近。

那幾艘船皆不大，卻呈包圍之勢，堵住了喬昭他們的船唯一出口。

「三姑娘，那些船應該是衝著咱們來的。」晨光聲音冰冷，暗暗握緊了拳頭。

「難道是江遠朝的人？」喬昭第一個念頭便想到了他。

「不會吧，江遠朝被您傷了，明明落在咱們後面啊。」晨光盯著由遠及近的船隻，一臉狠厲，「不管是什麼人，肯定是要和咱們過不去的。」

他低頭，深深看著喬昭，正色道：「三姑娘，卑職也不知道今天還能不能護著您全身而退。

不過您可以放心，他們想傷著您，除非踏著我的屍體過去。」

「他們的目標不是我，而是邢御史。」

晨光想到邵明淵的叮囑，冷聲道：「那就把邢御史交給他們。」

對將軍大人來說，一百個邢御史也比不過一個三姑娘重要。邢御史落入別人手裡，頂多是這一趟白忙乎了，可要是三姑娘出了事，那就是要了將軍大人的命。晨光清楚這一點，也牢記著邵明淵的吩咐，神色堅決。

「靠岸。」喬昭冷聲道。晨光一怔。「三姑娘？」

「我說靠岸！」喬昭一指斜後方，沉沉夜色中眼神晶亮，「那邊就是樹林，我們棄船躲進去，不見得就逃不掉。」不到最後一刻，她是不會認命的。江面上一旦被包圍，他們三人無處可逃，只有束手就擒的份兒。要是到了密林中，在這種三更半夜的時候，說不定就能找到合適的藏身之處，躲過那些人。

晨光略一猶豫便點了頭。「好！三姑娘您稍等，我去叫邢御史。」

喬昭趁著晨光去喊邢御史的工夫，匆忙拿起放在枕頭旁的包袱，想了想，從包袱中取出那把小巧的弓箭背在身上，又摸了摸懷中匕首，一顆心這才安穩了些，快步走了出去。

三人棄船登岸，往樹林中逃去。

邢御史身體還未完全康復，半夜被叫醒，一張臉蒼白如紙，跟著喬昭與晨光跑了片刻便氣喘吁吁起來。晨光停下腳步，濃黑如墨的林中只聽他聲音冷如冰霜：「這樣不行！」

他抬頭看看，忽然一隻手抱起邢御史，縱身一跳用另一隻手死死抓住粗壯的樹幹，如一隻靈活的猿猴往上爬去。

喬昭仰頭，藉著依稀的星光看著晨光與邢御史的身影很快消失在濃密的樹冠中。

片刻後，一道矯健的身影從空中落下，踩在因鋪滿了落葉而鬆軟厚實的地面上，只發出輕微的響聲。「三姑娘，得罪了。」晨光伸手去拉喬昭。

喬昭制止了他的動作。「不要在同一個地方，我們再往前走走。」

二人又往前跑了一段距離，晨光這才抱起喬昭把她放到了高高的枝椏上。

「三姑娘，您就在這裡待著別動，等卑職滅了那些人就來接您。」晨光不放心叮囑了一句。

見他要從樹上跳下去，喬昭忙道：「晨光，不要逞強——」

晨光擺了擺手。「三姑娘放心吧，卑職還沒娶媳婦呢，可愛惜這條命了。」

他說完輕盈跳了下去，拔腿往回跑去。

濃密的枝葉遮蔽了喬昭的視線，她悄悄撥開枝椏，睜大眼睛往晨光離去的方向看，可惜卻什麼都看不見。

一共有七、八人陸續登岸，會合在一起。

其中一人道：「他們跑進林子裡了，走！」幾人很快進了林子。

「那三個人應該跑不遠的——」說話的人話音未落就發出一聲慘叫，驚起無數睡夢中的飛鳥。

那人心口處插著一把飛刀，飛刀整個沒了進去，只在尾端留下一縷紅纓。

「那個方向！」其中一人根據飛刀飛來的方向判斷出晨光隱蔽的方位。

這些人並非庸手，除了最開始的倒楣蛋因太過突然而死於飛刀之下，剩下的人往晨光所在奔去時，全都開始左右移動著前進。

躲在暗處的晨光眼神一緊。這些人來歷不簡單！

在戰場上進攻時，將軍就教過他們不能直直往前跑，那樣無異於箭靶子，而是要無規律地搖擺前進，這樣敵人才難以對準他們。這些人居然也懂得這些，可見絕不是什麼山匪流寇。

晨光捏緊了飛刀，骨節隱隱泛白。

他不知道這些人身手如何，但他只有一人，對方現在還有六人，他不敢輕易硬碰硬。

晨光腦海中響起邵明淵的話：當敵眾我寡時，不要因對方的優勢先心生畏懼，讓已經存在的不利局面干擾你的判斷。集中力量對付一人，對方每少一人，己方實力就壯大一分。此消彼長，未必沒有翻盤的可能。

「六個人……」晨光喃喃念著，躲在原地一動不動。

他知道那些人很快就會來到他所在的位置，然而他不能動。

他的目光死死盯著六人中的一人，隨著那人的前進，漸漸摸清了那人身形晃動的規律。

左二右三，間隔時間……晨光在心中默想了一遍，一直捏在手中的飛刀果斷飛出。

一聲慘叫傳來，飛刀正中那人心口。那人身子前仰，幾乎撲倒在晨光腳邊。

還剩五個人！晨光腦海中閃過這個念頭，身子猛然往後一躲。

「在這裡！」剩下的五人立刻圍上來。

林中靜謐，躲在樹上的喬昭能清楚聽到兵器相接的聲音，以及自己的心跳聲。一聲熟悉的慘叫聲傳來，喬昭握著枝椏的手狠狠收緊。晨光受傷了！

很快就有凌亂的腳步聲傳來，晨光腳步踉蹌跑在前面，身後有三人在追。

喬昭已經適應了黑暗的光線，撥開枝椏從高處往下看，能隱約看到晨光染血的肩頭，追在他身後的三人面無表情，距離越來越近。

就在這時變故突生，晨光腳底被蔓藤絆了一下，直直往前撲倒下去。

身後一柄長刀砍過來。倒在地上的晨光打滾躲開了襲擊。

三人手握寒光閃閃的長刀，一步步逼近。晨光艱難地支起身子，一點點後退。

「臭小子，殺了我們四個兄弟，今天一定要把你碎屍萬段！」一人舉起長刀，露出猙獰冷笑。

另一人抬手阻止，冷聲問道：「你的同伴哪去了？」

晨光知道已經無路可逃，乾脆坐在地上默默恢復體力，面對著咄咄逼人的三人一言不發。

「不說話？」問話的人舉起長刀刺過去，直接刺入晨光肩頭。

晨光死死咬著唇，一聲不吭。「呵呵，是個硬骨頭！」

晨光冷笑。「你們有種就殺了我，少他媽廢話，反正有你們那四個同夥在地下恭候大爺，我死也夠本了！」

「你以為我們不敢下手？」

晨光直接撕破衣裳，露出結實的胸膛，大笑道：「來啊，照著這裡扎，只扎肩膀有什麼出息？」

他大聲笑著，眼角帶淚。將軍大人，卑職大概不能再陪著您走下去了，就是有些不甘心啊，沒能在戰場上死在那些韃子手中，卻亡於這些見不得人的混蛋手裡！

「臭小子，你以為你死了，我們就找不到你的同伴了？他們一老一弱，能跑到哪裡去？」

晨光笑聲一滯。說話的人把刀舉了起來，冷笑道：「想死是吧，我這就成全你，讓你去地下給我的兄弟們作伴去！」

晨光輕蔑看著那人，呸了一聲：「來吧，狗畜生！」他閉上了眼睛，忽聽破空聲傳來，伴隨著慘叫聲眼睛猛然睜開，就看到舉著刀的人一臉驚恐與不解，身子晃了晃倒了下去。晨光臉色大變。

三姑娘！

剩下的兩個人能留到最後，實力原本就比其他人強些，隨著那人的倒下，立刻判斷出暗箭來的方位。「在樹上！」

其中一人道：「你看著這小子，我去樹上看看。」

他抬腳欲往喬昭所在的大樹而去，腿卻被晨光死死抱住。

「放開！」

晨光用盡全身力氣，抱得更緊。那人狠狠甩了一下腳，晨光身子隨著搖晃，手上卻絲毫不鬆。

那人終於惱了，反手給了晨光一刀。晨光慘叫一聲，趴在地上一動不動了。躲在樹上的喬昭看到這一切，眼淚無聲落下來。

那人踢了踢晨光，冷聲道：「這小子活不了了，不用管他了。我去那棵樹上看看，你去找找另一個人藏在哪裡，我估計也是在某棵樹上。」「好！」

二人分頭行事。

晨光伏在地上，悄無聲息彷彿睡熟了。

喬昭冷眼看著那人抱著樹幹爬上來，就好像是一條毒蛇緩緩向她逼近。她乾脆把弓箭遠遠掛到身後的枝椏上，攏了攏頭髮，安安靜靜等著那人爬上來。

那人肩頭也有一處傷，是剛才圍攻晨光時被晨光打傷的，因而往上爬的動作有些遲緩。

他終於爬到上面，小心翼翼撥開濃密的枝葉。

星光下，露出少女瑩白如玉的一張小臉，一雙明亮的大眼睛直直盯著他，平靜猶如深潭。對上那雙大而清澈的眼睛，那人不由一怔。

「大哥，你終於來救我了。」少女眼睛一眨不眨望著近在咫尺的男子，輕聲道。

男人眼神有瞬間茫然，不由自主問道：「救妳？」

「是呀，大哥忘了我嗎？」夜色中，少女聲音低婉纏綿猶如催人入夢的江南小調，柔情萬千。

「妳是誰？」望著少女的如花容顏，男人一時有些癡了，喃喃問。

「我是阿妹啊。你離開時告訴我要乖乖留在這裡等你的，你一點都不記得了嗎？」

隨著少女輕緩低柔的語調響起，男人不由自主隨著她的話陷入了回憶。

他的阿妹嗎？他什麼時候讓阿妹在這裡等他，怎麼不記得了呢？

好奇怪，他似乎是說過這樣的話的——男人的思緒中斷了，他低頭看著插入心口處的匕首，再抬頭看著月光下少女冰雪般的臉，終於清醒過來。

他哪有什麼阿妹，他唯一的妹妹，早在十歲那年就病死了。

男人失去意識的那一刻，腦海中閃過這個念頭，整個身子往後仰去。男人的屍體正好卡在樹杈中間，沒有掉下去。

喬昭已是面色慘白，扶著枝椏大口大口喘著氣，彷彿身體被掏空了一般，連指尖都在顫抖。剛剛施展催眠術迷惑那人，看著輕描淡寫，實則用了全部精力，此刻她頭疼如裂，不堪重負。饒是如此，喬昭還是很快抱著樹幹往下滑去。

她並不會爬樹，又心急晨光的情況，任由粗礪的樹幹劃破了她柔嫩的手心，當腳落到實地上時，掌心已經磨破了皮。喬昭顧不得這些，腳步踉蹌跑向晨光。

晨光伏在堆滿厚厚落葉的地上一動不動，身下一片暗紅。

喬昭把他翻過身來，露出年輕俊朗的面龐。

「晨光——」喬昭抖著手指去試探晨光鼻息，對方已是氣息全無。

喬昭瞳孔猛然縮了一下，從隨身荷包裡摸了又摸，心急之下卻摸不到，乾脆扯下荷包把所有小小的瓶瓶罐罐全都倒了出來，抓起綠色的小瓶倒出神仙丹，塞入晨光口中。

晨光身上大大小小的傷口無數，最嚴重的便是後背上的刀傷。喬昭撒了止血散，扯下衣襬替他包紮好，等忙完已是全身被冷汗濕透。

她趴在晨光胸膛聽了聽，隱約聽到了對方微弱的心跳聲，險些喜極而泣，抱著他低聲道：「晨光，你聽得到我說話嗎？你要堅持住，你不是說過還沒娶上媳婦，不能死嗎？我把冰綠嫁你可好？只要你好好活下來，我就把冰綠許配給你……」晨光睫毛輕輕顫了顫。

腳步聲傳來，一雙皂靴映入眼簾，鞋子的主人雙腿修長。

抱著晨光的喬昭渾身一僵，緩緩抬起頭。

天際不知不覺泛起了魚肚白。

喬昭目光緩緩上移，先是看到來人墨色的衣襬，再然後看到那張熟悉的臉，嘴角掛著若有若無的微笑。最初的目光相接後，江遠朝忽然半蹲下來，直視著喬昭的眼睛。

喬昭抱緊了晨光，一動不動看著他。

江遠朝忽然伸出手指在喬昭眼尾處擦了一下，嘴角掛著輕嘲。「哭了？為了一個小親衛？」

喬昭死死抿著唇不吭聲，目光後移，落在被僅剩的那名黑衣人抓著的邢御史身上。

江遠朝見她這個時候還在無視他，心中莫名惱火，冷笑道：「他還沒死嗎？」

喬昭暗暗捏了捏拳頭，淡淡道：「你還沒死，他為什麼會死？」

這話無疑激怒了江遠朝。他嘴角笑意陡然收起，不冷不熱問道：「是嗎？那我現在就送他去見閻王，看看我會不會死。」

他伸出手去，喬昭直接擋在了晨光前面。

江遠朝動作停下來，似笑非笑問：「怎麼，以為我不忍對妳下手？」

喬昭輕笑。「江大人怎麼會不忍心？」

江遠朝深深睇她一眼，錯開那雙莫名有些熟悉的眸子，淡淡道：「妳有這個自知之明就好。」

他伸出一隻骨節分明的大手，落在少女頸間。

少女的脖頸修長纖細，彷彿脆弱的花莖，輕輕一折就能折斷。男人的手指輕輕拂過，忽然收緊。窒息的感覺傳來，喬昭艱難咳嗽著，目不轉睛看著忽然痛下殺手的男人。

「不許這樣看著我。」江遠朝伸出另一隻手覆住少女的眼睛。

她的眼太像那個人，讓他的手遲遲使不出力氣。可是這個小姑娘的命不能留了。

原本覺得她是個很有意思的小姑娘，總忍不住注意她，偶爾縱容著她的小脾氣也沒什麼。可是她居然牽扯進南邊這一灘渾水中來，知道得太多，對他更是毫不留情出手，他不可能還讓她活著回到京城去。

喬昭只覺眼前忽然暗下來。那雙收緊的大手讓她呼吸困難，抽離了她的神智，腦海中閃過前世與眼前男人那短暫的交集。

山野間，還有著少年青澀的男子倒在路邊，臉色發青。她恰好路過，看了一眼便斷定他中了毒，於是走過去詢問。

從男子口中知道他被蛇咬傷，她替他擠出蛇毒，以專解蛇毒的藥膏相贈，舉手之勞救了他的性命。臨別時，他告訴她，他叫「十三」。她當時想，「十三」肯定是個有故事的名字。

而這一刻，喬昭只想苦笑。

她大概才是救了毒蛇的那個農夫，「十三」的故事，就是農夫與蛇的故事。

可是，她不想死。眼看喬家大仇將要得報，長兄容貌恢復在即，她怎甘心現在死去呢？

還有那個人，前一世，他們有分無緣，這一世，她不想再有緣無分。她想與他白首偕老，恩愛一生。她捨不得死。

一滴淚從喬昭眼角滾落，落在江遠朝因用力而泛白的手指上。

那滴淚彷彿是沸騰的水，讓江遠朝手上動作一頓。

她哭了，因為很疼嗎？這一刻，他也說不清心中是什麼滋味，薄唇緊抿下了決心。

他到底是怎麼了，直到現在還下不了決心？罷了，給她一個痛快也好。

就在江遠朝下定決心之際，忽聽少女斷斷續續的聲音傳來：「十、十三……」

因為喉嚨疼痛，呼吸困難，少女的聲音支離破碎，含糊不清，可落入江遠朝耳中卻恍如一道驚雷，劈開了他混沌不明的腦海。江遠朝的手猛然鬆開，抓起喬昭手腕厲聲問：「妳叫我什麼？」

喬昭手指動了動，想要掙開他的手，卻使不出半點力氣。

半個晚上高度緊張的生死逃亡，已經透支了她的全部體力與精神。

「告訴我，妳剛剛叫我什麼？」江遠朝的聲音壓抑如風雨欲來前濃厚的烏雲。

少女一雙原本靈動的眸子微微睜開，無神看著他，聲音恍惚：「十三──」

那聲「十三」落入耳中，江遠朝幾乎無法自已，腦中走馬燈閃過與喬家姑娘相遇的一幕幕。

她救了他，他說：我叫十三，姑娘別忘了。

再相見，他已經得知她是大儒喬拙的孫女，早早就與靖安侯府的二公子訂了親。

她依然笑得恬靜淡然。我記得你，十三。

江遠朝死死攥著喬昭的手腕，目光灼灼盯著她慘白的唇，聽她吐出那兩個字：「十三……」

男人忽然勃然大怒，用力捏住喬昭的下巴，迫使她不由睜大了一雙漸漸迷茫的眸子。

「十三也是妳叫的？」他拉近孱弱的少女，怒不可遏，「妳知道些什麼？有什麼目的？」

手腕彷彿被折斷了，火辣辣地痛，喉嚨裡更彷彿有火在燒。喬昭劇烈咳嗽起來，咳得臉通紅，卻強迫自己不能昏迷過去，睜著一雙清澈無辜的眸子看著近在咫尺的男人。

「小丫頭，妳再不說，別怪我用錦鱗衛的手段對付妳！」那一聲聲「十三」顯然讓江遠朝心亂了，嘴裡說出來的話越發凶狠。

喬昭費力看著他，想著人性多麼複雜，彷彿才在不久前，這個男人溫聲對她說，他心悅喬家姑娘。那時他的眼中有柔情萬千，不是虛言。可轉眼間他就化成毒蛇，對著她毫不留情咬了一口。

陣陣眩暈感讓喬昭眼神有些渙散，她咬了下舌尖，對著額角青筋畢露的男人微微笑了。「你的腰間，沒有留下牙印嗎？」

這一瞬間，江遠朝瞳孔猛然一縮，下意識往腰間摸去，反應過來後猛然把喬昭往懷中一拉，盯著她的眼睛厲聲道：「什麼牙印，妳給我說清楚！」

少女已經很虛弱，唇角翕動，無聲吐出一個字：「蛇……」

江遠朝如遭雷擊，怔怔鬆開喬昭，被他小心翼翼珍藏在心底的記憶浮現。

他意外被毒蛇咬傷，恰好咬在腰間，蛇毒出乎意料地霸道，讓他很快動彈不得。

就在那時，她出現了，沒有避諱男女之嫌，小心溫柔替他擠出蛇毒。此後的無數個夜晚，他總會情不自禁摸著腰間那個小小的印記，帶著不足為外人道的甜蜜與竊喜。

「妳，妳到底是誰？」盯著少女蒼白的臉，江遠朝顫聲道。

喬昭輕輕閉上了眼。她太累了，好想睡一下。她在賭，用曾經的喬昭對他的那點恩情賭。

她不知道會不會滿盤皆輸，卻再沒有別的選擇。

「妳說話呀！」江遠朝搖了搖喬昭手臂。少女嘴唇動了動，沒有出聲。

江遠朝直接把喬昭拽進了懷裡，俯視著她，一顆心都揪了起來。「黎昭，妳告訴我，妳和她有什麼關係？到底有什麼關係？」

等不到回應，江遠朝一雙眼通紅。「黎昭，妳給我說話！」

喬昭勉強睜開眼睛，與江遠朝對視，輕聲道：「你救晨光，別傷害邢御史，我就告訴你。」

「妳在和我談條件？」江遠朝壓抑著怒火問。

喬昭衝他虛弱笑了笑。「你可以這麼想。」

「如果我不接受呢？妳信不信，我現在就可以命人殺了邢御史。而這個小親衛，只要沒人管，很快就會嚥下最後一口氣。」

「那我也不會活了。」喬昭閉了眼，不看他。

江遠朝冷笑。「黎昭，妳的命沒那麼值錢！」

少女忽然睜開眼睛，黑湛的眸子如水洗過的黑曜石純淨清澈，倒映出男人猙獰焦灼的樣子。

「真的嗎？」喬昭望著江遠朝輕輕問。江遠朝一顆心彷彿突然被人捏了一下，又痛又麻。

黎昭的命對他來說不值錢，可是喬昭的命對他來說無比珍貴。黎昭與喬昭究竟有什麼關係？還是說……黎昭就是喬昭！

這個念頭在腦海中閃過，就如閃電劈開了所有迷茫。

江遠朝顫抖著雙手把喬昭攬入懷中，慢慢低下頭，唇湊在她耳畔，喃喃問：「妳是她嗎？」

他不信鬼神，可是懷中的女孩卻給了他一種強烈的感覺。她就是他心心念念的那個人！

「妳是她，對不對？」

「我——」喬昭笑著昏了過去。江遠朝身體一僵，遲遲沒有動彈。

抱著昏迷的邢御史的黑衣人終於忍不住開口：「主子——」

江遠朝抬眸睃了他一眼。

這時江鶴匆匆趕了過來，咧嘴笑道：「大人，總算趕上了！咦，您抱著的不是黎姑娘嘛——」

「閉嘴！」

江鶴忙捂住嘴，眼珠好奇亂轉。短短這麼會兒工夫，他錯過了什麼？

江遠朝抱起了喬昭，淡淡吩咐道：「江鶴，把地上的人帶走。」

江鶴低頭一看，不由瞪大了眼睛。「活的還是死的啊？」

他彎腰抱起晨光，樂了。「原來是半死不活。」

哼，之前讓你下水救我們家大人，你不救，現在還要讓我抱你，好事都被你占了！

江鶴頗不服氣，偷著狠狠擰了晨光一把。

晨光毫無反應。

江遠朝掃了黑衣人一眼，淡淡道：「把他也帶上，我們走。」

一間毫不起眼的民宅裡，江遠朝臨窗而立，回頭看了床榻上沉睡的少女一眼，心頭茫然。

他也不知道那時候是怎麼了，為何會由著她的心意把那名要死的小親衛帶來，甚至還留下了邢御史的性命。是怕她醒來後發現小親衛和邢御史死了，會傷心嗎？

可是她傷心又怎麼樣？

江遠朝這樣想著，嘴角逸出一絲苦笑。到現在，他不得不承認，他被這個謎一樣的女孩子給蠱惑了。她的身上似乎有太多的祕密，從認識的那一刻起就一直牽動著他的心神。

江遠朝走回床榻邊坐下，凝視著安安靜靜沉睡的少女。

妳到底是誰？

江遠朝伸手撫了撫她的秀髮。少女的秀髮濃密如瀑，有著淡淡的香氣，凝眉思索的男人不自覺用修長手指纏繞著她的髮，放到鼻端輕輕嗅了嗅。

喬姑娘救他時，他們靠得也像現在這麼近，他能聞到她的淡淡髮香，也是這樣的味道。

那時候他情不自禁想，這個味道可真好聞，也不知道這位姑娘用了什麼沐膏。

黎昭和喬昭，她們明明是兩個人，可為何有如此多的相似之處？

冷靜下來的江遠朝伸手按了按心口，越發覺得古怪。

那個時候，她睜大一雙清澈的眸子對著他笑，他強烈生出一個念頭，她就是喬姑娘。

這樣荒謬的念頭真是奇怪極了。江遠朝閉了閉眼。

他到底該相信自己的理智，還是相信自己的直覺？

她真的是她嗎？

（未完待續）

國家圖書館出版品預行編目資料

韶光慢 / 冬天的柳葉著. -- 初版. -- 臺北市：春光, 城邦文化出版：家庭傳媒城邦分公司發行, 民108.01
冊；　公分

ISBN 978-957-9439-50-3（卷5：平裝）

857.7　　　107016888

韶光慢〔卷五〕

作　　者／冬天的柳葉
企劃選書人／李曉芳
責 任 編 輯／王雪莉、何寧、劉瑄

版權行政暨數位業務專員／陳玉鈴
資深版權專員／許儀盈
行 銷 企 劃／周丹蘋
業 務 主 任／范光杰
行銷業務經理／李振東
副 總 編 輯／王雪莉
發　行　人／何飛鵬
法 律 顧 問／元禾法律事務所　王子文律師
出　　　版／春光出版
臺北市 104 中山區民生東路二段 141 號 8 樓
電話：(02) 2500-7008　傳真：(02) 2502-7676
部落格：http://stareast.pixnet.net/blog E-mail：stareast_service@cite.com.tw
發　　　行／英屬蓋曼群島商家庭傳媒股份有限公司城邦分公司
臺北市中山區民生東路二段 141 號11 樓
書虫客服服務專線：(02) 2500-7718 / (02) 2500-7719
24小時傳真服務：(02) 2500-1990 / (02) 2500-1991
服務時間：週一至週五上午9:30～12:00，下午13:30～17:00
郵撥帳號：19863813　戶名：書虫股份有限公司
讀者服務信箱E-mail: service@readingclub.com.tw
歡迎光臨城邦讀書花園 網址：www.cite.com.tw
香港發行所／城邦（香港）出版集團有限公司
香港灣仔駱克道 193 號東超商業中心 1 樓
電話：(852) 2508-6231　　傳真：(852) 2578-9337
E-mail : hkcite@biznetvigator.com
馬新發行所／城邦（馬新）出版集團　Cite(M)Sdn. Bhd
41, Jalan Radin Anum, Bandar Baru Sri Petaling,
57000 Kuala Lumpur, Malaysia.
Tel: (603) 90578822　Fax:(603) 90576622　E-mail:cite@cite.com.my

封 面 設 計／黃聖文
插 畫 繪 製／容境
內 頁 排 版／極翔企業有限公司
印　　　刷／高典印刷有限公司

■ 2019 年（民 108）1 月 3 日初版
■ 2022 年（民 111）5 月 20 日初版 2.4 刷

Printed in Taiwan

售價／320元

城邦讀書花園
www.cite.com.tw

本著作物繁體中文版通過閱文集團上海玄霆娛樂資訊科技有限公司 www.qidian.com，授予城邦文化股份事業有限公司春光出版獨家發行。

ISBN　978-957-9439-50-3

廣 告 回 函
北區郵政管理登記證
臺北廣字第000791號
郵資已付，免貼郵票

104 臺北市民生東路二段 141 號 11 樓

英屬蓋曼群島商家庭傳媒股份有限公司

城邦分公司

請沿虛線對折，謝謝！

愛情 · 生活 · 心靈

閱讀春光，生命從此神采飛揚

春光出版

書號：OF0050	書名：韶光慢〔卷五〕

請於此處用膠水黏貼

讀者回函卡

謝謝您購買我們出版的書籍！請費心填寫此回函卡，我們將不定期寄上城邦集團最新的出版訊息。

姓名：________________________

性別：☐男　☐女

生日：西元__________年__________月__________日

地址：____

聯絡電話：________________　傳真：________________

E-mail：____

職業：☐ 1. 學生 ☐ 2. 軍公教 ☐ 3. 服務 ☐ 4. 金融 ☐ 5. 製造 ☐ 6. 資訊

☐ 7. 傳播 ☐ 8. 自由業 ☐ 9. 農漁牧 ☐ 10. 家管 ☐ 11. 退休

☐ 12. 其他 ________________________________

您從何種方式得知本書消息？

☐ 1. 書店 ☐ 2. 網路 ☐ 3. 報紙 ☐ 4. 雜誌 ☐ 5. 廣播 ☐ 6. 電視

☐ 7. 親友推薦 ☐ 8. 其他 ________________________

您通常以何種方式購書？

☐ 1. 書店 ☐ 2. 網路 ☐ 3. 傳真訂購 ☐ 4. 郵局劃撥 ☐ 5. 其他 ______

您喜歡閱讀哪些類別的書籍？

☐ 1. 財經商業 ☐ 2. 自然科學 ☐ 3. 歷史 ☐ 4. 法律 ☐ 5. 文學

☐ 6. 休閒旅遊 ☐ 7. 小說 ☐ 8. 人物傳記 ☐ 9. 生活、勵志

☐ 10. 其他 ________________________________

為提供訂購、行銷、客戶管理或其他合於營業登記項目或章程所定業務之目的，英屬蓋曼群島商家庭傳媒（股）公司城邦分公司，於本集團之營運期間及地區內，將以電郵、傳真、電話、簡訊、郵寄或其他公告方式利用您提供之資料（資料類別：C001、C002、C003、C011等）。利用對象除本集團外，亦可能包括相關服務的協力機構。如您有依個資法第三條或其他需服務之處，得致電本公司客服中心電話 (02)25007718請求協助。相關資料如為非必要項目，不提供亦不影響您的權益。

1. C001辨識個人者：如消費者之姓名、地址、電話、電子郵件等資訊。
2. C002辨識財務者：如信用卡或轉帳帳戶資訊。
3. C003政府資料中之辨識者：如身分證字號或護照號碼（外國人）。
4. C011個人描述：如性別、國籍、出生年月日。

請於此處用膠水黏貼